Knaur.

Knaur.

Über die Autorin:
Wenn sie nicht ihrer wahren Leidenschaft nachgeht, dem Schreiben von historischen Liebesromanen, arbeitet Elizabeth English für eine Beratungsfirma. Geboren in New Jersey, lebt die Autorin heute mit ihrem Ehemann und ihrem Sohn in Philadelphia. *In den Händen des Feindes* ist ihr erstes Buch im Knaur Taschenbuch Verlag.

Elizabeth English

In den Händen des Feindes

Roman

Aus dem Amerikanischen
von Sabine Schilasky

Knaur Taschenbuch Verlag

Die amerikanische Originalausgabe erschien 2001
unter dem Titel »The Border Bride« bei Penguin Putnam, New York

Deutsche Erstausgabe November 2006

Redaktion: Katharina Meschkowski
Umschlaggestaltung: ZERO Werbeagentur, München
Umschlagabbildung: Agentur Schlück / Franco Accornero
Satz: Adobe InDesign im Verlag
Druck und Bindung: Nørhaven Paperback A/S
Printed in Denmark
ISBN-13: 978-3-426-63563-6
ISBN-10: 3-426-63563-1

2 4 5 3 1

Für Gary –
meinen vollkommenen Ritter

Prolog

Im Grenzgebiet zwischen England und Schottland, 1375

Schafestehlen war eine ehrbare Tradition im Grenzgebiet. Die Armen ernährten damit ihre Familien, die Reichen stahlen Schafe, um ihre Macht zu demonstrieren. Die Söhne der Reichen wiederum betrachteten den Schafdiebstahl als Spiel, als eine Art Mutprobe, mit der sie ihre Männlichkeit unter Beweis stellten – sie mussten es tun, ob sie wollten oder nicht. Die Darnleys zogen über die Grenze nach Schottland und bestahlen die Kirallens, die ihrerseits die Darnleys beraubten, sobald sich die Gelegenheit dazu bot. Man musste nur aufpassen, dass man es vor den Verfolgern nach England zurück schaffte.

Was Haddon Darnley nicht gelungen war.

Deshalb stand er nun gefesselt und hilflos auf dem erhöhten Podium in der Kirallen-Festung und hatte die Klinge eines Dolchs am Hals. Er schloss die Augen und versuchte zu beten, doch die vertrauten lateinischen Wörter wollten ihm partout nicht einfallen. Also sprach er den Herrn direkt an, und was seinem Gebet an Eleganz fehlte, machte die Inbrunst seines Flehens allemal wett.

»Bitte, lieber Gott, mach, dass Kirallen mich nicht umbringt«, betete er stumm. »Auch wenn er allen Grund hat, mich zu töten, nachdem mein Vater seinen Sohn umgebracht hat, bitte, lass es nicht geschehen. Mach, dass mein Vater ihm gibt, was er verlangt. Alles, nur lass mich heute nicht sterben. Amen.«

In der Mitte der Halle stand der Burgherr Kirallen höchstpersönlich, umringt von einem Dutzend bewaffneter Beschützer. Er sah nicht seinen Gefangenen an, sondern Haddons Vater, Lord Darnley, der unter der Waffenstillstandsflagge hergekommen war, um über die Freilassung seines Sohnes zu verhandeln.

»Wir bekommen das Tal«, forderte Kirallen. »Und einhundert Schafe.«

»Einverstanden«, sagte Darnley nach kurzem Zögern.

Haddon war so erleichtert, dass seine Knie nachgaben. Doch er hatte kaum sein Dankgebet beendet, da stutzte er schon ein wenig beleidigt. Hundert Schafe und ein sumpfiges Landstück! Mehr war er nicht wert? Als man ihn losließ, stolperte er ein Stück nach vorn, fand aber sogleich das Gleichgewicht wieder und reckte das Kinn in die Höhe. Er würde diesen Kirallens zeigen, dass ein Darnley Stolz besaß – wenn auch sonst nichts.

»Und«, fügte Kirallen gelassen hinzu, »Eure Tochter.«

Haddon blickte sich in der Halle um. Kirallens Männer schienen nicht minder schockiert. Dann hörte er einen Fluch hinter sich, wurde erneut gepackt und spürte wieder den Dolch an seinem Hals. Diesmal brachte ihm die Klinge einen kleinen Schnitt bei. Er stieß einen leisen Schmerzensschrei aus und fühlte, wie ihm Blut über den Hals rann.

Darnley ließ sich nicht anmerken, ob er seinen Sohn gehört hatte oder nicht. Er warf den Kopf in den Nacken und tat etwas, womit Haddon niemals gerechnet hätte. Er lachte. Dieses Lachen gefiel Haddon nicht, nein, ganz und gar nicht. Und Kirallens Männern schien es noch weniger zu gefallen.

»Ihr seid verrückt«, erwiderte Darnley verächtlich.

Kirallen erstarrte. Der Schotte war genauso groß wie Darnley, allerdings deutlich älter. Sein Haar war weiß, und seine tief liegenden Augen funkelten den Erzfeind an.

Voller Entsetzen fragte Haddon sich, was um alles in der Welt sein Vater da machte. War nicht vielmehr *er* wahnsinnig, den Gutsherrn in dessen eigenem Haus zu beleidigen? Sah er denn nicht, dass sie praktisch umzingelt waren von Kirallens Männern? Die rührten sich zwar nicht, sahen den Engländer jedoch an, als warteten sie bloß darauf, dass er eine falsche Bewegung machte. Dann würden sie ihn auf der Stelle töten.

Kirallen unterbrach die gespannte Stille.

»Unsere Leute bekriegen sich, solange ich denken kann. Jetzt musste ich Ian begraben, und ich sage, es *reicht*«, rief er und schlug mit der flachen Hand auf den großen Tisch, vor dem er stand. »Ich *will* Frieden, ehe ich sterbe. Wenn nicht, schwöre ich bei den Wunden Christi, dass ich mich rächen werde. Eure Tochter heiratet meinen Jemmy – oder dieser Junge da stirbt noch heute.«

Darnley starrte auf einen Punkt an der gegenüberliegenden Wand und verbarg seine Gedanken hinter einer Maske eiserner Entschlossenheit. Haddon beobachtete ihn ängstlich, wohl wissend, dass es keine Hoffnung für ihn gab. Wenn sein Vater vor der Wahl stand, sich zwischen seiner Tochter und seinem Sohn zu entscheiden, kam Maude zweifellos an erster Stelle. Er hatte die Tochter stets vorgezogen.

Langsam drehte Darnley sich zu seinem Sohn um und warf ihm einen eisigen Blick zu. Ein Mann konnte jederzeit einen neuen Erben zeugen, wurde Haddon erschreckend klar, wobei ihm ein eisiger Schauer über den Rücken lief. Und er hatte noch nie etwas getan, womit er sich das Wohlgefallen seines Vaters verdient hätte. Todesangst ließ den schmächtigen Jungen erzittern, und in dem verzweifelten Bemühen, nicht vor all diesen Männern in Tränen auszubrechen, biss er sich auf die Lippe.

»So sei es«, sagte Darnley schließlich. »Sie sollen heiraten.«

»Ich verlange einen Eid von Euch.«

Haddon wollte seinen Augen kaum trauen, als er sah, wie sein Vater mitten in der Halle auf die Knie ging. In der beklemmenden Stille schien das Rascheln des Strohs auf dem Steinboden nachgerade ohrenbetäubend. Darnley nahm seinen Schwertgriff als Kreuzersatz und schwor, sein Land, seine Schafe und die Hand seiner Tochter herzugeben. Seine Stimme klang beherrscht und klar, die maßlose Wut darin war dennoch unüberhörbar.

»Die Hochzeit wird innerhalb eines Monats stattfinden«, ordnete Kirallen an und blickte sich in der Halle um. Er sah jedem Einzelnen seiner Männer in die Augen, als wollte er jeden Widerspruch im Keim ersticken. Schließlich nickte er kurz und verließ mit großen Schritten den Saal.

Vor Haddons Augen blitzte der Dolch auf, doch noch während der Junge vor Schreck zurückzuckte, fuhr die Klinge blitzschnell hinab und durchtrennte die Fesseln an seinen Handgelenken.

»Vater«, begann Haddon, kletterte von dem Podium und streckte die Arme aus.

»Jetzt nicht«, fuhr ihn Darnley schroff an und schritt eilig aus der Halle.

Haddon folgte ihm mit hängenden Schultern. An all dem war sein Pferd schuld. Hätte die verdammte Mähre sich nicht von einem Kaninchen erschrecken lassen, wäre er jetzt sicher daheim und sein Vater stolz auf ihn. Aber so … Er schaute furchtsam zu seinem Vater, der beängstigend finster dreinblickte – und wenn er daran dachte, was Maude erst mit ihm machen würde, wurde ihm erst recht mulmig.

Eine wütende Maude war etwa so schrecklich wie alles andere, was Haddon heute widerfahren war. Wenn sie erfuhr, was Kirallen und ihr Vater soeben vereinbart hatten, würde sie allen das Leben zur Hölle machen. Lord Darnley dürfte das ebenfalls klar sein, weshalb seine Wut umso verständlicher war. Haddon folgte ihm so dicht auf den Fersen, dass er ihm beinahe in die Hacken trat. Sogar Onkel Robert, der im Schatten des Torweges auf sie wartete, sah ungewöhnlich ernst aus, als er mit ihnen an den Wachen vorbeischritt.

Haddons Pferd war durchgegangen, nachdem es ihn abgeworfen hatte. Daher musste er hinter seinem Vater auf dessen Pferd steigen. Er war froh, sich an den breiten, starken Rücken lehnen zu können, schwindlig vor Erleichterung darüber, was ihm erspart geblieben war, und vor Furcht vor dem, was auf ihn zukam. Dennoch brachte er den Mut auf zu fragen: »Welchen von denen soll Maude heiraten? Ist es der, der mich festhielt?«

Er hielt den Atem an und wartete auf eine Antwort. Nicht einmal seiner Schwester wünschte er ein solches Schicksal. Der Kerl war ein Unmensch, eine Ausgeburt der Hölle. Allein der Gedanke daran, was für schreckliche Dinge er Haddon angedroht hatte, ließ ihn unter seinem Umhang frösteln.

»Nein«, antwortete Darnley. »Er war nicht da.«

»Jemmy Kirallen«, erklärte Onkel Robert nachdenklich, »ist der zweitälteste Sohn, der zur See fuhr. Es gab mal Gerüchte, nach denen er Pirat geworden ist, aber das ist Jahre her. Ich dachte, er wäre schon längst tot.«

»Dachte ich auch«, grummelte Darnley. »Doch kaum habe ich den Ältesten aus dem Weg geräumt, da zitiert Kirallen den anderen zurück nach Hause. Ich habe zwei Männer in Berwick postiert, die mir Bescheid geben sollen, wenn sein Schiff einläuft. Aber jetzt – mein Gott, hätte ich geahnt, was der Alte vorhat, hätte ich ein Dutzend Leute hingeschickt. Möge Gott seine Seele für immer in der Hölle schmoren lassen. Ich werde ihn eigenhändig töten, ehe ich zulasse, dass er Maude anfasst. Und jetzt haltet beide den Mund und lasst mich nachdenken.«

Bis sie Aylsford Manor erreichten, setzte bereits die Morgendämmerung ein. Als sie von den Pferden stiegen, kamen zwei Stallknechte, die auf die Rückkehr ihres Herrn gewartet hatten, und führten die erschöpften Pferde weg. Während sich die Hufschläge entfernten, sah Haddon zu seinem Vater, der ihn jedoch keines Blickes würdigte.

»Geh rein, Bursche«, befahl Darnley. »Wir reden morgen.«

Haddon schlich niedergeschlagen davon, eine kleine, hilflose Gestalt, und für einen Moment empfand Robert Mitleid mit dem Jungen. Er wusste, dass sein Neffe im Grunde ein sanftes Herz hatte. Schon immer hatte er sich mehr für Bücher als für Schlachten interessiert. Auf dieses Abenteuer hatte er sich doch nur eingelassen, um seinen Vater zu beeindrucken. Aber ganz gleich, welche Motive er gehabt hatte, jetzt war der Schaden angerichtet und ließ sich nicht mehr rückgängig machen.

»Bei Christi Wunden, John, das ist eine unselige Geschichte«, sagte er kopfschüttelnd und stolperte beinahe vornüber, als sein Bruder ihm kräftig auf die Schulter schlug.

»Es wird alles gut«, erwiderte Darnley überraschend munter. Ja, er grinste sogar, was Robert unheimlich war. »Komm mit. Ich bin am Verhungern.«

Die Halle war noch dunkel. Ein paar Knechte fegten gähnend das Stroh auf dem Boden zusammen und stellten frische Kerzen auf. Bis Robert bei der engen Wendeltreppe angekommen war, verschwand Darnley schon um die erste Biegung.

»Alles wird *gut?*«, rief er seinem Bruder hinterher, und seine Stimme hallte von den kalten Steinmauern wider. »Was meinst du damit? Maude zu diesen Leuten zu schicken, das ist einfach widerwärtig!«

Darnley blickte sich über die Schulter zu ihm um. Immer noch umspielte ein triumphierendes Lächeln seine Lippen. »Ich habe ihnen meine Tochter versprochen, aber ich habe ihnen nicht gesagt, welche.«

»Ruh dich erst mal aus«, sagte Robert besänftigend und legte seinem Bruder eine Hand auf den Arm.

Darnley schlug sie ungeduldig weg und stieg weiter die Treppe hinauf. »Ich bin nicht umnachtet, Robert. Denk doch mal nach! Meine Lady hat mir nur eine Tochter geschenkt, doch ich habe im Laufe meines Lebens mehrere gezeugt.«

Sie kamen zu Darnleys Schlafgemach, wo sein Kammerdiener neben dem Feuer saß und sie schlaftrunken anblinzelte. Darnley befahl ihm, Brot, Fleisch und Käse zu holen. Sobald der Junge fort war, ging Darnley an den Tisch und schenkte sich Wasser aus dem Krug in einen Becher.

»Verstehe«, sagte Robert und setzte sich vors Feuer. »Tja, ich denke nicht, dass einer der Kirallens Maude schon mal gesehen hat …«

Darnley schüttelte den Kopf, worauf Tropfen aus seinem dunklen, lockigen Haar stoben. »Natürlich haben sie ihre Spione hier, so wie ich meine Spione bei ihnen habe, aber Maude war in den letzten drei Jahren kaum im Haus. Ich verwette mein Leben darauf, dass die Kirallens höchstens wissen, wie alt sie ist und welche Haarfarbe sie hat.«

»Kirallen ist kein Idiot«, wandte Robert ein. »Von den Mädchen aus dem Dorf könnte ihm keine etwas vormachen. Und selbst wenn, wie lange soll das gut gehen? Früher oder später kommt er dahinter.«

»Ich brauche nicht viel Zeit, nur lange genug, um Männer

für eine Schlacht zusammenzustellen. Gütiger Gott, Robert, glaubst du etwa, ich nehme diese Beleidigung stillschweigend hin? Wir haben einen Monat Zeit, aber das wird nicht reichen. Ich gehe zu Percy und bitte ihn um ein paar Männer – du musst mir helfen, eine glaubwürdige Geschichte zu erfinden, denn er will nichts mehr mit der Kirallen-Geschichte zu schaffen haben.«

»Selbstverständlich nicht. Northumberland kann es sich nicht leisten, in den Zwist verwickelt zu werden«, sagte Robert, der für einen Moment in die königliche Politik abschweifte. »Jetzt, wo wir in Frieden mit Schottland leben – und unser Lord sich so gut mit Lancaster versteht –, würde er es nicht wagen, Grenzärger wegen einer Familienfehde anzuzetteln. Aber ich könnte mir etwas ausdenken …«

»Sagen wir, ein weiterer Monat – im Höchstfall sechs Wochen –, und ich habe, was ich brauche. Nixon wird mir helfen, schätze ich. Er und Kirallen liegen sich schon lange in den Haaren. Ich werde meine Männer bei ihm unterbringen, bis ich so weit bin. Und dann …« Darnley grinste und bleckte dabei die Zähne. »Ich werde wie der Zorn Gottes über die Kirallens kommen, wenn sie am wenigsten damit rechnen.«

»Sechs Wochen?«, wiederholte Robert unsicher. »Kein gewöhnliches Mädchen lässt sich in so kurzer Zeit auf einen Betrug vorbereiten.«

»Ein gewöhnliches vielleicht nicht. Aber erinnerst du dich an das McLaran-Mädchen?«, fragte Darnley. »Ach nein, bestimmt nicht, oder? Du warst ja noch zu klein damals.«

»Ich erinnere mich daran, dass sie eine Menge Ärger machte.«

»Auf jeden Fall war sie keine Bauerntochter«, sagte Darnley. »Und sie hat ein sehr hübsches Mädchen zur Welt gebracht.«

»Du meinst, sie ist noch *hier?*«

»Nein, ich habe sie mit Jacob Bowden verheiratet, sobald feststand, dass sie guter Hoffnung war. Ich konnte sie schließlich nicht hier behalten. Aber Bowden und sie sind inzwischen beide tot, und ich sehe die Tochter manchmal unten in der Küche. Ein kleines rothaariges Ding, genau wie Maude, und fast im selben Alter. Du kannst ihr alles beibringen, was sie wissen muss.«

»Mag sein«, sagte Robert, dessen zweifelnder Ton vom interessierten Funkeln in seinen Augen Lügen gestraft wurde. Wer hätte gedacht, dass John zu einem solchen Plan fähig war? Zugegeben, die Sache war zum Scheitern verurteilt, und dennoch entbehrte sie nicht eines gewissen Reizes. Und Raffinesse war etwas, bei dem Roberts Instinkt für Intrigen auflebte. Könnte er sich tatsächlich ein einfaches Mädchen nehmen und sie innerhalb eines Monats in eine Lady verwandeln? Nun, das kam ganz auf die betreffende junge Dame an. Sie müsste Verstand haben … und Mut. Beides waren Eigenschaften, die unter den Bauern eher selten vorkamen.

»Natürlich müssen wir nicht unbedingt das Bowden-Mädchen nehmen«, sagte Robert schließlich. »Wir brauchen überhaupt nicht zwingend eines deiner Kegel zu wählen. Jedes rothaarige Mädchen mit ein bisschen Grips tut es.«

»Gott behüte«, widersprach Darnley und bekreuzigte sich hastig. »Ich habe geschworen, meine *Tochter* zu geben, und ich werde zu meinem Wort stehen.«

Der Kammerdiener kam mit dem Essen, das er auf den Tisch stellte, bevor er auf Befehl seines Herrn eiligst wieder verschwand. Die beiden Brüder setzten sich an den Tisch unterm Fenster. Robert betrachtete Darnley amüsiert. Wie widersprüchlich die Menschen doch oft waren! In diesem Punkt musste er seinem Freund Chaucer Recht geben. John zögerte nicht, ein armes Mädchen an Maudes Stelle zu den Kirallens zu schicken, plante eiskalt einen Betrug, und zugleich empörte ihn die Vorstellung, er könnte des Wortbruchs beschuldigt werden.

Robert hatte eigentlich vorgehabt, noch in dieser Woche nach London zurückzukehren, doch er änderte prompt seine Meinung. Sollten sie mit diesem dreisten Betrug durchkommen, könnte er ein Lied darüber schreiben. Dieses Lied würde eine Geschichte erzählen, die ihn auf eine Stufe mit Chaucer stellte. Und mit ein bisschen Glück durfte er sie am Yule-Hof vortragen – vielleicht sogar vor dem Herzog von Lancaster höchstpersönlich!

Und falls es schief ging – nun, dann wäre er auf dem Weg nach London, bevor die Schlacht begann. John Darnley war immerhin nur sein Halbbruder und stand ihm nicht nahe genug, als dass Robert für ihn sein Leben riskierte.

»Unter Umständen brauchen wir sie gar nicht«, fuhr Darnley fort und brach sich ein Stück Brot ab, das er mit Honig bestrich. »Wenn meine Männer in Berwick ihre Arbeit machen, umso besser. Für einen Bräutigam, der mit einem Dolch zwischen den Rippen auf dem Meeresgrund liegt, richtet man keine Hochzeit aus.« Er grinste selbstzufrieden.

»Stimmt«, pflichtete Robert ihm bei, auch wenn er im Stillen hoffte, dass Kirallen seinen Attentätern entkam. Sollte er jetzt sterben, wäre der ganze Spaß verdorben.

»Wie dem auch sei, diesmal werde ich sie vernichten«, sagte Darnley und ballte die Faust um seinen Messergriff. »Der alte Mann ist ein Idiot. Er muss verrückt sein zu glauben, dass ich ihnen Maude überlasse. Und selbst wenn dieser andere, dieser Jemmy, heil nach Hause kommt, habe ich von ihm nichts zu befürchten. Ich bin auch mit dem älteren Bruder fertig geworden, und der war, bei Gott, ein *Mann!* Er ritt, wohin es ihm gefiel, nahm sich, was immer er wollte – Jesus, was für ein arroganter Bastard. Aber gegen mich hatte er keine Chance. Und nun, da er fort ist, hält mich nichts und niemand mehr auf. Sie sind so gut wie tot, alle von ihnen, das schwöre ich bei Gott – hast du mich verstanden? *Hast du mich verstanden?*«, rief er und schlug mit der Faust auf den Tisch.

Robert beäugte ihn unsicher. Darnley bleckte schon wieder die Zähne und hatte ein unheimliches Funkeln in den Augen. Er wirkte beinahe wie ein Wahnsinniger. Überhaupt hatte Robert in letzter Zeit häufiger den Eindruck, dass sein Halbbruder verrückt *war*. Vor drei Monaten hatte er den älteren Kirallen-Sohn in einer Schlacht besiegt, und Robert hatte sich die Geschichte in den vierzehn Tagen seit seiner Ankunft mindestens hundert Mal anhören müssen. Der Sieg schien Darnleys Wut auf den Clan jedoch kein bisschen gemindert zu haben. Vielmehr schien sie sich zu einer regelrechten Besessenheit auszuwachsen.

»Ja doch«, beschwichtigte Robert ihn. »Ich habe dich verstanden. Gott stehe Jemmy Kirallen und seiner Familie bei.«

Er hob seinen Becher, stellte ihn aber gleich wieder ab, ohne daran genippt zu haben, und blickte hinaus auf das endlose, öde Moor. Bei Gott, dieses Grenzgebiet war ein trister Ort, selbst im Frühling. Hatte er wirklich gerade versprochen, seinen Besuch um weitere zwei Monate zu verlängern?

Kurz darauf aber schlug seine Stimmung wieder um und erneut blitzten fröhliche Funken in den haselnussbraunen Augen des Ritters auf. Lächelnd trommelte er mit den Fingern auf den Tisch und dachte sich dabei die erste Strophe seiner Ballade aus.

1. Kapitel

Jemmy Kirallen stand am Bug des Schiffes und starrte blind in den Regen. Natürlich regnete es. In Schottland regnete es immer. Ehe er von hier fortging, hatte er gar nicht geglaubt, dass es Orte gab, an denen Nebel und Regen nicht zum Alltag gehörten. Und dann hatte er wunderbare Inseln gesehen mit weißen Sandstränden, wo das Sonnenlicht auf den Wellen tanzte und ein stetig sich veränderndes Farbenspiel aus verschiedensten Grün- und Blautönen veranstaltete.

Seufzend blickte er in den trüben Himmel. Ein ganzes Stück weiter vorn konnte er bereits den Hafen von Berwick ausmachen, eine düstere Ansammlung von viereckigen Bauten und dunklen Pfählen, die aus dem bleigrauen Meer ragten. Wabernde Nebelschwaden versperrten immer wieder die Sicht, bis das Schiff nahe genug war, dass man die Fackeln erkannte, die am Kai brannten. Jemmy kam alles wie ein fast vergessener Traum vor. Ein Albtraum wohl eher, dachte er verbittert.

Vor sechs Wochen hatte ihn in Cadiz die Nachricht erreicht, dass sein älterer Bruder von Lord John Darnley umgebracht worden war. Jemmy hatte die notwendigsten Geschäfte geregelt und war schnellstmöglich aufgebrochen, da er wusste, dass sein Vater seine sofortige Rückkehr erwartete. Ian war tot, sein Sohn noch ein Kind und mit dem alten

Herrn ging es gesundheitlich rapide bergab. Jemmy blieb gar nichts anderes übrig, als nach Hause zu fahren.

Doch so vernünftig sein Handeln auch scheinen mochte, war es andererseits vollkommen unverständlich. Schottland war seit Jahren nicht mehr seine Heimat. Er gehörte heute noch weniger hierher als vor zwölf Jahren.

Schon als Kind war ihm die Fehde zwischen seiner Familie und den Darnleys irrwitzig und sinnlos erschienen. Die beiden Clans fochten einen Krieg aus, der keinen Anfang und kein Ende hatte. Der Zwist diente einzig dem Zweck, die Kampftruppen auf beiden Seiten zu vernichten und Leben, Träume und Hoffnungen zu zerstören. Und jetzt wurde von ihm erwartet, dass er nicht nur kämpfte, sondern seinen Clan auch noch in eine Schlacht führte, um den Tod seines Bruders zu rächen.

Genau das aber würde er nicht tun, dachte er niedergeschlagen. Und sobald die anderen erkannten, dass sie in ihm nicht den Anführer fanden, den sie sich erhofften, würde ihr herzliches Willkommen rasch in bittere Vorwürfe umschlagen. Sie würden ihn einen Verräter und einen Feigling schimpfen, der nicht wert war, Ians Platz einzunehmen. Als hätte er das jemals gewollt! Die Sache wurde gewiss unangenehm, aber sie wäre auch schnell vorbei. Noch vor dem Herbst konnte er wieder in Spanien sein. Er hatte also keinen Grund, sich Sorgen zu machen. Warum hatte er trotzdem das ungute Gefühl, gerade in eine Falle zu tappen? Sein Besuch sollte ein kurzer werden, so viel stand fest, denn er würde von vornherein erklären, dass er sich weigerte, die Darnleys zu bekriegen. Und was die anderen von ihm dachten, scherte ihn so oder so kein bisschen.

Mit Ausnahme von seinem Vater.

Der alte Mann musste am Boden zerstört sein. Ian war das

Licht seines Lebens gewesen – und der Liebling des Clans. Zweifellos waren viele von ihnen verrückt vor Trauer und schrien nach Rache. Glaubten sie denn ernsthaft, dass die Ermordung noch so vieler Darnleys ihren Schmerz lindern könnte? Was immer sie taten, würde nichts daran ändern, dass Ian nicht mehr lebte.

Das Schiff legte an, und Jemmy stieg langsam von Bord. Er fühlte sich, als stiege er in seine Vergangenheit zurück. Exakt an dieser Stelle war er erstmals an Bord eines Schiffes gegangen. Und nun war er wieder hier, von wo aus er aufgebrochen war, als hätte es die letzten zwölf Jahre nicht gegeben.

Eine Gruppe von Spaniern stand verwundert im Regen. Die geschäftigen Seeleute im Hafen ignorierten ihre zaghaften Fragen und schoben sie wortlos aus dem Weg. Als Jemmy an ihnen vorbeikam, fasste ihn einer der Männer am Arm.

»*Con permiso, señor*«, sagte er höflich. Dem Akzent nach musste er aus Kastilien sein. »Bitte, könnt Ihr mir sagen, wo das nächste Gasthaus ist?«

Jemmy antwortete dem Mann auf Spanisch und begleitete ihn ein Stück. Dabei wanderte sein Blick wie beiläufig zu zwei Männern, die an der Anlegestelle standen. Sowie er an ihnen vorüberging, merkte er auf, denn sie stießen sich von dem Poller ab und folgten ihm betont unauffällig.

»Hier entlang«, sagte Jemmy zu dem Spanier und schob ihn ein Stück von sich. »*Vaya con Dios.*«

Noch ehe er zu Ende gesprochen hatte, drehte er sich ruckartig um und packte den Mann hinter sich beim Handgelenk. Dann entwand er ihm seinen Dolch und schoss ihn mit dem Fuß über die regennassen Planken. Der Spanier eilte davon. Jemmy bückte sich. Sein eigener Dolch schimmerte im Laternenlicht, als er den beiden Angreifern gegenüberstand.

Eigentlich hatte er erwartet, dass sie weglaufen würden, aber sie rührten sich nicht.

»Worauf wartet ihr?«, fragte er freundlich, wobei er unbewusst in den Tonfall zurückfiel, den er in seiner Jugend gepflegt hatte. »Ihr wisst, dass das hier nicht so einfach wird, wie ihr dachtet. Und jetzt fragt ihr euch wahrscheinlich, was ihr machen sollt. Also, mein Rat ist, denkt lieber gründlich nach, ehe ihr etwas tut, das ihr später bereuen könntet. Ein Fehler zieht den nächsten nach sich, und dafür bin ich heute Abend nicht in der Stimmung. Noch können wir alle drei unversehrt unserer Wege gehen.«

Der Mann, den Jemmy entwaffnet hatte, zog einen zweiten Dolch und trat einen Schritt nach links. Der andere Mann spuckte ins Wasser und ging nach rechts. Die beiden waren keine kleinen Hafenstrolche, stellte Jemmy fest, sonst wären sie längst weg.

»Lasst uns nichts überstürzen, Männer«, fuhr er fort, wobei er beide Kerle im Auge behielt. »Ich bin sicher, dass ihr nicht vorhabt, heute zu sterben, und ich möchte euch nicht umbringen. Dennoch werde ich es notfalls tun. Nur frage ich euch, welchen Sinn hätte das? Wäre es nicht besser, wenn ihr mir sagt, worum es hier geht, und ich vergesse, dass ich euch je gesehen habe?«

Für einen Moment zögerten die beiden, und Jemmy hoffte schon, sie würden seinen Vorschlag annehmen. Er hatte es durchaus ernst gemeint, als er sagte, er wollte sie nicht umbringen. Doch was immer solche Männer antrieb – Jemmy hatte es nie verstanden und wollte es auch nicht verstehen – erwies sich einmal mehr als stärker denn jede Vernunft. Bis der Spanier mit den Wachen zurückkam, war alles vorbei und Jemmy steckte seinen Dolch wieder in die Scheide.

Ein Dutzend Zeugen eilten herbei, die nun, da die Gefahr

gebannt war, unbedingt ihre Version des Ereignisses erzählen wollten. Es wären zwei Männer gegen einen gewesen, berichteten sie einhellig, und der Einzelne hätte alles in seiner Macht Stehende getan, um den Kampf zu vermeiden. Äußerst verärgert über den Vorfall, hob Jemmy den Umhang des einen Toten hoch und war wenig überrascht, als ihm das Darnley-Wappen von der blutgetränkten Tunika entgegenleuchtete.

Was für Narren, dachte er angewidert und bedeckte das starre Gesicht des Mannes mit dessen Umhang. Sie könnten noch am Leben sein, doch jetzt waren sie tot – und das nur wegen eines uralten Zwistes, dessen Ursache sie nicht einmal kannten.

Er war also wieder mittendrin. Machte ihn das nicht zu einem noch viel größeren Narren als die beiden?

»Jemmy!«, rief eine Stimme. Er blickte auf und griff instinktiv nach seinem Dolch. Sobald er erkannte, in welchen Farben die sechs Männer gekleidet waren, die auf ihn zukamen, nahm er die Hand wieder herunter.

Ihre Namen konnte er nicht mehr zuordnen, aber in dem einen oder anderen Gesicht erinnerten noch Züge an die Jungen, die sie vor zwölf Jahren gewesen waren. Einen von ihnen erkannte er allerdings in dem Moment wieder, als dieser vor ihn trat und die durchnässte Kapuze abnahm.

Jemmys Pflegebruder Alistair war erst siebzehn gewesen, als Jemmy ging, hatte sich aber damals schon im Clan den Ruf eines viel versprechenden Kriegers erworben. Alistair war an Kühnheit und Begeisterung gleich nach Ian gekommen. Außerdem war er bereits damals ein berüchtigter Weiberheld – auch in diesem Punkt war Ian sein einziger Konkurrent gewesen. Vor zwölf Jahren hatte er mit seinen silbrig-blonden Locken und den grauen Augen etwas trügerisch Engelsgleiches gehabt – das perfekte Gegenbild zu dem dunklen, gut aussehenden Ian. Inzwischen war er vom hübschen Jugendlichen zu einem umwerfenden Mann herangewachsen.

Jetzt aber lag ein dunkler Schatten auf seinen Zügen, als er Jemmy prüfend ansah.

»Alistair«, begann Jemmy und hielt sogleich inne. Irgendwie hatte er erwartet, Ian an Alistairs Seite zu sehen, doch Ian war nicht da. Erstmals traf ihn der Tod seines Bruders wie ein Hieb. Ian, der nie auch nur eine Sekunde geschwiegen hatte, sollte nun für immer schweigen. Nie wieder würde Jemmy das verschmitzte Grinsen seines Bruders sehen oder von ihm in irgendein verrücktes Abenteuer verstrickt werden. In diesem Moment wurde ihm sein Verlust so schmerzlich bewusst, dass es Jemmy die Sprache verschlug.

Alistair schien Jemmy angesehen zu haben, was in ihm vorging. Er blickte Jemmy mitfühlend an, dabei musste der Schmerz für ihn doch um ein Vielfaches größer sein als für Jemmy. Solange Jemmy sich erinnerte, waren Ian und Alistair unzertrennlich gewesen. Sie hatte weit mehr verbunden als nur Verwandtschaft. Sie waren seelen- und geistesverwandt gewesen. Bereits im Kindesalter hatte jeder von ihnen genau gewusst, was der andere dachte. Sie hatten sich wortlos verstanden. Deshalb hatte es natürlich auch einige Eifersüchteleien gegeben, sowohl von Jemmys als auch von Alistairs Seite. Ian war das Verbindungsglied zwischen ihnen gewesen und zugleich der Keil, der sie auseinander trieb.

»Alistair, es tut mir entsetzlich Leid«, brachte Jemmy schließlich heraus.

»Ja, uns allen«, sagte Alistair mit einem schroffen Unterton, der Jemmy deutlich zu verstehen gab, dass er nicht über Ians Tod sprechen wollte. »Aber jetzt bist du wieder da.

Du hast dir wahrlich Zeit gelassen mit deiner Rückkehr, muss ich sagen. War dir denn nicht klar, dass wir dich hier brauchen?«

»Ich kam gleich nachdem ich es erfahren hatte«, erwiderte Jemmy, der das Gefühl hatte, sich verteidigen zu müssen, obwohl er nicht wusste, warum.

»Na ja, jetzt bist du hier, und keine Minute zu früh. Du bist der Einzige, der deinen armen Vater aufhalten kann. Er ist vollkommen verrückt vor Trauer. Du musst ihm erklären, dass du bei dieser Geschichte nicht mitmachst, und zwar gleich, ehe es zu Missverständnissen kommt.«

»Welche Geschichte?«, fragte Jemmy gereizt. Alistair hatte sich kein bisschen verändert. Er war nach wie vor der Überhebliche, der nach links und rechts Befehle erteilte, ohne etwas zu erklären. Es hatte ihn nie interessiert, wen er mit seinem Verhalten vor den Kopf stieß.

»Er hat dich versprochen – wir schaffen es vielleicht gerade noch vor der Hochzeit nach Hause.«

»Hochzeit?«, wiederholte Jemmy entrüstet. »*Meine* Hochzeit? Aber – das kann er nicht tun!«

»Ja, das haben wir auch alle gesagt, oder?« Die anderen Männer bestätigten seine Worte durch ein einstimmiges Raunen. »Er hört nicht auf uns. Seit Ian«, fuhr er fort, unterbrach jedoch kurz und schluckte. »Seit Januar scheint der Verstand deines Vaters gefährlich nachzugeben.«

Jemmy sah in die Gesichter der anderen, in denen er teils Verlegenheit, teils zögernde Zustimmung las. Offensichtlich hätte keiner von ihnen den Mut aufgebracht, es so direkt zu sagen, doch dass sie Alistair Recht gaben, stand außer Frage.

»Was hat das alles mit irgendeiner Hochzeit zu tun?«

»Er hat versprochen, dass du Maude Darnley heiratest.«

»Maude?« Jemmy stieß hörbar den Atem aus. »Mein Gott, Alistair, das ist ein schlechter Scherz.«

»Ich wünschte, es wäre so«, sagte Alistair. Er signalisierte den anderen mit einer Handbewegung, sie sollten auf Abstand gehen, nahm Jemmy beim Arm und führte ihn zum Eingang einer kleinen Hütte. »Es stimmt, Jemmy, und du bist der Einzige, der diesen Spuk beenden kann. Der Burgherr kann nicht mehr klar denken.«

Regen trommelte auf das dünne Holzdach über ihnen und übertönte das Murmeln der anderen Männer. Jemmy hatte auf einmal das Gefühl, Alistair und er wären die einzigen Menschen weit und breit, zusammengepfercht in diesem Hütteneingang wie in einer Falle.

»Erzähl mir alles«, forderte Jemmy ihn auf. »Ich will genau wissen, was vorgefallen ist.«

Jemmy stand in der schmutzigen Schenke des Gasthauses und trank sein säuerliches Bier, ohne etwas zu schmecken, während er sich die letzten Neuigkeiten von daheim berichten ließ. Als er einige Zeit später ins Bett fiel, konnte er vor lauter Nachdenken keinen Schlaf finden.

Er hatte gewusst, dass Ians Tod ein schwerer Schlag für seinen Vater sein musste. Alistairs Erzählungen nach hatte er jedoch weit schlimmere Folgen, als er ahnte. Seit Ians Tod war die Gesundheit seines Vaters stark angegriffen. Er litt des Öfteren an Anfällen, die ihn zusehends häufiger und schwerer heimsuchten. Die Ärzte konnten sagen, was sie wollten, sowohl Alistair als auch Jemmy wussten, welches der wahre Grund für die Krankheit war. Dem alten Mann war das Herz gebrochen worden. Allerdings war das auch schon der einzige Punkt, in dem sich die beiden einig waren.

Alistair glaubte, dass der Gutsherr außerdem dem Wahnsinn verfiel, wohingegen Jemmy genau das Gegenteil vermutete. Ians Tod hatte seinen Vater endlich zur Vernunft gebracht. Nachdem er ein Leben lang gegen den Kriegerehrenkodex seines Vaters angekämpft hatte, war es ein ziemlicher Schock für Jemmy festzustellen, dass sie nun beide auf derselben Seite gelandet waren. Ja, durch diese Entwicklung wurden seine eigenen Vorstellungen auf den Kopf gestellt, ihm wurde der Wind aus den Segeln genommen. Besonders schlimm aber war, dass Alistair glauben musste, allein der Traum vom Frieden erhielte den Burgherrn noch am Leben.

Jemmy konnte diesen Traum Wirklichkeit werden lassen. Das wünschte er sich, solange er denken konnte, schon als Kind. Dafür hatte er endlose Nächte gebetet, nachdem er mit ansehen musste, wie die Clanmitglieder in die Schlachten zogen und abends als Leichen zurückgebracht wurden. In seinen Augen waren ihre Leben verschwendet gewesen.

Und nun gab es Hoffnung auf ein Ende des dauernden, sinnlosen Schlachtens. *Sei vorsichtig mit dem, wofür du betest*, hatte seine Mutter oft gesagt. *Sei vorsichtig, denn eines Tages könnten sich deine Gebete erfüllen.* Und nun trat ein, wofür er gebetet hatte. Auf einmal lag es bei ihm, seine Wünsche wahr zu machen. Er brauchte bloß heimzureiten und seine Pflicht gegenüber seinem Clan zu erfüllen.

Allein bei der Vorstellung brach ihm kalter Schweiß aus. Vor Jahren hatte Jemmy sich dem Meer verschrieben, wie sich andere Männer einer Frau oder der Kirche verschrieben. Er gehörte den Ozeanen ebenso wie die tollenden Delphine oder die Seeadler, die über die Wellen glitten. Wie sie konnte er außerhalb seines Elements nicht überleben. Selbst kurze Ausflüge ins Inland verursachten ihm neuerdings Beklemmungen. Er fühlte sich dann jedes Mal, als säße er in einer

Falle gefangen. Deshalb war er froh, über hinreichend Mittel zu verfügen, solche Reisen anderen aufzutragen. Gewöhnlich rechnete er nicht einmal seinen Gewinn nach, ehe er wieder in See stach.

Ein Leben auf Ravenspur konnte kein Leben für ihn sein. Vielmehr käme es einem langsamen, schmerzvollen Sterben gleich. Wahrscheinlich würde er noch vor Ablauf eines Jahres dem Wahnsinn verfallen. Und der Gedanke an Heirat reizte ihn nicht im Mindesten. Er hatte es einmal versucht und es war ein Desaster gewesen, ein Fehler, den er auf keinen Fall wiederholen wollte.

Er musste einen anderen Weg finden, den uralten Zwist zwischen den Clans beizulegen und für dauerhaften Frieden zu sorgen. Die ganze Nacht wälzte er sich schlaflos auf der dünnen Strohmatte, während seine Gedanken auf- und abtanzten wie ein Schiff im Sturm.

Als die ersten Sonnenstrahlen durch die brüchigen Läden drangen, hatte er das Gefühl, die Falle, in der er saß, wäre endgültig zugeschnappt.

Kapitel 2

Auf Aylsford Manor dämmerte der Morgen unbemerkt von Alyson Bowden, die im Turmzimmer lag und dem Heulen des Windes lauschte. Das jammernde Geräusch passte hervorragend zu ihrer Stimmung. Sie erschauderte vor Kälte, doch auch die schwere Decke vermochte nichts gegen ihr Frösteln auszurichten. Heute war der Tag ihrer Vermählung. Mein Hochzeitstag, dachte sie und kicherte halb hysterisch. Nein, nicht mein Hochzeitstag, sondern Maudes. Doch Maude schlief seelenruhig in ihrem Bett, gänzlich unbesorgt angesichts dessen, was dieser Tag bringen würde.

Die Tür ging auf und Dame Becta rauschte herein, Maudes Kammerzofe. Alyson stellte sich schlafend, während die Zofe ein Feuer im Kamin machte und Kerzen anzündete. Dann kam sie zu Alysons Bett.

»Aufstehen, Mistress«, sagte sie und sah Alyson an. In ihrem runden Gesicht war sogar eine Spur von Mitgefühl zu entdecken, als sie hinzufügte: »Nach dieser Nacht wird es sicher ein schöner Tag.«

Becta wusste natürlich Bescheid. Vor ihr ließ sich die Wahrheit nicht verheimlichen. Die übrigen Bediensteten dachten indes, dass tatsächlich Maude an diesem Morgen heiraten würde. Die Nachricht hatte sie alle schockiert und für reichlich Getuschel gesorgt, denn obwohl sie ihre junge

Herrin nicht unbedingt ins Herz geschlossen hatten, war sie doch die Einzige, die sie besaßen. Es war eine Schande, lautete ihr einhelliges Urteil, Maude diesem schottischen Schurken zu überlassen. Während der vergangenen Wochen hatten sie Maude regelrecht mit Mitgefühl überschüttet, worüber die sich hinter dem Rücken der Diener reichlich lustig gemacht hatte.

Alyson warf ihre Decke beiseite. Es war sinnlos, sich im Bett zu verkriechen, beschloss sie. Sie musste es anpacken, je eher, desto besser. Trotzdem bekam sie keinen Bissen von dem Frühstück herunter, das man ihr brachte. Und an dem warmen Leichtbier nippte sie nicht einmal. Stattdessen nahm sie ein Bad und ließ sich von Becta ankleiden. Als Erstes kam ein dünnes, feines Leinenunterkleid, darüber eine bernsteinfarbene Robe und schließlich ein saphirblauer, ärmelloser Überwurf, der am Saum mit dichtem Pelz besetzt war und in der Taille von einem verzierten Gürtel im Blau-Gold-Muster der Darnleys gehalten wurde. Becta kämmte ihr das Haar aus, das sie unter dem blauen Schleier offen tragen sollte. Der Schleier wurde mit einem goldenen Haarreifen befestigt.

Maude kam hinein und stellte sich neben ihre Halbschwester vor den Spiegel. Alyson starrte sie mit demselben Ausdruck eisigen Schreckens an, den sie vor fast einem Monat gehabt hatte, als sich die beiden jungen Frauen erstmals vorm Spiegel gegenüberstanden. Sie hatten dieselben blau-grünen Augen, deren äußere Winkel ganz leicht nach oben gingen, dieselben vollen Lippen und dieselbe kurze, gerade Nase – sogar ihre spitzen Haaransätze glichen sich vollkommen.

Zweifellos unterschied sie sonst vieles. Maudes Haar war goldblond mit einem Stich ins Rote, während Alysons vom tiefen Rot eines Sonnenuntergangs im Winter war. Maudes Gesicht war ein perfektes Oval, wohingegen Alysons Kinn klarer umrissen und ihre Wangenknochen etwas stärker betont waren. Niemand hätte sie bei näherer Betrachtung verwechselt, auch wenn sie sich auf den ersten Blick sehr ähnlich sahen. Im Moment waren Alysons Augen vor Angst weit aufgerissen, während Maudes amüsiert blitzten.

Wenn ich doch nur nicht so frieren würde, dachte Alyson und rieb die eisigen Hände aneinander, dann könnte ich vielleicht klarer denken. Ihre Gedanken überschlugen sich in einem Tempo, das es ihr unmöglich machte, einen einzelnen länger als für einen flüchtigen Moment festzuhalten.

»Er wird erwarten, dass du jungfräulich bist«, sagte Maude. »Und ich schätze, das trifft nicht zu.«

»Ich bin Jungfrau«, entgegnete Alyson und sah Maudes Spiegelbild in die Augen.

»Du solltest lieber nicht lügen – er wird verärgert sein, wenn er es entdeckt.«

Alyson reckte das Kinn in die Höhe und imitierte die hochnäsige Maude damit aufs Vollkommenste. »Ich habe nichts zu befürchten«, bekräftigte sie im selben, eisigen Tonfall wie Maude. »Aber was wird mit *Euch* in *Eurer* Hochzeitsnacht sein?«

Maude brauchte einen Moment, bis sie begriff, dass sie soeben beleidigt worden war. Dann versetzte sie Alyson eine schallende Ohrfeige, wobei ihre schweren Ringe die Oberlippe ihrer Halbschwester zum Aufplatzen brachten.

»Schluss damit, Mylady! Hört auf!«, befahl Becta streng, stellte sich zwischen die beiden und hob Alysons Schleier hoch. »Wenn Ihr den schmutzig macht, kriege ich ihn nie mehr zeitig gereinigt.«

Maude griff um die Kammerzofe herum nach Alysons Handgelenk. »Wag es nie wieder, so mit mir zu reden!«, zischte sie. »Wir haben vielleicht denselben Vater, aber vergiss nicht, dass uns sonst einiges unterscheidet. *Meine* Mutter war eine Percy. Deine Mutter war eine Hure und du bist ebenfalls eine.«

»Euer Vater machte meine Mutter zu dem, was sie war«, rief Alyson, kochend vor Wut. »Und Ihr macht mich zu dem, was ich sein werde! Wenn ich schon die Hure spielen muss, dann betet Ihr lieber, dass ich es gut mache.«

»Ruhe jetzt!«, schimpfte Becta. »Mylady, Ihr setzt Euch hin und lasst mich fertig werden.«

Maude fügte sich widerwillig und warf sich auf die Couch. Von dort beobachtete sie mit halb geschlossenen Augen, wie Becta Alysons Lippe abtupfte und den Schleier wieder zurechtzupfte. Anschließend trat die Kammerzofe einen Schritt zurück und betrachtete Alyson kritisch, bevor sie ihr eine Kette aus Gold und Saphiren umhängte.

»Gewöhn dich nicht zu sehr an den Schmuck«, sagte Maude. Sie lehnte sich gegen die Kissen auf der Couch und streckte sich genüsslich wie eine Katze. »Ich habe jedes Schmuckstück markiert, das du mitnimmst. Sollte auch nur eines wegkommen, wirst du dafür hängen – vorausgesetzt, du lebst lange genug«, fügte sie lachend hinzu.

Alyson sah sie eine Weile schweigend an. »Wie seid Ihr bloß so geworden?«, fragte sie schließlich. Dabei klangen ihre Worte nicht wütend, sondern eher verwundert. Und tatsächlich hatte Maude zur Abwechslung keine prompte Antwort parat. Sie starrte schweigend auf den Kelch in ihrer Hand, während Becta Alysons Umhang zuhakte und ihr den Schleier übers Gesicht zog.

Alysons Herz hämmerte vor Angst. Nun war es so weit. Mit zitternden Knien ging sie zur Tür.

»Warte.«

Alyson drehte sich um.

»Du kannst die Kette behalten«, sagte Maude mit trotzig erhobenem Kinn.

»Danke, Mylady, aber ich will sie nicht.«

Sie wartete einen Augenblick, doch Maude erwiderte nichts.

Vor der Tür stellte Alyson fest, dass der Regen aufgehört hatte. Der Himmel war immer noch von dunklen Wolken verhangen und ein eisiger Wind wehte. Die Stallknechte führten die Pferde in den Hof. Alyson stand im Schatten des Torbogens und blickte sich um. Ihre Hoffnung, dass ihr Bruder irgendwo unter den Knechten sein mochte, erwies sich als vergebens. Neben ihr wartete Sir Robert, der ungeduldig mit seinem Fuß auf den Pflastersteinen trommelte.

Obwohl er im letzten Monat Alysons Privatlehrer gewesen war, hatte sie das Gefühl, Lord Darnleys Halbbruder kaum zu kennen. Genau genommen schüchterte er sie mehr ein, als sie ihm jemals zu zeigen wagte. Er war abwechselnd ungeduldig, fordernd und von beißendem Witz, aber er hatte Alyson kein einziges Mal beim Namen genannt, geschweige denn das geringste Interesse daran gezeigt, warum sie zu diesem verabscheuungswürdigen Betrug bereit gewesen war. Ihm war lediglich wichtig, dass sie standesgemäß mit Messer und Gabel hantierte, ein paar Akkorde auf der Laute zustande brachte, anständig auf einem Pferd saß und mit Pfeil und Bogen umgehen konnte. All diese Fertigkeiten hatte sie zu seiner vollsten, wenngleich widerwillig eingestandenen Zufriedenheit gemeistert. Schließlich hatte sie doch allen Grund, sich redliche Mühe zu geben.

Heute war Sir Robert in der neuesten Mode gekleidet, die er vom Hof mitgebracht hatte. Er trug einen golden und rot gemusterten Mantel mit passender Hose und eine braune Samtkappe mit einer roten Feder dran, die im Wind wedelte.

Sein braunes Haar war elegant zu Locken gedreht, die sein kantiges, kluges Gesicht umrahmten.

»Nun, Mädchen?«, fragte er grinsend. »Du siehst ein bisschen grün im Gesicht aus. Dich verlässt jetzt doch nicht der Mut, oder?«

»Sir, bitte«, platzte es aus Alyson heraus, »könnt Ihr mir bitte sagen, wie es meinem Bruder geht?«

»Bruder? Welcher Bruder?«, erwiderte er unkonzentriert, während er stirnrunzelnd in den bewölkten Himmel sah.

»Robin. Er ist erst sieben und noch dazu so klein für sein Alter. Bitte, könnt Ihr mir sagen, wo Lord Darnley ihn gefangen hält?«

»Gefangen hält?« Der Ritter schaute sie überrascht an. »Warum sollte er ihn gefangen halten?« Dann fügte er mit einem prüfenden Blick hinzu: »Lord Darnley hat dir doch eine Belohnung versprochen.«

»O ja«, antwortete Alyson mit einem verzweifelten Lachen, das ihr im Hals stecken blieb. »Das Leben meines Bruders. Ich dachte, das wüsstet Ihr?«

»Bei Christi Wunden«, fluchte der Ritter leise. »Nein, davon wusste ich nichts. Aber verrate mir eines: Hättest du dich darauf eingelassen, wenn es nicht um deinen Bruder ginge?«

»Nein.«

»Nun, aber du verstehst doch gewiss, in welcher Lage sich John befindet – und Maude!«

»Er hätte nicht schwören dürfen, wenn er es nicht ernst meinte«, erklärte Alyson trotzig. »Das alles ist eine hinterhältige Lüge.«

»Nein, eigentlich nicht, na ja, jedenfalls nicht ganz. Diese Heirat war nicht Johns Idee, wie du weißt. Kirallen hatte ihn«, er hüstelte kurz, ehe er weitersprach, »in die Enge getrieben. Was hätte John sonst tun können, wo Kirallen doch den jungen Haddon gefangen genommen hatte? Er konnte diese Leute wohl kaum seinen einzigen Erben abschlachten lassen!«

Nein, natürlich konnte er nicht zulassen, dass seinem Sohn etwas zustieße, dachte Alyson, die mit jedem Moment wütender wurde. Aber er zögerte nicht, sie auf dieselbe Weise zu erpressen! Anscheinend waren Lord Darnleys menschliche Regungen den Angehörigen seines Standes vorbehalten. Für seine uneheliche Tochter und einen gewöhnlichen Jungen wie Robin brachte er keinerlei Mitgefühl auf.

»John sprach bei dem Schwur nur von seiner Tochter«, fuhr Sir Robert hastig fort. »Ich habe es selbst gehört. Und im Grunde trifft diese Bezeichnung auf dich ebenso zu wie auf Maude. Ich fand es sogar eigentlich recht gewitzt von ihm.«

Er wandte sich von Alyson ab und errötete. »Nun, es ist ja nicht für immer«, ergänzte er munter. »Sobald John seine Männer zusammengezogen hat, kannst du wieder nach Hause kommen.«

»Ja«, sagte Alyson leise. »Und wie viele werden deswegen sterben müssen?«

»Ich gestehe, dieser Aspekt ist … nun ja, darüber denkt man nur ungern nach, nicht wahr? Aber es ist ja nicht so, dass es sich um richtige … Menschen handelt. Das sind Kirallens! Du weißt doch, was das für Leute sind. Sie sind ein verräterischer, blutrünstiger Haufen, ohne jedwedes Ehrgefühl. Sie haben so viele meiner Verwandten getötet, dass ich es gar nicht nachzählen könnte, und andere auch …« Er blickte gedankenverloren in die Ferne. Dann schüttelte er den Kopf. »Dir wird nichts passieren, solange du beherzigst, was ich dir beigebracht habe. Und jetzt komm. Die anderen warten.«

Alyson stieg aufs Pferd, atmete tief durch und nahm die Zügel. Sie waren aus blauem Samt, wie auch der übrige

Schmuck am Zaumzeug ihrer Stute. Alles passte im Ton zu ihrem Umhang. Während sich die Pferde langsam in Bewegung setzten, zog Alyson ihren Schleier fester über ihr Gesicht.

Sitz gerade, ermahnte sie sich im Stillen. Rede nur, wenn du musst. Sie übte, ihr Kinn zu recken und über die Nase nach unten zu blicken. Hoffentlich hielt diese hochmütige Haltung andere davon ab, sie anzusprechen. Bei Maude schien es zu funktionieren. Vom niedrigsten Knecht bis hin zu Lord Darnley persönlich traute sich keiner, das Wort an sie zu richten, wenn sie so dreinblickte. Alyson betete, dass sie diese Mimik nur halb so glaubwürdig hinbekam wie Maude.

Kapitel 3

Jemmy zerrte an den Zügeln und brachte sein Pferd zum Stehen. Er blickte über das Moor nach Ravenspur. Alles sah genauso aus, wie er es in den letzten zwölf Jahren tausende Male geträumt hatte – düster, gewaltig und bedrohlich. Das war sein Zuhause. Auf seinen Reisen hatte er unzählige Burgen gesehen, von denen jede einladender gewirkt hatte als diese Grenzfestung. Und dennoch hatte ihn kein Anblick je so bewegt wie der von Ravenspur jetzt.

»Hässlicher Steinhaufen, was?«, sagte er zu Alistair, und auf einmal schnürte es ihm fast die Kehle zu.

Alistair antwortete nicht, sondern schlug die Augen nieder. Zuvor jedoch hatte Jemmy den Ausdruck tiefster Verachtung in Alistairs Blick erkannt. Wie in alten Zeiten, dachte er und jagte sein Pferd im Galopp über die Felder, die Zugbrücke und durch das Tor. Als er im Hof aus dem Sattel stieg, holte er ein paarmal tief Luft, ehe er sich auf den Weg zum Zimmer seines Vaters machte.

Der Burgherr saß am Fenster, und das Morgenlicht schien erbarmungslos auf die tiefen Falten, die sich in sein Gesicht gegraben hatten. Vor Jahren schon hatte er bei Jemmy und Ian »der alte Herr« geheißen, und dennoch war Jemmy erschrocken, als er sah, dass aus dem Riesen seiner Jugend ein gebeugter, kränklicher Mann geworden war. Er wusste, dass Ians Tod ihn so rapide hatte altern lassen.

»Vater«, sagte er und ging unsicher auf ihn zu.

»Jemmy?«, flüsterte sein Vater.

»Ja, Vater, ich bin's.«

»Für einen Moment dachte ich, du bist … du hast dich verändert.«

»Zwölf Jahre haben mich verändert.«

Ihre Blicke trafen sich, und Jemmy fühlte sich plötzlich wieder wie ein staksiger, tollpatschiger Fünfzehnjähriger. Nein, heute ist alles anders, sagte er sich. Ich bin kein Junge mehr, und er hat mich gebeten, nach Hause zu kommen.

»Na gut. Setz dich. Wir müssen reden.«

Jemmy gehorchte und ließ sich seine Enttäuschung nicht anmerken. Zwar hatte er nicht erwartet, wie der verlorene Sohn mit einem gemästeten Kalb empfangen zu werden, doch ein einfaches Willkommen wäre schon nett gewesen.

»Was hat es mit dieser Heirat auf sich?«, fragte er und schenkte sich selbst Wein ein, da sein Vater ihm keinen anbot.

»Es ist Maude Darnley, wie du sicher schon weißt«, sagte Kirallen.

»Hab ich gehört.«

Kirallen sah kurz zu seinem Sohn, dann wieder aus dem Fenster, als wäre der Anblick schmerzhaft für ihn. »Nun, wirst du sie heiraten?«, fragte er abrupt.

»Ich weiß nicht«, antwortete Jemmy wahrheitsgemäß. »Ich habe mir ein Leben in Spanien aufgebaut. Da liegt mein Schiff, und in den letzten Jahren bin ich sehr gut ins Geschäft gekommen. Ich …«

Sein Vater unterbrach ihn mit einer ungeduldigen Geste. Er wollte nichts hören von Jemmys Erfolgen, den Jahren harter Arbeit, den Tagen unter der glühenden Sonne und den kalten Nächten an Deck. All das tat er mit einer einzigen Handbewegung ab.

In diesem Moment begriff Jemmy, dass er sich überhaupt nicht verändert hatte, zumindest nicht so, wie es sich sein Vater gewünscht hätte. Er war nicht wie von Zauberhand zu einem Ebenbild Ians geworden. Es ist ein Wunder, dass ich meinen Bruder nicht gehasst habe, dachte Jemmy. Aber schließlich war es nicht Ians Fehler gewesen, dass er so verdammt perfekt war.

Jemmy lehnte sich zurück und streckte die Beine weit von sich. Mit dieser Haltung hatte er früher stets die Wut seines Vaters provoziert. Und auch jetzt bemerkte er die Anspannung des Burgherrn. Sie fielen in die vertrauten Verhaltensmuster zurück. Es war so leicht, seinen Vater in Rage zu bringen, erinnerte sich Jemmy. Zumindest leicht für ihn. Als Kind war es ihm hundert Mal täglich gelungen, ohne dass er es jemals beabsichtigte.

Er richtete sich auf und nahm einen Schluck Wein.

»Sag schon, Vater, was hast du wirklich vor? Wie willst du Darnley mit dieser Heirat übervorteilen?«

»Ich will Frieden«, antwortete Kirallen ernst. »Du sagtest doch immer, du willst auch, dass der Krieg ein Ende hat.«

»Und *du* sagtest immer, dass du Männer und keine Feiglinge zu Söhnen wolltest und dass ich eine Schande für den Namen Kirallen wäre.«

Er sprach ruhig, obwohl er bis heute die bittere Scham spürte, die er damals empfunden hatte.

Der Burgherr bewegte sich rastlos auf seinem Stuhl. »Ja, vielleicht sagte ich das. Aber die Dinge haben sich geändert.«

Eine Entschuldigung durfte Jemmy also nicht erwarten. Sein Vater würde nie eingestehen, dass er im Unrecht gewesen war.

»Verrate mir nur, Vater, warum ich? Warum hast du nicht

Alistair zu deinem Erben gemacht und ihn mit Lady Maude verheiratet?«

Willst du mich wirklich zurück?, wollte er fragen, doch diese Worte brachte er nicht über die Lippen. Stattdessen blickte er seinen Vater regungslos an und wartete auf dessen Antwort. Dabei umklammerte er seinen Weinkelch so fest, dass seine Fingerknöchel weiß wurden.

»Du bist mein einziger Sohn – mit weniger hätte Darnley sich nie einverstanden erklärt.«

Jemmy nickte. Armer alter Bastard, dachte er, ich bin alles, was er noch hat. Wie schrecklich muss das für ihn sein! Aber mit der Zeit würden sich seine Gefühle vielleicht ändern. Womöglich bestand eine geringe Hoffnung, dass sein Vater eines Tages sogar froh sein würde, ihn wieder bei sich zu haben.

»Und ich denke, wir können zu einer Vereinbarung kommen, die dir zusagt«, ergänzte Kirallen.

»Tatsächlich?«, fragte Jemmy ungläubig. »Wie soll die aussehen?«

»Dreihundert Mark für drei Monate deiner Zeit«, antwortete Kirallen.

»Und was passiert, wenn die drei Monate um sind? Stoße ich Lady Maude dann in den Brunnenschacht?«

Der Burgherr runzelte die Stirn. »Nach Ablauf der drei Monate kannst du nach Spanien zurückreisen. Bis dahin wird Alistair bereit sein, Ians Pflichten zu übernehmen, bis Malcolm alt genug ist. Und Lady Maude werden wir eine angemessene Bleibe geben.«

Jemmy stützte die Ellbogen auf die Knie und überlegte. Selbstverständlich wollte sein Vater ihn nicht zurück, nicht für immer und schon gar nicht als seinen Erben. Hatte er ernsthaft geglaubt, es könnte so einfach sein? Nichts, was sein

Vater tat, war je einfach gewesen. Seine Pläne hatten stets irgendwelche Haken gehabt.

Also sollte Malcolm, Ians Sohn, eines Tages über alles hier herrschen. Bis dahin wachte Alistair über das Erbe. Jemmys Vater traute ihm nicht einmal diese Aufgabe zu.

»Werde ich ein Kind mit Lady Maude zeugen müssen?«, fragte er ruhig.

»Das wäre durchaus wünschenswert. Immerhin soll es eine richtige Ehe sein, Jemmy, in jeder Hinsicht legal und bindend.«

»Und wenn ich meiner … ehelichen Pflicht nachkomme, was geschieht dann mit dem Kind?«

Kirallen zuckte mit den Schultern. »Darum werde ich mich ebenfalls kümmern.«

»Aber Malcolm wird dein Erbe?«

»Genau.«

Jemmy oder sein Kind kamen als künftige Herren überhaupt nicht in Betracht. Diese Position war einzig Ians Sohn vorbehalten. Natürlich. Jemmy lehnte sich zurück und klopfte mit dem Finger auf die Armlehne seines Stuhles.

»Alistair weiß von deinen Plänen noch nichts, stimmt's?«

»Nein, noch nicht.«

»Aber du glaubst, er wird bereit sein, für Frieden zu sorgen?«

»Über kurz oder lang schon. Wenn die Heirat vollzogen ist und es kein Zurück mehr gibt, wird er gewiss einverstanden sein. Vorerst habe ich ihm noch nichts gesagt, und ich möchte, dass du es auch nicht tust.«

So wie Alistair ausgesehen hatte, als er von Ians Tod sprach, konnte sich Jemmy schwerlich vorstellen, dass sein Pflegebruder bereitwillig auf Rache verzichten würde. Andererseits musste es ihn ja nicht kümmern, ob Alistair den Plänen seines Vaters zustimmte oder nicht. Das war Kirallens Problem, nicht seines.

Der Burgherr beobachtete ihn mit zusammengekniffenen Augen. Wie alt und zerbrechlich er doch war! Seine Hände, die einst so stark und sicher gewesen waren, zitterten nun, als er seinen Weinkelch anhob. Jemmy wurde auf einmal klar, dass sein Vater auf ihn angewiesen war. Er könnte einfach Nein sagen, aufstehen und gehen. Und, bei Gott, das würde er wirklich gern tun. Der ganze Plan war abstoßend. Er degradierte ihn zu einem Deckhengst, der eine Stute schwängern sollte. Wie leicht könnte Jemmy sich dem verweigern, zurück nach Spanien reisen und sich aufs Neue der Aufgabe verschreiben, seine Herkunft zu vergessen. Denn Frieden mit den Darnleys würde es ohnehin nicht geben, jetzt nicht und vielleicht niemals.

»Gut«, sagte er. »Ich mach's.«

»Ja?« Der Burgherr versuchte vergeblich, seine Erleichterung zu verbergen, indem er die Stirn runzelte.

»Warum nicht?«, sagte Jemmy lässig. »Wie schlimm kann es schon werden? Und das Geld kann ich gut gebrauchen.«

Kapitel 4

Nach einem einstündigen Ritt kam Lord Darnleys Gruppe über einen Hügel, auf dessen anderer Seite Kirallens Männer bereits unter dem blau-grünen Banner warteten.

»Der Burgherr«, sagte Sir Robert und nickte in Richtung des weißhaarigen Mannes an der Spitze der Gruppe. Neben dem hohen Adligen saß ein weiterer Mann auf einem riesigen grauen Pferd. Alysons Mund wurde unangenehm trocken.

»Ist … ist er das?«, flüsterte sie. Sir Robert nickte.

»Muss er wohl sein. Er sieht doch wie ein Pirat aus, oder?«

Alyson blickte durch den Schleier zu Jemmy Kirallen, aber aus dieser Entfernung war nicht viel zu erkennen. Sie konnte kaum mehr sehen als dunkles Haar und sonnengebräunte Haut. Dann drehte er sich um und sprach mit dem Mann hinter sich.

»Jemmy«, sagte Alistair eindringlich. »Mach dem Ganzen jetzt ein Ende. Mein Gott, du kannst doch nicht ehrlich vorhaben, dieses Spiel mitzumachen!«

Jemmy sah zu Lord Darnley und bekam eine Gänsehaut. Entgegen jedweder Vernunft reagierte er instinktiv mit Abscheu auf den Anblick des Darnley-Banners. Darnley war der Feind. Er *sollte* sterben – er verdiente hundert Tode für all das Leid, das er verursacht hatte.

»Ich habe es versprochen«, antwortete er Alistair.

»Du Narr!«, schimpfte der. »Wir können gleich hier und jetzt Rache üben. Du musst nur den Befehl dazu geben, also los, verdammt!«

»Nein! Ich entscheide, Alistair, nicht du. Halt dich da raus.«

»Beim Blute Christi«, entrüstete sich Alistair und zeigte mit der Hand auf den Burgherrn, »du bist genauso wahnsinnig wie er! Oh, du willst Frieden, ja? Du willst, dass wir alle wie Brüder zusammenleben? Was denkst du dir denn?« Seine Augen funkelten vor Wut.

»Es ist genug Blut vergossen worden«, sagte Jemmy streng. »Mein Vater ist keineswegs wahnsinnig, weil er diesen Krieg beenden will.«

»Er wird nie enden«, erwiderte Alistair. »Meinst du etwa, Darnley will Frieden? Er soll dazu gezwungen werden, aber wir wissen, was für ein hinterhältiger Bastard er ist. Wenn es einen Weg gibt, wie er sein Wort brechen kann, wird er ihn wählen.«

»Hat er schon versucht«, sagte Jemmy, der an die Männer im Hafen dachte. »Und er ist gescheitert. Ich weiß nicht, wie …«

»Bei Gott, er hat Ian umgebracht! Und jetzt willst du mit seiner Tochter das Bett teilen? Ich habe immer gewusst, dass du ein jämmerlicher Bruder bist, aber nicht einmal bei dir hätte ich erwartet …«

»Warum ist Ian tot, Alistair?«, fiel ihm Jemmy ins Wort. »Er hatte dich doch stets an seiner Seite. Warum hast *du* ihn nicht beschützt?«

Er verstummte, entsetzt darüber, was er gerade gesagt hatte. Bis zu diesem Moment war ihm selbst nicht klar gewesen, dass er insgeheim Alistair für Ians Tod verantwortlich machte. Es war falsch. Allein der Gedanke war schon verwerflich, und eine solche Beschuldigung gegenüber diesem so offensichtlich trauernden Mann auszusprechen war abstoßend.

»Entschuldige«, sagte er rasch. »Ich wollte dir keinen Vorwurf machen.«

»Nein, aber du hast. So wie dein Vater.«

Und wie ich selbst. Jemmy hörte die Worte, die Alistair nicht aussprach. Und er sah sie in der bitteren Verzweiflung, die in den Zügen seines Pflegebruders sichtbar wurden.

Allerdings verflog sein Mitgefühl mit Alistair gleich wieder, als der ihn ansah und drohend forderte: »Tu's nicht, Jemmy. Du lässt dich auf etwas ein, das du gar nicht begreifst. Gib den Befehl zum Angriff.«

»Nein«, widersprach Jemmy energisch. »Und jetzt begib dich an deinen Platz zurück.«

»Mit dir kann man nicht vernünftig reden«, sagte Alistair. »Aber ich habe es wenigstens versucht. Das hätte Ian von mir erwartet.«

»Und was passiert, wenn ich nicht auf dich höre?« Jemmy legte eine Hand auf Alistairs Unterarm. »Werden wir dann Feinde sein?«

»Noch ist es nicht zu spät«, antwortete Alistair und riss mit der freien Hand am Zügel, so dass sein Pferd sich umdrehte. »Denk an die Ehre. Das Wort dürfte dir doch noch etwas sagen, oder? Denk an Ians Ehre, an deine und die des Clans. Alle Männer sind bereit. Lass uns die Bastarde gleich hier und jetzt vernichten.«

Erst als Alistair wieder in der Reihe hinter ihm war, fiel Jemmy auf, dass er seine Frage nicht beantwortet hatte.

Auf Lord Darnleys Zeichen setzte sich die Gruppe in Bewegung und folgte den Kirallens zur Kapelle. Sie war sehr klein und wurde selten benutzt. Darnley hatte diesen verborgenen Platz vorgeschlagen, weil er fürchtete, seine Leute könnten die Zeremonie stören. Zwanzig Männer im Blau-Grün der Kirallens stiegen von ihren Pferden, gefolgt von zwanzig Männern im Blau-Gold der Darnleys. Misstrauisch beäugten sie sich gegenseitig, sichtlich angespannt und mit einer Hand immer in der Nähe ihrer Waffen.

Darnley warf seinen Männern einen warnenden Blick zu, als er Alyson die Hand reichte, um ihr vom Pferd zu helfen. Sie stieg ab und fürchtete, ihre Knie könnten nachgeben, als sie neben dem Burgherrn zur Kapellentür ging. Drinnen war es feuchtkalt und dunkel. Durch die schmalen Fenster fiel das fahle Licht der frühen Abenddämmerung. In den Leuchtern flackerten Kerzen und machten die Szene zusätzlich unheimlich. Auf dem schlichten Altar stand keinerlei Blumenschmuck.

Während sie darauf warteten, dass die anderen sich hinsetzten, hielt Lord Darnley Alysons Arm fest umklammert. Sicher würde sie dort hinterher einen blauen Fleck haben. Darnley. Ihr Vater. Selbst jetzt konnte sie kaum glauben, dass es tatsächlich stimmte.

Bis vor einem Monat hatte Alyson nichts von ihrer Verwandtschaft mit Lord Darnley gewusst. Sie war Magd gewesen, er Burgherr. Anfangs hatte sie sich geweigert, seinen Beteuerungen, dass er ihr natürlicher Vater war, zu vertrauen. Es war ihr undenkbar erschienen, dass ihre Mutter dieses Geheimnis bis zu ihrem Tod gewahrt hatte.

Als sie jedoch die ganze Geschichte gehört hatte, war ihr klar geworden, warum ihre Mutter geschwiegen hatte. Clare McLaran Bowden wollte ihre Tochter beschützen, indem sie ihr nichts über ihre Herkunft und die fürchterlichen Umstände ihrer Zeugung sagte. Lord Darnley hingegen hatte ihr das alles kürzlich ohne die geringste Scham eröffnet.

Alyson wurde übel, als sie daran dachte, wie es für Clare, ihre sanfte und zerbrechliche Mutter, gewesen sein musste. Mit siebzehn Jahren hatte man sie aus ihrem Zuhause in den Highlands gezerrt, herausgerissen aus ihrer Familie. Sie war als Kriegsbeute verschleppt und ins Bett ihres Entführers genötigt worden. Sobald ihre Schwangerschaft feststand, hatte Darnley sie einem seiner Männer zur Frau gegeben.

Am ehesten konnte Alyson noch verkraften, dass Jacob Bowden nicht ihr leiblicher Vater war. Er war ein harter Mann gewesen, der nur Strenge kannte und Alyson nie das kleinste bisschen Zuneigung entgegenbrachte. Nach seinem Tod war sie unfähig gewesen, um ihn zu trauern. Vielmehr hatte sie es als Erleichterung empfunden, dass er fort war.

Doch so schlimm ihr vermeintlicher Vater auch gewesen war, zog sie ihn dennoch Lord Darnley vor. Und jetzt musste sie diesem Mann – diesem Monster – helfen, seinen teuflischen Plan zu verwirklichen.

Ach, Mam, hilf mir doch! Zeig mir einen Ausweg, flehte sie im Stillen, während Lord Darnley sie zum Altar zog. *Ich kann das nicht, und doch muss ich. Sie werden Robin töten, wenn ich nicht mitmache. Du weißt, dass ich es für ihn tun muss.*

Der Weg zum Altar war schmerzlich lang und beängstigend kurz zugleich. Der Bräutigam wandte nicht einmal den Kopf, um seine Braut anzusehen, deren Knie zitterten. Dennoch schaffte sie es, erhobenen Hauptes durch den Mittelgang zu schreiten. Als Alyson mit ihrem Gebieter beim Altar ankam, warf sie Darnley durch den Schleier einen flehentlichen Blick zu, obwohl sie wusste, dass jede Hoffnung auf Gnade vergebens war. Ohne sie eines Blickes zu würdigen, legte er ihre Hand in die des anderen Mannes und ging.

Der Priester begann zu sprechen, aber Alyson nahm seine Worte kaum wahr. Sie kamen ihr wie ein sinnloses Gebrabbel vor. Ihre Hand lag noch in der des Bräutigams und fühlte sich an, als gehörte sie gar nicht mehr zu Alyson. Sie starrte auf ihre eleganten Schuhe, dann auf die hohen Stiefel des Mannes direkt daneben. Sie waren abgetragen und über und über voller Schlammspritzer. Natürlich hatte er sich nicht die Mühe gemacht, dem Anlass entsprechend zu erscheinen!

Ihre Augen wanderten an ihm hinauf. Sie sah das Schwert an seinem Gürtel und den blau-grünen Kirallen-Überwurf, der über der einen Schulter von einer Silberbrosche gehalten wurde. Obwohl er regungslos neben ihr stand, strahlte er etwas Beängstigendes aus, als müsste er gegen heftige Gefühlsregungen ankämpfen. Wie eine große, dunkle Raubkatze, dachte sie erschaudernd, nichts als angespannte Muskeln und trügerische Ruhe.

Schließlich blickte sie in sein Gesicht. Ihr stockte der Atem und rasch wandte sie sich wieder ab, doch sie musste gleich wieder hinsehen. Da er durch den Schleier nicht erkennen könnte, wohin sie sah, betrachtete sie ihn eingehend. Er hatte zwei Augen, eine Nase und einen Mund wie jeder andere Mann auch. Dennoch hatte eine wundersame Alchemie alles aufs Wunderbarste zusammengefügt. Er sah gut, ja geradezu faszinierend aus, und der goldene Ohrring verlieh ihm etwas reizvoll Exotisches.

Als könnte er ihre Gedanken lesen, wandte er sich ihr zu. Trotz des Schleiers spürte sie, wie sich ihre Blicke trafen, dass es beinahe brannte. Sie erkannte ein verhaltenes Glimmen in seinen Augen und fragte sich unwillkürlich, was nötig war, um diese Glut zu entfachen und seine scheinbar unerschütterliche Selbstkontrolle zunichte zu machen. Für einen kurzen Moment stellte sie sich vor, wie seine Arme sie umschlangen, seine Hände sie berührten, seine Lippen …

Verlegen senkte sie den Blick. Ihr Herz pochte wie verrückt.

Wer *war* dieser Jemmy Kirallen? Was tat er mit ihr? Ein Ausrutscher, ein einziger Fehltritt könnte ihren Tod bedeuten – und Robins. Sie konnte es sich nicht leisten, sich von ihrem Ziel ablenken zu lassen. Und doch war sie sich selbst jetzt noch auf eine Weise seiner Nähe bewusst, wie sie es noch niemals erlebt hatte. Gänzlich neue und beängstigende Gefühle erfüllten sie und brachten ihren Körper zum Erbeben. Sie musste all ihre Willenskraft aufwenden, um nicht auf der Stelle kehrtzumachen und den Mittelgang hinunter aus der Kapelle zu fliehen. Dabei konnte sie doch nirgends hin. Niemand konnte ihr helfen.

Der Priester räusperte sich. »Sag ›Ich will‹«, flüsterte er.

Alyson sah sich panisch in der Kapelle um. Auf der einen Seite waren die Kirallens, auf der anderen Lord Darnley und Sir Robert, die sie alle aufs Genaueste beobachteten. Sie durfte es nicht tun. Sie musste sofort protestieren. Aber was dann? Wie wollte sie ihren Bruder beschützen, wenn sie nicht einmal wusste, wo er war? *Ach, Robin,* dachte sie verzweifelt, *ich kann nicht – ich* werde *nicht zulassen, dass sie dir etwas tun.*

Als sie schließlich sprach, klang ihre Stimme fest und klar. »Ich will.«

Jemmy hörte die Schlussworte des Priesters gar nicht mehr. Er war wie benommen von der Endgültigkeit dessen, was soeben geschehen war. Ein Bund fürs Leben, so hatte es der Priester genannt. Warum hatte er nicht darüber nachgedacht, ehe er sich auf den Plan seines Vaters einließ?

Er wandte sich zu der Frau neben sich, fasste behutsam ihr Kinn und drehte ihr Gesicht zu sich. Dann hob er den Schleier hoch und sah sie an, sorgsam darauf bedacht, sich seine Überraschung nicht anmerken zu lassen. Gestern Abend hatte man ihm erzählt, Maude wäre das verwöhnte Lieblingskind Darnleys, eine unverschämte und fordernde junge Frau, die unter den Bediensteten von Aylsford ausgesprochen unbeliebt war. Niemand hatte daran gedacht zu erwähnen, wie außergewöhnlich schön sie war.

Ihre Augen hatten die Farbe des Meers im Sommer, und ihr Haar leuchtete inmitten der grauen Steinmauern der Kapelle wie ein Strohfeuer. Er war versucht, seine Hände in den weichen Locken zu vergraben und herauszufinden, ob sie sich so warm anfühlten, wie sie aussahen. Als sie ihr Kinn hob und ihn voller Stolz anblickte, empfand er wider besseren Wissens sogar Bewunderung für sie.

Sie war so klein und zart, dabei hatte er sich eher eine große, kräftige Frau vorgestellt, eine imposante Lady eben. Sie biss sich auf die Lippen, verzog aber gleich das Gesicht vor Schmerz. Erst jetzt bemerkte er den Riss an ihrem Mund. Sie mussten sie geprügelt haben, um sie hierher zu bekommen.

Sein Puls verlangsamte sich wieder, und er hatte Mitleid mit dieser armen, verschreckten jungen Frau, die von Kopf bis Fuß zitternd vor ihm stand. Dieses unselige Arrangement war schließlich nicht ihre Schuld – auch wenn sie eine Darnley war.

Ihm kam es vor, als hätte er es immer schon gewusst, als wäre er mit dem Wissen geboren worden, dass die Darnleys mordende, herzlose Ungeheuer waren, gar keine wirklichen Menschen. Natürlich hatte er die Geschichten über sie mühelos leugnen können, solange er weit weg von ihnen auf See gewesen war. Nun jedoch warnte ihn sein Instinkt vor der Gefahr, in die er sich begab. Auch wenn ihm nicht klar war, wie ihm diese junge Frau gefährlich werden könnte, hatte er sich doch zu lange auf seine Instinkte verlassen, um sie ausgerechnet jetzt anzuzweifeln.

Gefahr oder nicht, das Darnley-Mädchen war nun seine

Frau. Als er ihr die Hände auf die Schultern legte und sie zu sich zog, verkrampfte sie sich ängstlich.

»Beruhige dich«, sagte er. »Ich werde dir nicht wehtun.«

Sie ließ sich von ihm in die Arme nehmen. Ihr kleiner zarter Körper bebte. Aus ihrem Haar stieg ein dezenter Blumenduft auf, der vollkommen anders war als die schweren Moschus- und Ambraessenzen, wie sie die Spanierinnen benutzten. Das musste Lavendel sein. In seiner Zeit in Spanien, wo die Gärten so intensiv dufteten, dass es einem schwindlig wurde, wenn man hindurchging, hatte er die süßlich-dezente Note des Lavendels gänzlich vergessen. Nun beschwor sie tausend Bilder seiner Kindheit herauf: sonnige Tage und lange kühle Nächte, das Lächeln seiner Mutter, Ians Lachen. Diese Dinge waren ein Teil von ihm, dem er nie entfliehen könnte, egal wie weit oder wie schnell er reiste. Unbewusst hielt er Maude noch fester und fasste mit einer Hand in ihr samtiges Haar. Dann beugte er sich hinab und strich sanft mit seinen Lippen über ihre.

Es war kein Kuss, nur eine Andeutung, eine Geste, wie sie die Höflichkeit verlangte. Und dennoch ergriff ihn bei der Berührung ihrer Lippen eine Erregung, wie er sie nicht mehr gekannt hatte, seit er ein unerfahrener, junger Bursche gewesen war. Überrascht und nicht eben erfreut über die unerwartet heftige Reaktion seines Körpers, ließ er Maude so abrupt los, dass sie nach hinten stolperte. Er widerstand dem Impuls, sie aufzufangen, drehte sich um und rief bereits nach seinem Pferd, ehe er überhaupt die Kirchentür erreicht hatte.

Kapitel 5

Alyson fing sich am Altar ab und presste die freie Hand auf ihre brennenden Lippen, während sie Jemmy hinterhersah, der mit großen Schritten aus der Kapelle eilte. Er war ein Kirallen, der Feind – wie *konnte* sie das vergessen? Und dennoch hatte sie sich in dem Moment, da er sie in den Armen hielt, sicher gefühlt. Beschützt. Bis er sie praktisch von sich gestoßen hatte und ohne ein Wort oder einen Blick fortgegangen war.

Sie war viel zu erschüttert, um sich zu wehren, als Lord Darnley sie an seine breite Brust drückte und mit seinen kräftigen, verhassten Armen umfing. Dann ließ er sie los und ging zum Ausgang, wobei er mit einer Hand an seine Augen fasste.

Sir Robert gab ihr einen Kuss auf die Wange. »Ich werde deinen Bruder finden«, flüsterte er hastig. »Keine Angst. Ich sorge dafür, dass ihm nichts passiert. Und jetzt Kinn hoch. Ehe du dich's versiehst, bist du wieder zu Hause.«

Gleich darauf war auch Sir Robert fort und Lord Kirallen kam auf sie zu.

»Nun, Tochter«, sagte er seufzend.

Der arme Mann sah wahrlich schlecht aus. Er war blass und hatte die bläulichen Lippen eines Sterbenskranken. Traurig musterte er Alyson. Sie wollte ihm gerade die Hand reichen, als ihr einfiel, wen sie spielen musste. Also reckte sie das Kinn und warf ihm den Maude-Blick zu, den sie so eifrig einstudiert hatte.

»Wo sind meine Zofen?«

Sie war froh, dass ihre Stimme nicht versagte und sich sogar fast wie Maudes anhörte – kalt und stolz. Zwar wusste sie, dass sie gelegentlich vom höfischen Hochenglisch in ihre vertraute Sprache zurückfallen würde, doch das tat Maude auch, also machte es nichts. Nach ihrer ersten Saison am Hof hatte Maude versucht, den fremden, abgehackten Akzent des Südens beizubehalten, was jedoch nicht einmal ihr durchgängig gelingen wollte. Sir Robert hatte Alyson versichert, dass ihre Mischung aus Londoner und Grenzlanddialekt nicht weniger lächerlich klang als Maudes.

»Sie warten zu Hause auf dich«, seufzte Kirallen.

»Dann sollten wir umgehend aufbrechen«, antwortete Alyson vorsichtig.

Sie ging hinaus, stieg auf ihr Pferd und sah ihre eigene Bedienstete, Celia, der einer von Kirallens Männern auf ihr Pferd half. Darnley hatte über Celia gesagt: »Sie wird jeden deiner Schritte überwachen, mein Mädchen. Eine falsche Bewegung, und dein Bruder …« Anstelle von Worten fuhr er sich mit einem Finger über die Kehle.

Celia war eine hübsche junge Frau, die mit ihrem strohblonden Haar und ihren großen blauen Augen so unschuldig wie ein Frühlingsmorgen aussah. Aber Alyson bemerkte den Ausdruck eiskalter Berechnung in ihren Augen. Darnley hatte seine Spionin mit Bedacht gewählt. Von Celia jedenfalls war keine Hilfe zu erwarten.

Es begann wieder zu regnen, nicht besonders stark, sondern eher wie ein dichter Nieselregen, der sich mit dem aufsteigenden Dunst aus der Erde vermischte. Stunde um Stunde ritten sie schweigend durch den Regen, bis Alysons Angst einer benommenen, traumgleichen Verwunderung wich. Was sie erlebte, konnte unmöglich die Wirklichkeit sein. Gewiss würde sie jeden Moment aufwachen und sich zu Hause in ihrem Bett wiederfinden, Robin dicht an sie geschmiegt und vom Duft frischen Brotes aus der Küche nebenan umfangen. Sie würde aufstehen, sich anziehen und ihrer Arbeit nachgehen, während Robin zu den Ställen hinüberlief. Es war ein hartes Leben, keine Frage, bar jeden Vergnügens, aber zumindest waren Robin und sie noch zusammen und am Leben, so wie Alyson es ihrer Mutter versprochen hatte.

Ach ja, Versprechen, dachte sie verbittert. Wie leicht gab man sie, und wie furchtbar schwer waren sie zu halten! Mit dreizehn war Alyson sicher gewesen, dass sie es mit Robin zusammen zu den McLarans zurück schaffen würde, zur Familie ihrer Mutter in den Highlands. Fünf Jahre später hatten sie es gerade mal bis Aylsford Manor gebracht, keine drei Meilen von dem Ort entfernt, an dem Clare gestorben war.

Es tut mir Leid, Mam, sprach Alyson im Geiste. *Ich habe mein Bestes getan, aber es war so schwer* – Sie hatte Arbeit in Lord Darnleys Küche gefunden und auch einen Platz für Robin, aber die Reise in die Highlands hatte sich als unerreichbar erwiesen. Sie brauchte eine Ewigkeit, um ein klein wenig zu sparen, und ohne Gold ließ sich so eine Reise nun mal nicht verwirklichen. Sie besaßen keine Pferde und kein Geld, um welche zu kaufen. Ebenso wenig konnten sie dem Clan ihrer Mutter eine Nachricht zukommen lassen. Und gerade als Alyson zu hoffen begann, dass sie in ein oder zwei Jahren so weit wäre, durchkreuzte Lord Darnley ihre Pläne. Jetzt war Robin sein Gefangener und sie auf dem Weg in ihren sicheren Tod, daran zweifelte sie keinen Augenblick. Das allles konnte einfach nicht wahr sein, nein …

Das Pferd stolperte, und Alyson wurde jäh aus ihren Gedanken gerissen. Sie hob den Kopf und sah, dass sie angekommen waren.

Ravenspur lag auf einem breiten Hügel – eine graue Steinfestung unter einem tiefgrauen Himmel. Sie ritten im Schritt über die Zugbrücke und zwischen den Wachtürmen hindurch. Alyson fröstelte, als hinter ihr das Fallgitter herabgelassen wurde und die Ketten klirrten, sobald sich die Gitterstangen in die Erde bohrten. Es gab kein Zurück. Sie saß in der Falle, in einem Käfig aus dicken Gitterstäben. Sie ritten durch den Torbogen in den Innenhof, wo sie bereits ein Stallknecht erwartete, der wie eine Statue im Regen stand. Er half ihr vom Pferd.

Der Regen steigerte sich zu einem Gießen, und das Wasser drang durch ihren Umhang. Trotzdem zögerte sie, ehe sie ins Haupthaus ging. Ich kann das nicht, dachte sie voller Panik, als Lord Kirallen zur Seite trat, um sie hereinzulassen. Dann zwang sie sich, an Robin zu denken, richtete sich kerzengerade auf und ging hinein.

Kapitel 6

Die Hochzeitsfeierlichkeiten kamen Alyson wie ein seltsam unzusammenhängender Albtraum vor. Sobald sie in der Burg ankam, wurde sie nach oben in eines der Schlafgemächer geführt, wo mehrere Frauen auf sie warteten. Eine zog ihr den Umhang aus, eine andere nahm ihr den Schleier ab und kämmte ihr das Haar. Derweil kniete sich eine Dritte vor ihr hin und rieb den Schlamm aus ihrer Robe. Alles wurde in vollkommener Stille und mit größter Eile getan.

Wenngleich Alyson sicher war, dass Maude eine solche Prozedur nicht schweigend über sich ergehen ließe, wagte sie nicht, etwas zu sagen. Ihr war kalt, sie war müde und derart verängstigt, dass sie fürchtete, in Tränen auszubrechen, sollte sie den Mund aufmachen.

Als die Frauen fertig waren, baute sich eine strenge Matrone vor Alyson auf. »Hier entlang, Mylady«, sagte sie höflich und ging voraus auf den Korridor hinaus, ohne sich nach Alyson umzudrehen. Ein Stück den Flur hinunter zeigte sie auf eine Treppe, machte einen Knicks und verschwand in die Richtung, aus der sie gekommen waren.

Alyson stieg vorsichtig die schmale Treppe hinunter. Sie hatte damit gerechnet, dass sie nervös sein würde, nicht aber damit, vor lauter Angst beinahe zusammenzubrechen. Ein Schritt nach dem anderen, ermahnte sie sich. Lass es einfach auf dich zukommen.

Als sie auf dem Treppenabsatz ankam, lehnte sie sich an die Wand und blickte sich um. Links und rechts von ihr führten Treppen weiter hinunter.

Welche sollte sie nehmen? Warum hatte ihr die Frau den Weg nicht erklärt? Jetzt musste sie zurück nach oben und nachfragen. Wahrscheinlich wartete die Matrone oben nur darauf. Trotzig entschied Alyson sich für die rechte Treppe und stieg hinunter.

Unten fand sie sich auf einem langen Flur wieder, von dem sie keine Ahnung hatte, wohin er führte. Sie lauschte angestrengt, konnte aber kein Geräusch ausmachen, das auf ein Fest schließen ließ. Sie kehrte um und stieg die Treppe wieder hinauf. Man hatte ihr einen lächerlichen Streich gespielt, dachte sie verärgert. Das war unnötig grausam, und dabei sollte man doch meinen, dass die Leute gerade hier, am Ende der Welt, einen Funken Mitgefühl zeigen müssten.

Die linke Treppe endete in einem ebenso langen dunklen Flur wie die rechte. Alyson ging ihn entlang, bis sie Essensgerüche wahrnahm, die aus einem Seitengang kamen. Sie folgte dem Duft, der sie in einen weiteren Seitengang führte. Am Ende eines kurzen Flurs stand sie schließlich vor der Küche.

Sie blieb außerhalb des Türrahmens im Schatten stehen und betrachtete das geschäftige Treiben drinnen. Küchenjungen eilten hin und her, während die Pagen und Mädchen die Wärme der Küche nutzten und hier und da ein Stück Brot oder Fleisch naschten, während sie sich angeregt unterhielten. All das kam Alyson wohltuend vertraut vor, auch wenn sie sich zusammennehmen musste, nicht zum Herd zu rennen, als sie bemerkte, dass der Braten über dem Feuer anbrannte, weil der zuständige Küchenjunge gerade mit einem der Dienstmädchen flirtete.

Bei näherem Hinsehen stellte sie überhaupt mehrere Anzeichen von Sorglosigkeit und Verschwendung fest, wie sie sich ganz und gar nicht mit dem Arbeitseifer und der Umsicht vertragen wollten, die ihr von frühester Kindheit an eingetrichtert worden waren. So war ein aufgerissener Mehlsack achtlos in eine Ecke geworfen worden, wo sich der Inhalt nun auf dem Boden verteilte. Auf einem der Tische lagen Berge verwelkenden Gemüses neben einigen Innereien, die man eigentlich für morgen zu einer Pastete verarbeiten könnte.

Doch bei allen Mängeln, die Alyson sofort ins Auge fielen, war es immer noch eine Küche und damit ein wunderbar vertrauter Ort. Es kostete sie einige Überwindung, umzudrehen und von hier fortzugehen.

Sie fragte sich, wohin sie jetzt gehen sollte, und starrte in beide Richtungen den Flur entlang. Woher war sie gekommen und welcher Weg führte zur Treppe zurück?

Sie entschied sich für links, weil sie meinte, am Ende des Flurs Licht zu sehen, doch je weiter sie lief, umso rarer wurden die Wandfackeln und umso dunkler wurde es. Als sie ein weiteres Mal an eine Stelle gelangte, von der zwei Flure abgingen, war sie drauf und dran, in Tränen auszubrechen.

Na gut, sagte sie sich, du hast dich verlaufen. Aber mit ein bisschen Glück findest du einen Weg, der dich ganz nach draußen führt.

Dieser Gedanke baute sie auf, und als sie eilig in die Richtung weiterging, die ihr die beste schien, kam sie an einem hohen Fenster vorbei. Sie presste das Gesicht an die kleinen Kassettenscheiben und lauschte dem Wind und dem schnellen Trommeln des Regens. Als sie genauer hinsah, fiel ihr auf, dass das Fenster sich öffnen ließ.

Denk nach, befahl sie sich im Stillen und drückte die Hände an die Schläfen. Wohin sollte sie von hier aus laufen? Sie könnte die Stallungen suchen und sich ein Pferd stehlen.

Dann musste sie es an den Wachen vorbei und übers Moor schaffen. Von da würde sie im strömenden Regen den Weg nach Aylsford finden müssen. Ohne Mond oder Sterne als Orientierungshilfe war das ein ziemlich aussichtloses Unterfangen. Und selbst falls ihr all das gelingen sollte, selbst wenn sie anschließend auch noch Robin fand, wohin wollten die beiden dann? Es war hoffnungslos.

Das Licht flackerte und die Fackel rechts von der, neben der sie stand, ging aus. Nun stand sie in einem kleinen Lichtkegel inmitten vollkommener Dunkelheit. Zum ersten Mal wurde ihr bewusst, wie gänzlich hilflos sie war. Ravenspur stand mitten im Moor, umgeben von kompletter Finsternis. Hier konnte ihr alles Mögliche zustoßen, ohne dass irgendjemand davon erfuhr oder etwas mitbekam. Sie würde einfach verschwinden.

Alyson blickte sich ängstlich auf dem dunklen Korridor um. Irgendetwas war da, ein Rascheln im Schatten, das sich näherte … Sie griff nach dem verrosteten Fenstergriff und versuchte hektisch, ihn zu drehen.

Als sie etwas an der Schulter berührte, schrie sie vor Schreck auf und fuhr herum. Ein Junge hinter ihr erwiderte ihren Schrei, stolperte nach hinten und landete auf dem kalten Steinfußboden.

»Um Gottes willen, Mädchen!«, rief er. »Was sollte das denn?«

Wie der Junge da auf dem Boden hockte und sie verdutzt anblickte, musste Alyson unweigerlich kichern vor Erleichterung.

Der Junge stand auf, klopfte sich den Staub vom Hosenboden und grinste. »Ich wollte dich nicht erschrecken. Was machst du hier überhaupt?«

»Ich habe mich verlaufen«, sagte sie wahrheitsgemäß.

Er musterte sie neugierig. »Und wer bist du?«

»A–«, begann sie, verstummte jedoch erschrocken, weil sie um ein Haar ihren richtigen Namen genannt hätte. »Entsetzlich verlaufen«, sagte sie hastig.

»Ja, das sagtest du ja bereits.« Der Junge sah sie fragend an. »Aber ich fragte, wer du bist.«

»Ich weiß, ja, ich wollte nur erklären, wie ich hierher gekommen bin«, sagte sie nervös und fügte sicherheitshalber hinzu: »Ich bin zum ersten Mal hier.«

»Aha, warte mal, ich kenne dich doch, du …« Er riss die Augen weit auf. »Mein Gott, du bist die Darnley-Lady, die neue Frau meines Onkels.«

»Deines Onkels? Dann bist du Malcolm?«, fragte sie überrascht. Er nickte.

Der Junge war also Ians elfjähriger Sohn, der seit dem Tod seines Vaters verwaist war. Er war ein hübscher, kräftiger Bursche mit braunen Locken und einem einnehmenden Lächeln. Letzteres verflog jetzt jedoch, und seine strahlend blauen Augen musterten sie mit einer Kälte, die so gar nicht zu seinem Alter passen wollte.

»Dein Vater hat meinen Vater umgebracht. Ich hasse ihn, und ich hasse dich genauso! Wieso gehst du nicht einfach wieder nach Hause?«

»Kann ich nicht, selbst wenn ich wollte.«

»Willst du denn?«, fragte er und blickte von ihr zum Fenster. »Tja, da kommst du aber nicht raus.«

Alyson richtete sich kerzengerade auf. »Ich wollte nur etwas frische Luft schnappen, das ist alles«, sagte sie mit allem Hochmut, den sie aufbrachte.

Der Wind drückte gegen das Fenster und rüttelte am Rahmen.

»Ach so, frische Luft«, murmelte Malcolm misstrauisch.

»Kannst du mir zeigen, wo die Halle ist?«

»Ja«, antwortete er. »Hier lang.«

Er sprach kein Wort mehr mit ihr, während er Alyson durch zahlreiche Gänge und Flure führte. Schließlich kamen sie zum Eingang der großen Halle, wo eine Gruppe von Menschen stand. Malcolm verschwand, und Lord Kirallen wandte sich Alyson zu. Mit einem bedauernden Lächeln winkte er sie zu sich.

»Wo ist Jemmy?«, flüsterte jemand hinter ihr, und eine andere Stimme antwortete: »Nirgends zu finden.«

»Sollte er noch einigermaßen bei Verstand sein, ist er schon auf halbem Weg zu seinem Schiff zurück.«

Alyson drehte sich um und sah einen Mann mit hellgrauen Augen, der sie argwöhnisch beobachtete und dessen Lippen ein eiskaltes Lächeln umspielte.

Seine Bemerkung wurde mit nervösem Gelächter quittiert, das allerdings sogleich wieder verstummte, als Lord Kirallen die Männer ansah. »Wir werden nicht länger warten«, sagte er und bot Alyson seinen Arm an. So gingen sie in die große Halle.

Mindestens tausend Fackeln und Kerzen mussten hier brennen, so hell leuchtete der Raum, als der Burgherr Alyson an die Tafel führte und ihr ihren Stuhl hinrückte. Nachdem sie sich gesetzt hatte, schaute sie sich in der Halle um. Alle Augen waren auf sie gerichtet.

Prompt wurde Alyson rot und neigte den Kopf. Sie wäre gern unter den Tisch geschlüpft und geflohen. Kinn hoch, ermahnte sie sich. Du bist Lady Maude Darnley, stolz wie Luzifer und doppelt so kämpferisch.

Mühsam hob sie den Kopf und starrte auf den Gobelin an der gegenüberliegenden Wand. Darauf war eine Jagdszene abgebildet, und Alyson empfand echtes Mitleid mit der armen Hirschkuh, die um ihr Leben rannte, die Hunde dicht auf ihren Fersen. Alyson wusste genau, wie sich das gehetzte Tier fühlen musste. Auf dem Wandteppich sah es aus, als hätten die Hunde sie jeden Moment eingeholt, und doch könnte sie sich mit einem großen Sprung vielleicht noch retten. Ja, dachte Alyson, so würde es sein. Die Hirschkuh schaffte einen richtig gewaltigen Sprung und entkam in die Freiheit, während hinter ihr die Hunde vor Wut heulten.

Ein Diener stellte eine große Platte vor ihr auf den Tisch, von der ein köstlicher Duft gebratenen Lammfleisches aufstieg. Alysons Magen knurrte. Sie konnte sich gar nicht erinnern, wann sie zuletzt etwas gegessen hatte. Aber sie fürchtete, wenn sie jetzt aß, würde ihr auf der Stelle übel werden. Also griff sie stattdessen nach ihrem Weinkelch. Ihre Hand zitterte so sehr, dass sie etwas von dem Wein verschüttete. Erschrocken betrachtete sie den Fleck auf dem Tischtuch und sah sich um. Der Mann mit den hellgrauen Augen blickte sie direkt an. Nervös stellte sie ihren Kelch auf den Fleck, der viel zu groß war, als dass sie ihn so hätte verbergen können, und legte die zitternden Hände in den Schoß.

Ein zweiter Gang wurde serviert, danach ein dritter. Weiter hinten in der Halle schienen alle das Mahl zu genießen. Sie hatten längst aufgehört, Alyson anzustarren, blickten allerdings wiederholt zu dem leeren Stuhl neben ihr. Das Essen war schon halb zu Ende, als Jemmy in die Halle trat. Er wurde mit Jubel und Gelächter begrüßt, hob lächelnd die Hand und ließ sich wortlos auf dem Stuhl neben Alyson nieder. Kein einziges Mal sah er sie an. Seine ganze Aufmerksamkeit schien dem Minnesänger zu gelten, der seine Lieder in der Mitte der Halle vortrug. Von seinem Gesang war bei all dem Reden und Lachen jedoch kaum etwas zu hören.

Alyson blickte verstohlen zu ihrem neuen Ehemann. Er

hatte sich umgekleidet und trug jetzt eine farngrüne Tunika mit karierten Hosen in den Kirallen-Farben sowie einen passenden Überwurf, der an der Schulter durch eine edle Brosche mit einem blauen Stein gehalten wurde. Sein Haar war offen und nur an den Schläfen zu zwei schmalen Zöpfen geflochten. Aus seinen noch regenfeuchten Locken stieg ein würziger Duft auf, der Alyson an Bilder von Sonnenschein, blauem Wasser und an Orte denken ließ, deren Namen sie nicht einmal kannte.

Als er sich schließlich fast in ihre Richtung umdrehte, blitzte sein Ohrring auf, und trotz seiner Kirallen-Kluft hatte Alyson das Gefühl, dass er irgendwie nicht hierher gehörte. Er kam aus einer anderen Welt, einer Welt voller Farben und Abenteuer.

Ein Pirat, hatte Sir Robert gesagt. Ja, Alyson verstand, warum man ihn für einen Piraten halten konnte. Während er seine dunklen Augen durch die belebte Halle wandern ließ, wirkte er müde und angespannt zugleich. Er sah wie ein Mann aus, der an Gefahr gewöhnt war, der Stärke ausstrahlte und gleichzeitig Angst einflößte. Und er hatte einen so strengen Gesichtsausdruck, dass Alyson es für unwahrscheinlich hielt, ihn jemals lachen zu sehen.

Immerhin hatte sie ein Lächeln bemerkt, als er die Halle betrat, und dieses Lächeln konnte seine Züge vollständig verwandeln. Darin lag nichts von der Brutalität eines Piraten, sondern vielmehr ein ganz besonderer Charme, der zur Folge hatte, dass ihr von oben bis unten heiß wurde. Diese Hitze spürte sie noch, und sie verstärkte nur die Angst, die ihr die Brust zuschnürte. Sie bekam kaum noch Luft.

Jemmy schien sie überhaupt nicht wahrzunehmen. Und doch musste er wissen, dass sie hier saß. Für ihn war sie Maude Darnley, seine frisch angetraute Braut. Später, wenn das Fest vorüber war, würde er nackt neben ihr im Bett liegen. Alyson wurde bei dem Gedanken ganz mulmig und sie blickte unsicher zu ihm, doch er sah in die andere Richtung.

Während er sich mit seinem Vater unterhielt, spielte er mit seinem Weinkelch. Seine Hand war braun gebrannt, die Finger lang und schmal. Seemannshände, dachte Alyson, stark und ein wenig rau, die Innenflächen von unzähligen Linien gezeichnet und hier und da von Hornhaut verhärtet. Und dennoch waren sie so sanft gewesen, als er in der Kapelle in ihr Haar gefasst und sie damit zum Erbeben gebracht hatte …

Sie spürte, wie er sie ansah, und widerstand dem Impuls, ihm in die Augen zu blicken. Stattdessen starrte sie weiter auf seine Hände. Erst jetzt bemerkte sie die silbrige Narbe auf dem einen Handgelenk, die bis unter den Ärmel seiner Tunika reichte. Was würde er wohl sagen, wenn sie ihn fragte, woher die Narbe stammte? Aber natürlich würde sie ihn nie danach fragen. Dazu hätte sie gar nicht den Mut, und selbst wenn doch, würde sie es nicht wissen wollen. Das nicht und auch sonst nichts von ihm.

Vor heute Abend hatte sie keine Sekunde darüber nachgedacht, dass er nicht bloß ein Kirallen war, sondern ein lebendiger, atmender Mensch. Ein Mann, den sie in seinen sicheren Tod führte. Ein Mann, der erwartete – und zu Recht erwartete –, dass sie heute Nacht das Bett mit ihm teilte. Sie bekam eine Gänsehaut, als sie an seinen kratzigen Bart auf ihrer Wange dachte, an die Stärke seiner Arme … aber seine Lippen waren so weich und warm wie Schwanendaunen gewesen.

Was wäre – gütiger Himmel – was wäre, wenn sie ein Kind von ihm empfinge? Diese Möglichkeit hatte sie gar nicht bedacht, dabei lag sie doch nahe. Was täte sie dann? Was wollte sie ihrem Kind sagen, wer sein Vater war? Ihr wurde übel. Panisch atmete sie tief durch, um sich nicht auf der Stelle zu übergeben. Glücklicherweise verging die Übelkeit schnell wieder.

Sie blickte ein weiteres Mal zu dem Wandteppich, und jetzt wusste sie, dass die Hirschkuh nie den Sprung in die Freiheit schaffen würde. Sie war verloren und würde von den Hunden zu Boden gerissen und zerfetzt werden.

»Mylady?«

Ihr Herz setzte kurz aus, als sie Jemmys Stimme hörte. Es war eine tiefe, volle Stimme mit der Andeutung eines kleinen Akzents. Alyson sah ihn an.

»Du solltest versuchen, etwas zu essen«, schlug er vor.

Sie blickte auf die Fleischplatte vor sich, dann wieder zu Jemmy. Für Maude war es eine Art Sport, Essen oder Geschenke, die nicht zu ihrer vollsten Zufriedenheit ausfielen, verächtlich zurückzuweisen.

»Hier gibt es nichts, was ich essen möchte«, sagte sie, und so wie Jemmys höfliches Lächeln erstarb, musste sie sehr glaubwürdig gespielt haben.

»Ich könnte dir etwas anderes kommen lassen«, bot er ihr mit der unterkühlten Höflichkeit des Hausherrn an, der einem schwierigen und unwillkommenen Gast gegenüber seine Pflichten erfüllt.

»Nein.«

Für einen Moment schien dieses Nein buchstäblich zwischen ihnen in der Luft zu schweben. Alyson biss die Zähne zusammen, um nicht dem Drang nachzugeben, etwas Höfliches zu äußern oder sich wenigstens dankbar zu zeigen. Denn in dem einen Monat, den sie in Maudes Gesellschaft verbrachte, hatte sich ihre Halbschwester nie bei irgendjemandem für irgendetwas bedankt.

Jemmy zuckte mit der Schulter und wandte sich wieder seinem Vater zu. Alyson saß kerzengerade auf ihrem Stuhl, blickte angestrengt gleichgültig vor sich hin und wartete. Das Mahl schien schier endlos weiterzugehen. Nach einer halben Ewigkeit wurde endlich abgedeckt, und die Musiker erschienen. Mehrere Männer standen auf und führten einen Volkstanz vor. Sie hatten die Arme verschränkt und bewegten sich mit solcher Geschwindigkeit, dass Alyson ihren Schritten kaum mit ihren Blicken folgen konnte. Für einen Moment vergaß sie alles und genoss den Anblick der Tänzer. Sie hielt sogar den Atem an, als sie am Ende des Stückes einen besonders eleganten Sprung vollführten und in einer Verbeugung direkt vor ihr landeten. Am liebsten hätte sie applaudiert und gelacht, aber stattdessen gähnte sie vornehm.

»Ich bin müde«, sagte sie vor sich hin, ohne jemanden direkt anzusprechen. »Ich werde mich jetzt zurückziehen.«

Als sie aufstand, verstummte die Musik schlagartig. Alle in der Halle starrten sie an, und sie errötete. Was würde Maude tun? Einen Augenblick überlegte sie fieberhaft, dann drehte sie sich um und wollte zur Tür gehen.

Jemmys Stimme bremste sie. »Kannst du die Hochzeitsnacht etwa nicht erwarten?«, sagte er spöttisch. »Ich fürchte, da wird sich Mylady noch ein wenig gedulden müssen.« Er schenkte sich mehr Wein in seinen Kelch.

Alysons angespannte Nerven gaben nach. Sie wandte sich ruckartig um und schlug ihm den Weinkelch aus der Hand.

»Wie kannst du es wagen, so mit mir zu reden?«, schrie sie ihn an.

Er stand langsam auf und sah sie an. Ein Lächeln umspielte seine Mundwinkel.

»Sei vorsichtig«, sagte er leise. »Ich an deiner Stelle, *Weib*, wäre sehr, sehr vorsichtig. Du bist hier nicht in der Burg deines Vaters, denk dran. Das hier ist mein Haus, und du bist von meinen Männern umgeben.«

Sie hielt seinem Blick stand und zählte bis zehn – ein Trick, den ihre Mutter ihr beigebracht hatte, um ihr feuriges Temperament zu zügeln. Dann nickte sie. »Ich verstehe. Ich möchte mich trotzdem zurückziehen, falls – falls du erlaubst.«

Da sie wirklich sehr müde und vor allem sehr ängstlich war, hatte ihre Stimme bei den letzten Worten gezittert. Sie hoffte vergebens, dass er es nicht bemerkt hätte, denn nun antwortete er deutlich sanfter: »Ja, natürlich erlaube ich es dir.«

Zwei Frauen eilten auf ein Handzeichen von ihm herbei. Als Alyson ihnen aus der Halle folgte, begannen die Musiker wieder zu spielen und alle brachen plötzlich in Gelächter aus.

»Wer erbarmt sich und tanzt mit dem Bräutigam?«

Alyson drehte sich um und sah Jemmy, der aufgestanden war. Ein Mädchen trat vor und rief: »Ich werde mit Euch tanzen, Mylord!«

Mit einem strahlenden Lächeln nahm er ihr Angebot an.

Alyson ging hinter den Kammerzofen hinaus auf den Flur und die enge Treppe hinauf, wobei sie über ihr langes Gewand stolperte.

»Oh, das bringt schreckliches Unglück«, sagte die jüngere der beiden Frauen leise und riss die Augen weit auf. »Eine Treppe hinaufzufallen bringt großes, großes Pech.«

»Sei still«, wies sie die andere zurecht. »Willst du dem Mädchen vielleicht in seiner Hochzeitsnacht Pech wünschen? Kommt, Mylady«, sagte sie freundlich zu Alyson. »Es ist nicht mehr weit.«

Was würde Maude tun?, fragte sich Alyson. Zweifellos hätte sie in dieser Situation eine bissige Bemerkung zur Hand, mit der sie beide Frauen einschüchtern könnte. Alyson aber brachte es nicht übers Herz. Sie nickte nur kurz und folgte ihnen.

Das Schlafgemach war kleiner als Maudes und auch weniger protzig eingerichtet. Alyson jedoch erschien es trotzdem sehr schön. Das Bett war von schweren roten Vorhängen umgeben und ein warmes Feuer brannte im Kamin. Die beiden Frauen begannen, Alyson zu entkleiden, und zunächst fiel ihr gar nicht auf, dass sie beide schwiegen. Sie war zu sehr damit beschäftigt, an das zu denken, was als Nächstes geschehen würde. Schließlich drückten ihr die beiden einen Kelch mit gewürztem Wein in die Hand und gingen.

Alyson sank in den breiten Stuhl vor dem Feuer und blickte in die Flammen. Ihr Herz klopfte, als sie Schritte auf dem Flur hörte, beruhigte sich aber gleich wieder, als die Schritte an ihrem Zimmer vorübergingen. Er war es nicht. Noch nicht. Früher oder später allerdings würde er kommen, und dann …

Sie trank ihren Wein aus, füllte den Kelch neu und leerte ihn, ohne einmal abzusetzen. Mut antrinken, dachte sie, das hatte sie jetzt bitter nötig. Warum auch nicht. Lieber wollte sie betrunken sein, als vor Angst zu schlottern. Nur machte sie der Wein nicht mutiger, sondern schläfrig. Irgendwann stieg sie ins Bett und blickte von dort auf das Sofa. Wo mochte Robin heute Nacht sein? Sie fragte sich, ob er weinte, weil er sie vermisste, und bei dem Gedanken kamen ihr die Tränen. Sie schluchzte in ihr Kissen, damit niemand sie hörte.

In ihrem ganzen Leben hatte sie sich nie so schrecklich einsam gefühlt. Selbst Gott schien auf die Seite der Feinde gewechselt zu haben. Wie sonst war zu erklären, dass Lord Darnleys Hauspfarrer, an den sie sich in ihrer Not gewandt hatte, ihr jede Hilfe verweigert hatte? Wie konnte er es mit seinem Gewissen vereinbaren, sie in der Kapelle zu trauen? Die Treueschwüre waren gewiss eine Sünde.

»Lord Darnley hat bereits gebeichtet«, hatte Pater Aidan streng gesagt. »Ich sorge für seine Seele, nicht für deine. Und was den Rest betrifft, handelt es sich zweifellos um eine Sünde. Andererseits wäre es eine umso größere Sünde, unsere Lady Maude dorthin zu schicken. Und was den Bräutigam angeht«, er überlegte einen Augenblick, »solange er seinen Schwur guten Gewissens ablegt, ist sein Seelenheil nicht gefährdet.«

Und was ist mit mir?, hatte eine Stimme in Alyson verzweifelt gerufen. Zähle ich denn gar nicht? Dabei konnte sie sich denken, was Pater Aidan darauf antworten würde: Gottes Vorsehung hat Maude höher gestellt als dich und damit ist es deine Pflicht, um deiner Lady willen alles zu ertragen.

»Zum Teufel mit Gott«, flüsterte sie. »Was hat Er denn je für *mich* getan?«

Erschrocken setzte sie sich auf. Wie konnte sie so etwas Fürchterliches denken, ja sogar laut aussprechen? Gott hatte ihr Robin geschenkt, und das allein war jedes Opfer wert. Sie betete inbrünstig um Vergebung für ihren Zornesausbruch und bat Gott um die Kraft, alles zu ertragen, was sie erwartete.

Sie war schon fast eingeschlafen, als sie spürte, wie sich jemand neben ihr aufs Bett setzte. Ein zarter Rosmarinduft erfüllte den Raum.

»Mam?«, murmelte sie schläfrig.

»Schlaf jetzt, Kleines«, sagte eine Stimme und eine weiche Hand strich ihr das Haar glatt. Die Geste war vertraut und tröstlich. »Keine Angst, ich bin ja bei dir. Alles wird gut …«

Alyson wollte die Augen öffnen, doch sie schaffte es nicht. Mit einem Seufzer schlief sie ein.

Das Feuer war fast heruntergebrannt, als Jemmy seine Kerze auf den Tisch stellte. Er betrachtete seine schlafende Braut. Dichte rote Locken bedeckten zur Hälfte ihr Gesicht, verbargen ihm allerdings nicht, dass sie geweint hatte. Sie musste sogar recht heftig geweint haben, denn das Kissen unter ihrer Wange wies einen großen feuchten Fleck auf. Aber sie war Darnleys Tochter, ermahnte er sich im Stillen, das Kind des betrügerischen Darnley, der seit Jahren die Mitglieder des Kirallen-Clans niedermetzelte. Und nun hatte er Ian getötet. Möge Gott seine schwarze Seele in der Hölle schmoren lassen.

Sie bewegte sich im Schlaf und murmelte etwas von einem Rubin und verbrennendem Brot. Er beugte sich hinab und strich ihr behutsam eine Locke aus dem Gesicht. Sie seufzte und lächelte im Schlaf.

Wie sie so dalag, wirkte sie sanft, verletzlich und gefährlich verführerisch. Einen Moment lang war er versucht, zu ihr ins Bett zu steigen und sein Gesicht in ihr leuchtendes Haar zu schmiegen. Dort könnte er alles vergessen, was seit seiner Rückkehr geschehen war.

Dann aber zog er die Hand zurück. Nein, er konnte es nicht. Nicht heute Nacht. Sie hatte sich gut gehalten, wenn man die Umstände bedachte, aber sie war auch sichtlich am Ende ihrer Kräfte gewesen, als sie sich vorhin zurückzog. Was wenn sie ihn abwehrte? Wenn sie weinte? Oder, schlimmer noch, wenn sie sich ihm stillschweigend hingäbe? Er war weit genug für den Clan gegangen, doch er würde auf keinen Fall so tief sinken, um der Familienehre willen eine Frau zur körperlichen Liebe zu zwingen, egal ob sie seine Ehefrau war oder nicht. Sollte sie sich erst einmal ausschlafen. Morgen dann … oder übermorgen … oder irgendwann …

Es hatte schließlich keine Eile, dachte er verbittert. Drei Monate blieben ihm, um die Ehe zu vollziehen. Und danach würde er sie nie wiedersehen.

Kapitel 7

In der Halle dauerte das Fest an. Die Gäste waren enttäuscht, weil sie das Paar nicht mit den üblichen Gesängen und Tänzen ins Brautgemach geleiten konnten. Andererseits waren sich alle einig, dass es nun mal eine seltsame Hochzeit war, die in vielerlei Hinsicht keinen Anlass zur ausgelassenen Feier bot. Dennoch war Fest eben Fest, und von denen gab es zu wenige, als dass man sich dieses eine entgehen lassen wollte. Wie rar waren sonst doch die Abwechslungen zwischen harter Arbeit und ernstem Gebet. Bald hatten die Gäste alle Bedenken beiseite gefegt, waren satt und genossen den üppig fließenden Wein sowie die Musik.

Die Flure waren vom Festlärm erfüllt. Nur die Hauskapelle, in der ein ewiges Licht brannte und den Altar in einen sanften Glanz tauchte, war still. Auch die Treppe dahinter war abgeschnitten vom Trubel, dunkel und verlassen. Tief unter der Halle von Ravenspur jedoch, in vollkommener Dunkelheit, regte sich etwas.

Was war das?

Es war kein Laut, kein Duft, keine Bewegung, denn diese Worte hatten keine Bedeutung mehr für ihn. Und dennoch durchbrach etwas die leere Finsternis, die ihn umgab.

Er lebte nicht. Sein Körper lag vergessen in einer Krypta, eine verworfene Hülle, deren Zweck längst erfüllt war. Er schlief nicht und träumte auch nicht, da ihm die Ruhe und die Vorstellungskraft aus einer anderen Zeit und von einem anderen Ort fehlten. Und doch war er nicht tot. Der Tod lag jenseits der Tür, im Reich des Lichts und der Musik, dort, wohin er nicht zu gehen wagte. Er *war* einfach.

Wie lange er so existierte, wusste er nicht, wenngleich er sich anstrengte, Bruchstücke aus einer Zeit zu erinnern, in der er einen Namen getragen hatte. Anfangs hatte er sich geradezu an diese Erinnerungsbrocken geklammert, hatte versucht, die Form festzuhalten, die ihn als einen Menschen auszeichnete, der anders als alle anderen war. Doch Stück für Stück war sie ihm entglitten – bis auf eine Erinnerung, die er unbedingt bewahren wollte. Und diese eine Erinnerung hielt ihn hier fest.

Obwohl andere um ihn herum waren, blieb er vollkommen allein. All die verlorenen Seelen waren viel zu sehr mit ihren eigenen Angelegenheiten beschäftigt, um sich um seine zu kümmern. Und er konnte nichts für sie tun. Ihre Zeit war begrenzt, wodurch, wusste er nicht, und selbst wenn er sie zur Tür führen könnte, würden sie sie erst erkennen, wenn ihre Zeit gekommen war. Dann gingen sie freudig hindurch, ohne einen Blick zurück zu werfen. Er hatte sie beobachtet, krank vor Elend und Neid, aber er war ihnen nie gefolgt. Dadurch wurde die Finsternis nur noch dunkler, die Leere nur noch allumfassender …

Denn er war nicht wie sie. Er hatte sich der Erde verschrieben, wohl wissend, welches Risiko er damit einging. Mit einer Angst, wie sie sich die Lebenden nicht ausmalen konnten, hatte er der Tür mit ihrem verlockenden Licht und der Musik den Rücken gekehrt. Er konnte sie immer noch finden, wenn er wollte, aber eines Tages – *Wie lange noch? Wie viel Zeit blieb ihm noch?* – wäre sie ihm auf ewig versperrt.

Dann könnte er suchen, solange er wollte, er würde sie nicht wiederfinden. Trotz dieses Wissens wollte er nicht gehen – noch nicht, nicht ganz allein. Und so wartete er, einen Moment schmerzlicher Sehnsucht nach dem anderen, während ihm alles entglitt, was er einst gewesen war.

Da war es wieder. Eine Bewegung im Nebel, ein sanftes Streifen von Geist an Geist, eine Erinnerung an Sonnenlicht, grüne Wiesen, Lachen, Liebe, Geborgenheit …

Er wachte mit einem stummen Schrei auf, der durch die kalte Steinkammer hallte. *Mein Liebes! Liebste, wo bist du? Komm zu mir –*

Er ging die Treppe hinauf und in die große Halle. Sie war voller Menschen heute Abend, und es herrschte großer Trubel. Jemand hatte geheiratet. Er konzentrierte sich, die Gedanken eines anderen zu erheischen. Was? Jemmy? Jemmy war nach Hause gekommen? Wann? Und er hatte Darnleys Tochter geheiratet.

Was bedeutete das? Was hatte Jemmys Heirat mit ihm zu tun? Warum war er erwacht?

Ach, lass es sein, dachte er verärgert. Die Angelegenheiten der Lebenden interessierten ihn nicht mehr. Einst hatte er zu ihnen gehört, ihre Reden vernommen und vergeblich versucht, wieder Teil von ihnen zu sein. Damals hatte er mit aller Kraft gegen die Nebel gekämpft …

Doch sie waren immer da. Kalt und heimtückisch legten sie sich über die Erinnerung, die Stärke und die Hoffnung. Wie schwer war es gewesen, sich weiter zu erinnern, wo es nichts als Schmerz mit sich brachte! Und wie viel leichter fiel es, in die Nebel zurückzusinken.

Nein, nein! Er musste sich erinnern. Was hatte ihn zurückgerufen? *Mein Liebes, Liebste, wo bist du?*, rief er wieder. In seinen Worten schwang kein Funken Hoffnung mit. Sie war nicht hier. Ein- oder zweimal hatte er es bereits gedacht, doch diesmal war er sich so sicher gewesen. Warum? Er konnte sich nicht erinnern, er wusste lediglich, dass er sich geirrt hatte. Sie war nicht hier, und er war allein, auf ewig allein …

Sein stummer, verzweifelter Schrei hallte durch den belebten Saal. Zwei Hunde sprangen aus dem Stroh auf, die Nackenhaare gesträubt. Ein hellhaariger Mann fuhr herum und bekreuzigte sich ängstlich, ehe er sich weiter mit den anderen unterhielt.

Der Schrei verhallte und er lauschte verwirrt dem Echo. Was hatte ihn dazu gebracht, so laut aufzuschreien? Warum war er überhaupt hier, wo er doch nie in die Halle gekommen war? Er musste sich erinnern. Egal wie weh es tat, er durfte nicht wieder in die Nebel eintauchen.

Sie war nicht hier, und doch war sie in der Nähe. Er fühlte ihre Gegenwart stärker als je zuvor. Dafür musste es einen Grund geben. Die Hunde wichen winselnd zurück, während der unsichtbare Nebel durch die Halle waberte und begann, Form anzunehmen.

Etwas hatte sich verändert. Es wurde Zeit, dass er erwachte.

Kapitel 8

Alyson setzte sich erschrocken auf, als die Vorhänge vom Bett zurückgezogen wurden.

»Guten Morgen, Mylady.«

Die Frau sah sie lächelnd an. Sie hatte ein freundliches Gesicht voller Lachfalten.

»Ich bin Maggie«, stellte sie sich vor und reichte Alyson einen Becher mit Morgenbier. »Habt Ihr gut geschlafen?«

»Ja, vielen Dank«, antwortete Alyson, die noch zu verschlafen war, um ihre Rolle verlässlich zu spielen. Es war Morgen und sie hatte es sicher durch die erste Nacht geschafft – allein. Erleichtert seufzte sie auf und fragte sich, wie spät es sein mochte, auch wenn sie instinktiv wusste, dass es weit nach Tagesanbruch war. Sie konnte sich nicht erinnern, jemals so lange geschlafen zu haben.

Das Zimmer war verdunkelt und sehr still. Als Maggie die Läden öffnete, fiel Sonnenlicht auf die dunkle Holzfensterbank und die Blumen zwischen dem Stroh auf dem Boden. Alyson lehnte sich genüsslich in die feinen Leinenlaken und weichen Kissen zurück. Für Maude war dieser Luxus selbstverständlich, für sie jedoch nicht. Maggie summte leise vor sich hin. Alyson musste an ihre Mutter denken, die oft bei der Arbeit gesummt oder gesungen hatte.

Sie erlaubte sich selten, in solchen Erinnerungen zu schwelgen, weil sie häufig in tiefer Trauer endeten. Letzte Nacht aber hatte sie von ihrer Mutter geträumt, und dieser wundervolle Traum wirkte noch nach.

Die Tür ging auf und Celia kam herein. Sofort setzte Alyson sich wieder auf.

»Was, immer noch im Bett?«, fragte Celia und formte die Lippen zu einem Lächeln. Die Augen jedoch musterten Alyson eisig.

»Ach, nun lass sie sich doch ausruhen«, ermahnte Maggie sie sanft.

»Ich wollte gerade aufstehen.« Alyson schob die Decke beiseite und schwang die Beine aus dem Bett.

Sie ließ sich von den Frauen anziehen. Das war der schwerste Teil ihrer Rolle. Jemand wie Maude brauchte vielleicht zwei oder drei Frauen, die ihr in ihre Kleider halfen, aber Alyson fand es lächerlich, andere Dinge für sich tun zu lassen, die sie mühelos allein erledigen konnte. Sie fand es albern, hilflos wie ein Baby dazusitzen, während andere ihr die Haare kämmten und flochten.

Maude hatte mehrmals betont, dass jede Lady an derlei Dienste gewöhnt wäre und Alyson sich besser auch daran gewöhnte. Alyson hingegen dachte auch jetzt wieder, wie so oft, dass die Dienerinnen gewiss Besseres zu tun hatten. Dennoch ließ sie sich nichts anmerken und befolgte Maudes Anweisung. Ihre Vorstellung gestern Abend war erfolgreicher gewesen, als sie es für möglich gehalten hatte. Bereits bei ihrer ersten Begegnung hatte der Bräutigam sie so unangenehm gefunden, dass er nicht einmal in ihr Schlafgemach gekommen war. Also würde sie dafür sorgen, dass er sie mit jedem Tag noch weniger mochte.

Wenn sie Glück hatte, konnte sie aus dieser Sache herauskommen, ohne dass er sie ein einziges Mal berührte.

Die Frauen befestigten gerade den dünnen Schleier über

ihren Zöpfen, als es an der Tür klopfte und Jemmy ins Zimmer kam. Alysons Bauch verkrampfte sich vor Angst, und hastig stand sie auf, obwohl sie sich auch so noch im Nachteil fühlte, reichte sie ihm doch knapp bis zum Kinn.

»Mylady«, begrüßte er sie mit einer leichten Verbeugung. »Ich hoffe, du hattest eine angenehme Nacht.«

Er gab sich höflich interessiert, auch wenn seine Augen so dunkel und kalt wirkten wie ein Waldsee im Winter. Er weiß Bescheid, dachte sie panisch. Er durchschaut mich vollkommen. Sie starrte ihn an und wagte vor Angst nicht zu atmen. Bei näherem Hinsehen nahm sie eine schwelende Wut hinter der kühlen Fassade wahr, bei der ihr wohlig heiß wurde.

»Nein, ich hatte keine angenehme Nacht«, sagte sie bissig. »Ganz und gar nicht.«

Sie bemerkte, wie Maggie ob ihres plötzlichen Stimmungswandels staunte, und fuhr fort: »Das Bett war nicht richtig gelüftet, und dieses Stroh auf dem Boden ist modrig. Ich will, dass alles sofort ausgetauscht wird.«

»Maggie«, wandte sich Jemmy an die ältere der beiden Frauen. »Kümmerst du dich bitte darum?«

»Ja, Master Jemmy – ich meine, Mylord.«

»Danke.«

Dann sah er wieder zu Alyson, die nicht erkennen konnte, was in ihm vorgehen mochte. »Wenn es sonst nichts gibt, wünsche ich einen schönen Tag.«

Sie nickte stumm und verbarg ihre zitternden Hände in den Rockfalten. Als er an Celia vorbeiging, machte diese einen Knicks und sagte spitz: »Euch auch einen schönen Tag, Mylord.« Er blieb stehen und blickte sie an.

»Und wer bist du?«, fragte er, Celias Lächeln erwidernd. Alyson wollte schwören, dass er die hübsche Kammerzofe nicht uninteressant fand.

»Celia, Mylord«, antwortete sie und sah ihn scheu an. »Ich kam gestern mit Mylady her.« Sie gab sich so unsicher und freundlich, dass Alyson nicht übel Lust hatte, ihr eine Ohrfeige zu versetzen.

»Willkommen, Celia. Ich hoffe, du wirst kein Heimweh bekommen.«

»Aber nein, Mylord. Ich denke, ich werde mich hier gut einleben.«

Maggie hob verwundert die Augenbrauen, und ein Lächeln zuckte um ihre Mundwinkel, als sie erst zu ihrer Herrin, dann zur Kammerzofe und schließlich zur Tür schaute, durch die Master Jemmy gerade nach draußen ging. Diese Celia war ein falsches kleines Luder, das vor den Augen seiner Frau mit Master Jemmy flirtete. Und der Lady gefiel es überhaupt nicht. Dann seufzte Maggie und dachte an die Arbeit, die heute Morgen noch auf sie wartete. Es war natürlich hart, denn die Binsen auf dem Boden waren erst gestern frisch ausgelegt worden, und sie hatte das Bett selbst gelüftet. Ein Haufen Arbeit für nichts. Beim Hinausgehen war einiges ihrer Sympathie für die neue Herrin verflogen.

Sobald Maggie fort war, fuhr Alyson Celia an. »Was sollte das bitte?«

Celia zuckte nur mit den Schultern. »Du begreifst vielleicht nicht, wie man am schnellsten an ihn herankommt, ich schon. Und«, sie lächelte versonnen, »ich denke, ich werde eine Menge Spaß dabei haben.«

Alyson blickte sie entsetzt an, konnte jedoch nichts erwidern, da Maggie in diesem Augenblick mit zwei Dienern zurückkam, die begannen, das frische Stroh auf dem Boden zusammenzufegen.

»Mylady könnten in den Garten gehen, solange wir hier sind«, schlug Maggie vor.

»Nein«, entgegnete Alyson. »Ich fürchte, dass ich mich gestern verkühlt habe.«

Sie nahm sich ihr Stickzeug und ging zur Fensterbank, wobei sie Celias verächtlichen Blick zwar bemerkte, aber nichts dazu sagte. Ja, sie war feige, doch sie schaffte es nun mal nicht, dieses Zimmer zu verlassen. Mittlerweile war sie überzeugt davon, dass ihr Spiel unweigerlich durchschaut werden würde. Sie verriet sich durch tausend Kleinigkeiten, da war sie sich sicher. Sie blieb lieber den ganzen heutigen Tag auf ihrem Zimmer. Vielleicht fühlte sie sich morgen besser …

Doch der nächste Tag war noch schlimmer. Jemmy stattete ihr einen sehr kurzen Morgenbesuch ab, vor dem Alyson sich die halbe Nacht gefürchtet hatte. Trotzdem wünschte sie, er käme zurück, kaum dass er gegangen war. Wenigstens redete er mit ihr, wenn auch widerwillig! Sobald er fort war, blieb ihr nichts außer Abwarten und Grübeln. Sie zupfte an den Saiten ihrer Laute und beschäftigte sich lustlos mit ihrer Stickerei. Alyson war dieser Müßiggang zuwider, hatte sie doch in ihrem Leben noch keine Minute ohne Arbeit verbracht. Bis die Frauen sie zum Abendessen umkleideten, lagen ihre Nerven blank.

Was für ein furchtbares Kleid, dachte sie beim Anblick der silbrigen Stofffalten. Und der Kopfschmuck, den sie schon bei Maude hässlich gefunden hatte, sah an ihr noch viel schrecklicher aus. Schlimm genug, dass sie ihre Rolle spielen musste, aber war es denn nötig, dass sie dabei zu allem Überfluss auch entsetzlich aussah? Wie hielt Maude es bloß aus, sie selbst zu sein?

Fühlte sie sich nie einsam, nachdem sie alle Menschen um sich herum vor den Kopf gestoßen und damit vergrault hatte? Vielleicht war es ja so. Vielleicht war sie deshalb stets so übel gelaunt. Alyson brachte allerdings kein Mitleid für ihre

Halbschwester auf, weil sie zu sehr damit beschäftigt war, zu beten, sie möge ein weiteres endloses Mahl überstehen.

»Was zum Teufel glaubst du eigentlich, dass du hier machst?«, flüsterte Kirallen verärgert, als Jemmy sich neben ihn an die große Tafel in der Halle setzte. »Wieso hast du nicht längst das Bett mit ihr geteilt?«

»Ich halte mich an die Abmachung«, versicherte Jemmy, »aber nach meinem Zeitplan.«

Kirallen beugte sich zu ihm. »Gibt es etwas, das du mir sagen solltest?«, fragte er leise. »Du kannst deine ehelichen Pflichten doch erfüllen, oder?«

Jemmy biss die Zähne zusammen. »Durchaus.«

»Dann solltest du es auch tun. Je eher sie guter Hoffnung ist, umso besser.«

»Ich ziehe es vor, eine willige Frau zu verführen.«

»Willig? Bei Christi Blut, Junge, sie kennt wohl ihre Pflichten – was ich von dir nicht behaupten würde! Ich werde nicht dulden, dass du dich länger widersetzt, Jemmy, hast du mich gehört? Ich verlange, dass du heute Nacht zu ihr gehst.«

Jemmy stand auf, als seine Frau die Halle betrat. »Ich sagte, ich werde mich an unsere Abmachung halten«, wiederholte er streng. »Mehr brauchst du nicht zu wissen. Was die Details betrifft, hältst du dich besser raus.«

Maude trug ein elegantes Kleid aus silbernem Stoff. Die Farbe stand ihr nicht, ebenso wenig wie der aufwändige Hornkopfschmuck, der ihre zarten Gesichtszüge überschattete. Sie sieht aus wie ein Kind, das sich die Kleider seiner Mutter angezogen hat, dachte Jemmy und unterdrückte ein Seufzen, als er ihr die Hand anbot. Ihre zarten Finger waren eiskalt, und instinktiv schloss er seine darum, als er sie die Stufen aufs Podium hinaufführte.

Kaum dass sie saß, zog sie ihre Hand aus seiner und starrte geradeaus in die Ferne. Sie ignorierte ihn vollkommen. Heute Abend spielte sie also die Eisige, die Unberührbare. Er musste schon sehr genau hinsehen, um die sanfte, verlockende junge Frau wiederzuerkennen, die er vorletzte Nacht schlafend in ihrem Bett gefunden hatte. Sie war noch da, nur eben maskiert.

Zur Hölle mit meinem Vater und dessen vermaledeiten Plänen!, dachte er wütend. Dabei galt ein Großteil seiner Wut ihm selbst. Hätte er sich nicht auf diesen Betrug eingelassen, wäre der Plan des Burgherrn nicht so weit gediehen. Doch er war bereit gewesen mitzuspielen. Nun musste er mit dieser Frau ein Kind zeugen. Er konnte sie entweder gegen ihren Willen nehmen oder sie mit hohlen Worten und falschen Versprechungen für eine Zukunft verführen, die es nie geben würde. Egal wie er die Sache betrachtete, seine Ehre wäre nach dieser Geschichte allemal beschädigt.

Er durfte sein Wort nicht brechen und er wollte sie zu nichts zwingen, also blieb nur ein Weg.

»Was für ein reizendes Gewand, Mylady«, begann er, entsetzt darüber, wie leicht ihm diese Lüge von den Lippen ging.

Sie wandte sich zu ihm. War da Verachtung in ihren Augen? Belustigung? Was es auch gewesen sein mochte, es verschwand sogleich wieder.

»Es ist aus London«, sagte sie frostig und kehrte ihm wieder den Rücken zu.

Für einen Moment reizte ihn die Herausforderung. Wann hatte zuletzt eine Frau so hartnäckig seinem Charme widerstanden? Falls es überhaupt je passiert sein sollte, dann war es so lange her, dass er sich nicht daran erinnerte. Bisher war Jemmy von den Frauen umschwärmt worden. Sie umgarnten ihn gewöhnlich mit ihrem Charme. Er entschied dann, ob und für wie lange er welcher ins hübsche Netz ging.

Aber Maude war keine vergnügte, unbeschwerte Lady, auch wenn er sich nicht ganz sicher war, wie sie in Wirklichkeit war. War sie die hochnäsige, eisige Frau, die jetzt neben ihm saß? War sie die hitzige junge Frau, die ihm während des Hochzeitsbanketts einen vollen Weinkelch aus der Hand geschlagen hatte? Oder war sie das Mädchen, das vor dem Altar zitternd in seinen Armen gelegen hatte?

Er könnte es herausfinden, keine Frage. Er könnte sie aus der Reserve locken, dafür sorgen, dass sie sich wohl fühlte und lächelte, wenn er wollte. Mit etwas Zeit und ein wenig Geduld konnte er ihr Vertrauen gewinnen. Und dann …

Auf einmal sah er sie vor sich, nackt in seinen Armen liegend, wohlig erschöpft, rosig schimmernd und mit dem besonderen Glanz in den Augen, der so typisch für den Moment nach der Vereinigung war. Das Bild tauchte so unerwartet und gleichzeitig so lebendig in seinem Kopf auf, dass sein Körper prompt reagierte. Für einen kurzen Augenblick konnte er an nichts anderes denken als daran, wie schnell er sie ins Bett bekommen könnte.

Gleich darauf verscheuchte er den Gedanken voller Selbstekel. Es wäre eine Lüge, eine verflucht schmutzige Lüge wie diese ganze arrangierte Ehe. Er durfte sie nicht dazu bringen, ihm zu vertrauen, nur um sie kurz darauf auf Nimmerwiedersehen zu verlassen. Und auch wenn Jemmys Vergangenheit nicht blütenweiß sein mochte, war er doch nie so tief gesunken, eine Frau mit Lügen in sein Bett zu locken. Er sah zu ihr, sah ihr feines Profil, ihren schmalen, weißen Hals, ihre klar gezeichneten, zarten Wangenknochen und kam sich wie die niedrigste aller Kreaturen vor. Sie verschloss sich gänzlich zu Recht vor ihm.

Der Burgherr beugte sich erneut zu ihm. »Falls du meinst, du tust dem Mädchen einen Gefallen, täuschst du dich. Sie weiß, was man von ihr erwartet, und sie will es gewiss so bald wie möglich hinter sich haben.«

Maude auf der einen Seite, sein Vater auf der anderen – er saß in der Zwickmühle. Und wie blind er doch in die Falle marschiert war! Nun war er hin- und hergerissen zwischen Pflicht und Ehre.

Jemmy hielt klaglos Kälte und Hunger, Einsamkeit und Enttäuschung aus. Das Einzige, was er nicht ertrug, war das Gefühl, gefangen zu sein. Vor zwölf Jahren war er diesen Mauern entflohen, hatte alle Wärme und Sicherheit im verzweifelten Wunsch nach Freiheit aufgegeben. Jener unstillbare Freiheitsdrang, der stets unter der Oberfläche schwelte, entbrannte jetzt aufs Neue. Niemand hielt Jemmy Kirallen gegen seinen Willen irgendwo fest. Und niemand erteilte ihm Befehle. Gott stehe dem Mann – oder der Frau – bei, die es versuchten.

Plötzlich war es gleichgültig, wie oder warum er in diese Lage geraten war. Er wollte raus. Und er würde alles tun, was nötig war, um schnellstens zu fliehen.

Als Erstes zog Alyson die silberne Robe aus und ein schlichtes Tageskleid an. Dann ging sie rastlos in ihrem Zimmer auf und ab. Zwei Tage waren vergangen. Wie viele standen ihr noch bevor? Und wie sollte sie die überleben?

Sie *würde* überleben, schwor sie sich inbrünstig. Sie würde stark, unerschütterlich und klug sein. Nichts und niemand konnte sie davon abbringen. Schon gar nicht Jemmy Kirallen mit seinem charmanten Lächeln und seinen hohlen Komplimenten. Er war unwichtig, vollkommen unwichtig, ganz gleich wie schwindlig und atemlos sie sich fühlte, wann immer er ihre Hand nahm oder sie ansah. Sie würde, sie *musste* zu Robin zurückkehren und mit ihm gemeinsam in die Highlands zu den McLarans gehen.

»Finde heraus, an welcher Stelle sie am verwundbarsten sind«, hatte Darnley ihr befohlen. *»Ich muss wissen, wie viele Mann Kirallen hat und wie gut sie auf eine Schlacht vorbereitet sind. Mir kam zu Ohren, dass sie seit dem Tod des älteren Bruders nachlässig geworden sind. Stimmt das?«*

»Maggie!«, rief Alyson. »Bring mir meine Stickerei. Edina, Mistress Selton – leistet mir bitte Gesellschaft.«

»Es ist schon recht spät, Mylady«, wandte Mistress Selton ein.

Alyson tat ihren Einwand mit einem einzigen Blick ab. Diese eine nützliche Sache hatte ihr Maude immerhin beigebracht, dachte sie, als sie sich mit Mistress Selton hinsetzte und alle drei ihre Handarbeiten aufnahmen. Den Trick musste sie sich für die Zeit merken, wenn sie wieder in der Küche arbeitete.

Mistress Selton beugte sich über ihre Stopfsachen, die Lippen zu einer schmalen Linie zusammengepresst. Sie war eine gestandene Witwe mit einem strengen Gesicht und dunkelgrauem Haar. Edina Kirallen schien deutlich fügsamer, nur drei oder vier Jahre älter als Alyson. Sie war eine etwas mollige, schüchterne Witwe mit einem hübschen Mund und einem stets verängstigten Ausdruck in den Augen.

»Schönes Wetter hatten wir heute, nicht wahr«, bemerkte Maggie, die Wolle spann.

Die anderen Frauen nickten, antworteten aber nicht.

»Hoffen wir, dass es bis zur Versammlung schön bleibt«, plapperte Maggie weiter.

»Was für eine Versammlung?«, fragte Alyson, worauf sie alle drei Frauen erstaunt ansahen.

»Das Treffen der Clans«, erklärte Maggie. »Na ja, nicht aller Clans. Eigentlich ist es eher eine kleine Versammlung, bei der sich die Familien wiedersehen können. Wir werden in etwa einer Woche aufbrechen.«

»Ach so, ich verstehe.«

Alyson beugte sich über ihr Stickzeug und überlegte, ob sie noch etwas fragen müsste.

»Und was wird das?«, fragte Maggie freundlich und verzog ein wenig das Gesicht, als sie die blutroten Stiche sah, die Alyson ausführte.

»Der heilige Georg«, antwortete Alyson. »Dieser Teil wird der Drache.«

»Aha«, sagte Maggie, während Mistress Selton einen verächtlichen Laut von sich gab.

Alyson musste ihr Recht geben. Das Motiv war scheußlich. Der Drachen spie widerliche Blutfontänen aus, während der heilige Georg überheblich auf ihn hinabschielte. Maude hatte die Stickerei vor Jahren angefangen und Alyson mit einer Geste überreicht, als würde sie ihr ein unglaubliches Geschenk machen. Alyson fragte sich, ob Maude klar war, welchen Affront dieses Bild für die Kirallens darstellte. Immerhin war Georg der Schutzheilige Englands.

Sie machte einen weiteren Nadelstich und sagte: »Ravenspur ist größer, als ich erwartet hatte. Wie viele Mann hat der Gutsherr hier denn ständig gefechtsbereit?«

Mistress Selton warf ihr einen misstrauisch Blick zu. »Genug.«

»Und tapferere Kämpfer hat die Welt nie gesehen«, rief Edina so laut aus, dass die anderen Frauen zusammenzuckten. Sie wurde rot, fügte aber in einem Anfall von Kühnheit hinzu: »Solange sie nicht einem Verrat zum Opfer fallen.«

»O ja«, pflichtete Mistress Selton ihr bei. »Kein Mann, so

tapfer er auch sei, kann sich gegen einen Dolchstoß in den Rücken wehren.«

»Nein, wohl nicht«, murmelte Alyson. »Aber würdet Ihr sagen …«

Sie verstummte, weil Edina in Tränen ausbrach und aus dem Zimmer rannte. Mistress Selton raffte ihre Handarbeit zusammen und folgte ihr.

Maggie blickte von ihrem Spinnrad auf. »Edinas Ehemann gehörte zu Ians Leuten«, sagte sie.

»Ach ja?«, brachte Alyson so ungerührt wie möglich heraus.

»Er wurde letzten Januar hinterrücks erstochen, müsst Ihr wissen«, fuhr Maggie fort und beäugte Alyson neugierig, als sie ergänzte: »Von Eurem Vater, Mylady.«

Alyson schluckte, blieb aber ruhig. »Ja, doch es war gewiss in einer Schlacht, oder nicht? Und er war Soldat. Auf dem Schlachtfeld sterben immer Männer.«

Maggie winkte ab. »Eine *Schlacht?* Nennt Ihr es da drüben etwa so? Ich selbst habe Lord Ian aufs Totenlager gebettet.« Tränen stiegen ihr in die Augen. »Er war hinterrücks erstochen worden, daran bestand kein Zweifel. Und er lebte lange genug, um den Namen Eures Vaters als des Mannes zu nennen, der ihn in einen Hinterhalt gelockt hatte.«

»O nein!«, rief Alyson aus. »Aber er sagte …«

Maggie wickelte das Garn zu einem kleinen Knäuel. »Was, Mylady, was hat Euer Vater gesagt?«

Alyson schüttelte stumm den Kopf. Es gab so viele Geschichten von Darnleys glorreichem Sieg über den Erben von Kirallen! Der Minnesänger von Aylsford hatte sogar ein Lied darüber gedichtet, in dem jeder Schwerthieb des tödlichen Wettkampfes beschrieben wurde. Angeblich hatte der Kampf den halben Vormittag angedauert. Die Stallburschen und Kammerdiener summten das Lied voller Stolz vor sich hin, wenn sie ihrer Arbeit nachgingen. Und jetzt sah Alyson in Maggies grundehrliches Gesicht und erkannte, dass alles eine Lüge war.

»Verzeiht, Mylady«, sagte Maggie und warf die Wolle in ihren Korb. »Falls Ihr mich nicht mehr braucht, würde ich gern zu Bett gehen.«

Alyson erwachte in den dunkelsten Stunden der Nacht, das Gesicht nass von Tränen. In ihrem Traum war sie durch die Landschaft ihrer Stickerei gewandert. Der heilige Georg hatte dagestanden, das rote Kreuz auf seinem schneeweißen Umhang, das blutige Schwert in die Höhe gereckt. Als er sich zu ihr umdrehte, hatte er das Gesicht von Lord Darnley gehabt.

»Sieh nur!«, rief er. »Ich habe den Drachen getötet! Gott ist auf meiner Seite.«

Eine blutdurchtränkte Gestalt lag neben ihm im Schnee und regte sich. Voller Entsetzen erkannte Alyson, dass es sich um Jemmy handelte, der sie mit einem Ausdruck stummen Leidens ansah. Der Anblick war schlimmer als alle Vorwürfe, die er ihr machen könnte.

Sie fiel auf die Knie und versuchte verzweifelt, das Blut zu stillen, doch es war aussichtslos.

»Ich habe den Drachen getötet!«, hatte Lord Darnley mit freudiger Erregung wiederholt. »Komm her und hör das Lied, das mein Minnesänger darüber dichtete!«

»Er ist kein Drache, sondern ein Mensch«, hatte Alyson geschrien, und Darnley blickte wütend auf sie hinab, bevor er sein tropfendes Schwert über ihrem Kopf nach oben schwang und …

Sie war von ihrem eigenen Angstschrei aufgewacht und

hochgeschreckt. Nun sackte sie wieder in die Kissen zurück und strich sich das schweißnasse Haar aus dem Gesicht. Es war nur ein Traum, beruhigte sie sich. Nur ein Traum, nichts weiter. Es war nicht wirklich geschehen.

Noch nicht jedenfalls.

Kapitel 9

Am nächsten Morgen kam Jemmy wie gewöhnlich zu ihr. Er trug Reitkleidung – dieselben hohen Stiefel und Lederhosen wie bei ihrer Hochzeit.

»Guten Morgen, Mylady«, begrüßte er sie. Die Kammerzofen machten ihre Knickse und huschten hinaus, während Alyson zum Fenster ging und ihm den Rücken zuwandte.

Sie starrte blind nach unten in den Hof, wo um diese Zeit reges Treiben herrschte. Die Leute riefen sich gegenseitig etwas zu. Obwohl sie kein Wort verstand, verriet der lebhafte Tonfall, dass die Menschen dort unten nicht den geringsten Zweifel daran hatten, wer sie waren und was man von ihnen erwartete. Früher – war es wirklich erst einen Monat her? – hatte auch Alyson gewusst, wer sie war. Heute war sie niemand, weder Alyson Bowden, die beste Köchin in Northumberland, noch Lady Maude.

Nein, das stimmte nicht ganz. Sie war immer noch Robins Schwester, die Einzige, die zwischen ihm und seinem sicheren Tod stand.

»Ich hoffe, du hast gut geschlafen«, sagte Jemmy wie jeden Morgen. Diesmal jedoch setzte er sich auf die Fensterbank neben sie.

Sie nickte verhalten und sah ihn nicht an, wenngleich sie sich seiner Nähe nur zu bewusst war. Jetzt war es Zeit für ihre üblichen Klagen, doch ihr wollte keine einzige einfallen. Sie hatte gut gegessen, war hübsch gekleidet, ihr Zimmer makellos, das Bettleinen blütenweiß, das Stroh frisch aufgebracht und mit duftenden Blumen angereichert. Ein halbes Dutzend Frauen sorgte dafür, dass sie alles bekam, was sie verlangte. Vielleicht könnte Maude etwas entdecken, worüber sie sich beschweren würde, aber Alyson wusste nichts.

Jemmy lehnte sich zurück und zog ein Knie an, das er mit beiden Händen umfasste. »Wollen wir mal sehen. Was könnte es heute sein? Möchtest du, dass ich dir den Königsstein hole, damit du ihn als Fußschemel benutzen kannst? Soll ich die Burg abreißen und Stein für Stein wieder aufbauen lassen? Oder – ach ja, ich weiß – vielleicht möchtest du, dass ich dir heute Morgen ein Einhorn jage!«

Sie sah ihn an. Er lächelte, und neben seinem Mundwinkel erkannte sie die Andeutung eines Grübchens. Nervös wandte sie sich wieder ab.

»Was? Sag nicht, du bist tatsächlich zufrieden?« Er seufzte mit gespielter Erleichterung. »Dann müssen wir dringend deinen Wirkungskreis vergrößern! Ich reite heute nach Dunforth. Warum kommst du nicht mit? Dir wird gewiss etwas auffallen, was man dort verbessern kann.« Er zeigte aus dem Fenster. »Es ist ein schöner Tag.«

Als Alyson immer noch nichts sagte, fügte er sanft hinzu: »Du kannst doch nicht auf ewig in deinem Zimmer bleiben, Maude. Komm mit mir raus und reite aus.«

Alyson fühlte, wie ihr der Atem stockte, weil Jemmy so freundlich zu ihr war. Sie starrte aus dem Fenster und wollte am liebsten sein Angebot annehmen. Wie gern würde sie den frischen Wind und die Sonne auf ihrer Haut spüren!

Jeder Tag ihres bisherigen Lebens hatte von morgens bis abends aus Arbeit bestanden, jeder Moment war verplant gewesen. An einen Ort zu reiten, einfach um ihn sich anzusehen, war ihr vollkommen fremd. Und wie wäre es wohl, ein solches Abenteuer mit diesem Mann an ihrer Seite zu wagen? Würde er sich über sie lustig machen, wie er es eben getan hatte? Der Gedanke, mit ihm gemeinsam zu lachen, war beinahe unwiderstehlich. Sie hatte nur selten Anlass zu lachen. Wäre sie doch Maude und könnte ihm einfach sagen: »Ja, ich reite mit dir.« Wie gefährlich leicht es wäre, genau das zu tun!

Es kostete sie eine ungeheure Anstrengung, wieder ins schattige Zimmer zu sehen. Doch sie hob das Kinn, blickte Jemmy hochnäsig an und sagte frostig: »Nein, ich denke nicht.«

Schlagartig wich alle Freundlichkeit aus seinem Gesicht. Er stand auf und kehrte ihr den Rücken zu. Als er ging, wollte sie am liebsten ausrufen, er solle auf sie warten, sie wäre sofort bereit, ihn zu begleiten.

Sei nicht albern, ermahnte sie sich streng. Er ist nur ein Kirallen. Wenn er die Wahrheit wüsste, würde er keine Gnade kennen. Und sie konnte es sich nicht leisten, sich auf ihn einzulassen – ganz gleich wie gewinnend er lächelte. Sie hatte diesen Krieg nicht angefangen. Er hatte lange vor ihrer Geburt begonnen und würde zweifellos noch weit über ihren Tod hinaus andauern. Die Fehde betraf die Kirallens und die Darnleys und hatte nichts mit ihr zu tun. Ihr blieb keine Wahl, gar keine. Robins Leben hing davon ab, dass sie ihre Rolle perfekt spielte.

Robin. Wie konnte sie an ihr eigenes Vergnügen denken, wenn Robins Leben auf dem Spiel stand? Ach, wie egoistisch und verdorben sie doch war, genau wie Pater Aidan so oft gesagt hatte.

Jemmy blieb kurz an der Tür stehen, und Alyson blickte zu Boden, voller Angst davor, dass er etwas sagen könnte – oder, noch schlimmer, ihr zulächelte. Dann nämlich wäre sie verloren und ehe sie sich's versah mit ihm unterwegs nach Dunforth, den Wind in den Haaren und die Sonne auf ihrem Gesicht.

»Ich erwarte dich in einer Viertelstunde bei den Ställen«, sagte er ruhig, ging hinaus und warf die Tür hinter sich zu.

»Nun, Mylady, da sollten wir Euch schnellstens Eure Reitkleider anziehen«, trällerte Maggie sichtlich amüsiert, die vor der Tür gewartet und wahrscheinlich alles mit angehört hatte.

Kapitel 10

Es war ein warmer Tag und die Luft duftete nach feuchter Erde, Kiefern und Heide. Greifvögel schwebten über den strahlend blauen Himmel, der sich unendlich weit zu erstrecken schien. Sie ritten zwischen leuchtend roten Stiefmütterchen und gelbem Heidekraut hindurch über die Hänge der Eildon Hills.

Als Alyson erst kürzlich hatte reiten lernen müssen, hatte ihr diese Übung schon in Aylsford von allem am meisten Freude gemacht. Auf dem Pferderücken war sie wenigstens weit weg von Sir Roberts fordernder, bissiger Anleitung und Lady Maudes Gehässigkeiten gewesen. Als sie das erste Mal auf ein Pferd stieg, hatte sie schreckliche Angst gehabt, doch dann war ihr klar geworden, dass Pferde letztlich genauso waren wie Menschen. Sie nutzten jede Schwäche – wenn man ihnen die Chance dazu gab. Bald hatte sie sich mit ihrem Pferd verständigt, und mittlerweile gehorchte das Tier ihr widerstandslos, wenn sie es aufforderte, Schritt zu gehen.

»Nun, Maude, hast du je eine Fee in den Hügeln gesehen?«, fragte Jemmy beiläufig, der direkt neben ihr ritt.

»Du solltest nicht über sie sprechen«, antwortete sie hastig. »Nicht hier.«

»Wo sonst? Hier sollen sie doch angeblich leben.«

»Und du glaubst nicht daran, nehme ich an.«

»Aber du?«, fragte er grinsend.

Alyson wollte gerade sagen, dass sie selbstverständlich an Feen glaubte, ließ es jedoch, weil sie nicht wusste, ob Edelleute womöglich gar nichts über das Feenvolk wussten. Dieses Thema war in ihrer Zeit mit Maude nicht vorgekommen. Sie zuckte mit den Schultern.

»Sieh doch mal«, sagte Jemmy und zeigte auf einen Baum, der einsam und verlassen im Moor stand. »Das da könnte der Flecken sein, an dem Thomas the Rhymer der Königin vom Elfenland begegnet ist.«

»Könnte sein«, sagte sie. »Auch wenn man sagt, es war auf der *anderen* Seite der Grenze.«

»Zweihundert Jahre, wenn nicht noch länger, ist das her. Wer kann heute schon sagen, wo damals die Grenze verlief? Und was ist schon eine Grenze? Eine Linie auf einer Karte, mehr nicht. Das Feenvolk ist doch gewiss zu weise, als dass es sich darum scheren würde, ob wir dieses Stück Land Schottland oder England nennen.«

Alyson vernahm seine Worte mit einigem Erstaunen. Der Grenzverlauf war seit Jahrhunderten die Ursache tödlicher Auseinandersetzungen. Und er sprach darüber, als wäre er eigentlich unwichtig.

»Ja«, fügte er mit Blick auf den Baum hinzu, »ich bin sicher, dass es hier war. Von hier nahm sie ihn für sieben Jahre mit ins Elfenland, bevor sie ihn wieder an diesen Ort zurückbrachte, nachdem sie ihm die Wahrheit zum Geschenk gemacht hatte.«

Er ließ sein Pferd einen Moment auf der Stelle treten, ehe er es wieder Schritt gehen ließ. »Ich frage mich, was daran wohl ein Geschenk sein soll. Der arme Teufel war dazu verdammt, nichts als die Wahrheit zu sagen. Sein Leben muss die reinste Hölle gewesen sein.«

»Dann ist das Lügen Voraussetzung für ein glückliches Leben?«, fragte sie spitz.

»Wie alle Kirallens!«, sagte er und griff damit ihrem unausgesprochenen Gedanken vor. »Ja, Mylady, wir alle sind furchtbare Lügner. Das können wir am besten – na ja, wenn wir nicht gerade allzu sehr mit Morden und Stehlen beschäftigt sind. Und an bestimmten Abenden im Jahr schlachten wir auch Neugeborene«, schloss er und verzog das Gesicht.

Sie hätte um ein Haar losgekichert, konnte es aber im letzten Moment in ein Hüsteln verwandeln und wandte sich ab.

»Was? Sag nicht, diesen Teil hätte dein Vater nicht erwähnt? Er muss dir doch alles über unsere Verderbtheit gesagt haben.«

»Er erzählte mir, was ich wissen muss«, antwortete sie knapp.

»Und jetzt bist du eine von uns. War es schlimm für dich, als du erfuhrst, dass du herziehen solltest?«

Die letzte Frage klang sehr ernst. Alyson biss sich auf die Unterlippe und sah auf die Zügel. »Mein Vater hatte sein Wort gegeben.«

»Ja, hatte er. Aber du wurdest gar nicht gefragt. Das tut mir Leid, Maude.«

Ach, sie wünschte, er würde das lassen. Warum redete er mit ihr, als wäre sie ihm ebenbürtig, als könnte das, was sie dachte oder wünschte, irgendetwas ändern? Niemals würde er so mit ihr reden, wenn er wüsste, wer sie war, erinnerte sie sich streng. Er hielt sie für eine Adlige. Männer wie er verschwendeten keinen Gedanken an einfache Leute wie sie.

»Ich denke, ich tue meine Pflicht«, sagte sie steif.

»Wirst du sie tun?«, fragte er ruhig und betrachtete sie aufmerksam.

»Habe ich eine Wahl?«, erwiderte sie, als hätte sie die Frage nicht richtig verstanden. Sie konnte allerdings nichts dagegen tun, dass sie heftig errötete.

»Hat je einer von uns eine Wahl?«, fragte er zurück, wobei ein Anflug von Verbitterung in seiner Stimme lag. »Wir arbeiten und planen und dann«, er schnippte mit den Fingern, »ist alles wieder weg. Manchmal frage ich mich, ob irgendetwas, das wir tun, auch nur das Geringste ändert oder ob nicht längst alles vorbestimmt ist. Es ist wie bei den Pferden, die mit einem Tuch vor den Augen die Mühle antreiben. Sie wandern immerzu im Kreis und glauben doch, sie würden irgendwo hingelangen.«

Alyson dachte an ihre Mutter. An Robin. An sich. Und sie dachte an die sinnlosen, gewaltsamen Taten, die jeden Plan zunichte machten, den sie jemals gefasst hatten.

»Gott hat uns einen freien Willen gegeben«, wandte sie hilflos ein. »Zumindest sagt man das. Aber das Wichtigste ist doch, dass wir nie den Glauben an ihn verlieren.«

»Glauben«, wiederholte Jemmy tonlos. »Nun ja, Glaube ist was Feines, aber wenn man nicht …« Er beendete den Satz mit einem Achselzucken.

»Hast du keinen Glauben?«

Sie war schockiert, wie lässig er den Glauben abtat. Das Gebet, die Einhaltung der kirchlichen Feiertage und der regelmäßige Besuch der Messe – all diese Dinge waren real und ebenso sehr Teil ihres Lebens wie Arbeit und Schlafen. Selbst Lord Darnley war darauf bedacht, alle seine Taten als Willen Gottes zu rechtfertigen. Und obwohl Alyson oft uneins mit Gott war und Seine Wege fürwahr rätselhaft fand, hatte sie doch nie an Seiner Existenz gezweifelt.

»Ich weiß, dass die Sonne jeden Morgen auf- und jeden Abend untergeht. Darüber hinaus«, er lächelte sie reumütig an, »weiß ich nicht besonders viel, fürchte ich. Für mich ergibt alles keinen Sinn. Die Priester sagen, wir haben einen freien Willen, aber was bedeutet das wirklich? Wer würde blind, lahm oder arm auf die Welt kommen wollen? Mir scheint, die wichtigen Dinge entziehen sich unserer Kontrolle.«

Alyson hatte oft dasselbe gedacht, aber für einen Adligen waren es seltsame Überlegungen. Schließlich war er reich, stark und mächtig. Menschen seiner Herkunft hatten doch allen Grund, Gottes Plan für gut zu halten.

Immer wieder hatte sie überlegt, warum Gottes Vorsehung bestimmte, dass sie Teil von Lord Darnleys Betrug wurde. Auf den ersten Blick schien es unmöglich Vorsehung zu sein, die sie in diese Lage gebracht hatte. Andererseits hatte Pater Aidan sie wiederholt erinnert, dass es ihr nicht zukam, Fragen zu stellen. Gott selbst hatte die Welt in dieser perfekten Ordnung erschaffen. Vom niedrigsten Schurken bis zum höchsten Erzengel hatte jedes Geschöpf seinen Platz. Die Befehle ihres Herrn – und ihres Vaters – in Frage zu stellen bedeutete, Gottes perfekten Plan anzuzweifeln. Und das wiederum war, wie Pater Aidan ihr versichert hatte, die größte Sünde von allen.

»Natürlich glauben einige Menschen etwas anderes«, fuhr Jemmy fort, der lässig in seinem Sattel saß, während ihm das Sonnenlicht aufs dunkle Haar schien und es hier und da leicht rötlich aufschimmern ließ. »Sie sagen, wir leben nicht einmal, sondern viele Male, und unsere gegenwärtigen Umstände wären nicht einfach Gottes Wille, sondern die Folge dessen, was wir in einem anderen Leben getan haben.«

»Wirklich?«, fragte Alyson, die diese Idee nicht uninteressant fand. »Wenn das stimmt, würde es manches erklären.«

Jemmy lächelte. »Da bliebe nur ein Problem. Es gilt als Gotteslästerung. Menschen sind schon für weniger auf dem Scheiterhaufen gelandet. Außerdem, was macht es schon aus, ob wir einmal oder mehrere Male leben? Wir müssen in jedem Fall so gut wie möglich durch das eine Leben kommen, das wir gerade führen.«

»Nein, es macht sehr wohl etwas aus«, erwiderte Alyson ernst. »Wenn ich mir nämlich sicher sein könnte …«

»Was dann?«

Dann wüsste ich vielleicht, was zu tun ist, dachte sie, sprach es jedoch nicht aus. Stattdessen sagte sie: »Nun, dann wüsste ich es. Es ist immer angenehm, etwas mit Sicherheit zu wissen. Aber vielleicht sollen wir ja nicht sicher sein.«

»Und dennoch wird von uns erwartet, dass wir glauben? Wie eigenartig von Gott, uns einen Verstand zum Denken zu geben und uns dann zu sagen, wir sollen ihn nicht gebrauchen! Doch ich möchte selbstverständlich nichts gegen deinen Glauben sagen. Bist du sehr fromm, Maude?«

Seine direkte Frage machte Alyson erschreckend klar, dass sie einen Fehler begangen hatte. Was redete sie bloß? Maude interessierte sich überhaupt nicht für Religion!

»Nein, es ist nur etwas, worüber ich gelegentlich nachdenke«, sagte sie eilig. »Höchstens ein oder zwei Mal – wenn mir langweilig ist – oder wenn der Priester davon spricht …« Sie täuschte ein Gähnen vor und trieb ihr Pferd an, schneller zu laufen, direkt auf einen kleinen Bach zu, der glitzernd den Hügel hinunterrann.

Dort erlaubte sie ihrem Pferd zu trinken. Jemmy kam hinterher und ließ auch seinen Hengst etwas trinken. Eine angenehme Brise strich über Alysons gerötete Wangen, und als sie merkte, dass Jemmy sie nicht wieder auf das Thema von eben ansprach, entspannte sie sich ein wenig.

Hier war es ruhig und wunderbar friedlich. Das Sonnenlicht tanzte auf der Wasseroberfläche, und der Wind ließ die Baumwipfel rascheln. Erst als Alyson sich wieder gefangen hatte, fiel ihr auf, wie nahe Jemmy ihr war. Sein harter, muskulöser Schenkel und seine starken braunen Hände waren unmittelbar neben ihr. Obwohl sie starr auf den Bach blickte, spürte sie, dass er sie ansah – als würde eine Feder über ihre Haut streichen.

Sie fragte sich, was er wohl sah, wenn er sie anblickte. Sah er eine Ehefrau, die er nicht wollte? Eine Frau, die eines Tages seine Kinder austrug? Was er auch zu sehen meinte, sie war es nicht. Das Wasser verschwamm vor ihren Augen, und auf einmal wünschte sie sich von ganzem Herzen, sie wäre heute nicht mit ihm ausgeritten.

Ihr Pferd hob den Kopf und blies heftig durch die Nüstern aus. Dazu stampfte es mit dem Huf auf, um ihr zu bedeuten, dass es zu Ende getrunken hatte und bereit war weiterzugehen.

»Bist du viel gereist?«, fragte Jemmy, als sie ihren Weg fortsetzten. Er bemühte sich, wieder mit ihr ins Gespräch zu kommen.

Alyson unterdrückte ein Seufzen. Sie hatte gewusst, dass diese Frage früher oder später kommen würde. Jetzt musste sie beweisen, was sie während der letzten Wochen in Aylsford gelernt hatte.

»Ich war letztes Jahr mit meinem Onkel in London«, begann sie und blickte dabei zu den weißen Wolken auf, die über den blauen Himmel zogen. »Ich wurde Prinzessin Joan persönlich vorgestellt. Was für eine Lady sie ist! Nicht mehr ganz so schön wie früher vielleicht, aber immer noch … Sie sagen, der Schwarze Prinz wäre Wachs in ihren Händen gewesen.«

»Ich war einmal …«, begann Jemmy, doch Alyson ignorierte ihn, wie Maude gewöhnlich jeden ignorierte, der dumm genug war, etwas sagen zu wollen, wenn sie gerade bei ihrem Lieblingsthema war.

»Bei einem Turnier ließ sie Damen wie Männer anziehen und hinausreiten, um die Menge zu unterhalten. Hat du so etwas schon mal gehört?«, fragte sie mit einem schrillen, künstlichen Lachen. »Ach, es war ein Skandal, aber auch ein solcher Spaß! Sie trugen Tunikas, so dass ihre Beine bis zu den Oberschenkeln zu sehen waren, und sie waren sogar bewaffnet wie Männer und ritten auf Kriegspferden. Alle waren schockiert! Predigten wurden darüber gehalten, in denen es hieß, diese Ladys wären keine Ladys gewesen, und ich habe selbstverständlich zugestimmt. Kannst du dir das vorstellen?«

Jemmy öffnete den Mund und wollte etwas antworten, doch sie plapperte weiter. »Jeden Tag gab es etwas Neues, Jongleure und Minnesänger, Jagden, Feste und Aufführungen … Und jetzt«, sie legte die Stirn in Falten und seufzte theatralisch, wobei sie stolz war, sich gerade zur rechten Zeit daran zu erinnern, »jetzt werde ich nie erfahren, ob Alice Perrers immer noch ihre Stellung als Geliebte des Königs ausnutzt oder ob sich die Mode verändert hat. In London bekommt man den schönsten Haarschmuck«, fuhr sie atemlos fort. »So zarte und leichte Haargestecke! Ich hatte mir für das letzte Fest, bei dem ich war, eigens eines anfertigen lassen. Selbst Prinzessin Joan fiel es auf. Sie sagte …«

Ehe Alyson auch nur die Hälfte dessen aufgesagt hatte, was sie zum Thema auswendig lernen musste, wirkte Jemmy bereits ernsthaft gelangweilt und ungeduldig. Sie wollte gerade von dem zweiten Turnier erzählen, bei dem Maude gewesen war, als er genau das tat, was sie selbst so unzählige Male am liebsten getan hätte: Er raunte eine Entschuldigung und ritt voraus.

Sie ließ ihr Pferd weiter Schritt gehen. Obwohl die Sonne immer noch schien, hatte der Tag einiges von seiner Strahlkraft verloren. Sie verstand nicht warum, ebenso wenig wie sie begriff, warum sie nicht froh war, dass sie ihm überzeugend vorgespielt hatte, wie eitel und dumm Maude sein konnte.

Kapitel 11

Jemmy ritt wieder neben ihr, als sie Dunforth erreichten. Es war ein hübsches kleines Dorf, das von den Ausläufern der Hügel wie von breiten Armen umfangen lag. Als sie klappernd über eine Holzbrücke und an einem Mühlenrad vorbeiritten, fühlte Alyson sich an den Ort zurückversetzt, an dem sie ihre Kindheit verlebt hatte.

Das rhythmische Schlagen des Schmiedehammers war durchs ganze Dorf zu hören, und es duftete nach frisch gebackenem Brot. Um die Dorfwiese herum standen reetgedeckte Cottages. Kinder spielten auf der Wiese dasselbe Abzählspiel, das Alyson als Kind so geliebt hatte. Sie unterbrachen ihr Spiel, als Alyson und Jemmy vorbeiritten, und beäugten die beiden neugierig.

»Gott zum Gruße, Mylord, Mylady«, begrüßte sie ein kräftiger Mann, als sie vor dem feinsten Haus am Ort, einem zweigeschossigen Bau aus Holz und Stein, von den Pferden stiegen.

»Gott zum Gruße, Master Johnson«, antwortete Jemmy. »Maude, darf ich dir Master Johnson vorstellen, das Dorfoberhaupt von Dunforth.«

Alyson machte einen Knicks und der ältere Mann verbeugte sich.

»Ist lange her«, sagte Jemmy, der sich lächelnd umschaute.

»Fürwahr, Mylord«, erwiderte Johnson munter. »Ihr seid ein

ganzes Stück größer als der junge Bursche, der so gern meinen Preisbullen jagte! Mylady«, wandte er sich an Alyson, »Euer Gatte war ein bemerkenswerter Junge, der überhaupt keine Angst kannte. Er meinte damals, er hätte von Männern in Spanien gelesen, die gegen Bullen kämpften, und da dachte er, er wollte es auch einmal ausprobieren. Was für eine Idee! Wer würde auf so etwas Verrücktes kommen!« Johnson lachte.

»Das machen sie in Spanien tatsächlich«, sagte Jemmy, über dessen lächelndes Gesicht ein dunkler Schatten huschte. »Ich habe es selbst gesehen.«

»Tja, solche ausländischen Sachen wollen wir hier bei uns lieber nicht einführen«, verkündete Johnson mit tiefer Stimme.

»Nein, gewiss nicht. In diesem Punkt stimmte mein Vater Euch zu.«

»Ach, Junge, hat er Euch damals ein paar Hiebe verpasst?«, fragte Johnson. »Nun, ich hätte es mit meinem Jungen nicht anders gehalten, und Euch scheint es gut bekommen zu sein. Leider kann ich das von meinem armen alten Angus nicht behaupten«, fügte er an und zwinkerte Alyson zu. »Der Bulle war hinterher nie mehr der Alte, ich schwör's! Er hatte ja keine Ahnung, was Eure Lordschaft mit ihm vorhatten – schließlich hatte er nichts über spanische Burschen und ihre Spielchen gelesen! Es ist ein Wunder, dass wir damals nicht Euren toten Körper aus dem Pferch ziehen mussten«, schloss er und wischte sich mit einer übertriebenen Schreckensgrimasse die Stirn. »Ihr habt mir den Schrecken meines Lebens eingejagt, aber lassen wir das. Die Geschichte ist Jahre her und längst erledigt. Nun kommt herein und begrüßt Mistress Johnson!«

Als sie über den Hof gingen, wandte er sich im vertraulichen Ton an Alyson: »Sie ist ganz außer Rand und Band. Die letzten Tage war es ein einziges Putzen und Schrubben und was weiß ich nicht alles, was sie anstellte …«

Im Haus roch es köstlich nach frischem Brot und gebratenem Fleisch. Sie setzten sich zum Essen, und Alyson war sorgsam darauf bedacht, sich nicht anmerken zu lassen, wie gut es ihr hier gefiel.

Es gab gebratenen Kapaun, Lamm und Brot, das direkt aus dem Ofen kam und mit süßer Butter und Heidehonig gereicht wurde. Alyson hätte sich nichts Besseres wünschen können. Sie spülte alles mit warmem, kräftigem Bier hinunter. Bei den Johnsons aß sie mit einem solchen Appetit, dass Mistress Johnson vor Freude strahlte und alle Angst verlor, ihre Tafel könnte nicht gut genug für das feine Paar sein. Die Atmosphäre wurde beständig entspannter, und Alyson lauschte interessiert den Gesprächen der Frauen, die in ihrer Nähe saßen.

Sie redeten über angenehme, vertraute Dinge, über Hennen und ihre Glucken, unbändige Kinder und darüber, wie Leinen am besten zu bleichen wäre. Alyson redete zwar nicht mit, war aber ganz auf Mistress Johnsons Seite, als diese Lady meinte, Rainfarn wäre das wirksamste Mittel, Motten zu vertreiben. Dem konnte Alyson nur zustimmen, denn wenngleich Lavendel gewiss angenehmer für die Sinne war, eignete er sich einfach nicht so gut.

Sie war derart in das Gespräch der Damen vertieft, dass sie Jemmy darüber ganz vergessen hatte, bis sie zufällig über den Tisch blickte. Johnson hatte seinen Gürtel gelockert und führte gerade sehr weise aus, wie man Schafe auf die untere Weide trieb, während ein anderer Mann, der deutlich älter war, den Kopf schüttelte und finster prophezeite, dass Moderhinke noch das geringste der Übel war, das von einem so gewagten Plan zu erwarten wäre. Beide redeten auf Jemmy ein, der sie gar nicht angesehen, sondern aus dem Fenster gestarrt hatte und nun sichtlich aus tiefen Gedanken gerissen wurde. Er sah blass aus und hatte Schweißperlen auf der Stirn, obwohl es im Raum angenehm kühl war.

»Was? Ach, ja, Schafe«, sagte er zerstreut. »Warum versucht Ihr es nicht mit ein paar und wartet ab, wie es ihnen ergeht?«

»Sehr wohl«, antwortete Johnson und warf ihm einen interessierten Blick zu. »So muss man's machen.«

Jemmy stand abrupt auf. »Entschuldigt mich«, murmelte er und ging hinaus.

Er war kaum aus dem Zimmer, als Master Johnson Alyson fragend ansah. Sie lächelte achselzuckend und fragte sich, ob Jemmy vielleicht übel geworden war. Das Dorfoberhaupt sprach noch ein paar andere Themen an, doch die lockere Stimmung war dahin. Schließlich herrschte Schweigen an der Tafel.

Master Johnson erhob sich. »Möchtet Ihr mich zur Dorfwiese begleiten, Mylady?«, fragte er. »Die Kinder werden für Euch tanzen und singen, falls Ihr es wünscht.«

»Ja, danke, sehr gern«, sagte Alyson ohne zu zögern und folgte ihm nach draußen. Jemmy stand am Rand der Wiese und lehnte sich mit einer Hand an eine stämmige Eiche. Als Alyson bei ihm war, sah sie, dass er wieder etwas Farbe auf den Wangen hatte, auch wenn seine Miene immer noch finster und verschlossen wirkte, wie er so über die Hügel schaute.

»Bist du krank?«, fragte Alyson.

»Nein.«

»Ah, gut«, sagte sie nervös und fragte sich, was diesen plötzlichen Stimmungswandel verursacht haben könnte. »Die Kinder wollen jetzt singen.«

»Geh nur. Ich komme gleich nach.«

Alyson ließ ihn allein und ging zu Master Johnson, der ihr einen Stuhl anbot. Sobald das Singen und Tanzen begann, tat sie Jemmys Stimmung mit einem Achselzucken ab und lehnte sich zurück, um die Darbietung zu genießen. Die Kinder waren entzückend. Ein kleiner Junge erinnerte sie an Robin. Er hatte goldene Locken und einen hübschen Mund. Die Lieder, die er mit heller, klarer Stimme vortrug, waren eben die, welche Alyson Robin beigebracht hatte, und sein Gesang klang dem ihres Bruders sehr ähnlich.

Zwischen zwei Liedern sprach eine Frau, die neben Alyson stand, sie an. Sie sprach leise und hastig, so dass es niemand außer Alyson hören konnte.

»Mylady«, sagte sie mit einem nervösen Lächeln und verneigte sich respektvoll. »Könnte ich Euch für einen Moment sprechen. Ich werde Euch auch nicht lange aufhalten.«

»Natürlich«, antwortete Alyson höflich.

»Es geht um Tavis – das ist mein Mann. Oh, Mylady, könntet Ihr mit Eurem Lord sprechen und ihn bitten, Tavis gnädig zu sein?«

»Gnädig?«, wiederholte Alyson. »Was hat dein Mann denn getan?«

»Es geht nicht um Tavis selbst, Mylady, nicht direkt jedenfalls. Es ist nur so, dass er unseren Bobbie anbetet. Er ist unser einziges Kind, wisst Ihr, seit sein Bruder in der Schlacht vor zwei Jahren umkam. Bobbie ist ein guter Junge, Mylady, und er hat es nicht böse gemeint. Er wollte nur das Pferd sehen – er liebt Tiere, müsst Ihr wissen, und hätte dem Pferd nie im Leben etwas getan. Aber Sir Calder meinte …«

Sie hielt inne, um Atem zu holen. »Ganz ruhig«, sagte Alyson. »Lass dir Zeit, ich höre zu.«

»Bobbie hätte das Pferd nicht anfassen dürfen. Ich weiß das. Aber trotzdem, Sir Calder hatte keinen Grund, ihn so zu verprügeln. Er ist doch bloß ein Kind. Und als Tavis – das ist mein Mann – es sah, hat er die Beherrschung verloren. Bei Gott, er wollte den Ritter nicht verletzen und das hat er ja auch nicht, Mylady, aber er gab ihm eine Ohrfeige. Aber das war doch nur, damit er aufhört, müsst Ihr wissen. Und jetzt – jetzt ist mein Bobbie immer noch krank im Bett und sie wissen nicht, ob er wieder gesund wird – und sein Vater soll deswegen hängen! Ich weiß nicht, an wen ich mich wenden kann, bei Gott, ich weiß es nicht, und ich hatte gehofft, von Euer Gnaden, dass Ihr vielleicht den Lord fragen könntet ...«

»Da kommt er gerade«, sagte Alyson und legte eine Hand auf den Arm der Frau, als Jemmy sich auf der anderen Seite neben Master Johnson setzte. »Es ist wohl besser, wenn du ihn selbst fragst.«

»Oh, nein, Mylady, das würde ich nie wagen. Aber auf Euch wird er hören«, antwortete die Frau, wischte sich die Tränen aus den Augen und versuchte zu lächeln. »Ihr seid doch erst seit kurzem vermählt – und Ihr seid so schön«, fügte sie wehmütig hinzu. »Auf Euch wird er ganz gewiss hören.«

Sie blickte sich über die Schulter um und zog ihr Kopftuch fester. »Gott segne Euch, Mylady«, flüsterte sie hastig und verschwand wieder in der Menge.

»Mylady«, sagte Johnson, erhob sich halb von seinem Stuhl und blickte verärgert hinter der Frau her. »Hat sie Euch belästigt?«

»Nein, nein, ganz und gar nicht«, antwortete Alyson. »Sie erzählte mir nur von ihrem Mann.«

»Ah ja«, er setzte sich wieder und stieß einen herzhaften Seufzer aus. »Eine schlimme Geschichte, das. Tavis ist ein guter Schafhirte und ein feiner Mann – was für ein Jammer, ihn zu verlieren.«

»Erwartet Ihr denn, ihn zu verlieren?«, fragte Alyson.

»Er hat einen Ritter geschlagen«, sagte Johnson knapp. »Auf eine solche Beleidigung steht Erhängen, Mylady, egal was der Grund gewesen sein mag. Wenn Ihr vielleicht mit Eurem Lord *reden* könntet – aber sprechen wir nicht über solch unerquickliche Angelegenheiten – seht nur, der kleine Ewan wird uns ein Lied vorsingen.«

Alyson nickte lächelnd, hörte jedoch kaum hin und verstand kein Wort von Ewans Lied. Ihre Gedanken kreisten um das Schicksal von Tavis und seiner Familie. Selbstverständlich hatte der Schafhirte seinen Sohn verteidigt – was wäre richtiger und natürlicher? Und der Junge hatte schließlich nichts weiter getan, als das Pferd des Ritters zu berühren!

Aber der Ritter besaß die Macht, den Jungen so zu bestrafen, wie es ihm gefiel – selbst wenn er ihn umgebracht hätte, wäre er ohne eine ernsthafte Strafe davongekommen. Er hätte der Familie vielleicht Geld gegeben – oder auch nicht. Das hing ganz davon ab, was ihm sein Lord befahl. Doch sobald ein gemeiner Mann es wagte, die Hand gegen einen Ritter zu erheben, war sein Schicksal besiegelt.

Sie blickte zu Jemmy und fragte sich, was er tun würde. Seit das Mahl vorbei war, befand er sich in einer düsteren Stimmung, die nichts Gutes für Tavis und dessen Familie verhieß. Alysons Erfahrung nach neigten Adlige allzu oft dazu, ihre Launen an ihren Untergebenen auszulassen. Hätte der Schafhirte einen von Darnleys Rittern geschlagen, würde er bei Einbruch der Nacht am nächsten Baum hängen.

Der kleine Ewan beendete sein Lied und verbeugte sich vor dem applaudierenden Publikum. Master Johnson stand auf und streckte sich.

»Nun denn, das war's«, sagte er. »Kommen wir jetzt zu etwas anderem.«

Jemmy stand ebenfalls auf. »Ja, lasst uns zur Sache kommen. Mylady«, wandte er sich an Alyson. »Ich werde die Nacht über hier bleiben und morgen oder übermorgen zurückreiten. Sir Donal wird dich nach Hause begleiten.«

»Warte, Mylord«, sagte sie. »Ich würde gern kurz mit dir sprechen.«

»Was gibt es, Mylady?«, fragte Jemmy ungeduldig. »Ich habe heute Nachmittag vieles zu erledigen.«

»Ich wollte dich etwas fragen«, antwortete Alyson und sah sich auf der belebten Wiese um. »Allein.«

Jemmy ging mit ihr zu der Eiche am Rand der Wiese. »Also?«, fragte er. »Was gibt's?«

Das war ein ungünstiger Gesprächsauftakt, dachte Alyson. Dennoch musste es jetzt sein oder gar nicht.

»Es geht um einen Mann namens Tavis«, begann sie. »Er ist einer der Dorfbewohner.«

»Was ist mit ihm?«

»Anscheinend hat er einen Ritter deines Vaters geschlagen.«

»Und?«, fragte Jemmy und hob eine Augenbraue. »Was hast du damit zu tun?«

Ich muss es richtig anstellen, dachte Alyson. Wie würde Maude es so schaffen, dass alle täten, was sie verlangte?

»Ich wünsche, dass du ihn verschonst«, sagte sie streng.

»Ah, verstehe.« Jemmy hatte ein gefährlich amüsiertes Blitzen in den Augen. »Du hast die Sache also schon entschieden, ja? Na, da bin ich doch erleichtert! Ich dachte, ich müsste den ganzen Nachmittag zu Gericht sitzen, die Geschichten der Dorfbewohner anhören, alle Fakten abwägen – aber das ist jetzt ja gar nicht mehr nötig. Lady Maude hat ihr Urteil bereits gesprochen!«

»Ich habe die Geschichte gehört«, erwiderte Alyson schnippisch.

Jemmy lehnte sich an den Baum und betrachtete sie prüfend. »Denkst du etwa, ich glaube dir auch nur einen Moment, dass dich interessiert, was mit einem Schafhirten aus Dunforth passiert? Komm schon, Maude, ich bin kein Narr. Hier geht es nicht um ihn, und das wissen wir beide. Du willst die Musik bestimmen und mich danach tanzen sehen, aber das wird nicht geschehen. Jetzt reite nach Hause und lass mich meine Angelegenheiten regeln.«

»Es geht nur um Tavis«, sagte sie verbissen. »Ich habe seiner Frau versprochen, dass ich dich fragen würde …«

»Aber das hast du nicht, oder? Du hast mich gar nichts gefragt. Du hast mir einfach gesagt, was ich tun soll.«

»Du bist sehr kindisch, Mylord«, entgegnete Alyson und stemmte die Fäuste in die Hüften. »Hier geht es nicht darum, *wie* ich gefragt habe.«

»Und ob es darum geht. Es geht sogar vor allem darum. Und weißt du auch, *warum* es darum geht?«

»Nein, Mylord, das weiß ich nicht. Und es interessiert mich auch nicht.«

Er fasste ihr Handgelenk und zog sie näher zu sich. »Weil ich es *gesagt* habe. Genauso wie *ich* sagen werde, was mit dem Schafhirten passiert.«

In Alysons Kopf überschlugen sich die Gedanken, während sie fieberhaft überlegte, wie sie die Situation retten könnte. Wie hatte sie sich nur so ungeschickt anstellen können? Aber vielleicht war es noch nicht zu spät, um Tavis zu helfen. Wenn sie Jemmy nun liebevoll und bescheiden fragte …

Er wirkte kein bisschen amüsiert mehr. Vielmehr sprühten seine Augen wütende Funken. Alyson blieben die sanften Worte, die sie gerade an ihn richten wollte, im Halse stecken. Sie spürte, wie es wütend in ihr zu brodeln begann. Wie konnte er es wagen, ihr Angst machen zu wollen? Zumal er sich doch so schrecklich irrte!

»Ah, ich verstehe! Na gut, dann sag mir doch, was du *wünschst*, dass ich sage. Ach, bitte, mein gütiger Lord, ich bitte dich, Recht walten zu lassen? Warum *sollte* ich darum betteln? Warum sollte irgendjemand um etwas betteln müssen, das sein gutes Recht ist? Es ist deine Pflicht, ihnen Gerechtigkeit zukommen zu lassen!«

»Mir ist nicht daran gelegen, dass jemand bei mir um etwas bettelt«, sagte er knapp.

»Ach, ist es nicht? Da dachte Tavis' Frau aber etwas anderes. Und Master Johnson ebenfalls. Beide baten mich, mit dir zu sprechen …«

»Dann haben sie eine schlechte Wahl getroffen.«

»Ja, haben sie offensichtlich«, sagte sie. Vor Wut und Enttäuschung stiegen ihr Tränen in die Augen. »Aber ich hoffe … ich bitte dich … nichts von dem, was ich gesagt habe …«

»Bei Gott, für wen hältst du mich? Glaubst du wirklich, ich würde aus einer Laune heraus einen Mann aufknüpfen lassen?«

»Ich weiß es nicht«, antwortete sie wahrheitsgemäß. »Wenn du es wolltest, könnte dich niemand davon abhalten.«

»Außer dir«, korrigierte er, und nun huschte erneut ein amüsiertes Zucken über seine Augenwinkel.

»Ja, nun, ich habe offenbar kläglich versagt.«

»Ach, da wäre ich mir nicht so sicher«, sagte er nachdenklich. »In Anbetracht der Tatsache, dass du mich für einen Mann hältst, der seinen eigenen Untertan zum reinen Vergnügen aufhängt, bin ich ziemlich überrascht, dass du dich überhaupt trautest, mich zu fragen.«

Er sah hinab auf ihre Hand, die er noch festhielt, und ließ sie los, wobei seine Finger sanft über ihr zartes Handgelenk strichen. Die leichte Berührung durchfuhr Alyson von oben bis unten.

»Entschuldige«, sagte er. »Habe ich dir wehgetan?«

»Nein, Mylord«, antwortete sie ein wenig atemlos. »Aber wir sprachen gerade über den Schafhirten.«

»Wir sprachen über Gerechtigkeit«, verbesserte er. »Und du erklärtest mir, dass ich meiner Pflicht meinen Leuten gegenüber nachkommen müsste.«

Sie fühlte, wie sie errötete. »Ich bin sicher, dass du dir deiner Pflicht bewusst bist …«

»Bist du es denn? Vor einem Moment noch schienst du nicht so sicher. Aber ich fürchte, du hast keine Zeit mehr, mich angemessen in dem Thema zu unterweisen. Vielleicht können wir stattdessen einen Tausch vereinbaren.«

»Was für einen Tausch?«, fragte sie misstrauisch.

»Ich verspreche, dem Schafhirten einen faire Anhörung zu geben. Mehr kann ich nicht versprechen, bevor ich nicht die ganze Geschichte gehört habe, aber ich werde so viel Gnade walten lassen, wie ich kann.«

»Und welche Gegenleistung erwartest du von mir?«

Ein Leuchten huschte über sein Gesicht wie ein sommerlicher Gewitterblitz, und sein charmantes, amüsiertes Lächeln brachte Alysons Gedanken ganz durcheinander und ihren Puls zum Rasen.

»Erwähne nie wieder das Wort ›London‹ in meiner Gegenwart. Keine Prinzessin Joan mehr, keine Turniere – und um Gottes willen auch keine modischen Haargestecke mehr. Denkst du, dass du das schaffst?«

Sie müsste noch vorsichtiger sein, wenn sie mit ihm zusammen war, überlegte sie und biss sich auf die Lippe, um das Lachen zu unterdrücken, das sich kaum zurückhalten ließ. Wieder einmal hatte er sie überrascht.

»Ja, Mylord«, sagte sie. »Ich werde mich bemühen.«

»Abgemacht also.« Er legte einen Finger unter ihr Kinn und hob es leicht an, so dass sie ihn ansehen musste. Sein Lächeln erstarb, und er blickte ihr ernst in die Augen. »Der Tausch muss allerdings noch besiegelt werden«, sagte er sanft.

»Ich … ich«, begann sie, hielt aber sogleich wieder inne. Es war sinnlos, ihn jetzt zu verärgern und alles zu verlieren, was sie gewonnen hatte, dachte sie, auch wenn ihr klar war, dass sie sich selbst belog. Nicht um Tavis' willen war sie an seine Brust gesunken und hatte eine Hand erhoben, um Jemmys Wange zu berühren.

Er beugte sich zu ihr und strich mit seinen Lippen über ihre. Schüchtern nahm sie seinen Kuss an, die Lippen geschlossen und die Augen offen. Verlangen durchzuckte ihn mit solcher Macht, dass er vollkommen überwältigt war. Dann schloss sie ihre Augen und neigte den Kopf etwas zur Seite, seinem Kuss entgegen.

»Mylady, seid Ihr bereit?«

Beim Klang von Sir Donals Stimme schrak Alyson zurück.

»Ja«, sagte sie mit bebender Stimme. »Ich bin bereit.«

Jemmy ließ sie los. »Achte gut auf sie, Donal.«

»Sehr wohl, Mylord«, antwortete der junge Ritter voller Stolz.

Als Alyson auf ihrem Pferd saß, blickte sie sich um. Jemmy lehnte noch an der Eiche, das Gesicht im Schatten. Doch als sie ihr Pferd antrieb, glaubte sie zu sehen, dass er lächelte.

Kapitel 12

Am nächsten Nachmittag lugte Alyson vorsichtig durch die Gartenpforte. Sobald sie sich überzeugt hatte, dass niemand da war, ging sie in den Garten hinein und sah sich mit einer Mischung aus Bewunderung und Bedauern um. Ach, was für ein Jammer, einen so bezaubernden Garten einfach verkommen zu lassen!

Der Hofgarten war zu beiden Seiten von der Burg eingerahmt und nach Südwesten hin offen. Die Sonne malte goldene Bahnen auf die unkrautüberwucherten Blumenbeete und den verwilderten Rasen, der schon viel zu lang nicht mehr gemäht worden war. Offensichtlich hatte irgendwann einmal jemand mit viel Liebe alles angelegt, doch das musste Jahre her sein, und seither schien sich niemand mehr richtig um die Anlage zu kümmern. Alyson war auf dem Weg hierher am Küchengarten vorbeigekommen, der im Gegensatz zum Ziergarten sehr gut gepflegt war. Dort wuchsen Kräuter und Gemüse in ordentlich angelegten Reihen – nun ja, nicht ganz so ordentlich wie die in ihrem eigenen Küchengarten in Aylsford. Dieser Blumengarten hingegen war sicher wie geschaffen als Ruheort für eine feine Lady.

War Lady Kirallen früher an schönen Tagen hier gewesen? Hatte sie auf einer der Bänke gesessen und genäht oder gestickt, während ihre beiden Söhne neben ihr im weichen Gras spielten? Alyson konnte beinahe das Lachen der Kinder und die sanfte Frauenstimme hören, die sie ermahnte, sich anständig zu benehmen.

Heute gab es auf Ravenspur keine Hausherrin mehr. Die Frau des Burgherrn war seit Jahren tot, und die andere Lady, Ians Frau, war im Wochenbett gestorben. Alyson war sicher, dass sie diesen Garten wieder zum Blühen bringen könnte, aber diesen Gedanken verwarf sie sogleich wieder. Ihr Aufenthalt auf Ravenspur sollte nur kurz sein und es kam ihr nicht zu, sich des Gartens oder irgendetwas anderem anzunehmen, das den Kirallens gehörte. Nachdenklich wanderte sie zwischen den Beeten entlang, pflückte hier und da eine Blume und atmete den wunderbaren Duft ein.

»Was machst du hier?«

Schuldbewusst zuckte sie zusammen und ließ vor Schreck die Blumen fallen.

»Ach, du bist es!«, sagte sie erleichtert, als sie Malcolm erkannte, den kleinen Neffen von Jemmy mit den strahlend blauen Augen. »Hast du denn nichts anderes zu tun, als dich in Ecken und Winkeln zu verstecken und Leute zu Tode zu erschrecken?«

»Ich habe mich nicht versteckt«, protestierte Malcolm ein wenig beleidigt. »Das hier ist mein Garten.«

»Deiner, ja? Ich dachte, er gehört dem Burgherrn.«

»Und der bin ich später mal – eines Tages. Wie mein Vater es sein sollte«, fügte er hinzu und blickte dabei finster drein, was nicht recht zu einem Jungen seines Alters passen wollte. »Bevor dein Vater … zur Hölle mit ihm!«, platzte es aus ihm heraus. »Mörderischer Bastard! Ich hasse ihn! Eines Tages werde ich ihn umbringen.«

Alyson sah ihn ernst an. »Ich kann verstehen, dass du meinen Vater hasst. Manchmal«, sagte sie sehr leise, »hasse ich ihn selbst.«

Der Kleine war sichtlich überrascht. »Warum?«, fragte er.

»Weil es falsch von ihm war, deinen Vater zu töten. Es war böse, und ich glaube, er hat schon viele böse Dinge getan.«

»Meinst du?« Er überlegte einen Moment. »Aber du darfst so was nicht sagen. Du bist doch seine Tochter.«

Alyson zuckte mit den Schultern. »Warum nicht? Es ist doch wahr. Und außerdem«, fügte sie ernst hinzu, »bleibt es unter uns beiden. Kann ich dir vertrauen?«

»Natürlich!« Er verschränkte die Hände hinter dem Rücken und betrachtete Alyson. »Ich glaub, du bist gar keine hinterhältige, verstockte Ziege«, sagte er schließlich. »Das sagen die anderen nämlich über dich.«

Ihr war klar, dass er sie damit auf die Probe stellen wollte, aber sie ging nicht darauf ein, sondern erwiderte freundlich: »Ach, sagen sie das? Und was sagen sie über dich?«

Ein Strahlen huschte über sein Gesicht. »Sie sagen, ich bin ein teuflischer Bursche«, antwortete er stolz. »Und sie sagen, dass ich der wildeste Junge bin, den sie kennen.«

Alyson widerstand dem Impuls, laut loszulachen. »Ach du liebe Güte. Was genau macht dich denn so wild?«

»Na ja«, begann er vertraulich leise und sah sich im Garten um, »eigentlich bin ich überhaupt nicht wild. Ich habe bloß einen Frosch in Annies Bett versteckt, und da hat sie sich schrecklich aufgeregt. Aber Annie ist sowieso immer gleich aus dem Häuschen, auch wenn gar nichts passiert ist. Und ich lerne nicht gern, das stimmt. Es ist doch falsch, wenn ich so tue, als würde ich gerne lernen. Außerdem sagte Vater immer, er mochte auch keinen Unterricht haben, und er hat mich oft reiten lassen, wenn ich nicht lernen wollte. Aber jetzt ist Onkel Jemmy wieder da, und *er* sagt, ich soll auf meinen Lehrer hören. Mir ist egal, was er sagt. *Ich* habe keine Angst vor Onkel Jemmy.«

»Angst? Weshalb solltest du Angst vor ihm haben?«

Malcolm beugte sich vor und flüsterte: »Weil sie sagen, dass er mich aus dem Weg haben will. Und das stimmt«, sagte er und nickte ernst. »Er kann sich nicht leisten, mich hier zu behalten. Mein Vater war der junge Burgherr, und viele meinen, dass ich später der Herr von Ravenspur werden müsste, nicht mein Onkel. Ich bin sicher, dass er mich bald umbringen wird«, endete er erstaunlich zufrieden.

»Wer redet dir denn solche Dinge ein?«, fragte Alyson, der es einen eisigen Schauer über den Rücken jagte, wie ruhig dieser Junge über seinen eigenen Tod sprach.

»Alistair hat das gesagt«, antwortete er prompt. »Alistair sagt, dass Onkel Jemmy nicht zum Burgherrn taugt, weil er schon vor Jahren von hier weggelaufen ist. Er sagt, Onkel Jemmy weiß nichts über uns oder darüber, wie alles hier sein sollte. Und er findet, dass es eine Schande war, dass mein Onkel dich geheiratet hat. Kennst du Alistair eigentlich?«

Alyson nickte. Sie erinnerte sich an den Mann, der sie bei ihrer Hochzeitsfeier beobachtet hatte. Vor allem erinnerte sie sich an seinen Blick. Der Ausdruck seiner Augen war hart wie Granit gewesen.

»Also«, fuhr Malcolm fort, »Alistair war der Pflegebruder von meinem Vater. Vater sagte immer, Alistair war ein besserer Bruder als sein richtiger, weil er ihn nie verlassen würde wie Onkel Jemmy.«

Der Junge bohrte seinen einen Zeh ins Gras. »Aber seit mein Vater tot ist, schreien sich Großvater und Alistair immerzu an. Ich verstehe das nicht. Alistair gehört doch zur *Familie* – aber Großvater sagt, er stiftet nichts als Unfrieden. Trotzdem mag ich ihn, genauso wie Vater ihn mochte.«

»Du vermisst deinen Vater, nicht wahr?«, fragte Alyson ruhig.

»O ja«, sagte er und wandte ihr den Rücken zu. »Er ist einen Heldentod gestorben, musst du wissen. Aber ich bin jetzt schon groß, fast zwölf. Das ist viel zu alt, da darf ich nicht mehr um meinen Vater weinen.«

»Hat Alistair das auch gesagt?«

»Das sagen alle. Sie meinen, dass ich sehr tapfer bin.«

»Ich finde es nicht tapfer. Ich denke, du solltest um deinen Vater weinen. Sogar die Helden in den alten Geschichten weinen, wenn einer von ihnen in der Schlacht fällt.«

»Ehrlich?«

»Ja, selbstverständlich weinen sie«, sagte sie und fragte sich, ob sie den Jungen nicht belog. Aber selbst wenn es nicht wahr war, sollte es ihrer Meinung nach so sein. »Und dafür brauchen sie sich auch überhaupt nicht zu schämen.«

Eine Weile war der Junge sehr still. Dann seufzte er leise und wischte sich mit der Hand über die Augen. »Kannst du einen Ball fangen?«, fragte er unvermittelt.

»Wenn er nicht zu hart geworfen wird, ja. Aber du siehst aus, als könntest du ziemlich hart werfen.«

»O ja! Meine Bälle sind härter als alle anderen. Willst du mal sehen?«

»Ich weiß nicht. Ich sollte eigentlich nicht …« Als sie das enttäuschte Gesicht des Jungen sah, sagte sie rasch: »Schön, aber nur kurz. Ich habe noch zu tun.«

Sie warfen den Ball ein paarmal hin und her, und bald glühten Alysons Wangen von der ungewohnten Tätigkeit.

»Du bist gar nicht so schlecht – für ein Mädchen«, gestand Malcolm schließlich. »Aber fang mal diesen hier!«

Der Ball flog über Alysons Kopf. Sie lief hinterher und suchte ihn in dem hohen Unkraut, das an der Burgmauer wucherte. Als sie weiter in das Dickicht ging, entdeckte sie einen kleinen Eingang, der von Blumenranken überwachsen war. Sie ging vorsichtig hinein und gelangte in einen kleinen Raum. An einer Seite stand ein staubiges Wandregal. Gedankenverloren strich sie mit der Hand über den obersten Regalboden und betrachtete die vertrockneten Kräuterbündel, die zwischen zahllosen Spinnweben von der Decke hingen. Erst jetzt sah sie, dass auch an den anderen Wänden Regale standen. Einige waren aus Holzstäben, zum Trocknen von Kräutern, auf anderen standen kleine Gläser und Flaschen. In einer schattigen Ecke stand ein umgedrehter Mörser mit dem dazugehörigen Stößel daneben.

»Das hier war die Vorratskammer meiner Großmutter.«

Alyson hatte gar nicht bemerkt, dass Malcolm ihr gefolgt war.

»Wird sie heute nicht mehr benutzt?«, fragte sie.

Malcolm schüttelte den Kopf. »Nicht mehr, seit meine Mutter …«, er sah hinunter auf seine Füße und schluckte. »Sie kam manchmal hierher, aber jetzt ist niemand mehr hier drin.«

»Wie schade«, sagte Alyson, nahm eine der kleinen Flaschen aus dem Regal und zog den Korken ab. Was immer da drin gewesen sein mochte, war längst eingetrocknet. Aus dem Fläschchen stieg ein zarter Kamillenduft auf.

»Kennst du dich mit Kräutern und so aus?«, wollte Malcolm wissen.

»Ein bisschen. Leider nicht so gut, wie ich gern würde.«

Alyson stellte die Flasche zurück und wischte sich die staubigen Hände am Rock ab. »Hier«, sagte sie und bückte sich. »Ich habe deinen Ball gefunden.«

Sie gingen wieder hinaus. »Es ist schon spät«, stellte Alyson überrascht fest.

»Ja, und ich war nicht bei meinem Unterricht. Conal wird böse sein«, sagte Malcolm mit einem zufriedenen Grinsen.

»Aber jetzt muss ich baden und mich umziehen, bevor ich in die Halle gehe. Du auch«, ergänzte er. »Du hast Spinnweben im Haar. Und Staub, genau hier«, er hob die Hand und berührte ihre Wange, dann zog er den Arm schnell wieder zurück und wurde rot. »Ich geh mal lieber«, murmelte er verlegen, drehte sich um und lief durch den Garten davon.

Alyson folgte ihm langsamer. Ihre Stimmung trübte sich, kaum dass der Junge fort war. Die Unterhaltung und das Spiel mit Malcolm waren ein Fehler gewesen. Viel zu leicht könnte sie Jemmys Neffen in ihr Herz schließen, der doch gänzlich schuldlos in diese furchtbare Situation geraten war. Der arme Junge hatte seine Mutter und vor kurzem seinen Vater verloren. Was würde aus ihm werden, wenn auch noch sein Großvater und sein Onkel starben? Wenigstens würde er überleben, dachte Alyson finster – im Gegensatz zu Robin, sollte sie versagen.

Als sie das Gartentor erreichte, stellte sich ihr ein Mann in den Weg. Er war kräftig gebaut und die schlichte Wolltunika, die er unter dem Kirallen-Überwurf trug, spannte über seinen breiten Schultern.

»Mylady«, sagte er und verbeugte sich so formvollendet, dass Alyson überlegte, ob er sich über sie lustig machte. »Wir sind uns schon begegnet. Erinnert Ihr Euch an mich?«

»Ihr seid … Sir Alistair, nicht wahr?«

»Der bin ich.« Er lehnte sich an eine Wand des Tors und versperrte ihr so den Ausgang. »Wie gefällt Euch Ravenspur? Ist es anders als Eure gewohnte Umgebung?«

»Nein.« Sie wollte an ihm vorbeigehen, doch er rührte sich nicht vom Fleck.

»Ich bin sicher, dass wir alle davon profitieren werden, wieder eine … Lady im Haus zu haben«, sagte er langsam und lächelte dazu auf eine Art, die ihr ganz und gar nicht behagte.

Plötzlich wurde ihr klar, wie abgeschieden dieser Garten lag. Die hohen Mauern, die eben noch einen Eindruck von Schutz vermittelten, schienen auf einmal bedrohlich. Was auch immer hier mit ihr passierte, sie machte sich keine Hoffnung, dass ihr jemand zu Hilfe eilen würde. Der Ruf einer Taube aus einem der Bäume betonte noch die bedrückende Stille.

»Bitte entschuldigt mich«, sagte Alyson. »Ich muss jetzt gehen.«

»O nein, noch nicht. Wir hatten doch kaum Gelegenheit, uns kennen zu lernen.«

Sie blickte in seine eisigen Augen und fühlte sich an Sym erinnert, einen Stallburschen in Aylsford Manor, der mehrmals versucht hatte, sie allein zu treffen. Auch Sym hatte ihr anfangs Angst eingejagt, doch mit der Zeit lernte sie, ihn besser abzuwehren.

»Lasst mich bitte vorbei, Sir Alistair«, sagte sie mit fester Stimme. »Geht mir aus dem Weg.«

»Einen Moment noch«, entgegnete er und musterte sie unverhohlen von oben bis unten. »Ich würde Euch zuvor gern ein oder zwei Dinge sagen.«

»Und ich bin nicht gewillt, mir anzuhören, was Ihr zu sagen habt – bevor Ihr mich nicht vorbeilasst.« Sie trat ihm heftig gegen den Fuß, vergaß dabei jedoch, dass sie nur feine Damenschuhe trug und nicht die Holzschuhe, die sie sonst anhatte.

Blitzschnell streckte er die Hand aus und packte ihren Arm. »Ach, Mylady, wir sind hier nicht in England. Und ich bin nicht Euer Ehemann, der sich so leicht abwimmeln lässt. Ihr hört mir zu und zwar sehr gut, denn es wurde ein Fehler gemacht, den ich korrigieren will. Der Burgherr ist – Gott stehe ihm bei, aber er ist nicht mehr der Mann, der er einmal war. Und was seinen Sohn betrifft«, er lachte hämisch, »Jemmy ist nicht der Mann, diesen Clan zusammenzuhalten – nicht mehr, nicht nach allem, was er uns angetan hat. Er glaubt tatsächlich, wir würden uns vor einer Darnley verneigen.«

Wieder betrachtete er sie von oben bis unten und lächelte dabei abfällig. »Andererseits ist er ja sowieso kein richtiger Mann, oder?«

»Lasst mich los«, sagte Alyson, die nun wirklich Angst bekam, denn Alistair sah sie an, die Augen funkelnd vor Wut, und umfasste ihren Arm wie mit einer Eisenzange. Ohne nachzudenken, hob sie die freie Hand und schlug ihm mitten ins Gesicht. Vor Schreck lockerte er seinen Griff, so dass sie sich ihm entwinden konnte. In diesem Augenblick vergaß sie alles, was Lady Maude ihr beigebracht hatte, raffte ihren Rock und rannte über den Rasen davon.

Alyson hielt erst an, als sie beim Küchengarten war. Hinter ihr waren keine Schritte zu hören. Am liebsten wäre sie direkt auf ihr Zimmer geeilt und hätte sich darin eingeschlossen, doch das wäre vollkommen verkehrt und sogar gefährlich. Dort wartete gewiss Celia auf sie, Maggie würde da sein und vielleicht auch die mürrische Mistress Selton oder die arme verwitwete Edina. Sie konnte den Frauen in ihrem gegenwärtigen Zustand unmöglich unter die Augen treten – am ganzen Körper zitternd und den Tränen nahe. Nein, niemand durfte sie sehen, ehe sie sich nicht wieder gefangen hatte.

Im Küchengarten war niemand außer einem älteren Gärtner, der zwischen den Pflanzenreihen kniete und Alyson gar nicht bemerkte. Sie schlich sich leise zu der großen Mauer und setzte sich auf einen sonnenbeschienenen Flecken.

Von hier aus konnte sie die Hügel jenseits der Burg sehen, deren Grün von Schafen weiß gepunktet war. Und sie hörte das helle Blöken der neugeborenen Frühlingslämmer. Bienen summten in der blühenden Hecke. Auf den ersten Blick war es ein ganz gewöhnlicher Frühlingstag. Ruhig lag das glitzernde Wasser im Mühlenteich am Fuß der Hügel da. Alysons Ankunft in Ravenspur hatte diese Ruhe ebenso gestört, wie ein Stein beim Hineinwerfen die ruhige Oberfläche eines Teiches störte.

Der süßliche Duft frisch umgegrabener Erde lag in der Luft. Während die Sonne Alysons Haut wärmte, kam ihr die Unterhaltung mit Sir Alistair auf einmal beinahe unwirklich vor, als handelte es sich um ein Ereignis, das jemand anders vor langer Zeit erlebt hatte. Genau genommen war es ja auch jemand anderem passiert, dachte sie erschöpft. Maude. Sie fragte sich, was Maude wohl gerade machte. Wahrscheinlich spazierte sie in diesem Augenblick durch den Garten in Aylsford, dachte Alyson, der die Augen zufielen, oder sie war auf Falkenjagd am Fluss …

Als Alyson aufwachte, waren die Schatten bereits deutlich länger geworden. Der Gärtner war fort. Sie setzte sich auf und rieb sich gähnend die Augen. Erschrocken schloss sie den Mund wieder, als sie die Gestalt entdeckte, die mit überkreuzten Beinen an der niedrigen Steinmauer neben ihr hockte.

Der Mann war etwa zwanzig Jahre alt und sah Jemmy sehr ähnlich. Alyson wusste sofort, dass er ein Familienmitglied sein musste. Er hatte dunkles, lockiges Haar, das ihm leicht ins Gesicht fiel und seinen blassen Teint betonte.

»Habt Ihr gut geschlafen?«, fragte er mit sanfter, freundlicher Stimme. Der amüsierte Unterton war unüberhörbar.

Hastig stand Alyson auf.

»Ja«, antwortete sie knapp.

»Schön. Ihr werdet Eure Kräfte sammeln müssen. Es wäre nicht ratsam, wenn Ihr in Alistairs Nähe Schwäche zeigtet.«

Sie wollte gehen, doch etwas in seinem Blick ließ sie verharren. Seine Augen waren dunkel und leuchteten mit einer solchen Strahlkraft in seinem blassen Gesicht, dass Alyson außerstande war, seinem Blick auszuweichen. Obwohl sie nichts sagen wollte, kamen ihr die Worte wie von selbst von den Lippen.

»Er macht mir Angst«, sagte sie.

»Ja, und Ihr tut gut daran, vor ihm auf der Hut zu sein. Er ist kein schlechter Mensch, müsst Ihr wissen, aber für Euch stellt er dennoch eine Gefahr dar. Er sieht weiter als die meisten – oder tat es zumindest früher, der arme Kerl. Jetzt ist sein Blick umwölkt«, fügte er mit einem traurigen Kopfschütteln hinzu. Dann sah er Alyson an und lächelte verhalten. »Doch an Eurer Stelle würde ich mich darauf nicht verlassen.«

»Was meint Ihr damit?«, fragte Alyson unsicher und blickte sich rasch um. Die Tür in die Burg war vielleicht zehn Schritt entfernt, tief eingelassen in die Burgmauer. Sie bewegte sich vorsichtig dorthin, wobei sie den Fremden aufmerksam im Auge behielt.

»Bleibt in Jemmys Nähe. Er hat zwar seine eigenen Geheimnisse, aber ihm könnt Ihr vertrauen.« Er musste ihr ansehen, dass sie ihm nicht glaubte, so wie er sie anlächelte. Und sein Charme war entwaffnend genug, dass Alyson gegen jede Vernunft zurücklächelte, als sie einen weiteren Schritt seitlich ging und mit der Hand hinter sich nach dem Türriegel griff.

»Ihr seid ein gutes Kind«, sagte er anerkennend. »Ihr werdet sehr stark sein müssen – stark und sehr mutig. Aber ich bin sicher, Ihr werdet diese Prüfung bestehen können. Denkt nur immer daran, dass Dinge – und Menschen – nicht immer sind, was sie scheinen. Könnt Ihr das tun, Alyson?«

»Ja«, antwortete sie hastig und wandte sich erleichtert zur Tür um. »Ich danke Euch.«

Sie hatte den Riegel gerade beiseite geschoben, als sie die letzten Worte des Fremden erreichten. Erschrocken drehte sie sich um, doch auf der Steinmauer saß niemand mehr. Sie lief zurück, sah auf der anderen Seite nach, doch der Fremde war nirgends zu sehen. Er konnte nicht in der Burg verschwunden sein. Dazu wäre die Zeit zu knapp gewesen. Verwirrt stand sie da und schaute sich um. Das letzte Sonnenlicht fiel in den Garten und auf das Feld dahinter. Weit und breit gab es keinen einzigen Stein oder Baum, hinter dem sich ein Mann verstecken könnte.

Doch obwohl Alyson sich umsah, bis ihr die Augen brannten, konnte sie kein einziges Lebewesen entdecken.

Es war ein Traum, beschloss sie, als sie die Tür zu ihrem Zimmer öffnete. Es musste ein Traum gewesen sein. Menschen lösten sich nicht einfach in Luft auf! Und wenn sie die ganze Sache in Ruhe bedachte, was hatte er ihr denn gesagt, das sie nicht bereits wusste? Dass sie auf der Hut sein müsste? Dass sie sich vor Sir Alistair in Acht nehmen sollte? Der Fremde hatte lediglich ihre eigenen Gedanken und Ängste ausgesprochen. Und was seinen Rat betraf, sie solle Jemmy vertrauen – nun, daran war nichts Rätselhaftes! Es handelte sich schlicht um ihr eigenes Wunschdenken, mehr nicht.

Sie schloss die Tür hinter sich und lehnte sich mit einem Seufzer der Erleichterung gegen das schwere Holz. Maggie, die vor dem Kamin kniete, blickte fragend auf.

»Geht es Euch gut, Mylady? Ihr seht furchtbar blass aus! Habt Ihr Euch über etwas erschrocken?«

Wo sollte sie anfangen, dachte Alyson, die spürte, wie ihr ein Lachen – oder waren es Tränen? – in die Kehle stieg.

»Ich … ich bin im Garten Sir Alistair begegnet«, antwortete sie und setzte sich in den breiten Sessel am Feuer. Die andere Begegnung würde sie nicht erwähnen – jetzt nicht und auch in Zukunft nicht. Je länger sie darüber nachdachte, umso unwirklicher schien sie ihr. Und sie hatte momentan wahrlich andere Sorgen als seltsame Träume.

»Ach, tatsächlich? Und was führte der Halunke im Schilde? Er hat Euch doch nicht wehgetan, oder?«, fragte Maggie besorgt und sah Alyson prüfend an.

»Nein, aber er sprach aus, was, wie ich schätze, alle hier denken.«

Maggie lehnte sich auf ihre Füße zurück. »Was viele denken«, verbesserte sie Alyson, »nicht alle.«

Sie verschränkte die Finger und sah in ihren Schoß. »Dieser Krieg ist an keinem von uns vorübergegangen«, sagte sie bedächtig. »Alistair verlor seinen Vater, als er noch ein Kind war. Jetzt kämpft er selbst, seit er groß genug ist, um ein Schwert zu halten. Er kennt nichts anderes – und so geht es den meisten der Männer. Aber es gibt auch andere … Die Bauern wollen, dass es endlich aufhört, die Schafhirten und Viehtreiber genauso. Sie sind es Leid, mit anzusehen, wie ihre Felder zertrampelt, ihre Ernte vernichtet und ihre Söhne in die Schlacht geschickt werden. Für das gemeine Volk ist der Krieg kein so glorreiches Abenteuer, Mylady.«

Alyson nickte. Maggie konnte ja nicht ahnen, wie aufrichtig sie ihr zustimmte.

»Nicht, dass Alistair irgendwas davon interessiert«, fuhr Maggie verbittert fort. »Aber … aber ich glaube, Master Jemmy sieht, was es für uns bedeutet. Nicht wenige von uns sind dankbar für das Opf…«

Sie brach mitten im Wort ab, ihre runden Wangen tief gerötet.

»Für das Opfer, das er gebracht hat?«, ergänzte Alyson mit einem traurigen Lächeln. »Ja, ich verstehe.«

»Ich wollte Euch nicht beleidigen, Mylady«, entschuldigte Maggie sich eilig. »Ich gehe dann mal Wasser heiß machen, ja? Ihr habt noch Zeit für ein Bad vor dem Abendessen.«

Sobald Maggie fort war, schritt Alyson rastlos in ihrem Zimmer auf und ab. Schließlich setzte sie sich ans Fenster und zupfte an ihrer Laute.

Was hier geschah, ging sie nichts an, ermahnte sie sich streng. Sie war ein Mitglied des gemeinen Volkes, von dem Maggie gesprochen hatte, ohnmächtig den Anweisungen Höhergestellter ausgeliefert. Noch zwei, höchstens vier Wochen, und alles war vorbei.

Und dann, dachte sie, blind aus dem Fenster starrend, würde der ganze Clan wissen, wie schmählich Jemmy betrogen worden war. Alistair würde vor Schadenfreude triumphieren! *Er* nahm gewiss liebend gern den Kampf wieder auf. *Ihm* und seinen Gefolgsleuten wäre es nur recht, den falschen Frieden ein für alle Mal zu beenden.

Zum ersten Mal wurde Alyson klar, wie schwierig all das für Jemmy sein musste. »Er ist kein richtiger Mann«, hatte Alistair gehöhnt, doch er irrte sich. Es erforderte reichlich Mut, sich gegen sie alle zu stellen. Jemmy hatte keine Unterstützung außer der seines kränklichen Vaters. Er handelte im Interesse seines Clans – und der einfachen Menschen, die ihm untergeben waren. Damit war er der erste Adlige, dem sie begegnet war, der überhaupt einen Gedanken an das gemeine Volk verschwendete, dachte Alyson traurig.

Und genau aus diesem Grund hätte er keine Wahl, sollte sie ihm die Wahrheit sagen, als sich erneut für die Schlacht vorzubereiten. Lord Darnley würde es herausfinden, und dann wäre Robin … Sie erinnerte sich, wie Darnley mit dem Finger über seinen Hals gestrichen hatte, und erschauderte. Sie konnte es nicht tun. Ganz gleich, wie falsch es war, die Wahrheit zu verschweigen, wenn sie sie verriet, würde sie damit praktisch Robins Tod befehlen, und das konnte sie auf keinen Fall.

Diese Gedanken waren zu viel für sie, dachte sie erschöpft und rieb sich die pochenden Schläfen. Sollten die Priester und Adligen sich mit den Problemen auseinander setzen und Gott entscheiden lassen, was geschehen würde. Sie wollte doch nur das Leben ihres Bruders retten.

Wie jeden Morgen und jeden Abend fiel sie auf die Knie und betete inbrünstig dafür, dass Robin verschont werden möge. Dann fielen ihr die Augen zu, und sie erinnerte sich an Jemmys Kuss unter der Eiche. Was wäre wohl passiert, wären sie nicht unterbrochen worden? Sie stellte sich vor, wie seine Arme sie umfassten, wie sie die Wärme seines Atems auf ihren Lippen spürte und sich sein raues Kinn an ihrer Wange rieb, wenn sein Mund ihre Lippen berührte.

»Was?«, fragte sie, den Blick nach oben zur Decke gerichtet, »was willst du von mir, Gott? Kannst du mir nicht wenigstens einen Hinweis geben? Ist das zu viel verlangt – nur einen kleinen Rat?«

Doch als sie ein weiteres Mal die Augen schloss, sah sie nichts als Jemmy, der sich zu ihr beugte, und wieder fühlte sie hilflos, wie ihre gesamte Kraft und Selbstbeherrschung dahinschmolz.

Sie sprang auf.

»Denk nicht daran«, ermahnte sie sich laut. »Es besagt gar nichts, ihm bedeutet es nichts. Denk an Robin. Bitte, lieber Gott, hilf mir, an Robin zu denken.« Sie verstummte, weil ihr die Kehle auf einmal wie zugeschnürt war und sie von einem furchtbaren Zweifel erfasst wurde. Für einen Moment stand sie am Rande eines Abgrunds und blickte voller Schrecken in die Tiefe.

»Ich glaube«, rief sie aus und warf einen flehenden Blick gen Decke. »Ich glaube. Dein Wille geschehe.« Sie neigte demütig den Kopf, hob ihn jedoch gleich wieder und fügte mit einem Anflug von Trotz hinzu: »Obwohl ich nicht umhin kann zu denken, Herr, dass ich dir weit nützlicher sein könnte, würdest du deinen Willen etwas klarer ausdrücken.«

Kapitel 13

Wie immer hatte Alyson ein mulmiges Gefühl im Bauch, als sie auf die große Tafel zuging. Alistair saß links vom Burgherrn. In Jemmys Abwesenheit nahm er wie selbstverständlich dessen leeren Stuhl ein. Malcolm hatte sich bereits auf den Platz neben ihrem leeren Stuhl gesetzt. Der Junge nickte ihr zu, als sie näher kam, mied allerdings ihren Blick. Sie vermutete, dass Alistair ihn zurechtgewiesen hatte, nachdem sie aus dem Garten gekommen waren.

Sobald sie ihren Platz eingenommen hatte, suchte Alistair ihren Blick, um ihr ein eisiges Lächeln zuzuwerfen. Dabei hob er seinen Weinkelch und prostete ihr spöttisch zu. Lord Kirallen bedachte ihn mit einem misstrauischen Seitenblick, und die Falten in seinen Mundwinkeln wurden noch tiefer. Alyson hob ihren eigenen Kelch und erwiderte Alistairs Geste mit einem so graziösen Lächeln, als hätte er ihr ein Kompliment gemacht, statt sie zu provozieren. Der Burgherr entspannte sich, auch wenn er Alistair stirnrunzelnd beobachtete.

Malcolm hatte gesagt, dass der Burgherr seit Ians Tod des Öfteren mit Alistair aneinander geraten war und ihn einen Unruhestifter nannte. Doch Alyson wusste, dass dieser Vorwurf im Grunde unberechtigt war. Die Unruhe stiftete Lord Darnley, nicht Sir Alistair. Jedwedes Misstrauen vonseiten des Ritters war durchaus begründet. Er hatte eben nur das

Pech – und sie das Glück –, dass der Burgherr nicht auf ihn hören wollte.

»Wir werden bald aufbrechen«, sagte Kirallen plötzlich zu Alyson und wandte Alistair den Rücken zu. Der Ritter war offensichtlich brüskiert ob dieser Beleidigung, und Malcolm blickte sorgenvoll zwischen seinem Großvater und seinem Freund hin und her. Ihm entging nichts, dachte Alyson. Kinder hatten stets ein feines Gespür für Verstimmungen.

»Und ich freue mich darauf, meine Verwandten wieder zu sehen«, fuhr der Burgherr fort. »Wir werden eine lustige Zeit haben. Diese Treffen sind besonders bei den jungen Leuten sehr beliebt. Und die Reise wird dir gut tun, dessen bin ich mir sicher.«

Er seufzte und stocherte in seinem Fleisch herum. Dann legte er sein Messer aus der Hand und sah Alyson direkt an. »Ich weiß, dass es für dich nicht einfach ist, hier unter uns zu sein«, sagte er leise. »Und was Jemmy betrifft ... du musst verstehen, dass es für ihn auch nicht leicht war, hierher zurückzukehren.«

Er blickte sich kurz zu Alistair um, ehe er Alyson wieder ansah. »Weißt du«, sagte er leichthin, bemüht, die angespannte Atmosphäre am Tisch aufzulockern, »Jemmy war erst neun Jahre alt, als er sagte, er wolle einmal zur See fahren. Und ich zweifelte nie daran, dass er es wahr machen würde. Er tat immer, was er sich vorgenommen hatte. Und handelte es sich um etwas Verbotenes, dann nahm er lieber klaglos die Strafe in Kauf – um es gleich wieder zu tun, falls er es für richtig hielt.«

»Habt Ihr ihn geschlagen, Grandsire?«, fragte Malcolm neugierig.

Der Burgherr lächelte seinem Enkel zu. »Ja, Malcolm, das habe ich. Genauso wie ich dich schlagen würde, solltest du mir nicht gehorchen.«

Der Junge rieb sich den Rücken mit einem reumütigen Grinsen. »Das habt Ihr schon. Aber«, ergänzte er an Alyson gerichtet, »ich habe die Strafe nicht klaglos hingenommen.«

»Nein, du hast dich reichlich beklagt, dessen erinnere ich mich wohl«, sagte der Burgherr trocken. »Und sehr lautstark. Genau wie dein Vater früher.«

Den letzten Satz hatte er nur geflüstert, während sein Blick mit einer Mischung aus Stolz und Trauer auf dem Enkel ruhte. »Ach, Alistair, er ist Ian so ähnlich«, sagte er leise.

Für einen Moment waren alle Differenzen beigelegt und Ians Sohn, sein Vater und sein Freund in ihrer Trauer vereint.

In Aylsford Manor hatte man über Ian Kirallen gesprochen, als wäre er der leibhaftige Teufel. In den Geschichten, die man sich dort erzählte, war er ein kaltblütiger Mörder, ein Dieb und ein Feigling. Doch betrachtete Alyson die Gesichter dieser Männer hier, dann wusste sie, egal was Ian Kirallen gewesen sein mochte, diejenigen, die ihn wirklich kannten, hatten ihn sehr geliebt.

Der Burgherr unterbrach das Schweigen. »Nun, Jemmy jedenfalls ließ sich nie durch eine Strafe von irgendetwas abhalten«, verkündete er laut. »Alistair, erinnerst du dich daran, wie er wegen dieses Tiers hinter dem Kesselflickerjungen her war? Was war es doch gleich? Ein streunender Hund?«

Der Moment der Einigkeit war dahin. »Nein, Herr«, sagte Alistair, dessen Gesicht erneut den Ausdruck undurchdringlicher Härte annahm. »Ich erinnere mich nicht. Wenn Ihr mich bitte entschuldigen wollt.«

Er stand auf und sah in die eine Ecke der Halle zu dem Tisch, an dem die Ritter saßen. Sogleich wurde es dort still. Alistair reckte kurz das Kinn in Richtung Tür, worauf die meisten Männer prompt aufsprangen und ihre halb leergegessenen Teller stehen ließen, um Alistair hinauszufolgen.

Die wenigen Männer, die sitzen blieben, sahen unsicher zum Burgherrn. Der hob seinen Kelch und trank langsam. Seine Miene war verschlossen und gab durch nichts preis, was in ihm vorgehen mochte.

Malcolm stopfte sich ein Stück Brot in den Mund und stand auf. »Ich bin fertig«, sagte er. »Darf ich bitte gehen?«

Alyson fragte sich, wie viel Malcolm wohl von dem begriff, was eben geschehen war. Hatte er Alistairs Affront als solchen erkannt? Sie rechnete damit, dass der Burgherr dem Jungen befehlen würde, sich wieder auf seinen Platz zu setzen, doch der alte Mann seufzte nur.

»Ja, Malcolm, du darfst gehen«, sagte er.

»Ich hätte es ihm untersagen sollen«, meinte er nachdenklich, während er Malcolm hinterhersah. »Alistair übt zurzeit keinen guten Einfluss auf ihn aus. Aber der Junge liebt ihn so sehr, genau wie sein Vater … sein Vater …«

Die Schultern des Burgherrn sanken ein, und er wischte sich mit einer Hand über die Augen. »Alles ist meine Schuld«, presste er zwischen seinen plötzlich sehr blassen Lippen hervor. »Ich hätte es kommen sehen, hätte etwas tun müssen. Oder habe ich zu viel getan?«

»Mylord!« Alyson war erschrocken darüber, wie bleich der Burgherr wurde. »Es geht Euch nicht gut.«

»Nein, mein Kind, mir geht es gar nicht gut. Ich fürchte … nein, das kann ich nicht sagen. Das *will* ich nicht sagen …«

»Bitte, Mylord«, sagte sie besorgt, als ihm die Stimme versagte. »Ihr dürft Euch nicht so quälen. Bitte, geht und ruht Euch ein wenig aus.«

Mühsam erhob er sich, wobei er die zitternden Hände auf den Tisch stützen musste. »Ja, ich werde etwas ausruhen. Danke, mein Kind. Es ist freundlich von dir, dass du dich um mich sorgst, aber dazu besteht kein Anlass.«

Nachdem er gegangen war, zog sich Alyson auf ihr Zimmer zurück, wo Celia und Maggie warteten, um sie für die Nacht bereitzumachen. Maggie entfernte sich, nachdem sie Alyson ihr Nachthemd angezogen hatte, doch Celia blieb.

»Nun, Mylady«, begann das Mädchen spöttisch wie immer, wenn sie Alyson mit dem ihr nicht zugehörigen Titel ansprach, »konntest du schon etwas Nützliches in Erfahrung bringen?«

Alyson schüttelte stumm den Kopf. Ja, sie hatte vieles in Erfahrung gebracht, doch nichts davon würde Darnley auch nur im Entferntesten interessieren. Vielmehr wäre er entrüstet, sollte sie ihm erzählen, was sie über seinen Sieg gegen Lord Ian erfahren hatte. Lügen, nichts als Lügen. Nahmen die Lügen ihres Vaters denn nie ein Ende?

»Na, das darfst du ihm morgen höchstpersönlich mitteilen«, sagte Celia.

»Morgen?«

»Er erwartet dich gleich nach Sonnenaufgang am Fluss. Ich hatte heute eine Nachricht.«

»Wer hat dir die Nachricht gebracht, Celia?«, fragte Alyson.

Celia schüttelte nur den Kopf. »Das brauchst du nicht zu wissen. Denk einfach dran«, ergänzte sie drohend, »ich bin nicht die Einzige, die dich beobachtet.«

Am nächsten Morgen stand Alyson früh auf und ließ sich ihre Reitkleider anziehen. Ihre Kammerdienerinnen waren verwundert, doch sie bedeutete ihnen mit einem einzigen Blick, dass sie besser keine Fragen stellten. Eine von ihnen meinte, es wäre ihre Aufgabe, Mylady zu begleiten, aber Alyson erklärte, es wäre vollkommen ausreichend, wenn Celia mit ihr ritte. Die anderen Frauen stimmten mit wenig schmeichelhaftem Eifer zu.

Celia führte Alyson zum vereinbarten Treffpunkt, einer kleinen Wiese am rauschenden Fluss Tweed. Sie waren zu früh gekommen, und doch wartete Darnley bereits auf sie. Der Adlige verschwendete keine Zeit mit einer Begrüßung oder einer Frage nach Alysons Befinden.

»Nun?«, fragte er streng. »Haben sie einen Verdacht?«

»Nein.«

Er grummelte spöttisch. »Sorg dafür, dass es so bleibt. Was ist mit Kirallen und seinem Sohn? Wohin reiten sie und wann?«

»Ich weiß es nicht, Mylord.«

»Verdammt, Mädchen, ich dachte, du würdest einige ihrer Gewohnheiten kennen lernen!«

»Es ist noch zu früh«, sagte Alyson. »Bisher kennt mich niemand gut genug …«

»Ich gebe dir noch eine Woche. Dann treffen wir uns wieder hier, und, bei Gott, bis dahin solltest du lieber ein paar Neuigkeiten für mich haben, oder …«

»Mylord, ich werde in einer Woche nicht hier sein. Es soll ein Treffen in den Hügeln geben.«

»Ein Treffen?«, fragte er streng. »Wie viele werden hinreiten?«

»Etwa die Hälfte der Männer, glaube ich, und die meisten der Damen. Mylord«, fügte sie zögernd hinzu, als Darnley sich wieder in seinen Sattel schwang, »bitte, wie geht es meinem Bruder?«

»Ich schätze, dem geht es gut. Robert kümmert sich um ihn. Aber es liegt ganz bei dir, ob es so bleibt. Hast du mich verstanden?«

»Ja, Mylord. Könnte ich ihn nächstes Mal sehen, wenn Ihr kommt?«

Darnley riss energisch an seinen Zügeln. »Vielleicht. Ich werde sehen.«

Kapitel 14

Als Alyson zurückkehrte, fand sie ihre Kammerdienerinnen beim Packen vor. Sie waren bester Dinge, und trotz ihrer Sorgen kam auch Alyson nicht umhin, sich zumindest ein bisschen von der freudigen Aufregung anstecken zu lassen.

Es würde einfacher für sie sein, sich inmitten einer Menschenmenge zu bewegen als hier in Ravenspur, dachte sie. Und allein der Gedanke an eine Reise hatte zur Folge, dass ihr Blut etwas schneller durch ihre Adern floss. Der Nachmittag verstrich angenehm schnell über der Planung, welche Kleider sie für den zehntägigen Ausflug einpacken sollten.

Maggie blieb auffallend lange bei Alyson. Offensichtlich wartete sie auf eine Gelegenheit, unter vier Augen mit ihrer Herrin zu sprechen, und die ergab sich schließlich auch.

»Wollt Ihr Celia auf die Reise mitnehmen, Mylady?«, fragte sie, sobald die beiden Frauen allein waren. »Ich denke nämlich, dass es besser wäre, wenn sie hier bleibt.«

Alyson wusste, wie unbeliebt Celia bei den Frauen war – ebenso wie sie. Doch Maggies Abneigung gegen die ehrgeizige Kammerdienerin war gering im Vergleich zu ihrer eigenen Verachtung für ihre Magd. Obwohl sie nur eine gewöhnlich Stallmagd war, hatte Celia das Bett mit Lord Darnley geteilt, und dieser kurze Moment unmittelbarer Berührung mit der Macht war ihr direkt zu Kopfe gestiegen. Wann immer sie allein waren, gab Celia nicht einmal mehr vor, Alysons Dienerin zu sein, und ihre anmaßende Art strapazierte Alysons Nerven bis zum Äußersten.

»Meinst du?«, murmelte Alyson und neigte den Kopf, um zu verbergen, wie sehr ihr der Wunsch Maggies entgegenkam. »Dann sollten wir sie unbedingt hier lassen.«

Ihre Freude über den kleinen Triumph verflog allerdings, als sie sich abends an die Tafel setzte und Jemmy sah, der in die Halle kam. Er war noch staubig vom Ritt und nickte Alyson nur kurz zu, als er Platz nahm, um sich sogleich an seinen Vater zu wenden.

»Und, wie sieht es in Dunforth aus?«, fragte Kirallen.

»Alles bestens«, antwortete Jemmy und füllte seinen Bierkrug. Er trank einen großen Schluck, stellte den Krug ab und fuhr fort: »Die Schafe haben keine Moderhinke, das Vieh keine Maul- und Klauenseuche und die Schweine kein Fieber. Die Ernte scheint gut zu werden. Ach ja, und gestern wurden Zwillinge geboren«, fügte er an, wobei ein Lächeln über sein Gesicht huschte. »Die Leute sagen, das wäre ein gutes Zeichen.« Er schob seinen Teller beiseite und lehnte sich in seinem Stuhl zurück, bevor er nach dem Bier griff, um seinen Krug aufzufüllen.

Was er nicht erwähnt hatte, war, dass die Dorfbewohner von dem Frieden begeistert waren – und von ihm. Unter ihnen gab es keine Klagen über mangelnde Gelegenheiten zum Ehrbeweis auf dem Schlachtfeld. Sie waren glücklich, dass sie die Saat aussäen und wahrscheinlich auch ernten konnten, ohne dass sie zuvor von Soldaten niedergetrampelt wurde. Sie waren froh, dass Jemmy heimgekehrt war, und überrascht und dankbar, ihn selbst richten zu sehen anstelle eines gesandten Ritters. Die Dörfler glaubten tatsächlich, dass Jemmy sich für sie und ihre Sorgen interessierte. Er mochte sich gar nicht ausmalen, was sie denken würden, wenn er wieder fortging, diesmal für immer.

»Jemmy …«, begann Kirallen unglücklich.

»Entschuldige, Vater«, sagte er und fuhr sich mit einer Hand durchs Haar. »Ich bin müde, das ist alles. Ich habe die letzte Nacht kaum geschlafen.«

Die letzte Nacht und die davor, genau genommen. Selbst jetzt fühlte er, wie sich sein Magen verkrampfte und ihm Schweiß auf der Stirn ausbrach. In geschlossenen Räumen hatte er sich nie wohl gefühlt, doch während der letzten Jahre war seine Abneigung dagegen beständig größer geworden. Bisweilen war es ihm unerträglich, in vier Mauern gefangen zu sein.

In Dunforth war es sogar schlimmer denn je gewesen. In Johnsons kleinem Haus mit all den Leuten, die um ihn herum waren, hatte er regelrechte Platzangst bekommen und war wie ein verschrecktes Pferd nach draußen gerannt.

Nun beschwor er in Gedanken das Bild von seinem Schiff herauf, dessen weiße Segel sich unter einem wolkenlosen Himmel blähten. Bald, sagte er sich. Bleib ganz ruhig. Das Schiff wartet auf dich. Er zwang sich, tief ein- und auszuatmen, und ganz allmählich wurde das Verlangen wegzulaufen geringer. Am Ende war er einfach nur noch erschöpft.

Maude saß still neben ihm. Heute Abend hatte sie auf ihren lächerlichen Kopfputz verzichtet – auf den *modischen Haarschmuck*, wie er sich mit einem innerlichen Schmunzeln erinnerte – und trug stattdessen schlichte Goldbänder im Haar, über dem ein Schleier lag, der von einem goldenen Haarreif gehalten wurde. Dieser Kopfschmuck stand ihr weit besser, denn die seidigen Spitzen schmiegten sich sanft an ihr Gesicht und betonten den Glanz ihrer blau-grünen Augen.

Sie war ihm nach wie vor ein Rätsel, diese Frau, die nun seine

Gattin war. Bei ihrem gemeinsamen Ritt hatte sie ihn wahrlich überrascht. Im einen Moment sprach sie mit einem lebhaften – und faszinierenden – Interesse über Religion, im nächsten langweilte sie ihn mit ihrem lächerlichen Geschwätz über King Edwards Hof in die Flucht. Und dann war da noch die Art, wie sie Tavis verteidigt hatte. Das war die größte Überraschung gewesen. In ihrer Ansprache über die Rechte der Pächter war sie nachgerade aus sich herausgegangen. Woher nahm eine behütet aufgewachsene Lady solche Ideen?

Und das Verwirrendste daran war, dass er jedem ihrer Worte zustimmen würde. Unter Ian hatten die Ritter freie Hand gehabt, was zumindest teilweise deren große Loyalität gegenüber Jemmys Bruder erklärte. Aber ... aber ... Jemmys Gedanken schweiften plötzlich ab und kreisten um einen unglaublichen Gedanken.

Die Kirallen-Ritter hatten kein Recht, sich so zu verhalten, wie es Sir Calder getan hatte – oder wenigstens *sollten* sie kein Recht dazu haben. Ritter dürften nie so viel Macht bekommen.

Jemmy versuchte instinktiv, den Gedanken zu verdrängen, aber er kam immer wieder. Ian hatte Unrecht gehabt. Jemmy wusste, dass es stimmte, auch wenn ihm niemand in Ravenspur beipflichten würde, und das war gewiss der Fall.

Ian hatte die Dinge stets nur aus seiner eigenen Sicht betrachtet, wodurch jede Entscheidung einfach wurde. Da beinahe alle Männer im Clan wie er waren, hielten sie Ians Unerbittlichkeit alle für eine Tugend und seine Entscheidungen für den Gipfel der Weisheit. Die Fähigkeit, Männer anzuführen, war Ian angeboren gewesen. Er war charmant, furchtlos und sicherte sich die Loyalität seiner Ritter ohne die geringste Mühe. Er war ein Held, dachte Jemmy verbittert. Und nun war er ein toter Held, der jenseits jeglicher Kritik stand. Während Jemmy das Pech hatte, sehr lebendig und gänzlich unheldenhaft zu sein.

Warum? Warum konnte er nicht einfach dem zustimmen, was Ian und die anderen fraglos hinnahmen? Warum war er so anders? Zwölf Jahre waren ins Land gegangen, und nichts hatte sich verändert. Er war immer noch der Außenseiter hier, immer noch allein inmitten all dieser Menschen, die seine Familie waren.

»Mylord«, sagte Alyson zögernd, »ich würde gern wissen, was mit dem Schafhirten wurde, über den du richten musstest.«

Und auf einmal war Jemmy nicht mehr ganz allein. Etwas *hatte* sich geändert. Hier war eine Person, die verstehen würde, was er mit dem Schafhirten gemacht hatte und warum.

»Ah, ja, Tavis«, antwortete er. »Nun, das ist eine lange Geschichte …«

»Tavis?«, mischte sich der Burgherr interessiert ein. Er hob sogar die Stimme. »Tavis der Schäfer? Ich kannte seinen Vater sehr gut. Er steht vor Gericht? In welcher Angelegenheit?«

»Es ist alles vorbei, Vater«, sagte Jemmy. »Ihr habt keinen Grund, Euch Sorgen zu machen.«

Ein stämmiger Mann mit einem dunklen Bart, der in der Ecke am Tisch der Ritter saß, beugte sich vor. »Sprecht Ihr von Tavis aus Dunforth?«, erkundigte er sich. »Ich hoffe, er wurde gehängt. Er brach mir fast den Kiefer, dieser unverschämte Lump!«

»Die Sache wurde geregelt, Sir Calder«, sagte Jemmy.

»Tavis schlug Euch?«, fragte der Burgherr Sir Calder. »Aber warum denn?«

»Ich habe diesem flegelhaften Sohn von ihm eine Lektion erteilt, Mylord«, antwortete der Ritter. »Der Junge hat mein Pferd misshandelt.«

Im hinteren Teil der Halle herrschte noch munteres Plaudern und Lachen, doch am Tisch der Ritter verstummten alle und blickten zu Alistair.

»Worum geht es?«, wollte Alistair von Jemmy wissen.

»Es ist nichts.«

»Nichts?«, grölte Sir Calder. »Der Bursche hat mich angegriffen. Das nennt Ihr *nichts?*«

»Einer von Kirallens Rittern wurde von einem Bauern attackiert?«, fasste Alistair zusammen und lehnte sich in seinem Stuhl zurück. »Nun, dann dürfte die Sache ja wohl vollkommen klar sein.«

»Lass es, Alistair«, befahl Jemmy. »Diese Angelegenheit geht dich nichts an.«

»Da muss ich leider widersprechen, Mylord«, sagte Alistair mit beißender Höflichkeit. »Sir Calder steht unter meinem Kommando. Sein Wohlergehen geht mich durchaus etwas an.«

Die Ritter waren sehr still und ließen Jemmy keine Sekunde aus den Augen. Einige von ihnen beobachteten ihn interessiert, ein oder zwei sogar mitfühlend, aber die meisten mit kaum verhohlener Verachtung. Sie sahen in ihm einen Eindringling, Kirallens abtrünnigen Sohn, der zurückgekommen war, um den armen kleinen Malcolm – Ians Sohn, ermahnte Jemmy sich, das durfte er keinen Moment vergessen – um seine Rechte zu bringen. Er konnte sich wieder und wieder sagen, dass ihn die Meinung der Männer nicht interessierte, dass sie ihm nichts bedeutete. Und doch wusste er, dass er sich damit selbst belog.

»Der Schafhirte wurde gepeitscht und mit einem Bußgeld belegt«, sagte Jemmy knapp. »Sir Calder, ich werde noch unter vier Augen mit Euch über die Sache sprechen. Morgen.«

Sir Calder gab sich raunend mit dieser Antwort zufrieden, und die anderen wandten sich wieder ihrem Essen zu.

»Ausgepeitscht?«, wiederholte der Burgherr. »Tavis? Aber …«

Jemmy sah ihn an. »Willst du eigentlich jede meiner Entscheidungen in Frage stellen?«

Der Burgherr betrachtete seinen Sohn mit einem gefährlichen Blitzen in den Augen. »Sofern ich es für nötig erachte, ja. Hast du geglaubt, du könntest nach all den Jahren hier hereinmarschieren und Ians Platz einnehmen?«

»Ja!«, antwortete Jemmy mit wütender Stimme. »Wenn du mich hier haben willst, dann musst du mich nehmen, wie ich bin, und mich tun lassen, was ich tun muss. Aber, bei Gott«, fügte er sehr leise hinzu, »dir gefiel ja nie irgendetwas, das ich tat.«

»Wann hast du denn je versucht, mir zu gefallen, Jemmy?«, konterte der Burgherr. »Oder irgendjemandem zu gefallen, außer dir selbst?«

Alistair lächelte. Offenbar genoss er den Streit. Und auch die Ritter lauschten aufmerksam. Jemmy schluckte seine Wut hinunter und blickte streng zum Tisch der Ritter. Der Burgherr folgte seinem Blick, dann nickte er kurz. »Was geschehen ist, ist geschehen«, sagte er steif. »Wir werden nicht weiter darüber sprechen.«

Warum sollten sie sich auch die Mühe machen, fragte sich Jemmy. Sie beide wussten, dass er bald wieder fort sein würde – wenn auch nicht so bald, wie er eigentlich wollte. Er konnte es gar nicht erwarten, hier herauszukommen und zurück zu seinem Schiff, auf dem jeder Mann es höchstens einmal wagte, Jemmys Kommandos anzuzweifeln. Dort sollte er jetzt sein, nicht hier an diesem Ort, an dem er stets gegen den Glanz und die Glorie seines Bruders abfallen würde, egal was er tat.

Mit finsterer Miene wandte er sich an Maude und sah, dass sie ihn ebenfalls beobachtete. Ihr Blick wanderte zu Alistair und wieder zurück zu Jemmy. Sie lächelte, zuckte kaum merklich mit den Schultern und sah wieder weg.

Jemmy war, als hätte ihn ein Blitz getroffen. Er hatte erwartet, dass sie wütend wäre, wenn sie erfuhr, was mit Tavis geschehen war, aber stattdessen stand sie auf seiner Seite. Sie versuchte, dafür zu sorgen, dass er sich besser fühlte. Und er *fühlte* sich tatsächlich besser. Noch besser allerdings würde er sich fühlen, wenn er erst mal Gelegenheit gehabt hätte, ihr zu berichten, was wirklich in Dunforth passiert war.

Gütiger Himmel, dachte er, während er ihr fein gezeichnetes Profil betrachtete. Ich werde aufpassen müssen. Sie gehört nicht zu mir – nicht wirklich –, oder jedenfalls nicht für lange. Bin ich erst fort, werde ich nicht zurückkehren. Und sie wird hier bleiben, wie eine Witwe, allerdings ohne die Chance, sich wieder zu verheiraten. Wie übel wird ihr mitgespielt! Sie wird ganz allein sein, so wie ich einst.

Aber zumindest werde ich sie nicht als jungfräuliche Witwe zurücklassen, ohne die Hoffnung auf ein Kind als den Beweis dafür, dass sie einmal eine Ehefrau war. Das Lager mit ihr zu teilen, schloss Jemmy in Gedanken, wäre nur richtig, ja, nichts als *fair* ihr gegenüber. Und diese Entscheidung hatte rein gar nichts damit zu tun, welche Gefühle sie in ihm geweckt hatte, als sie sich unter der Eiche an ihn lehnte und ihr bezaubernder Mund ihn buchstäblich anflehte, sie zu küssen. Ja, gewiss doch, dachte er bitter. Damit hatte es natürlich nichts zu tun.

»Wir werden in zwei Tagen losreiten«, erklärte der Burgherr und riss Jemmy jäh aus seinen Gedanken. »Hast du die Vorbereitungen schon angeordnet?«

»Ja, das habe ich.«

Ihm wurde klar, dass sein Vater die angespannte Atmosphäre auflockern wollte. Jemmy half ihm, indem er einige freundliche Bemerkungen zu der bevorstehenden Reise machte. Doch selbst während er mit ihm sprach, war er in Gedanken bei der Frau neben ihm, die sich gegen alle anderen auf seine Seite gestellt hatte.

Während alle von dem Treffen des Clans sprachen, dachte Alyson darüber nach, wie wenig sie für Tavis hatte tun können. Sie hatte schon gesehen, wie Männer ausgepeitscht wurden – im Hof von Aylsford stand ein Pfahl, der eigens zu diesem Zweck diente. Sie erinnerte sich an das Knallen, wenn der Lederstriemen auf nackte Haut traf, und daran, wie selbst die stärksten Männer vor Schmerzen aufschrien. Nach diesen entsetzlichen Darbietungen gossen die Stallburschen eimerweise Wasser über die Steine, um das Blut vom Boden zu waschen.

Doch so brutal es auch war, die meisten Männer überlebten das Peitschen. Die Verhängung von Bußgeldern dagegen erwies sich weit häufiger als fatal. Die meisten Bauern besaßen nichts als ihr bisschen Land und die paar Tiere, mit denen sie bezahlen konnten. Waren die weg, drohte ihnen fast sicher der Hungertod. Aber natürlich dachte ein Adliger über solche Dinge nicht nach.

Sie merkte auf, als sie Kirallen hörte, der gerade sagte: »… zu den McLarans? Was meinst du, Jemmy?«

»O ja, unbedingt«, antwortete Jemmy, der sich redliche Mühe gab, seinen Vater bei Laune zu halten. »Emma wäre dankbar, keine Frage.«

»Die McLarans?«, wiederholte Alyson erstaunt, ohne nachzudenken.

»Dort wird das diesjährige Treffen abgehalten. Es ist ein weiter Ritt, fürwahr, doch auch ein sehr angenehmer«, erklärte Kirallen, der sichtlich erfreut war über Alysons Interesse. »Ich muss gestehen, dass ich mich schon darauf freue.«

Die McLarans. Die Familie ihrer Mutter. Endlich würde Alyson sie kennen lernen und den Ort sehen, nach dem sie sich schon so lange sehnte. Die McLarans würden wissen, was zu tun war. Und zweifellos würden sie einen Weg finden, Robin zu sich zu holen. Sie wäre daheim, endlich daheim, und Robin und sie wären in Sicherheit.

Jemmy schob seinen Stuhl zurück und stand auf. Er verzog das Gesicht, als er auf seine staubigen Reitsachen sah. »Ich werde mich waschen gehen. Gute Nacht, Vater. Mylady …«

Alyson, die kaum zugehört hatte, nickte nur stumm, erschrak jedoch sogleich, als Jemmy fortfuhr, »… ich sehe *dich* später.«

Und mit dieser beängstigenden Ankündigung schritt er aus dem Raum.

Kapitel 15

Alyson ging unruhig vor dem Kamin auf und ab, während ihre Kammerdienerinnen schweigend ihre Arbeit taten. Warum, warum hatte Jemmy ausgerechnet die heutige Nacht gewählt? In zwei Tagen sollten sie aufbrechen, und bald darauf wäre Alyson bei den McLarans in Sicherheit. Irgendwie musste sie ihn noch zwei Tage hinhalten!

Aber wie? Der einzige Grund, der ihr einfiel, half ihr jetzt nicht. Jede ihrer Zofen wusste genau, welches ihre unpässlichen Tage waren. Adlige besaßen keine Privatsphäre, so viel hatte sie inzwischen gelernt, nicht einmal in Bezug auf die intimsten Dinge. Und sie hatte noch weniger Privatsphäre als alle anderen, denn man erwartete von ihr, den nächsten Kirallen-Erben auszutragen.

Sie sah zu dem Bett mit den weichen Kissen und den dicken roten Vorhängen. Es war ihre Zuflucht, der einzige Platz, an dem sie sich sicher fühlte. Aber jetzt war es der letzte Ort, an dem sie sich verstecken könnte.

Vielleicht änderte er seine Meinung und beschloss, dass er zu müde war, dachte sie und lief im Zimmer auf und ab. Möglicherweise ertrank er in seinem Bad. Oder sie konnte ihn dazu bringen, dass er zu viel trank und in Tiefschlaf versank, ehe etwas geschah. Das schien unwahrscheinlich, doch sie bat Maggie trotzdem, gewürzten Wein zu wärmen.

Maggie hängte den Topf übers Feuer, und schon bald erfüllte der Duft von Nelken und Zimt den Raum. Er erinnerte Alyson an ihren ersten Abend hier, als sie dagesessen und darauf gewartet hatte, dass Jemmy durch die Tür kam. Aber er war nicht gekommen.

»Möchtet Ihr etwas Wein, Mylady?«, fragte Maggie. »Er ist jetzt warm, und ich habe extra viel Honig hineingetan, so wie Ihr es gern habt.«

»Was? Oh, nein, keinen Wein«, sagte Alyson, die nur für eine Sekunde innegehalten hatte und nun wieder auf und ab ging.

Maggie presste die Lippen zusammen. Gewiss fand sie ihre Herrin mal wieder schwierig, dachte Alyson, und das war sie ja auch.

»Dann kämme ich Euch das Haar«, schlug Maggie vor.

»Nein, noch nicht«, sagte Alyson. »Oder, doch, ja, tu das.«

Sie setzte sich und zog ihr perlgraues Hausgewand am Hals fester zu.

»Ihr zittert ja vor Kälte«, sagte Maggie. »Hier, trinkt das. Der Wein wird Euch wärmen.«

Alyson umfing den Weinkelch mit beiden Händen, während Maggie ihr den geflochtenen Zopf löste. Das Haarekämmen war eine der wenigen Dienstleistungen, die Alyson tatsächlich genoss. Beinahe unmerklich entspannte sie sich mit jeder Minute, die verstrich. Jemmy kam also doch nicht, dachte sie schließlich erleichtert. Er musste es sich anders überlegt haben.

In diesem Moment war ein leises Klopfen zu hören und die Tür ging auf.

»Guten Abend, Mylord«, grüßte Maggie.

»Maggie«, antwortete Jemmy und nickte ihr freundlich zu. »Seid ihr hier fertig?«

»Jawohl, Mylord.«

Alyson sprang auf, als die Frauen aus dem Zimmer eilten. Jemmy schloss die Tür hinter ihnen und lehnte sich von innen dagegen, die Arme vor der Brust verschränkt.

»Mylady«, sagte er.

Sag etwas, ermahnte sie sich. Irgendwas. Aber ihr Hals war wie zugeschnürt, was ihr das Sprechen unmöglich machte. Sie konnte nur dastehen und ihn anstarren, und sie hasste sich für ihre Hilflosigkeit. In dieser Situation wäre allerdings selbst Maude hilflos, dachte sie. Denn nicht einmal Maude könnte sich weigern, das Bett mit ihrem eigenen Mann zu teilen.

Jemmy trug ein Hausgewand, wie sie es noch nie zuvor gesehen hatte. Es war aus rotem Samt und reichte bis zu den Knien. Dazu hatte er Hosen aus einem seidigen Material an, die sehr weit geschnitten waren. Dieser Stil musste von sehr viel weiter weg stammen als Sir Roberts edle Londoner Garderobe. Jemmys Robe war vorne offen und nur an der Hüfte locker zusammengegürtet, so dass Alyson die dunklen Locken auf seiner Brust sah, wenn er die Arme bewegte. Sie hatte noch nie die nackte Brust eines Mannes gesehen, und so sehr sie auch wollte, sie konnte einfach nicht wegsehen.

»Kann ich etwas Wein bekommen?«

Sie blickte auf und errötete. Er musste gesehen haben, wie sie auf seine Brust starrte.

»Ja«, brachte sie mit Mühe heraus.

Er goss sich selbst etwas ein, bevor er ihr ihren Kelch hinhielt. Zögernd nahm sie ihn an, wobei sie sorgsam darauf bedacht war, Jemmys Finger nicht zu berühren. Dann stieß er mit ihr an und trank. Alyson nahm einen kleinen Schluck, ohne wirklich zu registrieren, was sie tat.

Genau davor hatte sie sich gefürchtet – vor der seltsamen Wirkung, die Jemmy auf ihr Denken ausübte. Es war ihr unmöglich, in seiner Nähe auch nur einen klaren Gedanken zu fassen. Seine Gegenwart füllte den ganzen Raum aus.

Er setzte sich auf die Stuhllehne und blickte zu ihr auf. Seine Robe fiel noch weiter auf, und jetzt konnte sie sehen, wie das Haar auf seiner Brust sich in einer schmalen Linie über seinen flachen Bauch fortsetzte und im Schatten seines Hausmantels verschwand. Sie widerstand dem Impuls, sich vorzubeugen und genauer hinzuschauen.

»Du bist erzürnt, oder?«

»Erzürnt?«, wiederholte sie verwundert. Im Moment war sie alles Mögliche, und das meiste davon verstand sie überhaupt nicht, aber »erzürnt« gehörte gewiss nicht dazu.

»Wegen des Schafhirten.«

Sie blinzelte, als würde sie gerade aus einem Traum erwachen.

»Zehn Peitschenhiebe«, sagte Jemmy. »Mehr nicht. Und ich habe sie selbst ausgeführt.«

»So, hast du?«, fragte sie und überlegte, ob ihr diese Mitteilung gefallen sollte.

»Ja, nun, ich habe einige Übung.«

»Ach ja?«

»Ein Kapitän diszipliniert seine Männer immer selbst«, erklärte Jemmy mit einem Achselzucken. »Das wird von ihm erwartet. Aber ich zeichne sie nicht fürs Leben, und ich habe auch Tavis nicht gezeichnet. Er ist wohlauf.«

»Aha. Das war … war …«

Sie konnte wohl schlecht sagen, dass es nett von ihm war, einen anderen Mann auszupeitschen oder ein Bußgeld gegen ihn zu verhängen, obwohl Jemmy genau das von ihr zu erwarten schien.

»Du hast Sir Calder heute Abend gehört. Ich konnte Tavis nicht ungestraft davonkommen lassen.«

»Ja, ich verstehe.«

Und das meinte sie ehrlich, denn plötzlich *verstand* sie, dass Jemmy sein Bestes getan hatte. Sir Calder hatte nur auf seine verbrieften Rechte gepocht, als er die Bestrafung des Schäfers verlangte, und wäre sie ihm überlassen worden, hätte Tavis weit mehr erlitten als zehn Peitschenhiebe.

»Und ich gab ihm das Bußgeld, das er entrichten musste.«

Alyson sah ihn mit weit aufgerissenen Augen an. »Du hast was?«

Wieder zuckte er mit den Schultern, so dass seine Robe noch weiter aufging. Etwas in Alysons Bauch vollführte einen Salto. »Du batest mich um sein Leben, und nun hast du es.«

So wie er es ausdrückte, hörte es sich an, als wäre der Schafhirte gar kein Mensch, dachte Alyson. War für ihn denn Tavis' Leben nicht wichtiger als ein paar Kupferstücke, die er in einem Glücksspiel verlor? Doch auf einmal wurde ihr klar, dass er sich so nicht verhalten hatte. Vielleicht benutzten alle Adligen solche Worte, um zu verbergen, was sie wirklich dachten oder fühlten.

»Das war sehr freundlich von dir«, sagte sie. »Ich danke dir.«

»Du musst mir nicht danken. Wir hatten immerhin einen Tausch vereinbart.«

Und dann tat er, wovor sie sich am meisten gefürchtet hatte. Er sah sie an und lächelte.

Alyson wich einen Schritt zurück.

»Haben wir das etwa nicht getan?«, fragte er sanft und stand auf.

»Mylord, ich bin sehr müde«, sagte sie hastig. »Mir tut der Kopf weh, und … und ich fürchte, ich habe mich verkühlt.« Sie brachte nur ein wenig überzeugendes Hüsteln zustande.

»Dann sollten wir dich auf keinen Fall länger hier im Zimmer stehen lassen«, konterte er schlagfertig. »Gehen wir zu Bett.«

Ihre Wangen brannten vor Scham, und sie wandte den Blick ab. Nun schien es ihr endgültig die Sprache verschlagen zu haben.

»Du brauchst dich nicht zu fürchten«, sagte er mit einer sehr sanften Stimme. »Ich werde dich zu nichts zwingen, Maude, das verspreche ich. Ganz gleich, was du gehört haben magst, es muss nicht unangenehm sein. Genau genommen ...«

Er nahm ihr den Kelch aus der Hand und stellte ihn neben seinen auf den Tisch. Sie sah ihm dabei zu und rührte sich nicht, als stünde sie unter einem Zauber. Dann ergriff Jemmy ihre Hand und hob sie an seine Lippen. Er küsste erst die Handinnenfläche, dann die zarte Haut ihres Handgelenks, und die Wärme seiner Lippen glitt in sanften Wogen durch ihren Körper.

»... kann es sogar sehr schön sein«, beendete er seinen Satz.

»Wartet«, stammelte sie. »Ich ... ich kann nicht ...«

»Natürlich kannst du. Es ist ganz einfach.«

Und ehe sie begriff, was er vorhatte, lag sie auch schon in seinen Armen. Er war warm, so warm, und sie wollte nichts anderes tun, als ihr Gesicht an seiner breiten Brust zu vergraben und die eisige Angst, die ihr Herz umfing, von seiner Wärme zum Schmelzen bringen zu lassen.

»Nein«, hauchte sie. Ihre Stimme war nur noch ein heiseres Flüstern.

»Schhh«, sagte er sanft. »Stell es dir wie eine Reise zu einem unbekannten Ort vor. Es ist alles in Ordnung. Du kannst mir vertrauen. Ich kenne den Weg.«

Wenn sie ihm doch nur vertrauen *könnte!* Es war so verlockend, daran zu glauben. Er war freundlich zu Tavis gewesen, und das bedeutete doch gewiss etwas. Oder nicht? Doch, ganz sicher, sie konnte nur nicht entschlüsseln, was er ihr damit sagen wollte. Sie verstand rein gar nichts mehr, wenn sein fester Körper so dicht an ihren Leib gepresst war, wenn sie der würzige Duft seiner Haut umgab und ihr die Sinne vernebelte.

»Warte«, sagte sie wieder.

»Schhh.« Er legte einen Finger auf ihre Lippen, um sie zum Verstummen zu bringen, dann strich er zärtlich über ihren Mund, wobei er ihr in die Augen schaute.

Sein Kuss war genauso, wie sie ihn im Gedächtnis hatte, eine federleichte Berührung, die in ihr ein geradezu schmerzhaftes Verlangen weckte. Als er sich erneut zu ihr hinunterbeugte, kam sie ihm entgegen. Wie von selbst legten sich ihre Arme um seinen Hals und zogen ihn noch näher.

Seine Lippen fühlten sich weich und voll an. Sie schmeckten nach Zimt und Honig und noch etwas anderem, das wundervoller als beides zusammen war und nur ihm gehörte. Als er sich zurückzog, stieß Alyson unwillkürlich einen leisen Klagelaut aus. Sie sah ihn an, schwindlig von seinem Kuss, während seine Augen ganz klar und aufmerksam waren. Offensichtlich zufrieden mit dem, was er sah, formten sich seine Lippen zu einem selbstgefälligen Lächeln.

Er hat das alles geplant, dachte sie mit einem eisigen Schrecken. O ja, er kennt den Weg selbstverständlich. Zweifellos hatte er diese besondere Reise schon hunderte Male unternommen. Wüsste er jedoch, wer sie wirklich war, würde er sie kaum so zärtlich küssen. Das tat er nur, weil er sie für Maude hielt, für die Braut, die er nicht gewollt hatte und an die er nun dennoch gebunden war. Er tat nichts als seine Pflicht, wenn auch auf die freundlichste Art, die er kannte.

Alle Wärme wich aus ihren Gliedern und ließ sie bleiern und kalt zurück. Ihre Arme sanken von seinen Schultern, und als er sich wieder zu ihr beugte, wich Alyson zurück.

Behutsam fasste er ihr Kinn und hob ihren Kopf. Er sah sie fragend an.

Doch selbst wenn sie die Worte gefunden hätte, ihm zu sagen, was sie fühlte, sie durfte es nicht wagen. Er musste etwas Verräterisches in ihrem Gesicht gesehen haben, denn er reagierte genau so, wie sie es sich wünschte, auch wenn ihr dies erst bewusst wurde, als seine Arme sie fest umfingen.

Ein Tausch ist ein Tausch, dachte sie. Obgleich er nicht ahnte, welch bittere Wahrheit er damit ausgesprochen hatte, waren seine Worte nicht minder wahr. Wieder einmal hatte sie das Gefühl, hilflos wie ein fallendes Blatt im Herbstwind davongetragen zu werden. Sie war verloren, dahintreibend in einer Welt, in der alles, woran sie einst geglaubt hatte, auf den Kopf gestellt wurde. Und das einzig Verlässliche, an dem sie sich festhalten konnte, war ein Mann, der nicht einmal ihren Namen kannte.

»Bitte«, flüsterte sie, ihre Lippen an seiner Brust, und falls sie nicht sicher war, was genau sie damit meinte, so schien er es doch umso besser zu verstehen. Seine Hände tauchten in ihr Haar, streichelten sie, dass sie erschauderte, während seine Lippen ihren Hals liebkosten.

Vorsichtig, ermahnte Jemmy sich. Geh es langsam an. Er spürte, wie sie erbebte, und lächelte, als ihr Haar seine Wange kitzelte. Mit äußerster Anstrengung widerstand er dem Impuls, sie hochzuheben und zum Bett zu tragen. Es bestand kein Grund, die Dinge zu überstürzen. Sie sollte ihren eigenen Genuss voll auskosten, ehe er sich seinem widmete.

Ich bin ihr erster Mann, dachte er und war überrascht, dass ihn bei dem Gedanken eine tiefe Zärtlichkeit erfasste. Er war der Erste, der ihr zeigte, wie es zwischen einem Mann und einer Frau sein konnte, der Erste, der Verlangen in ihr weckte und sie dazu brachte, vor Wonne aufzuschreien. Allein die Vorstellung war schon ungeheuer erregend, doch er unterdrückte seine eigene Lust energisch.

Er strich mit seinen Lippen über ihren Mund, sorgsam darauf bedacht, sie nicht zu verschrecken. Sie erwiderte seine Berührung mit einem Seufzen und schloss die Augen. Noch nie hatte er eine Frau so geküsst. Für solche Zurückhaltung hatte bislang kein Grund bestanden. Er war fasziniert davon, wie sich das anfühlte, und ganz ungeduldig, mehr und mehr davon zu schmecken. Während er den Kuss vertiefte, verwirrten sich seine wohl sortierten Gedanken wie ein Wollknäuel in den Tatzen eines kleinen Kätzchens.

Wieder ermahnte er sich zur Langsamkeit. Er musste Geduld beweisen. Er verlängerte den Moment, so gut es ging, wobei er wie auf Messers Schneide zwischen Verlangen und Zurückhaltung balancierte. Ohne Vorwarnung öffneten sich ihre Lippen unter seinen, und er stürzte kopfüber in einen reißenden Strudel.

Vergangenheit und Zukunft wurden fortgespült, sofort und vollständig. Es blieb nur dieser Moment und diese Frau in seinen Armen, das süße, verführerische Spiel ihrer Zungen, das wilde Pochen ihres Herzens an seiner Brust, die seidige Berührung ihrer zarten Hände, die seine Arme hinaufglitten bis zu seinem Nacken. Er vernahm eine Stimme in seinem Kopf, leise und zugleich sehr klar. *Du bist am Ziel deiner Reise*, sprach sie. *Du bist zu Hause.*

Maude *Darnley*, dachte er verwundert und mit einem Anflug ungläubiger Amüsiertheit. Wie ein Silberstreif leuchtete sie inmitten der heißen Flut seines Verlangens auf. Nein, so einfach konnte es nicht sein. Reisen endeten, wo *Liebende* sich begegneten, oder ähnlich hieß es in dem alten Lied. Was ging da bloß in seinem Kopf herum? Das war lächerlich, vollkommen absurd. Und dennoch war es die Wahrheit. Er war endlich angekommen, wenn auch dort, wo er es am wenigsten erwartet hätte, nämlich hier in ihren Armen. Was bedeutete denn da noch ihr Name?

Er bedeckte ihr Gesicht und ihren Hals mit Küssen. Sie sank mit einem Seufzer an seinen Körper. Ganz sacht berührten ihre Lippen seine Wange. Die geübtesten Hände und die begabtesten Kurtisanen hatten Jemmy nicht so erregen können wie diese federleichte Berührung. Er wollte laut auflachen, sie hochheben, zum Bett tragen und sehen, wie ihr leuchtend rotes Haar auf dem Kissen einen Strahlenkranz um ihr schönes Gesicht bildete.

Als er jedoch zurückwich und sie ansah, wurde er schlagartig ernst. Ihre blau-grünen Augen leuchteten wie Kristalle und betrachteten ihn mit einem Ausdruck, den er nicht recht deuten konnte. Da war Freude und Erstaunen, aber auch etwas anderes, ein Anflug von Schmerz, der ihm das Herz in der Brust zerreißen wollte.

Mit sanften Händen malte er die süßen Rundungen ihres Rückens nach und zog sie schützend an sich. Er streichelte ihre Schultern in kleinen, kreisenden Bewegungen und wagte sich von dort langsam weiter nach unten vor. Er achtete sorgsam darauf, wie sie reagierte. Als seine Hand ihre Brust streifte, stieß sie einen Laut unerwarteter Lust aus und bäumte sich ihm entgegen.

»Ach, Maude«, seufzte er, »du bist …«

In dem Augenblick, da er ihren Namen aussprach, wurde sie unheimlich still in seinen Armen.

»Nein! Hör auf, bitte …«, flehte sie hilflos.

»Schhh, ganz ruhig. Es muss sein.«

Und diesmal sprach er nicht von ihrer Pflicht, sondern davon, was zwischen ihnen geschah. Auch für Jemmy war es etwas vollkommen Neues, das nichts mit der direkten Befriedigung körperlicher Gelüste gemein hatte, wie er sie bisher erlebt hatte, wenn er das Bett mit einer Frau teilte. Vielmehr war es eine Schwindel erregende Freude, wie er sie sonst nur kannte, wenn sein Schiff den Hafen verließ und aufs offene Meer hinausglitt. Und doch war es anders, weit aufregender, denn jetzt erlebte er diese Freude nicht allein.

»Ich weiß, ich verstehe ja, wirklich. Aber nicht heute Nacht, ich bitte dich. Bitte!«, rief sie verzweifelt und stemmte beide Hände gegen seine Brust, um ihn von sich zu stoßen. »Du sagtest, du würdest mich nicht zwingen.«

»Es besteht kein Grund zur Furcht …«

Sie kämpfte immer verzweifelter, bis sie sich schließlich seinen Armen entwunden hatte. Da stand sie nun vor ihm, zitternd und gesenkten Hauptes. Er legte eine Hand unter ihr Kinn und zwang sie, ihn anzusehen.

»Bitte, rede mit mir. Sag mir, was dich bekümmert.«

»Ich …« Ihre Stimme bebte, und sie schluckte.

Er nahm ihre Hand und war erleichtert, als sich ihre Finger vertrauensvoll um seine schlossen. Es lag also nicht an ihm. Etwas anderes brachte diesen Ausdruck in ihre Augen, der dem eines gehetzten Rehs ähnelte.

»Du kannst es mir sagen«, flüsterte er sanft. »Hab keine Angst.«

Er wollte alles tun, was sie verlangte, jedwedes Unrecht, das ihr geschehen war, wieder gutmachen, wenn er sie nur wieder lächeln sehen durfte.

Ihre Lippen bebten, als sie zögernd Luft holte. Sein Herzschlag beschleunigte sich, während er darauf wartete, dass sie ihm antwortete, und dabei kaum wagte, selbst weiter zu atmen.

Und dann verwandelte sie sich vor seinen Augen. Innerhalb eines Augenblicks war das verängstigte Mädchen verschwunden und eine andere Frau stand an ihrer Stelle vor ihm, deren Existenz er beinahe vergessen hatte. Die hübsche Zartheit wich aus ihren Zügen. Ihre Augen blitzten auf, als sie das Kinn in jener abweisenden Art reckte, die ihm nur zu vertraut war.

»Angst?«, sagte sie ungerührt und zugleich mit beißendem Hohn. »Glaubst du wirklich, ich hätte Angst vor *dir?*«

»Natürlich nicht«, antwortete er ruhig, obwohl er ihr nicht den geringsten Glauben schenkte. Sie *hatte* Angst, er fühlte ihre Furcht zu gut, als dass er daran zweifeln könnte. Darum wies sie ihn so rigoros ab. Gewiss beabsichtigte sie nicht, ihn so tief zu treffen, wie sie es jetzt tat. »Ich möchte nicht, dass du Angst hast, Maude. Ich denke …«

»*Ich* denke, du solltest mich jetzt loslassen, du … du Kirallen«, zischte sie und versuchte, ihre Hand aus seiner zu befreien. »Du sagtest, du wolltest mich zu nichts zwingen – ist dein Versprechen denn gar nichts wert?«

Er starrte sie ungläubig an, während ihm sein Gefühl förmlich zuschrie, dass sie ihn belog. Sie hatte etwas anderes sagen wollen, etwas vollkommen anderes – bevor sie wieder zu Maude geworden war. Aber was dachte er denn da? Sie *war* Maude – und gleichzeitig auch nicht.

Oder hatte er sich alles nur eingebildet?, überlegte er. Seine Verwirrung wurde mit jeder Sekunde größer. War sie nur bereit gewesen, ihre Pflicht zu erfüllen, und hatte dann festgestellt, dass sie seine Berührungen nicht ertrug?

Er ließ sie los und ging zum Feuer. Es war nicht ihre Schuld, nein, eigentlich nicht. Der Vorwurf galt vielmehr ihm. Jung und verängstigt, wie sie war, blieb ihr keine andere Gegenwehr als ihre scharfe Zunge. Eine ziemlich eindrucksvolle Waffe, dachte er ironisch. Mit der hatte sie sein Herz durchbohrt und seinen Stolz in Fetzen gerissen.

»Sagte ich das, ja?«, erwiderte er, den Blick in das ersterbende Feuer gerichtet. Er fühlte sich beschämt, verärgert und sehr allein.

Seufzend rieb er sich das Gesicht und ging Richtung Tür. »Geh schlafen. Wir müssen jetzt nicht darüber reden. Lassen wir uns etwas mehr Zeit, und dann …«

Und dann was?, fragte er sich voller Verbitterung. Nichts würde sich je ändern. Was für ein Narr war er doch gewesen, auch nur für einen Moment zu glauben, dass sie ihn wirklich mögen, dass sie etwas anderes als kalte Pflichterfüllung in seine Arme führen könnte?

»Gute Nacht, Mylord«, sagte sie leise.

Sie hatte noch nicht einmal seinen Namen ausgesprochen. Kein einziges Mal. Er verbeugte sich tief vor ihr, womit er sich selbst, sie und diesen ganzen traurigen Witz, der sein Leben war, verhöhnte.

»Dir auch eine gute Nacht, Mylady.«

Alyson stand stocksteif da, als Jemmy aus dem Zimmer ging. Doch sobald sich die Tür hinter ihm geschlossen hatte, brach sie zusammen. Tränenblind stolperte sie vorwärts, wollte hinter ihm herrufen, dass er warten solle, zurückkommen solle, dass sie es nicht so gemeint hatte …

Hör auf!, befahl sie sich streng, als sie schon mit einer Hand zum Türriegel griff. Du kannst und du darfst nicht. Lass ihn einfach gehen. Er will nicht dich, sondern Maude. Er gehört dir nicht und wird dir auch nie gehören.

Dann erinnerte sie sich an das Glück, das sie für so kurze

Zeit in seinen Augen hatte aufleuchten sehen, als er sie in den Armen hielt. Es war einer furchtbaren Verwirrung gewichen, als sie die Wahrheit leugnete, die sie heute Nacht entdeckt hatte – eine Wahrheit, die alles andere auslöschte, die sich lustig machte über Geburt, Rang und alles, was sie trennte. Hätte er ihren Namen nicht ausgesprochen – *Maudes* Namen –, sie hätte nie die Kraft gefunden, den Geschehnissen Einhalt zu gebieten. Aber hatte sie richtig gehandelt?

Sie wusste es nicht, und sie konnte auch nicht klar denken, denn irgendwie ergab nichts mehr einen Sinn. Sie hatte von Anfang an gewusst, dass sie das Bett mit ihm teilen müsste. Es hatte ihr nicht gefallen, aber sie hatte es als unvermeidlich hingenommen, als den notwendigen Preis, den sie zahlen musste. Doch wenn sie darauf vorbereitet gewesen war, sich einem Fremden hinzugeben, für den sie keinerlei Gefühle hegte, warum war ihr dann der Gedanke zuwider, mit einem Mann ins Bett zu gehen, an dem ihr lag?

Ach, aber das stimmte doch eigentlich nicht, oder? Sie sollte zumindest sich selbst gegenüber ehrlich sein. Ihr lag nicht einfach nur an ihm. Sie liebte ihn. Sie gehörte ihm, wie sie niemals einem anderen Mann gehören könnte. Und für jenen kurzen Augenblick hatte er ganz ihr gehört.

Wie viele Male, auf wie viele Arten würde sie noch gezwungen sein, ihn zu betrügen?

»Gott, hilf mir«, flüsterte sie. »Bitte, hilf mir!«

Als sie hörte, wie sich seine Schritte entfernten, lehnte sie den Kopf an die Tür und weinte hemmungslos.

Kapitel 16

Jemmy zog die Samtrobe aus und schleuderte sie in eine Ecke. Dann streifte er seine Hosen ab und trat sie mit dem Fuß hinterher. Er überlegte, ob er direkt ins Bett gehen sollte, besann sich jedoch anders und holte ein Wollhemd aus seinem Schrank. Sobald er es sich übergezogen hatte, eilte er in die Halle. Heute war ein perfekter Abend, um sich zu betrinken. Hatte er erst genug Wein im Bauch, würde er nicht mehr daran denken müssen, was gerade geschehen war. Und mit ein bisschen mehr könnte er sogar aufhören darüber nachzudenken, was er sagen sollte, wenn er das nächste Mal zu seiner Frau ging.

Seine Frau. Wie hatte er es so weit kommen lassen können? Er betrat die Halle und nahm nur mit einem halben Ohr das melancholische Pfeifen der Dudelsäcke wahr. Was tat er mit einer Ehefrau? Und was, in Gottes Namen, würde er morgen, übermorgen und all die Tage danach mit ihr tun?

Er versuchte sich vorzustellen, wie lange es dauern würde, bis die Ereignisse des heutigen Abends vergessen wären. In zehn Jahren? In zwanzig? Wo war er dann? Auf jeden Fall nicht hier, so viel wusste er mit Sicherheit. Er würde fort sein, ohne eine Spur zu hinterlassen. Maude würde sich voller Bitterkeit seiner erinnern – falls sie überhaupt an ihn dachte.

Er hinterließ ihr nichts, nicht einmal ein Kind. Und auch wenn er zuvor keinen Gedanken daran verschwendet hatte,

Kinder zu zeugen, wurde ihm plötzlich schwer ums Herz, wenn er an die kleinen dunkelhaarigen und blauäugigen Söhne und Töchter dachte, die er nie haben würde. Nie würden sie über die Felder und durch die Wälder von Ravenspur streifen, wie er es vor so langer Zeit getan hatte. Bis der Tag gekommen war, an dem sich alles verändert hatte.

»Nun, es ist nichts Großartiges dabei, ein Mädchen guter Hoffnung zu machen.«

Jemmys Onkel Stephen hatte das gesagt, als sie zusammen durch den Wald gegangen waren. Stephens große, warme Hand war fest um Jemmys Jungenhand geschlossen gewesen. »Jeder Narr kann das. Damit prahlt man nicht, Jemmy, es sei denn, man hat vor, sie anständig zu behandeln und dem Kind einen Namen zu geben. Denk immer daran.«

Bei Gott, wie sehr vermisste er Stephen, selbst nach all den Jahren noch. Stephen war der einzige Mensch gewesen, mit dem er über das hätte reden können, was eben passiert war. Natürlich konnte auch Stephen nichts daran ändern, aber es wäre Jemmy schon besser gegangen, hätte Stephen ihm einfach nur zugehört, wie er es immer getan hatte. Wenn er mit Stephen redete, hatte der ihm das Gefühl gegeben, was Jemmy sagte, wäre wichtiger als alles andere auf der Welt.

Aber Stephen war nicht hier. Jemmy war noch ein Kind gewesen, als Stephen fortging, doch er erinnerte sich an jede Einzelheit. Und der Tag, an dem Stephen zu ihnen zurückgekehrt war, hatte sich auf ewig in sein Gedächtnis eingebrannt. Bis heute hörte er die Schreie seiner Großmutter beim Anblick ihres Lieblingssohnes, der tot auf einer Bahre lag. Das Sonnenlicht hatte in seine erstarrten Augen geschienen, und Darnleys Wappen hatte auf seiner zerfetzten Brust geprangt. Ja, Jemmy erinnerte sich sehr gut.

An jenem Tag hatte Jemmy Stephen verloren, danach seine

Mutter, die auf den Schock hin eine Fehlgeburt erlitt und verblutete. Als er zwischen den aufgebahrten Körpern der beiden Menschen stand, die er mehr als alles andere auf der Welt geliebt hatte, waren die tröstenden Worte des Priesters kaum zu ihm durchgedrungen. Sie bedeuteten nichts, denn auch wenn er von Frieden und Vergebung sprach, waren es doch Krieg und Rache, die folgen würden.

Jemmy begriff in diesem Moment, dass die Worte des Priesters nichts als Lügen und das ganze Kämpfen sinnlos und falsch waren. Er wollte niemals, nie im Leben ein Teil davon sein. Er nahm sich vor, diesen Ort zu verlassen, so wie Stephen es sich stets erträumt hatte – und wie er es auch getan hätte, wäre ihm nicht der Fehler unterlaufen, eine Frau zum Mittelpunkt seiner Welt zu machen.

Ich nicht, hatte Jemmy sich geschworen, während der Priester redete und redete. Ich werde allein leben und meinen Weg durch die Welt allein gehen, und ich werde keiner Frau jemals mein Herz schenken.

Jetzt füllte Jemmy sich seinen Kelch und trank ihn in einem Zug aus, bevor er zu dem einzigen anderen Gast an der hohen Tafel schaute. Alistair saß da, das Kinn in die Hand gestützt, und starrte vor sich hin. Als Jemmy ihm die Flasche anbot, hielt er seinen Kelch hin und setzte ihn schweigend wieder ab, nachdem Jemmy ihm eingeschenkt hatte. Jemmy stemmte die Ellbogen auf den Tisch, und beide Männer stießen gleichzeitig einen tiefen Seufzer aus. Überrascht sahen sie sich an.

»Denkst du noch manchmal an Stephen?«, fragte Alistair abrupt. Jemmy erschrak.

»Ich habe gerade jetzt an ihn gedacht.«

»Hmm«, machte Alistair und blickte sich unsicher um. »Ich auch. Letzte Nacht habe ich von ihm geträumt …« Er erschauderte und hob den Kelch an seine Lippen.

»Was war das für ein Traum?«, fragte Jemmy mit einer Mischung aus Neugier und Skepsis.

Vor Jahren, als sie beide Kinder waren, hatte Alistair oft seltsame, beunruhigende Träume gehabt. Ian behauptete stets, Alistair hätte das zweite Gesicht, aber Jemmy wollte das nie so recht glauben. Dennoch ließ sich nicht leugnen, dass Alistair damals einige erstaunlich exakte Vorhersagen gemacht hatte.

Nun strich sich Alistair das weißgoldene Haar aus der Stirn und starrte mürrisch in seinen Wein. »Ich erinnere mich nicht mehr genau. Das passiert mir dieser Tage oft.«

Dann stand er auf und ging wortlos aus der Halle.

Jemmy zuckte mit den Schultern und trank seinen Wein aus. Er war zu sehr in seiner eigenen düsteren Stimmung gefangen, als dass er über Alistair nachdenken wollte. Die Musiker spielten jetzt ein fröhliches Lied, und bald war die Halle von Tanz und Lachen erfüllt. Jemmy saß derweil allein an der großen Tafel, in Gedanken wieder bei dem Moment, in dem er Maude in seinen Armen gehalten hatte und fühlte, wie sich ihr Körper an seinen schmiegte. Er leerte seinen Weinkelch, sprang ungeduldig auf und griff sich die Hand des ersten Mädchens, das ihn anlächelte.

Sie war hübsch und sehr leichtfüßig. Er kannte ihren Namen, obwohl er ihm jetzt nicht einfallen wollte, da sich der Raum deutlich stärker um ihn drehte, als es allein durch den Tanz zu erklären wäre. Jemmy stolperte bei einer Drehung, worauf ihn das Mädchen anlachte, seinen Arm packte und ihn festhielt. Wie viel hatte er getrunken? Weit mehr jedenfalls, als er gewohnt war, aber was machte das schon? Er verdiente ein bisschen Spaß. Natürlich verdiente er den. Die nächste Drehung schaffte er problemlos und lachte mit dem blonden Mädchen, dessen Lächeln er außergewöhnlich attraktiv fand.

Aber wie hieß sie nur? Er müsste es wissen, hatte er sie doch oft genug in Maudes Zimmer gesehen. Celia. Genau, das war ihr Name. Celia mit den hübschen blonden Locken und den rosigen Wangen, die nun, da sie seinen Arm festhielt, ihn offensichtlich nicht wieder freigeben wollte. Der Tanz war vorüber, aber sie blieb bei ihm unterhakt. Und als sie ihm einen frisch gefüllten Kelch anbot, nahm er ihn an. Sie tanzten und tranken weiter, bis Jemmy den Überblick über das Tanzen und Trinken verlor. Die Arme untergehakt, lieferten sie sich einen Wettstreit darin, wer die verrücktesten Trinksprüche vorschlug.

Und irgendwie – er war nicht sicher, wie es dazu gekommen war – gingen Celia und er am Ende zusammen den Flur entlang. Die Stille hier nach all der lauten Musik und dem Gelächter in der belebten Halle brachte Jemmys Ohren zum Klingeln. Nun war Celia diejenige, die stolperte, so dass er sie abfangen musste, und im nächsten Augenblick lag sie in seinen Armen und sah ihn an. Also küsste er sie. Ihm kam es vollkommen natürlich vor, das zu tun, und da sie nichts dagegen zu haben schien, tat er es gleich wieder.

Es war nett. Sehr nett. *Sie* schob ihn nicht weg, *sie* gab keine heftigen Kopfschmerzen vor. Nein, sie presste sich an ihn und verlangte eindeutig nach mehr. Sein Verstand mochte zwar vom Wein vernebelt sein, doch sein Körper wusste genau, was er wollte. Ihren Busen an seiner Brust zu fühlen erregte ein Verlangen in ihm, das sich einfach nicht beherrschen ließ. Und warum sollte er sich überhaupt beherrschen? Celia war zweifellos willig. Also beugte er sich zu ihr und küsste sie. Doch in dem Moment, da sie die Arme um seinen Hals legte, war ihm, als hätte sie ihm eiskaltes Wasser ins Gesicht geschleudert.

Etwas stimmte nicht, obwohl er beim besten Willen nicht

drauf kam, was es war. Hier war dieses Mädchen, jung und frisch und hübsch, das nichts anderes wollte, als heute Nacht das Bett mit ihm zu teilen. Was er ja eigentlich auch wollte. Oder nicht? Doch, natürlich wollte er. Welcher Mann würde diese junge Frau nicht wollen, die so rosige Wangen, so goldenes Haar und ein so bezauberndes Lächeln hatte? Sie hatte sogar hübsche Zähne, sehr gerade und weiß, und eine hübsche pinkfarbene Zunge, mit der sie nun ihre Lippen benetzte. Ja, hier war eine Frau, die wusste, was sie tat, die Sorte Frau, die Jemmy brauchte. Solch eine Frau konnte ihn necken, ihn liebkosen und dafür sorgen, dass er für eine Nacht alles vergaß. Warum also gefiel sie ihm nicht? Warum hatte er immer noch das Gefühl, etwas wäre falsch? Sie hatte die falsche Figur, irgendwie, oder den falschen Duft … oder, nein, das ergab keinen Sinn, denn sie roch nach Levkojen, und deren Duft hatte er immer gemocht. Und trotzdem …

Sie zitterte nicht in seinen Armen, wie Maude es getan hatte. Sie machte nicht diesen Laut – irgendwo zwischen einem Flüstern und einem Seufzen –, den Maude gemacht hatte, als er ihren zarten Hals küsste. Nein, Celia war ganz anders als Maude. Celia schmiegte sich an ihn, strich mit einer Hand langsam über seinen Schenkel, und er konnte nichts anderes fühlen als kalten Ekel, während er sich vorstellte, mit wie vielen Männern sie das schon getan hatte. Während Maude …

Zum Teufel mit Maude! Wieso dachte er ausgerechnet jetzt an sie? Er vergrub die Finger in Celias Haar und zog ihren Kopf zurück. Sie lächelte ihn an. Das gefiel ihr. Sie wollte mehr von ihm. Er küsste sie stürmisch, und sie erwiderte seinen Kuss ohne Zögern, wobei sie die Hüften an ihm rieb. Nach einem Moment ließ er sie los und trat einen Schritt zurück.

»Zu viel Wein, Mädchen«, sagte er mit einem Achselzucken. »Ich tauge heute Nacht zu nichts mehr.«

»Aber Mylord …«

»Geh schon«, unterbrach er sie und schob sie sanft von sich. »Geh zurück in die Halle.«

Er ging zur Treppe, verwirrt, ein bisschen wütend und mit mehr als einem bisschen Bedauern darüber, welche Gelegenheit er sich gerade entgehen ließ. Hätte er sich umgedreht, wäre er überrascht gewesen, wie wutverzerrt Celias hübsches Gesicht auf einmal war und wie viel eisiger Hass in ihren Augen aufblitzte.

Kapitel 17

Als Jemmy in seinem Zimmer ankam, schickte er seine wartenden Kammerdiener fort. Nach Jahren, in denen er alles selbst gemacht hatte, war es ihm lästig, dass ständig Männer um ihn herumwuselten und versuchten, ihn an- oder auszuziehen. Bei Gott, er war durchaus in der Lage, sich allein fürs Bett umzukleiden – selbst in seinem gegenwärtigen Zustand –, und das in der Hälfte der Zeit, die seine Kammerdiener darauf verwenden würden. Grundsätzlich blieb ihm natürlich nichts anderes übrig, als sich an ihre Dienste zu gewöhnen, denn das erwartete man von Jemmy.

Und wir alle müssen tun, was man von uns erwartet, dachte er und zog sich die Stiefel aus. Andererseits war es ihm gerade jetzt ein Rätsel, warum das so war. Egal. Morgen würde er sich wieder daran erinnern, weshalb er vorgeben musste, die einfachsten Dinge nicht allein bewältigen zu können, sondern andere zu brauchen, die sie für ihn erledigten. Jetzt wollte er nur noch ins Bett fallen und schlafen.

Gähnend löste er seinen Gürtel und hörte, wie sein Dolch scheppernd auf den Boden fiel. Nein, da konnte er nicht liegen bleiben. Er musste ihn aufhängen. Aus unerfindlichen Gründen war die lederne Öse rutschig und schwer zu packen, doch schließlich brachte er die Waffe mit einem zufriedenen »Ha!« am Wandhaken an. Dann erschauderte er.

Bei Gott, es war eisig kalt hier! Hatten die Diener das Feuer ausgehen lassen? Nein, das Feuer brannte munter im Kamin, wenngleich es keinerlei Hitze abzugeben schien. Richtig warm war es eigentlich nie in Ravenspur, doch nicht einmal im schottischen Januar hatte er je so gefroren wie jetzt.

Er ging näher ans Feuer und streckte die Hände aus, musste sie jedoch beinahe in den Kamin hineinhalten, ehe er ein wenig Wärme spürte. Und auch als seine Hände allmählich wärmer wurden, war ihm immer noch entsetzlich kalt am ganzen Körper. Er fasste mit den warmen Händen an seine Wangen und runzelte die Stirn. Irgendetwas war seltsam. Ein Feuer, das brannte, aber nicht wärmte, eine Kälte, die so tief und endlos wie ein Grab war …

Wieder schüttelte es ihn, und er wünschte, er hätte nicht ausgerechnet an ein Grab gedacht. Das Feuer war vollkommen normal. Ihm war kalt, weil er … nun, weil er zu viel getrunken hatte. Diese Erklärung ergab keinen Sinn, denn er war schon öfter betrunken gewesen und hatte sich dabei doch niemals so gefühlt …

Kopfschüttelnd richtete er sich wieder auf und schrie vor Schreck, als er den Mann neben dem Kamin entdeckte.

»Was zum …?«, begann er, kam allerdings nicht weiter, weil sein Mund plötzlich sehr trocken wurde. Für eine ganze Weile war er unfähig zu sprechen.

Auf den ersten Blick war an dem Mann nichts, das einem solch einen Schrecken einjagen konnte. Er war jung, neunzehn, vielleicht zwanzig Jahre alt, und eindeutig ein Kirallen. Wie Jemmy hatte er krauses dunkles Haar und große dunkle Augen. Außerdem trug er über einer Schulter den Kirallen-Umhang. Doch im Gegensatz zu Jemmys Haut war seine weiß. Sehr weiß. Blutleer, genau genommen, dachte Jemmy. Und das war nicht weiter verwunderlich.

Instinktiv bekreuzigte Jemmy sich, während der andere

Mann ihn schweigend ansah. Da das Kreuzzeichen nicht half, blinzelte Jemmy angestrengt und rieb sich die Augen. Als er sie wieder öffnete, war der Mann immer noch da, beobachtete ihn gelassen und wartete schweigend ab.

Jemmy räusperte sich. »Stephen«, sagte er, froh darüber, dass seine Stimme verhältnismäßig ruhig klang. »Ich habe erst heute Abend an dich gedacht.«

»Ja, das weiß ich. Ich weiß es jedes Mal, wenn man sich an mich erinnert.«

»Wirklich? Wie interessant.«

Jemmy kniff sich kräftig in den Arm, aber Stephen stand nach wie vor neben dem Kamin. Ich bin sehr, sehr betrunken, dachte er, und ich sehe Dinge, die nicht da sind. Ich rede sogar mit jemandem, der nicht da ist, weil er nicht da sein kann, weil Stephen schließlich seit zwanzig Jahren tot ist.

»Seit achtzehn.«

»Wie bitte?«

»Ich bin seit achtzehn Jahren tot, nicht seit zwanzig.«

Jemmy blinzelte. »Ja. Und in all der Zeit kann ich unmöglich der Einzige gewesen sein, der an dich gedacht hat!«

»Bist du auch nicht.«

Stephen sah viel jünger aus, als Jemmy ihn in Erinnerung hatte – und gleichzeitig sah er genauso aus wie damals. Sogar die winzige Narbe unter seinem Auge war noch da, ebenso wie die eine Locke, die sich nie bändigen lassen wollte. Er sieht jung aus, weil ich inzwischen älter bin als er, überlegte Jemmy. Als ich ihn das letzte Mal sah, war ich neun und Stephen war am Leben.

»Und«, sagte Jemmy vorsichtig, »bist du allen anderen auch erschienen?«

Stephen seufzte. »Sie konnten mich nicht sehen.«

»Da waren sie wohl nicht betrunken genug.« Jemmy lachte,

aber Stephen starrte ihn regungslos aus riesigen, dunklen Augen an.

»Nein, sie brauchten mich nicht so sehr.«

»Brauchten? Wozu sollten sie dich brauchen?«

»Ich darf nicht alles sagen, was ich könnte. Das ist nicht … erlaubt«, antwortete er zögerlich und legte die Stirn in Falten, als wäre er unzufrieden mit seiner Wortwahl. »Aber du musst wissen, Jemmy – du bist von Gefahr umgeben.«

Jemmy war ein wenig verärgert. Geister warnten doch immer vor Gefahren, oder? Er hatte gehofft, Stephen hätte etwas Originelleres mitzuteilen.

»Ja«, sagte er gereizt. »Und woher kommt die Gefahr?«

»Darnley.«

Jemmy seufzte. »Deine Neuigkeiten sind überholt. Ich bin mit seiner Tochter verheiratet.«

»Ich weiß.«

»Gut, dann kannst du ja jemand anderen verfolgen gehen. Warum besuchst du Alistair nicht? Er ist derjenige, dem man nachsagt, dass er das zweite Gesicht hat.«

»Alistair ist auch in Gefahr, womöglich in größerer als du. Er ist blind und taub für alles außer seiner Trauer.«

»Du meinst, außer seiner Wut. Stephen, es war sehr interessant mit dir, aber die Nacht ist fast vorbei und …«

Stephen streckte eine weiße Hand nach ihm aus und fasste Jemmys Handgelenk. Die Wirkung war derart durchschlagend, dass Jemmy zusammenfuhr. Von einer Sekunde zur anderen war er stocknüchtern und hellwach.

»Ich bin nicht nur um deinetwillen hier, sondern auch um meinetwillen.«

»Um deinetwillen? Ich käme wohl achtzehn Jahre zu spät, um dir zu helfen, Stephen, und das tut mir entsetzlich Leid. Warum bist du nicht im … nun ja, im Himmel?«

»Ich hätte längst dorthin übergehen sollen, aber ich wollte nicht. Ich konnte nicht, nicht bevor … Ach, Jemmy, du weißt ja nicht, wie lang die Zeit war, so lang und ich ganz allein. Zeit ist jetzt anders für mich. Ich habe fast vergessen, was mich hier festhielt. Alles habe ich vergessen, bis auf die Sehnsucht – und wenn das geschieht, wenn ich wirklich vergesse, werde ich diesen Ort nie verlassen können. Aber nun bist du hier, und du kannst mir helfen. Du bist der Einzige, der mir helfen kann. Bitte, Jemmy, du musst mir helfen.«

Stephens Stimme klang so eindringlich und sein Gesicht war so angespannt vor Konzentration, dass Jemmy unwillkürlich nickte.

»Ich höre.«

Stephen sah sehr angestrengt aus, doch es wollten ihm keine Worte über die Lippen kommen. Schließlich sagte er mit belegter Stimme: »Vertrau deinem Herzen.«

»Meinem Herzen vertrauen? Du bist aus dem Grab gestiegen, um mir das zu sagen? Dass ich meinem *Herzen* vertrauen soll?«

»Ja! Wenn du doch nur *hören* würdest – nicht auf das, was ich sage, sondern auf das, was unausgesprochen bleibt.«

»Mein Gott, Stephen, geht es nicht etwas genauer?«

»Nein, ich kann nicht. Verdammt, Jemmy, früher warst du nicht so verstockt.«

»Nun, seit wir uns das letzte Mal gesehen haben, ist eine Menge passiert«, erklärte Jemmy und ließ sich auf den Sessel am Kamin fallen. »Ich bin zum Beispiel …«

Doch Stephen war fort.

Jemmy saß noch lange da und starrte in das Feuer, das ihm die eisigen Glieder wärmte. Lange nach Sonnenaufgang fanden ihn seine Diener dort vor, vollständig bekleidet und tief und fest schlafend.

Kapitel 18

Die Berge zu beiden Seiten ragten so hoch in den Himmel, dass es Alyson den Atem verschlug. Die Luft war erfrischend kühl und vom köstlichen Duft des Heidekrauts erfüllt. Doch obwohl sie endlich auf dem Weg zu den McLarans war, versetzte sie der Gedanke, dass ihre Zeit auf Ravenspur zu Ende war, keineswegs in helle Freude.

Immer wieder musste sie an den Garten dort und die armen, vernachlässigten Blumenbeete denken. All die Schönheit war verschwendet, wenn die Blumen ungesehen blühten und ihren zarten Duft unbemerkt verströmten. Bald hätte das Unkraut sie vollends überwuchert. Dann wären sie für immer dahin.

Aber eines Tages würde es eine andere Lady auf Ravenspur geben, eine, die sich die Zeit und Muße nahm, einen Garten zu pflegen. Vielleicht war es sogar Jemmys Lady. Alyson malte sich aus, dass sie künftig in Sicherheit bei den McLarans lebte und Jemmy sich eine andere Frau nahm. Sollte er die kommende Schlacht überleben, blieb ihm nichts anderes übrig, als sich neu zu verheiraten. Und dann würde seine Braut mit ihm vorm Feuer stehen, fest umfangen von seinen Armen. Aber würde sie auch wie Alyson unter seinen Berührungen erbeben? Würde ihr auch schwindlig vor Verlangen werden, wenn sie seine Lippen auf ihren spürte? Nein, das war unmöglich. Keine andere Frau konnte ihn nur halb so sehr wollen wie Alyson in jener Nacht.

Und eine andere Frau konnte ihn unmöglich so verstehen, wie Alyson ihn verstand. Zweifellos würde seine neue Braut denken, was alle anderen bereits dachten, nämlich dass es ein Fehler von ihm gewesen war, einen Frieden erreichen zu wollen, der nie eintreten sollte. Sie würde nicht verstehen, dass es Stärke und nicht Schwäche war, die ihn veranlasste, seinen Clan auf einen Weg zu lenken, den er nicht einschlagen wollte. Sie würde die Weisheit nicht erkennen, die ihn antrieb, einen Krieg zu beenden, der so viele Menschenleben gefordert hatte. Sie würde ihn nie richtig kennen, dachte Alyson und blinzelte gegen die Tränen an, die ihr plötzlich in die Augen stiegen.

Neben ihr ritt der Burgherr. Seit einiger Zeit begriff sie, wie sehr er sich darum bemühte, freundlich zu ihr zu sein. Und sie bemühte sich des Öfteren, angemessen auf seine freundlichen Worte zu reagieren. Im Moment allerdings war ihr nicht nach Reden zumute. Desinteressiert beobachtete sie einen Falken, der über den Hügeln kreiste, sah den glitzernden See, der weit unter ihnen lag, und lächelte artig, als der Burgherr sie auf die kleinen gelben Blumen hinwies, die am Wegesrand wuchsen. Gerade hatte sie den Kopf umgewandt, um einen atemberaubenden Berg in der Ferne zu bestaunen, dessen Gipfel Nebel umwaberte, als sie eine Reitergruppe bemerkte, die sich im Galopp auf sie zu bewegte. Kirallen sah sie ebenfalls und rief nach Jemmy, der zu seinem Vater geritten kam.

Die Reiter preschten heran und hielten direkt auf den Burgherrn zu. Ihre gezückten Schwerter blitzten in der Sonne. Jemmy rammte den Anführer mit seinem Pferd. Der Mann stürzte zu Boden. Kurz darauf verstummten seine gellenden Schreie unter den trampelnden Hufen. Als Nächstes erreichte Alistair die Spitze der Gruppe und kämpfte Seite an Seite mit Jemmy gegen die Angreifer, unterstützt von den übrigen Rittern der Kirallens. Die Schlacht war kurz und heftig. Als vier der Angreifer tot am Boden lagen, drehten die anderen auf ein kurzes Kommando um und galoppierten davon, dicht gefolgt von den Kirallen-Männern.

Alyson drehte sich um und sah Lord Kirallen, dessen Gesicht aschfahl und dessen Lippen blau waren. Er klammerte sich an der Mähne seines Pferdes fest. Alyson stieg ab und half ihm von seinem Pferd. Behutsam führte sie ihn zu einem mit Farnen bewachsenen Platz, wo er sich ausruhen konnte, und nahm seine Hand.

»Es ist alles gut, Mylord«, sagte sie und reckte den Kopf, um zu sehen, was auf der Wiese weiter unten geschah. »Sie sind fort. Seht nur, die Männer kommen zurück, alle. Sie haben keinen verloren.«

Alistair sprang von seinem Pferd und packte Alyson bei den Schultern. Seine Hände drückten sie schmerzhaft, als er sie nach oben zog.

»Was wusstet Ihr davon?«, schrie er sie an.

»Ich … nichts! Ich wusste nichts!«, stammelte sie.

»Ich glaube Euch nicht!«, brüllte er sie an und schüttelte sie, als wollte er die Wahrheit aus ihr herauszwingen. »Sagt schon!«

»Alistair, hör auf«, sagte Lord Kirallen matt und versuchte aufzustehen.

»Was ist hier los?« Jemmy stieg von seinem Pferd, fasste Alistairs Arm und riss ihn herum. Alyson stolperte nach hinten, schwindlig vor Angst, und landete unsanft neben dem Burgherrn. »Wie kannst du es wagen, Hand an meine …«

»Das waren Darnleys Leute«, fiel Alistair ihm ungehalten ins Wort.

»Alistair, nein! Was redest du da?«

»Was glaubst du denn, wer die waren?«

»Wegelagerer. Sie haben uns gesehen und dachten …«

»O Gott!«, schrie Alistair. »Du weißt gar nichts. Du begreifst nichts von dem, was hier vorgeht! Sieh sie dir doch an!« Er zeigte auf Alyson, die vor Schreck und schlechtem Gewissen zusammenfuhr. »Sie führt etwas im Schilde. Diese ganze Geschichte ist ein Betrug, und du erkennst es noch nicht mal! Du hast überhaupt keine Ahnung, worum es hier geht – du warst ja nicht da, Jemmy, oder? Nein, du warst nicht hier, als wir kämpften, als Männer starben – du warst fort und hast getan, was dir gefällt. Dir bedeutet es nichts, dass Ian tot ist, in einem Hinterhalt ermordet …«

»Zum Teufel mit dir!«, rief Jemmy, der nun genauso wütend war wie Alistair. »Glaubst du, ich trauere nicht um meinen Bruder? Glaubst du, ich hätte vergessen, was sie unserem Onkel angetan haben? Ich war da, Alistair, als sie ihn zurückbrachten – ich erinnere mich an alles, und ich kann genauso hassen wie du. Aber es muss irgendwann ein Ende haben.«

Alyson hörte das Klimpern des Zaumzeugs, als die übrigen Männer zurückkamen. Sie blieben stumm in ihren Sätteln sitzen und beobachteten die beiden Streitenden. Dann bewegten sie ihre Pferde – nur einen oder zwei Schritte, aber genug, um zu zeigen, auf wessen Seite sie stünden, würden sie aufgefordert, sich für eine zu entscheiden. Es war Alistair, dem sie den Vorzug gaben. Bald waren nur noch die Zwillinge Conal und Donal hinter Jemmy, die beide sehr jung und verängstigt wirkten.

»O ja«, erwiderte Alistair höhnisch, »es wird enden. Es endet, wenn Darnley tot ist und wir gewonnen haben, wenn wir uns alles genommen haben, was ihm gehört.«

»Nein«, sagte Jemmy streng, aber ruhig. »Es endet hier und jetzt. Es ist vorbei.«

»Für dich vielleicht. Aber nicht für mich. Für mich ist es nie vorbei.«

Die anderen Männer taten mit Rufen ihre Zustimmung kund, doch Alistair schien sie nicht zu hören. Seine Augen bohrten sich in Jemmys Gesicht, während die beiden eine Schlacht ausfochten, die allein zwischen ihnen stattfand.

»Alistair, bitte«, sagte Jemmy, »hör mir zu. Ich bin in der Welt herumgekommen, und ich habe überall dasselbe gesehen. Die Engländer bekriegen die Franzosen, die Franzosen bekriegen die Spanier, die Italiener bekriegen den Papst! Und hier – reicht es denn nicht, dass wir die Engländer bekriegen? Müssen wir uns auch noch gegenseitig an die Kehle gehen? Deshalb bleibt Schottland schwach. Es liegt nicht an den anderen, sondern an uns. Wir können nicht aufhören – wir können nicht einen Moment lang die blutigen Kriege unter uns selbst stoppen. Aber so muss es nicht sein.«

»Ian ist tot«, fügte Jemmy nach einer kurzen Pause hinzu, und Alistair neigte den Kopf, das Gesicht schmerzverzerrt. »Das ist das Schlimmste, was dem Clan widerfahren konnte, ich weiß. Aber er ist tot, und du musst ihn gehen lassen. Was würde es ändern, wenn du jetzt einen Darnley tötest? Damit beginnt bloß alles wieder von vorn, das Leiden, das Sterben – und wofür? Soll Malcolm genauso enden? Alistair, wir müssen an einem Strang ziehen, wir müssen, oder wir werden den Clan gänzlich zerreißen.«

»Schöne Worte«, sagte Alistair abfällig. »Aber es sind eben nur Worte, weiter nichts. Ich kenne dich gut, Jemmy, ich habe dich von Anfang an gut gekannt. Ein Mann kämpft für das, was ihm am meisten bedeutet, und du hast stets nur für dich selbst gekämpft.«

Alyson beobachtete die Männer ängstlich. Sie war sicher,

dass sie sich gleich schlagen würden. Doch statt zu antworten, sah Jemmy weg.

»Ich habe Ian meine Lehnstreue geschworen«, fuhr Alistair fort. »Nicht dir. Als dein Bruder im Sterben lag, hinterrücks von Darnley erstochen – jawohl, vom Vater deiner Frau –, schwor ich ihm, dass ich Malcolm beschützen würde, als wäre er mein eigen Fleisch und Blut. Und nur wegen Malcolm bleibe ich hier. Denn wenn der Tag gekommen ist, an dem der Clan einen neuen Burgherrn bestimmt, wird er sich nicht für dich entscheiden, Jemmy. Er wird Malcolm wählen. Und ich werde sein Regent sein. Ian will es so.«

Sag etwas, flehte Alyson Jemmy im Stillen an. Zeig ihm, wer das Sagen hat!

»Malcolm soll es also sein, ja?«, erwiderte Jemmy kühl. »Du hast vielleicht Recht, Alistair. Wer weiß? Aber bis zum heutigen Tag herrscht hier mein Vater, und du bekommst deine Befehle von mir. Vater«, er wandte sich zum Burgherrn um. »Kannst du jetzt weiterreiten? Falls nicht, werde ich mit dir warten, bis du dich besser fühlst.«

»Nein, ich fühle mich gut genug.« Kirallen erhob sich langsam und richtete sich sehr gerade auf. Er blickte von Alistair zu Jemmy und dann zu Alyson. »Tochter«, sagte er laut und deutlich und bot ihr seinen Arm. »Erlaube mir, dir zu helfen.«

»Habt Dank.«

Als Alyson die Hand auf seinen Arm legte, fühlte sie, wie er zitterte, auch wenn der Edelmann nach außen keinerlei Gefühle zeigte, während er sie zu ihrem Pferd führte und den Steigbügel für sie hielt. Sobald sie aufgestiegen war, sah Alyson zu Alistair. Er hatte die Arme vor der Brust verschränkt. Ihre Blicke trafen sich, und in seinem war nichts als Härte und Vorwurf.

Nach einem kurzen Moment musste sie wegsehen.

Zur Nacht bauten sie ihr Lager an einem geschützten Hang in den Hügeln auf, unter dem ein großer See lag. Das rötliche Licht des Sonnenuntergangs sprenkelte die Wasseroberfläche gold, rot und violett. Alyson setzte sich auf einen Holzstamm am Feuer und wartete mit den anderen darauf, dass das Essen gewärmt wurde.

Heute Abend herrschte eine bedrückte Stimmung in der Reisegesellschaft. Kein Gesang und kein Lachen verkürzte die Zeit bis zum Abendessen. Die beiden jungen Ritter, Conal und Donal, saßen rechts und links neben ihr. Wenigstens hatte Jemmy sie, dachte Alyson. Andere würden sich wohl auch noch auf seine Seite schlagen – wenn er doch nur etwas täte, um sie für sich zu gewinnen.

Donal bot ihr einen Becher Branntwein an. Sie nahm ihn, trank und rang nach Luft, als ihr die brennende Flüssigkeit den Hals hinunterrann. Doch sobald das Brennen vorüber war, genoss sie die angenehme Wärme, die das Getränk in ihrem leeren Magen erzeugte. Sie nahm einen zweiten Schluck, dann einen dritten und plötzlich war der Becher leer.

Man reichte ihr einen Teller mit Fleisch und Brot, allerdings verging ihr der Appetit, als Jemmy kam und sich neben sie setzte. Es war das erste Mal seit jener Nacht, dass er sich ihr näherte – aber nein, daran wollte sie nicht denken. Das alles war jetzt vorbei, denn sie reiste ja jetzt nach Hause. Außerdem hatten sie für den Rest der Reise keine Gelegenheit, allein zu sein. Die Frauen hatten bereits Decken auf dem Boden ausgebreitet, und die Männer wollten während der Nacht abwechselnd Wache halten.

Sie sollte froh sein. Sie *war* froh. Natürlich war sie froh. Sobald sie bei den McLarans ankämen, wäre sie auf ewig mit den Kirallens fertig. Sie würde in ihrem neuen Heim bleiben, Jemmy kehrte in sein altes zurück, und sie würden sich nie wieder sehen. Alles wäre schön und gut... und es würde ihr ganz gewiss das Herz brechen.

Der Feuerschein spielte auf seinem Gesicht, als er in die tanzenden Flammen blickte. Sie tastete jede Linie mit den Augen ab und dachte daran, wie gut es sich angefühlt hatte, mit den Fingern über seine flache Wange, sein festes Kinn und seine Lippen zu streichen ... Er hatte so einen wunderbaren Mund. Im Moment war er zu einer schmalen Linie zusammengekniffen, doch sie wusste noch, wie faszinierend und atemberaubend er aussah, wenn er lächelte.

Sie wünschte, sie könnte es noch einmal sehen, sein Lächeln, mit diesem einen kleinen Grübchen. Niemals, nicht in ihren kühnsten Phantasien, hatte sie dieses Grübchen erwartet. Auch jetzt schien es unmöglich, an dessen Existenz zu glauben, aber sie wusste es inzwischen besser. Könnte sie es doch nur noch einmal sehen, nur um sicher zu sein, dass es so bezaubernd war, wie sie es im Gedächtnis hatte ...

Sie schüttelte den Kopf und hob ihren Becher an die Lippen. Jemand hatte ihn neu gefüllt, und sie trank ihn in einem Zug aus, ohne nachzudenken. Ihre Unüberlegtheit rächte sich in Form eines entsetzlichen Hustenanfalls. Als sie wieder Luft bekam, sah sie, dass Jemmy sie beobachtete, sich jedoch abwandte, sobald sich ihre Blick trafen, und erneut ins Feuer starrte.

»Mir geht es gut«, verkündete sie. Da er nichts sagte, stupste sie ihn mit dem Ellbogen an und er drehte sich zu ihr um.

»Mir geht es gut«, wiederholte sie. »Nur für den Fall, dass es dich interessiert.«

Er nickte und wandte sich erneut dem Feuer zu.

»Liest du die Zukunft aus den Flammen?«, fragte sie und wunderte sich, was mit ihrer Stimme passiert war. Sie hatte die Frage eigentlich ganz ruhig stellen wollen, aber sie kam irgendwie seltsam heraus. Und wenn sie sich nicht täuschte, waren ihre Worte merkwürdig schleppend gewesen. »Die Zukunft« hatte eher wie »die Sukumf« geklungen, zumindest glaubte sie, das gehört zu haben, war sich aber nicht sicher.

»Wie bitte?« Er sah sie mit fragend hochgezogenen Augenbrauen an.

»Schon gut.«

Sie wollte mit einer Hand abwinken, doch leider landete die an seiner Wange, was Alyson furchtbar peinlich war.

»Mylady«, sagte Jemmy leise, »du bist erschöpft.«

»Aber nein!«, widersprach sie lachend. »Ich fühle mich so gut wie schon … wie schon … schon lange nicht mehr!«

»Ich denke trotzdem, dass du dich besser hinlegen solltest.«

»Aber ich bin kein bisschen müde! Weißt du, was ich gern machen würde?«, fragte sie, selbst ganz begeistert von ihrer brillanten Idee. »Ich möchte gern tanzen! Wer ist der Bursche mit dem Dudelsack? Sag ihm, er soll etwas Fröhliches spielen! Oder, nein, was soll's? Ich sag es ihm selbst.«

»Nein«, sagte Jemmy und hielt sie am Arm zurück, als sie aufstehen wollte, was sich ohnehin als ziemlich schwierig erwies. »Setz dich. Es ist nicht der richtige Zeitpunkt für Tanz.«

»Ich verstehe nicht, wieso!«, konterte sie beleidigt.

Seine Mundwinkel zuckten, als wollte er jeden Moment loslachen. Sie war empört und erfreut zugleich. Vielleicht konnte sie ihm ja doch noch ein Lächeln abringen, ehe sie auseinander gingen.

»Na gut, wenn du meinst«, lenkte sie widerwillig ein. »Obwohl ich sehr gern tanze.«

»Wirklich?«

»Aber ja! Und du doch auch. Ich weiß noch, wie du an dem Abend unserer… unserer … ach, du weißt schon, der Abend nach unserer …«

»Hochzeit?« Höflich half er ihr mit dem fehlenden Wort aus, wobei leider auch die Andeutung eines Lächelns aus seinem Gesicht verschwand.

»Genau. Du bist aufgestanden und hast nach einer Frau gerufen, die mit dir tanzt. Ja, ich habe dich gesehen.«

»Ach ja? Wie interessant. Ich denke, es ist jetzt Zeit …«

»Und dieses Mädchen – wie hieß sie doch? Ich habe sie hinterher wieder gesehen, die mit den schwarzen Haaren. Sie war richtig frech, wie sie aufsprang und rief: ›Ich tanze mit Euch, Mylord!‹ Ja, ich habe sie gehört.«

»Maude, bitte sei leiser!«, befahl Jemmy und blickte sich um.

»Warum denn?«, fragte sie. »Ich sage doch nur die Wahrheit! Und was ich eigentlich sagen wollte, war … war …«

Was *wollte* sie eigentlich sagen? Irgendetwas über ihre Hochzeitsnacht – oder nein, über Maudes Hochzeitsnacht – irgendwas mit …

»Tanzen!«, rief sie triumphierend aus. »Darüber sprachen wir gerade.«

Jetzt lächelte er doch, wenn auch ein wenig verhalten, nicht ansatzweise genug, dass sich das Grübchen zeigte. Aber es war immer noch besser als gar nichts.

»Ja, Tanzen. Ein hübscher Zeitvertreib, doch du solltest lieber etwas essen. Hinterher könnten wir einen Spaziergang machen, wenn du willst. Im Mondlicht ist der See sehr schön.«

Sie aß beinahe ihren ganzen Teller leer, denn kaum hatte sie angefangen, stellte sie fest, dass sie am Verhungern war.

Nachdem sie ihren Teller weggestellt hatte, stand Jemmy auf und fasste ihre Hände, um ihr aufzuhelfen.

Vorsichtig schlängelte sie sich zwischen den Leuten hindurch, die ums Feuer saßen. Der Boden war weit unebener, als sie ihn in Erinnerung hatte, aber sie schaffte den Weg, ohne zu stolpern. Bald waren sie aus dem Lichtkreis des Feuers und in der kühlen Dunkelheit angelangt.

Jemmy ging schweigend neben ihr her. Alyson konnte sein Gesicht nicht erkennen, vermutete aber, dass er wieder ernst dreinblickte. Selbst wenn er von einem Ohr zum anderen grinste, würde sie es nicht sehen können! Trotzdem war es schön, für eine Weile von den anderen fortzukommen. Während sie den Hügel hinab Richtung See gingen, wurden die Gespräche der anderen am Feuer immer leiser, bis sie schließlich ganz vom Geräusch des Wassers verschluckt wurden, das in sanften Wellen gegen das steinige Ufer schwappte.

»Heute Nacht scheint gar kein Mond«, stellte sie fest. Der See vor ihnen war kaum zu erkennen. Nur hier und da blitzte es silbern, wo sich die Sterne in den Wellen spiegelten. »Aber es ist trotzdem schön.«

Sie streifte ihre Schuhe und Strümpfe ab und tapste vorsichtig über die Felsen, bis sie mit den Füßen im kühlen Wasser stand.

»Willst du schwimmen?«, fragte Jemmy hinter ihr.

»Dafür ist es ein bisschen zu kalt«, sagte sie voller Bedauern. Ein Bad im See wäre genau das Richtige, um wieder einen klaren Kopf zu bekommen. Doch das kühle Wasser an ihren Füßen war auch schon angenehm. Sie bewegte ihre Zehen und lächelte vor sich hin. Sie fühlte sich inzwischen besser, nicht mehr schwindlig, wenngleich auch immer noch beschwipst. Es war ein Jammer, dass sie nicht tanzen konnten. Selbst Maude hatte zugegeben, dass Alyson eine gute Tänzerin war.

Eine Weile lang schwiegen sie beide und lauschten den Wellen, die in einem unendlichen Rhythmus gegen die Steine am Ufer schlugen. Dann vernahmen sie vom Hügel her die Klänge einer keltischen Harfe, die von einer einzelnen Stimme begleitet wurde.

Eine schöne Laube schenkte mein Liebster mir,
Mit Blumen gekränzt, Lilien dort und hier.
Kein Auge hatte je eine schönere geschaut,
Als mein Geliebter sie mir erbaut.

Doch kam ein Mann zur Mittagszeit,
Der sein Vergnügen suchte im Streit.
Kehrte selbigen Abends mit Freunden zurück,
Zerschlug meine Laube, erschlug mein Lebensglück.

Was für ein trauriges Lied, dachte Alyson, der Tränen in die Augen stiegen. So viele der Lieder waren traurig. Zumindest die Lieder, die man in den Grenzgebieten sang und hörte. Sir Robert und Lady Maude hatten fröhliche Melodien und hübsche kleine Balladen aus London mitgebracht, die nicht mit gebrochenen Herzen endeten. Aber London war eine vollkommen andere Welt. In dieser Welt, in Alysons Welt, war gewaltsamer Tod der Alltag, und diejenigen, die am Leben blieben, sangen von dem, was sie kannten – von Trauer und Tragödie, von Einsamkeit und Verlust …

Sie hatte Jemmy bereits verloren, das wusste sie, aber wenigstens waren sie jetzt noch zusammen. Wenn sie bei den McLarans ankamen, wäre auch das vorbei. Es gab so vieles, was sie von ihm noch nicht wusste und nie erfahren würde. Es gab so viele Fragen, die sie ihm gern stellen würde …

»Du zitterst ja«, sagte Jemmy, der mit Stiefeln ins flache

Wasser gekommen war. »Komm mit zum Lager zurück und leg dich hin.«

»Noch nicht. Ich bleibe noch ein bisschen. Geh du, wenn du willst.«

Jemmy hörte die Tränen in ihrer Stimme und fragte sich, was der Grund für sie sein mochte. Höchstwahrscheinlich Whisky, beschloss er und verdrängte das Mitgefühl, das sich in ihm regte. Erst wollte sie tanzen, und jetzt weinte sie wegen nichts. Als Nächstes würde sie ganz gewiss schimpfen. Er seufzte und wappnete sich für die Tränen und die Vorwürfe, die sie ihm zweifellos gleich machen würde. Doch dann sagte sie etwas, das er nicht im Entferntesten erwartet hatte.

»Wie ist der Name deines Schiffes?«

Die Frage überraschte ihn ebenso sehr wie der wehmütige Ton, in dem sie sie stellte. »Die *Osprey*«, antwortete er.

»Wirklich? Bei einem Piratenschiff hätte ich einen anderen Namen vermutet …«

»Ein Piratenschiff? Hat dein Vater dir das gesagt?«

»Sir … mein Onkel sagte …«

»Aha. Nun, ich schätze, er hätte Schlimmeres behaupten können. Ich habe früher dann und wann geschmuggelt, aber das war auch schon alles.«

Inzwischen hatten sich seine Augen an die Dunkelheit gewöhnt, und er konnte ihre Umrisse deutlich erkennen.

»Hast du das Schiff, *Osprey*, schon lange?«

»Seit vier Jahren. Gerade lange genug, dass ich anfange, sie kennen zu lernen.«

»Sie?«

»Ja, nun, es ist üblich, Schiffe als *sie* zu bezeichnen.«

Er stand direkt hinter ihr, nahe genug, um die Wärme ihres Körpers zu spüren.

»Ich frage mich, warum«, sagte sie beiläufig.

»Tja, ich schätze, es kommt daher, dass Seeleute zu lange auf dem Meer sind«, antwortete er und atmete den Duft ihres Haars ein. »Und Schiffe haben Launen, die wir nicht verstehen.«

Ein Schritt weiter und ihr Kopf würde an seiner Schulter lehnen. Er entschied, dass es idiotisch wäre, diesen Schritt zu tun und den Moment zu verderben.

»Wie Frauen?«, fragte sie und ein amüsierter Unterton schwang in ihrer Stimme.

»Genau. Wie Frauen.«

»Aber du verstehst … dein Schiff?«

»Ein bisschen. Zumindest bilde ich es mir gern ein. Von Zeit zu Zeit gibt sie mir immer noch Rätsel auf, für gewöhnlich dann, wenn ich denke, ich hätte alles gelernt, was ich wissen muss. Ich denke, das macht ihren Charme mit aus.«

Sie lachte sanft in die Dunkelheit. »Und was ist, wenn du sie durch und durch kennst? Wirst du sie dann gegen ein anderes Schiff eintauschen?«

»O nein. Ich schätze, sollte ich sie je ganz kennen lernen, könnte ich es nicht ertragen, mich jemals von ihr zu trennen.«

Der Harfenist beendete sein trauriges Lied und es wurde still. Das Wasser schwappte zwischen Jemmys Knöcheln vor und wieder zurück. Ein gutes Paar Stiefel war ruiniert, dachte er, und es scherte ihn nicht.

»Wie willst du da sicher sein? Wenn kein Geheimnis mehr da ist, vielleicht gefällt dir dann nicht, was du erfahren hast.«

»Das Risiko muss ich eingehen.«

»Ja? Aber Seeleute verlassen Schiffe, oder nicht? Sie wechseln sie doch fortwährend.«

»Nicht, wenn sie der Kapitän sind. Kein Kapitän, der etwas taugt, würde sein Schiff kampflos aufgeben.«

Er hielt abrupt inne, da ihm klar wurde, dass sich dieses Gespräch in eine Richtung entwickelte, die ihm nicht gefiel.

»Ich weiß«, sagte sie leise und drehte sich zu ihm um. »Dasselbe hat Sir Alistair gesagt. Ein Mann kämpft für das, was ihm wichtig ist.« Ihre Finger strichen sacht über seine Wange. »Es geht nur darum, diese Sache zu finden, stimmts?«

Entgegen seiner Absicht streckte er die Arme nach ihr aus, doch sie huschte an ihm vorbei in die Dunkelheit.

Nichts ist mir so wichtig, dachte er, als er ans Ufer zurückstieg. Seine kalten Füße machten ein platschendes Geräusch in den durchweichten Stiefeln. Nichts. Und nichts würde es jemals sein.

Kapitel 19

Als Erstes hörten sie die Musik. Dudelsäcke, Handtrommeln und Gesang hallten den Kirallens entgegen, als sie den Hügel hinauf zum Hochmoor ritten. Dann sah Alyson die Menschen – Hunderte, so schien es ihr zunächst, deren Kleider ein buntes Durcheinander von leuchtenden Farben bildeten. Manche tanzten, andere standen in Gruppen zusammen, redeten und lachten miteinander. Sobald die Kirallens in Sicht waren, kam ihnen eine ganze Menschentraube entgegen, um sie zu begrüßen.

Alyson stand zwischen Jemmy und seinem Vater. Die beiden Männer wurden herzlich willkommen geheißen, wohingegen Alyson mit einer angedeuteten Verbeugung, einem gemurmelten »Mylady« und sonst nichts begrüßt wurde. Sie vermutete, dass ihr ohne die beiden Kirallens nicht einmal das zuteil geworden wäre. Doch deren Anwesenheit machte ein Mindestmaß an Respekt ihr gegenüber unumgänglich.

Als Letzte kam eine ältere Frau auf sie zu, die einen hübschen Karorock in Rot und Gold trug. Das weiße Haar hatte sie sich streng aus dem wettergegerbten Gesicht gekämmt und hinten zusammengebunden. Sie verbeugte sich nicht wie die anderen, sondern streckte Lord Kirallen beide Arme entgegen und drückte ihn fest an sich.

»Gawyn, ich denke jeden Tag an Euch, seit ich hörte, was mit Ian geschehen ist. Er war ein so guter Junge! Ich fasse es immer noch nicht, dass er von uns gegangen ist.« Sie hielten sich einen Moment in den Armen, ehe die Frau den Lord wieder losließ, sich die Tränen aus den Augen wischte und einen fröhlicheren Ton anschlug. »Aber wie ich sehe, habt Ihr Jemmy wieder zurück, und das muss ein großer Trost für Euch sein. Nun lasst Euch mal anschauen«, sagte sie zu Jemmy. »Als ich Euch das letzte Mal sah, wart ich noch ein kleiner Junge.«

Seine Miene verfinsterte sich, als holte ihn eine schmerzliche Erinnerung ein, und er sagte leise: »Ja, ich erinnere mich.«

»Ihr wart zu lange fort«, sagte sie und tätschelte ihm die Wange.

»Emma«, sagte Lord Kirallen. »Das ist Maude, meine Tochter. Maude, darf ich dir Emma McLaran vorstellen?«

Alyson nickte scheu.

Emmas Züge verhärteten sich, als sie Alyson musterte. Dann sah sie Kirallen an und machte eine Bewegung mit den Schultern, fast ein Achselzucken. »Seid willkommen.«

Alyson bemerkte, wie sich der Lord neben ihr entspannte, und ihr wurde klar, dass sie soeben eine Art Prüfung bestanden hatte.

»Und du, Alistair«, rief Emma, »ich sehe dich doch da drüben. Komm her und begrüß mich, wie es sich gehört! Ja, das ist besser«, sagte sie und umarmte ihn kurz. »Bist du immer noch nicht verheiratet? Das ist ein Skandal und eine schreckliche Vergeudung. Ich kenne das perfekte Mädchen …«

Alistair lachte. »Und dabei bin ich noch keine fünf Minuten hier!«

»Du hast schon genug Zeit verplempert«, sagte Emma streng, auch wenn sie dabei lächelte und Alistairs helles Haar verwuschelte, als wäre er noch ein kleiner Junge. »Sag mir einfach Bescheid, und ich verheirate dich vom Fleck weg.«

»Wo ist Hamish?«, fragte Kirallen und blickte sich um.

»Im Bett«, seufzte Emma. »Der arme Mann. Er wollte Euch so gern begrüßen. Könntet Ihr zu ihm gehen und ein wenig mit ihm plaudern?«

»Sehr gern«, antwortete Kirallen. »Ich hoffe, es ist nichts Ernstes.«

»Ach was, er ist eben nur nicht mehr so jung wie früher«, sagte Emma.

»Jemmy, Alistair«, sagte der Lord. »Begleitet mich bitte.«

Sie gingen und Alyson schaute sich voller Zuversicht unter den Leuten hier um, wobei ihr Blick bei jedem verharrte, der die McLaran-Farben trug. Sie hoffte, sie würde eine Ähnlichkeit mit ihrer Mutter erkennen oder einen vertrauten Namen hören. In den letzten Tagen hatte sie wiederholt ihre Erinnerung nach etwas durchforscht, das Clare gesagt haben könnte und das ihr jetzt vielleicht half.

Leider hatte sie nur betrüblich wenige Erinnerungen. Vor ihrer schweren Krankheit hatte Clare nie von ihrer Vergangenheit gesprochen. Und als sie erkannte, dass sie nicht mehr lang genug leben würde, um ihre Kinder zu ihren Leuten heimzubringen, war es zu spät gewesen.

Alyson kannte weder die Namen ihrer Großeltern noch die irgendwelcher anderer Verwandten. Aber sie war sicher gewesen, dass der Lord der McLarans ihr helfen würde. Und nun lag er krank im Bett. Sie hoffte, sie könnte ihn dennoch sehen und mit ihm sprechen. Oder wenn nicht mit ihm, dann würde sie bei der erstbesten Gelegenheit mit Emma reden.

»Hallo, Jemmy.«

Alyson sah auf und direkt in das Gesicht eines Mannes, der ihr wie ein Riese vorkam. Sein breites Gesicht war von einem flammend roten Bart eingerahmt. Er trug die McLaran-Farben.

»Hugh«, sagte Jemmy in einem Ton, der nichts darüber verriet, was in ihm vorgehen mochte.

Die beiden Männer beäugten sich misstrauisch.

»Dann ist das das Darnley-Mädchen?«, fragte Hugh McLaran und nickte in Alysons Richtung.

»Das ist Lady Maude, meine Frau.«

»Ist sie das? Du hast wirklich Schneid, sie herzubringen, mitten unter uns. Sehr mutig, Jemmy, und sehr dumm.«

Jemmy hob den Kopf und sah Hugh McLaran direkt in die Augen. »Forderst du mich heraus?«

»Aber hör mal, ich würde dich doch nie herausfordern, nicht, nachdem McLaran es verboten hat.«

»Dann schlage ich vor, dass du deinen Mund hältst«, sagte Jemmy höflich und wandte sich zum Gehen.

Hugh legte ihm eine Hand auf die Schulter. »Aber ich sehe dich ja bei den Spielen.«

Jemmy wirbelte herum, packte Hughs Handgelenk und drehte es, bis der McLaran vor Schmerz ächzte.

»Na gut, Hugh, ich sehe dich bei den Spielen. Bis dahin bleibst du besser auf Abstand zu mir – und zu meiner Lady.«

»Mit Vergnügen«, sagte Hugh und schüttelte sich die schmerzende Hand, während er sich wieder unter die anderen mischte.

»Ich entschuldige mich für diesen Auftritt«, wandte sich Jemmy wieder an Alyson. »Doch es sollte nicht wieder vorkommen. Bleib einfach bei den Frauen, dann kann dir nichts passieren.«

»Sehr wohl, Mylord«, sagte sie zerstreut, wobei ihre Augen weiter die Menge absuchten. »Um mich musst du dir keine Sorgen machen. Dein Vater wartet.«

Jemmy ließ sie allein zurück und ging zum Burgfried der

McLarans. Dort warteten sein Vater und Alistair in einem der unteren Zimmer auf ihn, von dem aus man durch ein schmales Fenster über die Hügel blickte. Der Lord bedeutete Jemmy, hereinzukommen und die Tür hinter sich zu schließen.

»Das gestern war ein entwürdigendes Schauspiel«, schalt der Lord ohne jegliche Vorwarnung und sah die beiden jungen Männer wütend an. »So vor den Männern zu streiten – ich hätte gedacht, dass zumindest du mehr Verstand hast!«, sagte er, an Alistair gerichtet.

Jemmy bemerkte amüsiert, dass Alistair rot wurde. »Wie kannst du es wagen, Hand an Lady Maude zu legen?«, polterte der Lord weiter, der sich regelrecht in Rage redete. »Was für ein Vorbild willst du mit solch einem Betragen sein? Die Männer sehen zu dir auf und nehmen sich ein Beispiel an dir.«

»Ja, das tun sie!«, konterte Alistair gereizt. »Und warum ist das so? Warum sehen sie nicht zu Jemmy auf? Nun, ich sage Euch, warum …«

»Du sagst mir *gar nichts*«, befahl ihm Kirallen streng. »Ich habe genug von dir gehört. Wir haben unseren Frieden mit Darnley gemacht. Es ist vorbei, Alistair, die Sache ist erledigt. Und du merkst dir meine Worte, Junge, und pass in Zukunft auf, mit wem du redest.«

Alistair verneigte sich. »Sehr wohl, Mylord«, murmelte er.

»Gut, das wär's dann. Du kannst gehen. Was dich betrifft, Jemmy«, begann der Lord, sobald sie allein waren.

»O nein«, unterbrach Jemmy ihn. »Mit mir nicht. Ich werde mich nicht wie ein kleiner Junge ausschimpfen lassen.«

»Dann hör auf, dich wie einer zu benehmen. Diese Streiterei mit Alistair muss aufhören. Sie spaltet die Ritter, und das dulde ich nicht.«

»Ich habe nicht damit angefangen«, sagte Jemmy, der sich fühlte, als wäre er in seine Kindheit zurückkatapultiert worden. »Gib mir nicht die Schuld für Alistairs Fehler.«

»Alistair ist verwirrt«, erklärte Kirallen. »Er trauert, aber er wird sich wieder fangen.«

»Davon merke ich nichts«, stellte Jemmy fest. »Ich sehe nicht, dass er sich wieder fängt, Vater. Er würde die Männer sofort gegen Darnley führen, wenn du ihn nicht davon abhieltest.«

»Es braucht eben Zeit. Er wird einsehen …«

»Er wird nie etwas einsehen. Das hat er doch selbst gestern gesagt. ›Es ist erst vorbei, wenn Darnley tot ist und wir gewonnen haben, wenn wir uns alles genommen haben, was ihm gehört‹, sagte er. ›Ian will es so‹, sagte er. Nicht *wollte*, sondern *will*. Er redet von ihm, als wäre Ian noch am Leben! Findest du das nicht ein bisschen seltsam, Vater? Manchmal denke ich, er wird langsam wahnsinnig.« Erstmals sprach Jemmy einen Verdacht aus, den er bereits seit seiner Ankunft hegte und der sich seither noch verfestigt hatte.

»Das ist lächerlich«, sagte Kirallen streng. »Alistair ist vollkommen klar im Kopf. Er ist lediglich verwirrt.«

»Warum versuche ich es überhaupt?«, rief Jemmy aus und hob die Arme. »Welchen Sinn hat es, mit dir zu reden, wenn du doch kein Wort von dem hörst, was ich sage?«

»Oh, ich höre dich sehr wohl, Jemmy. Ich stimme dir nur zufällig nicht zu. Aber natürlich kannst du nicht akzeptieren, dass du dich womöglich irrst. O nein. Alistair ist wahnsinnig und ich bin blind – du bist der Einzige, der die Wahrheit erkennen kann. Es ist egal, dass du zwölf Jahre fort warst! Du denkst, du kannst einfach wieder nach Ravenspur reinmarschieren und weißt schon alles, was zu lernen Ian ein Leben lang brauchte. Jedes Mal, wenn du ausreitest, kann ich nur abwarten und mir Sorgen machen, was du als Nächstes tun könntest. Ich habe versucht, dir mein Vertrauen zu schenken, Jemmy, aber wie dankst du es mir? Du setzt dich über die Rechte der Dorfbewohner hinweg, peitschst hilflose Bauern aus …«

»Vater, das war nicht so, wie es den Anschein hatte – wenn du mich erklären ließest …«

»Was ändern Erklärungen daran?«, rief Kirallen aus und schlug mit der Faust auf den Kaminsims. »Es ist zu spät, nun, da es geschehen ist! Ian hätte nie …«

»Nein, Ian wäre nicht dort gewesen! Er hätte Sir Alistair oder Sir Calder selbst geschickt, um alles zu regeln!«

»Was weißt du von deinem Bruder?«, fragte Kirallen und sah ihn wütend an. »Ian war ein guter Anführer und der beste Sohn, den sich ein Mann wünschen konnte. Wie konnte Gott mir ihn nehmen und mir …«

Er brach ab, jedoch zu spät, und nun hingen die Worte in der Stille zwischen ihnen. Jemmy brannte das Gesicht, als hätte er eine Ohrfeige bekommen.

»Jemmy, ich … ich wollte nicht …«

»Entschuldige dich nicht, Vater«, sagte er, und beim Sprechen fühlten sich seine Lippen wie betäubt an. »Ich wusste es schon. Ich habe es immer gewusst.«

Aus dem Nebenzimmer hörten sie ein trockenes Husten.

»Wir sollten uns nicht anschreien«, murmelte Jemmy gereizt. »Auch wenn ich zu behaupten wage, dass die McLarans diese Unterhaltung gewiss genossen haben. Ich war ein Narr, heimzukommen und helfen zu wollen, wo du meine Abreise gar nicht erwarten kannst.«

»Warte«, begann der Lord und hob die Hand. »*Du* warst derjenige, der nicht in Ravenspur bleiben wollte. Du sagtest, du wolltest zurück nach Spanien.«

»Tatsächlich?«, fragte Jemmy, der bereits an der Tür war und sich noch einmal umwandte. »Habe ich das wirklich gesagt? Nun, es tut wohl nichts zur Sache, wer das gesagt hat, oder? Mich wundert nur, dass du überhaupt nach mir geschickt hast. Ich wünschte bei Gott, du hättest es nicht getan.«

Der Lord wandte sich ab, da er rot wurde. »Ich hatte keine Wahl. Lady Maude …«

»Ah, ja, Lady Maude. Hast du jemals überlegt, was du Lady Maude Schreckliches angetan hast? Hast du auch nur einen Gedanken daran verschwendet, als du dir deinen Plan ausdachtest?«

»Ich muss tun, was das Beste für meine Leute ist«, sagte der Burgherr und rieb sich mit zitternder Hand die Stirn. »Für alle meine Leute, nicht nur für Lady Maude.«

»Selbstverständlich«, sagte Jemmy höflich. »Aber vergib mir, wenn ich die Sache in einem etwas anderen Licht sehe. Soweit ich es beurteilen kann, sind wir alle nur Spielsteine auf einem Brett für dich.«

»Eines Tages wirst du mich vielleicht verstehen.«

»Vielleicht. Aber wird Alistair dich verstehen?«

»Alistair ist wie ein Sohn für mich«, flüsterte Kirallen und sank auf eine Bank.

»Und ich *bin* dein Sohn. Aber ich warne dich. Meine Geduld mit dir – und mit deinen Verschwörungen und Plänen – ist allmählich erschöpft.«

Kapitel 20

Nachdem Jemmy gegangen war, wanderte Alyson über den Platz. Sie bot den anderen Frauen ihre Hilfe an, doch die lehnten ab, und ihr wurde klar, dass sie nicht erwünscht war. Was hattest du denn erwartet, schalt sie sich im Stillen, dass sie dich ansehen und dich als lang ersehnte Rückgekehrte mit offenen Armen empfangen? Sie ging hinauf zum Hochmoor und stand plötzlich an einem steilen Abhang. Es war ein strahlender Sonnentag. Große weiße Schäfchenwolken wanderten über den Himmel und jagten als Schatten über die Hügel und Täler.

»Nun, Mam«, sagte Alyson. »Ich hab's getan. Ich bin hier. Bitte, hilf mir jetzt. Zeig mir, was ich tun soll.«

Sie setzte sich und pflückte ein paar Grashalme ab, die sie über den Rand des Abgrunds warf. Hätte Clare doch nur länger gelebt, ein paar Stunden bloß, wüsste Alyson mehr. Doch an dem Tag, an dem Clare erkrankt war, hatte sie in Aylsford Manor gearbeitet. Und bis sie sich die drei Meilen nach Hause geschleppt hatte, war sie bereits halb im Fieberwahn. Das meiste, was sie gesagt hatte, war wirr gewesen, zumindest für Alyson. Sie hatte nicht viel mehr verstanden, als dass sie zu den McLarans gehen sollte.

»Ich kann doch nicht einfach jemanden ansprechen«, überlegte Alyson. »Was ist, wenn sich herausstellt, dass ich mich versehentlich einem Freund von Sir Alistair anvertraut habe?

Hier müssen Dutzende von McLarans sein, die von überall her in den Highlands kommen. Welche sind meine Verwandten?«

Ein Falke kreischte über ihr, bevor er im Sturzflug auf einen Teich weit unter dem Hochmoor zuhielt, seine Flügel zusammenfaltete und ins Wasser tauchte. Alyson verzog das Gesicht voller Mitleid, als sie sich vorstellte, wie sich der scharfkantige Schnabel und die spitzen Krallen in seine Beute bohrten. Dann seufzte sie.

»Natürlich wäre es leichter, Jemmy alles zu erzählen, aber er ist nicht der Mann, der er sein könnte. Er kann kaum seine eigenen Probleme lösen, ganz zu schweigen von meinen. Ich kann ihm nicht auch noch die Verantwortung für Robins Leben aufbürden«, schloss sie bedauernd. »Aber ich werde einen Weg finden. Ich muss wohl, oder?«

Sie stand auf und straffte ihre Schultern. »Ich wünschte, du wärst hier und könntest mir helfen, Mam. Aber ich mache dir keinen Vorwurf. Ich weiß, du würdest mir helfen, wenn du könntest.«

Für einen Moment war ihr, als stünde Clare neben ihr. Ihre Gegenwart war ganz deutlich zu spüren. Alyson schaute sich um, und Tränen stiegen ihr in die Augen, als sie erkannte, dass sie ganz allein war. Schließlich drehte sie sich um und ging zum Zeltplatz zurück. Diesmal allerdings fragte sie gar nicht erst, ob sie helfen könnte. Sie setzte sich einfach an eines der Feuer und begann, einen Korb Erbsen zu schälen. Sechs oder sieben andere Frauen saßen dort, die von ihr wegrutschten und untereinander tuschelten. Alyson fühlte, wie sie errötete, aber sie setzte eisern ihre Arbeit fort.

Sie blickte auf, als Emma McLaran kam, sich zu ihr auf den Baumstamm setzte und in den Korb mit Erbsen griff.

»Es ist sehr freundlich von Euch, Mylady, dass Ihr uns helfen wollt, aber wir brauchen keine Hilfe.«

»Mir macht es nichts aus«, sagte Alyson.

»Wie Ihr wollt«, erwiderte Emma gleichgültig.

Alyson überlegte, wie sie das Gespräch auf Clare bringen könnte, doch die anderen Frauen lauschten aufmerksam, und ihr Kopf war frustrierend leer.

»Schönes Wetter heute«, begann sie vorsichtig.

Emma nickte, antwortete jedoch nichts.

»Und es ist bezaubernd hier«, fuhr Alyson nervös fort. »Ich hatte schon gehört, wie hübsch es hier sein soll, aber ich hatte nicht erwartet, dass es so schön ist.«

»Ach, na ja, es geht«, sagte Emma kurz angebunden. Sie warf ein paar Erbsen in den Korb und wandte sich zu Alyson. »Kirallen denkt, dass er durch diese Heirat Frieden bringen kann, und ich werde ihm nicht widersprechen. Aber denkt nicht, das heißt, ich stimme dem zu, was er tut.«

Alysons strahlende Hoffnung war mit einem Blick in Emmas klare blaue Augen dahin. Hatte sie wirklich geglaubt, die McLarans würden sie mit offenen Armen aufnehmen und ihr Schutz anbieten? Wahrscheinlich erkannten sie sie nicht einmal an. Andererseits taten sie es vielleicht, wenn sie in Clares Namen darum bäte. Aber sie wären gewiss nicht froh dabei. Wer war sie denn schließlich? Darnleys uneheliche Tochter, die war sie, eine fremde Engländerin, die keinen Anspruch auf den Schutz der McLarans hatte.

Und was interessierte es sie, dass Robins Leben in Gefahr war? Sie kannten ihn nicht, zudem war auch er zur Hälfte Engländer, genau wie Alyson. Sie würden gar nicht weiter über ihn nachdenken. Was war denn das Leben eines Kindes – eines gewöhnlichen Kindes, eines Stalljungen –, gemessen an der Fehde zwischen den beiden Adelshäusern?

»Ich wurde gelehrt, dass Vergebung die Pflicht eines jeden Christen ist«, sagte sie ruhig. Ihr fielen die geduldigen Belehrungen ihrer Mutter ein.

»Würde mich ja mal interessieren, wer Euch erzogen hat!«, erwiderte Emma spitz, stand auf und strich sich das windzerzauste Haar aus der Stirn. »Euer Vater war's ganz sicher nicht! Und ich fürchte, Ihr werdet hier nicht viele finden, die Euch in diesem Punkt zustimmen. Sie denken, dass Kirallen Schwäche gezeigt hat, als er seinen Sohn mit Euch verheiratete. Oh, sie werden ihre Zungen zäumen – die meisten jedenfalls. Kirallen ist stets unser Freund gewesen. Aber erwartet nicht, dass sie Euch willkommen heißen oder vergessen, dass Ihr eine Darnley seid. Ich werde es auch nicht von ihnen verlangen, denn damit würde ich ihnen mehr abfordern als mir selbst.«

Sobald sie gegangen war, hockten sich die übrigen Frauen zu einem Kreis zusammen. Sie schnitten Alyson, bis ihre Arbeit erledigt war, dann mischten sie sich wieder unter die anderen. Alyson blieb noch eine Weile allein am Feuer, ehe sie sich auf die Suche nach ihrer Reisetruhe begab. Sie fand sie in einem winzigen Cottage aus Stein, das weitab lag von allen anderen Hütten und Zelten. Obwohl die übrigen Unterkünfte zum Bersten gefüllt waren und die meisten Männer im Hochmoor zelten mussten, hatte man dieses Cottage für sie ganz allein reserviert.

Sie schob ihre Truhe beiseite, setzte sich auf die Pritsche und vergrub das Gesicht in den Händen. Wie viele Male hatte sie sich ausgemalt, an diesen Ort zu kommen, wo sie gehofft hatte, endlich mit Robin in Sicherheit zu sein? Sie hatte alle möglichen Geschichten über die McLarans und die zauberhaften Berge erfunden, bis die Erzählungen zu einem allabendlichen Ritual zwischen ihr und Robin geworden war.

»Wir werden bald hingehen«, versprach sie ihm Abend für Abend. »Wir werden zu den McLarans gehen.«

Sie hörte förmlich Robins helle Kinderstimme. »Sie leben weit oben in den Bergen.«

»Ja, Robin, so weit oben, dass du den Himmel berührst, wenn du den Arm ausstreckst. Und sie werden so überrascht sein, uns zu sehen.«

»Sie werden ein Fest machen!«

Diesen Teil ließ Robin nie aus, wie sie sich jetzt wieder erinnerte, während ihr die heißen Tränen über die Finger rannen. Er war immer hungrig. Sie schmuggelte ihm alles aus der Küche heraus, was sie irgend konnte, doch es reichte nicht. Er war sieben Jahre und viel zu klein für sein Alter. Da brauchte er mehr als Brotkanten und spärliche Reste. Unter der Kappe aus goldenen Locken war sein Gesicht ganz eingefallen und die Augen wirkten riesig. Und dennoch war sein Lächeln von einem fast schmerzenden Liebreiz und seine Augen blickten fröhlich in eine Zukunft, die es nie geben würde.

»Sie werden Fleisch haben und Haferkuchen und all den Honig, den man sich wünschen kann, sogar so viel, wie du ihn dir wünschst, Ally!«, sagte er immer und knuffte sie mit dem Ellbogen. »Wir werden essen, bis wir platzen … und anschließend werden sie auf den Dudelsäcken spielen und wir alle tanzen und singen …«

Auch jetzt drang die Musik der Dudelsäcke durch die Dämmerung. Alyson presste die Hände auf die Ohren, um sie nicht hören zu müssen. Hier war alles, wovon sie geträumt hatten, aber es war alles falsch und nun für immer verdorben.

Lautes Jubelgeschrei ertönte und sie ging zum Fenster. Das Lagerfeuer brannte und im Schein des Feuers erkannte sie die Umrisse der Tanzenden. Tanzen, Singen und Feiern …

Als Malcolm kam und sie bat, mit zum Fest zu kommen, schickte sie ihn weg. Sie gab vor, Kopfschmerzen zu haben, und legte sich hin. Vergeblich mühte sie sich, nicht auf die Musik zu hören. Doch selbst im Schlaf vernahm sie sie noch, in ihren Träumen, in denen Robin lachte, während sie mit einem dunkelhaarigen Mann tanzte und glücklicher war, als sie es jemals für möglich gehalten hätte.

Als sie im grauen Licht der Morgendämmerung erwachte, lauschte sie dem Prasseln des Regens auf dem dünnen Dach und fragte sich, wie sie die Kraft aufbringen wollte, aufzustehen und einen weiteren Tag durchzuhalten.

Kapitel 21

Nachdem der Regen aufgehört hatte, gingen die Festlichkeiten weiter. Alyson unternahm nun keinen Versuch mehr, den anderen Frauen bei ihrer Arbeit zur Hand zu gehen. Stattdessen spazierte sie hinauf ins Hochmoor und hockte sich an ein stilles Plätzchen, das Herz schwer vor Verwirrung und Sorge. Heute lagen die entfernten Berge in einem dichten Nebel, aus dem nur wenige zerklüftete Gipfel aufragten. Bei aller Schönheit waren diese Berge rau und ungnädig wie die Männer und Frauen, die ihren Hängen ein karges Leben abrangen.

Es war unwahrscheinlich, dass Robin und sie überhaupt die Reise hierher überlebt hätten, dachte Alyson. Und selbst wenn sie hier angekommen wären, wie lange hätte ihr zerbrechlicher Bruder unter diesen Bedingungen durchgehalten? Die Highlander lebten in einer Armut, die noch weit größer als alle Not war, welche Alyson bislang kennen gelernt hatte. Es gab kaum Nahrung und niemand hatte hier auch nur von den schlichtesten Annehmlichkeiten gehört. Die Häuser und Hütten waren aus grobem Stein und nur mit dem Allernötigsten möbliert.

Hier ist das Leben sehr einfach, dachte sie und stützte das Kinn in die Hand. Leben und Tod. Richtig und falsch. Bedingungslose Loyalität gegenüber dem Clan. Alles war schwarz oder weiß, weil es für Graustufen weder den Raum noch die Zeit gab.

Inzwischen begriff Alyson, wie ihre sanfte Mutter die Tragödie überstanden hatte, die ihr widerfahren war. Clare hatte äußerlich zwar zart gewirkt, doch eine ungemeine innere Kraft besessen. Niemals hatte sie sich erlaubt, in Verbitterung oder Selbstmitleid zu versinken. Ihr Glaube war ebenso unerschütterlich gewesen wie die Berge, aus denen sie stammte.

Und sie war ebenso schön gewesen, dachte Alyson mit Tränen in den Augen.

»Tante!«, rief Malcolm, der atemlos zu ihr gerannt kam. »Komm zugucken! Wir machen ein Wettrennen und Bogenschießen – schnell jetzt, ich will den Anfang nicht verpassen!«

Er nahm sie bei der Hand und zog sie mit sich auf die Wiese hinunter. Die Männer waren alle fort. Alyson erfuhr, dass sie bei einer Versammlung im McLaran-Haus waren. Die zurückgebliebenen Frauen kamen zusammen, um den Jungen bei ihren Wettkämpfen mit Pfeil und Bogen sowie Spielzeugschwertern zuzuschauen.

Umsichtig, wie er war, hatte Malcolm sogar eine Wolldecke für Alyson ausgelegt. Damit blieb ihr keine andere Wahl, als ihm den Gefallen zu tun. Die anderen Frauen rückten demonstrativ auf Abstand, so dass sie auf ihrer leuchtenden Karodecke inmitten all der anderen und doch vollkommen allein saß. Aber sie ließ sich nichts anmerken, sondern lächelte Malcolm aufmunternd zu, wann immer er zu ihr kam und ihr stolz eines der Bändchen überreichte, die er beim Wettkampf gewonnen hatte. Als die Spiele vorüber waren, blieben die Frauen noch ein wenig auf der Wiese, die nun von der Nachmittagssonne beschienen wurde, und Malcolm ließ sich grinsend neben Alyson auf die Decke fallen.

»Hast du mich gesehen?«, fragte er stolz und legte noch ein Siegerbändchen in ihren Schoß.

»O ja, und du hast dich wirklich sehr gut geschlagen.«

»Ja, nicht wahr?« Er legte sich zurück und verschränkte die Arme hinter dem Kopf. »Sean McInnes war auch gut. Ich hätte nie gedacht, dass ich den besiegen kann. Und dabei ist er vierzehn! Aber Alistair sagt immer, dass ich wie mein Vater bin, und der hat auch alle Wettkämpfe gewonnen ... Ich glaube, er wäre stolz auf mich«, ergänzte er mit einem herzhaften Gähnen.

»Aber natürlich wäre er das, Malcolm. Ich bin sicher, er wäre sogar sehr stolz auf dich. Und dein Großvater wird auch stolz sein, wenn er hört, wie gut du warst.«

»Mmm«, murmelte Malcolm, dem die Augen zufielen. Die meisten Frauen machten ein Nickerchen, erschöpft von der gestrigen Feier und den Vorbereitungen für das Essen des heutigen Abends. Alyson blinzelte schläfrig ins Sonnenlicht und gab es schließlich auf, gegen ihre Müdigkeit anzukämpfen. Sie legte sich neben Malcolm und schlief ein.

Eine Stunde später stand Jemmy da und betrachtete interessiert die beiden Gestalten, die aneinander geschmiegt auf der Decke lagen.

Malcolm hatte sich stets empört, wenn jemand etwas Schlechtes über seine Tante sagte, und beharrte darauf, dass sie seine Freundin wäre. Jemmy hatte das merkwürdig gefunden, aber Malcolm war eben ein merkwürdiger Junge, den er bisher noch nicht einschätzen konnte. Vielleicht hatte er deshalb bisher keinen Moment geglaubt, sein Neffe könnte die Wahrheit sagen und Maude seine Zuneigung erwidern. Sie jedenfalls hatte das mit keiner Geste auch nur angedeutet. Vielmehr war sie meist recht schroff zu Malcolm, wenn der sich um ihre Aufmerksamkeit bemühte.

Und nun lag Malcolms Kopf an ihrer Schulter und Maudes schlafgerötete Wange ruhte auf seinen Locken. Warum strengte sie sich an, den Anschein zu erwecken, der Junge wäre ihr gleichgültig, wenn es doch offensichtlich nicht der Fall war? Das ergab keinen Sinn, überhaupt keinen, und Jemmy misstraute Dingen, die keinen Sinn ergaben. Was sprach dagegen, dass sie freundlich zu einem verwaisten Jungen war, der sie so eindeutig anbetete?

Manchmal schien es Jemmy, als gäbe es zwei Maudes, und die, welche sie der Welt zeigte, war entschlossen, sich unbeliebt zu machen. Aber warum sollte sie etwas derart Idiotisches tun? Wie konnte sie hoffen, mit diesem Gebaren unter den Kirallens zu überleben, insbesondere nachdem Jemmy fort war?

Malcolm erwachte und setzte sich auf. »Onkel Jemmy«, sagte er aufgeregt. »Ich habe das Rennen gewonnen und das Bogenschießen!«

»Wirklich? Das ist schön, Malcolm«, sagte er gedankenverloren, den Blick immer noch auf seine Frau gerichtet.

Er wollte sie in dem Moment sehen, wenn sie erwachte, noch bevor sie die Chance hatte, sich zu verstellen. Vielleicht verriet ihm ihr Gesichtsausdruck etwas – irgendetwas – das ihm half, sie zu verstehen.

»Sieh mal, Onkel Jemmy, ich habe die hier gekriegt«, fuhr Malcolm fort und warf ihm ein paar abgegriffene Bänder ins Gesicht.

»Sehr schön. Und jetzt lauf los, die Spiele beginnen gleich.«

Der Junge sah auf einmal sehr enttäuscht aus. »Jawohl, Onkel«, sagte er, stand auf und ging mit hängenden Schultern über die Wiese davon.

»Du hättest wenigstens ein bisschen Interesse zeigen können.«

Er hatte den Moment ihres Aufwachens verpasst. Sie saß bereits auf der Decke, die Augenbrauen zusammengezogen, und sah ihn tadelnd an.

»Ich habe im Augenblick anderes zu tun«, sagte er.

»Du hast immer anderes zu tun, nicht wahr?«, erwiderte sie, stand auf und schüttelte die Decke aus, bevor sie sie ordentlich zusammenfaltete und sich über den Arm hängte. »Aber *er* nicht.«

Malcolm rannte zu einer Gruppe von Männern und sprang in Alistairs Arme, so dass der beinahe hintenüber kippte. Alistair aber lachte nur und unterbrach seine Unterhaltung, um dem Jungen seine volle Aufmerksamkeit zu schenken. Jemmy sah seine Frau an und bemerkte, dass auch sie die beiden beobachtete. Sie schüttelte den Kopf, als Alistair Malcolm einen Arm um die Schultern legte und ihn ganz nah an sich zog.

»*Willst* du eigentlich, dass er den Platz deines Bruders einnimmt?«, fuhr sie Jemmy an. »Bei Malcolm und deinen Rittern? Deine Leute brauchen *dich*, nicht ihn! Warum *tust* du nichts – gar nichts –, um ihn aufzuhalten?«

Ehe Jemmy ihr antworten konnte, hatte sie sich umgedreht und rannte über das Moor. Ein Mann kämpfte für das, was ihm wichtig war, dachte Jemmy. Ja, das ließ sich nicht leugnen. Und wichtig – das Einzige, was zählte – war, dass er seine Freiheit zurückgewann. Sollte Alistair sich doch alles nehmen. Das war ja ohnehin, was der Burgherr wollte und wie es zweifellos am Ende kommen würde.

So redete Jemmy im Stillen auf sich ein, während er allein auf der Wiese stand. Doch zum ersten Mal fragte er sich, was *er* wollte – er selbst, nicht der Sohn seines Vaters oder Ians Bruder. Wollte er davonsegeln und von ihnen allen frei sein?

Warum *musste* er eigentlich derjenige sein, der ging? Ganz gleich, was sein Vater von ihm hielt, Tatsache war, dass Jemmy ein Anrecht auf weit mehr als dreihundert Mark und seine Rückreise nach Spanien hatte.

Sein Vater glaubte, er täte das Richtige für seinen Clan, indem er Jemmy fortschickte. Aber Maude stimmte dem nicht zu. Maude glaubte, *er* solle herrschen, und zwar nicht kraft seines angeborenen Rechts, sondern weil er der Mann war, der er eben war – oder für den sie ihn hielt. Ein Mann, dem an seinen Leuten lag. Aber lag ihm genug an ihnen, um auch zu kämpfen?

Jemmy beobachtete, wie Maude grazil über das Moor lief und ihr leuchtendes Haar im Wind flog. In diesem Moment wollte er sie so sehr, dass ihm nichts unmöglich schien, könnte er sie nur an seiner Seite behalten.

Alyson versuchte, sich in ihrem Cottage zu verstecken, aber das ließ Malcolm nicht zu. Er bestand darauf, dass sie mit ihm zu dem Platz ging, an dem sich die Kirallens versammelt hatten, um ihre Männer anzufeuern. Malcolm schien weder die finsteren Blicke zu bemerken, noch wie alle ihr auswichen, als fürchteten sie den Kontakt zu ihr. Die offene Feindseligkeit der anderen Clans kam einem Vorwurf an all jene gleich, die bisher weniger abweisend zu Alyson gewesen waren, als müssten sie sich dafür schämen. Nun wurde sie selbst von den wenigen Frauen mit eisigem Schweigen begrüßt, die sich ihr gegenüber zuvor noch halbwegs freundlich gebärdet hatten.

Obwohl Alyson sich fest vorgenommen hatte, nichts darauf zu geben, war sie aufs Neue verletzt. Als die Spiele begannen, sah sie zunächst mit mäßigem Interesse zu. Doch schon bald galt ihre gesamte Aufmerksamkeit Jemmy, der mit einer tödlichen Intensität kämpfte, als gäbe es für ihn nur den Sieg oder den Tod.

Kein Mann bewegte sich eleganter, wenn er den Speer oder einen Stein warf, auch wenn im zweiten Wettbewerb einer der McLarans den Preis bekam. Für die Ringkämpfe machten die Männer ihre Oberkörper frei, und wenngleich Maude nicht hinstarren wollte, war es ihr unmöglich, Jemmys breite Schultern und seine schmale Taille nicht zu sehen, ebenso wie ihr die festen Muskeln unter der sonnengebräunten Haut nicht entgingen.

Er wand sich ein kariertes Band um die Stirn, das das Haar hinten halten sollte. Auf seinem Rücken hing es offen hinab und reichte beinahe bis zur Taille. Er schlug sich sehr gut, was schon angesichts seiner Größe kein Wunder war, da er fast alle übrigen Männer überragte. Doch selbst als er gegen Hugh McLaran antrat, den riesigen, rothaarigen Kerl, den sie tags zuvor getroffen hatte, siegte er noch dank seiner ungeheuren Wendigkeit. Die Kirallens klatschten und jubelten. Dann folgte die Endausscheidung, in der Jemmy gegen Alistair kämpfen sollte.

Alistair war einen halben Kopf kleiner als Jemmy, jedoch sehr muskulös, und er bewegte sich mit der Grazie eines Tänzers. Der Kampf dauerte lange. Immer wieder waren sie ineinander verschlungen und wieder getrennt, wobei jeder von ihnen den anderen abschätzte. Schließlich standen sie breitbeinig mit ineinander verhakten Armen da und versuchten, sich gegenseitig zu Boden zu zwingen.

Niemand feuerte sie an oder brüllte witzig gemeinte Beleidigungen wie bei den vorherigen Kämpfen. Das hier war keine Nachmittagsunterhaltung mehr, sondern etwas gänzlich anderes. Alysons Bauch verkrampfte sich seltsam, als sie sah, wie sich Jemmys Rückenmuskeln anspannten. Und dann war alles so schnell vorbei, dass sie gar nicht richtig mitbekommen hatte, wie Jemmy seinen Pflegebruder zu Boden gedrückt hatte.

Ohne nachzudenken sprang sie auf und applaudierte lachend mit den anderen. Als Jemmy sich aufrichtete, trafen sich ihre Blicke und er lächelte ihr zu. Sie wurde rot und war so verwirrt, dass sie nicht einmal sah, wie Alistair sich hochrappelte und Jemmy von hinten ansprang.

Beide Männer fielen zu Boden, Jemmy bäuchlings unter seinem kräftigen Ritter. Die Menge schrie laut auf vor Entsetzen, dann packten zehn Hände Alistair und rissen ihn unsanft hoch. Jemmy stand auf und warf Alistair einen eisigen Blick zu, dass der sich errötend abwandte und von der Wiese ging. Mit einem Achselzucken tat Jemmy alle Hilfsangebote der anderen ab.

»Mir ist nichts passiert«, sagte er. »Da muss man schon mehr anstellen, will man mich verletzen.«

Doch Alyson sah, wie er sich bückte, um seine Kleider aufzuheben, und dabei das Gesicht verzog. Und als er vom Kampfplatz schritt, wirkte sein Gang auffallend steif. Emma musste es ebenfalls bemerkt haben, denn sie eilte zu ihm, legte ihm eine Hand auf den Arm und redete auf ihn ein. Er schüttelte ihre Hand ab, zuckte ein weiteres Mal mit den Schultern und folgte ihr zur Kochstelle. Dort scharte sich ein halbes Dutzend Frauen um ihn, von denen ihm jede Hilfe anbot. Emma verkündete laut: »Nein, lasst seine Lady ihn versorgen.«

Darauf wanderten alle Augen zu Alyson. Was würde Maude tun?, fragte sie sich unsicher, doch diesmal kam keine Antwort. Sie konnte sich beim besten Willen nicht vorstellen, wie Maude sich in einer solchen Situation verhalten würde, geschweige denn wie ihre Halbschwester reagieren würde.

»Die weiß wahrscheinlich gar nicht, wie«, sagte eine der Frauen und warf Maude einen abfälligen Blick zu. Die anderen lachten.

Alyson richtete sich kerzengerade auf und ging zum Feuer.

»Es ist nichts«, sagte Jemmy. »Du musst nicht …«

»Lass mich mal sehen«, unterbrach sie ihn und kniete sich vor ihm hin. »Nun sitz still und hör auf zu zappeln.« Sie tastete behutsam über seine Rippen, und er atmete hörbar ein. Fragend sah sie ihn an.

»Tut das weh?«

»Nein.«

Sie spürte, wie sie rot wurde, schaffte es aber nicht wegzusehen. »Und das?«, fragte sie, bemüht ruhig und gefasst. »Tut es hier weh?«

»Nein, aber hör nicht auf«, antwortete er hastig. Sie sah ein Funkeln in seinen Augen, konnte allerdings nicht sagen, ob es belustigt war oder etwas anderes, das sie nicht benennen konnte. Sie wusste lediglich, dass es ihr Gesicht noch mehr zum Glühen brachte. »Ich denke, es könnte etwas geprellt sein.«

»Und wo?«, erkundigte sie sich ruhig, auch wenn sie aus irgendwelchen Gründen auf einmal schlecht Luft bekam.

»Ich bin nicht sicher. Such am besten weiter. Vielleicht ist es hier.« Er legte seine Hand auf ihre und führte sie langsam über seine warme, gebräunte Haut. Sie fühlte seinen schnellen Herzschlag. Als ihre Finger über seine Brust strichen, richtete sich die Spitze auf. Für einen kurzen Moment schloss er die Augen und schluckte. Alyson spürte, wie ihre eigenen Brüste sich spannten und sie ein merkwürdiger Krampf durchfuhr, der kein wirklicher Schmerz war.

Sie hatte die anderen um sich herum, die sie beobachteten, vollkommen vergessen. Die Welt schrumpfte auf sie beide zusammen, wie sie sich hier gegenüberhockten und sich mit ihren Blicken festhielten. Heiße und kalte Wellen jagten nacheinander durch Alysons Körper, und sie nahm nichts wahr außer seiner Hand auf ihrer und seiner Haut unter ihren Fingern.

Und dann zuckte er zurück.

»Das tut weh!«, sagte er und biss die Zähne zusammen.

»Ja, natürlich«, erwiderte sie. Plötzlich erinnerte sie sich wieder, warum sie ihn abtastete. »Du hast dir eine Rippe geprellt, sie könnte sogar gebrochen sein. Ich werde dich lieber verbinden.«

Sie drehte sich um. Emma stand direkt hinter ihr, einen langen Stoffstreifen in der Hand. »Nehmt das hier.«

»Danke. Und jetzt sitz still, damit ich den Verband stramm bekomme.«

Er hob folgsam die Arme, während sie ihm die Rippen verband. Als sie sich vorbeugte, um den Stoff hinter seinem Rücken durchzuziehen, lachte er auf und wich zurück. »Vorsicht!«

»Was denn? Bist du etwa kitzlig?« Sie konnte nicht umhin zu lächeln.

Auf einmal wurde ihr die Intimität dessen bewusst, was gerade stattfand. Er müsste nur die Arme hinunternehmen, und sie würden sich umarmen. Als hätte er ihre Gedanken gelesen, bewegte er sich kaum merklich vorwärts. Eilig ermahnte sie ihn: »Stillsitzen, bitte. Ich kann dich nicht richtig verbinden, wenn du dich bewegst.«

»Wie du willst, Mylady«, antwortete er verdächtig amüsiert.

»Nur noch einmal … so, jetzt muss ich noch den Knoten machen … gut, das wär's. Fertig.« Erleichtert stand sie auf und nahm sich extra viel Zeit, ihren Rock glatt zu streichen. »Solange du die Bandage trägst, sollte es nicht wehtun. Falls doch, musst du es mir sofort sagen, vor allem wenn du Schmerzen beim Atmen hast oder anfängst zu husten.«

»Sehr wohl, wenn du das möchtest. Was für ein Theater für nichts«, sagte er, stand auf und zog sich die Tunika über. »Ich danke dir«, fügte er über die Schulter gewandt hinzu und Alyson nickte kurz, bevor sie sich abwandte.

Sie bildete sich ein zu fühlen, wie er sie ansah, und beinahe unwillentlich drehte sie sich um. Ihre Blicke trafen sich und für eine Weile sahen sie sich ernst in die Augen. Dann sprach Emma ihn an, und er wandte sich ihr zu. In dem Augenblick, da er wegsah, drehte Alyson sich um und rannte zu ihrem Cottage, als wäre ihr der leibhaftige Teufel auf den Fersen.

Kapitel 22

Kaum war sie in der Sicherheit ihrer vier Wände angelangt, bereute sie auch schon ihr überstürztes Verschwinden. Emma McLaran hatte tatsächlich mit ihr gesprochen. Ob es sich dabei um ein Friedensangebot gehandelt hatte oder ob sie Alyson in Verlegenheit bringen wollte, konnte sie nicht sagen. Auf jeden Fall war sie eine Närrin gewesen, diese Gelegenheit nicht zu nutzen.

Sie ging hinaus und zum Feuer zurück, doch Emma war weit und breit nicht zu entdecken. Die anderen Frauen gaben zwar vor, sie nicht zu sehen, erteilten ihr jedoch widerwillig die Auskunft, dass Emma nach Hause gegangen wäre, um sich ihres kranken Ehemannes anzunehmen. Auf Alysons unerbittliches Drängen hin beschrieben sie ihr sogar den Weg.

Malcolm begleitete sie über das Moor und durch einen Erlenhain zu einer lieblichen, geschützten Hochebene an einem Wasserfall, wo das Haus des Ältesten stand. Wie alle Gebäude in der Gegend war auch dieses karg und schlicht, ein schmuckloser Turm aus schwerem Stein. Hinter dem Turm erstreckte sich eine hübsche umzäunte Wiese den Berg hinauf, auf der zottige Rinder grasten. Ein paar Hühner pickten zufrieden vor der Eingangstür im Boden. Auf den Stufen zum Eingang hockten vier Männer, die sich von den Spielen ausruhten und aus einem Steinkrug tranken.

Sie bewegten sich kaum, um Alyson durchzulassen, aber die ignorierte ihr grobes Benehmen und klopfte energisch an die Tür. Ein junges Mädchen öffnete und lugte hinaus. Sie riss die runden Augen weit auf, als sie die Besucherin erkannte.

»Ich möchte zu Lady Emma«, sagte Alyson mit fester Stimme.

»Oh! Ja, gut, einen Moment bitte.«

Das Mädchen schloss die Tür wieder, statt Alyson hereinzubitten. Sie wartete klopfenden Herzens und überlegte, was sie zu Emma sagen könnte. Sollte sie ihr die ganze Wahrheit sagen? Oder sollte sie einfach Clares Namen erwähnen und abwarten, was geschah? Sie wischte sich die schwitzenden Hände am Rock ab und betete, dass sie zum richtigen Zeitpunkt die richtigen Worte finden würde.

Emma zog den Schal fester um die gebrechlichen Schultern ihres Mannes und stopfte ihm ein zusätzliches Kissen in den Rücken, damit er etwas höher lag.

»Lass schon gut sein, Frau«, sagte er ungeduldig. »Mir fehlt nichts. Ich bin bloß ein bisschen müde.«

»Das wundert mich nicht!«, antwortete Emma spitz. »Du sagtest, du würdest nicht länger als eine halbe Stunde bleiben …«

»Stimmt«, pflichtete Hamish ihr bei. »Aber du weißt genauso gut wie ich, dass dieser Nachmittag nicht der Grund war.«

»Von wegen«, sagte Emma beunruhigt und strich mit zitternden Händen die Bettdecke glatt. »Wenn du Ruhe willst, dann …«

»Ich habe es letzte Nacht wieder gehört, und du auch!« Er zeigte mit dem arthrosegeschwollenen Finger auf seine Frau.

»Gib dir keine Mühe, es abzustreiten. Dieses Weinen und Klagen könnte einem das Herz brechen.«

»Das war der Wind in den Bäumen, sonst nichts«, sagte Emma, auch wenn sie ihm dabei nicht in die Augen sehen konnte. Hamish legte eine Hand auf ihre.

»Komm schon, Emma, wir beide wissen, dass das nicht stimmt«, widersprach er ihr sanft. »Es war weder der Wind noch eine der Mägde, wie du gestern behauptet hast.«

Emma sah ihn sorgenvoll an. »Was dann, Hamish?«

»Du weißt es doch, Frau. Du weißt es genauso sicher, wie ich es weiß.«

Emma sprang auf und begann, im Zimmer auf und ab zu gehen. Dann stieß sie die Fensterläden auf, ließ die duftgeschwängerte Luft des Frühsommerabends herein und atmete tief durch. Nach einem Moment wandte sie sich wieder zum Bett und sagte leise: »Wenn das wirklich ein Geist ist – und ich sage nicht, dass es das ist –, wäre das ein Wunder? Wer hätte gedacht, dass ich jemals eine Darnley begrüßen müsste? Ach, Hamish, ich habe es auch gehört, letzte Nacht und in jeder Nacht, seit Kirallen dieses englische Mädchen mitten unter uns …«

Sie brach ab, als ein scheues Klopfen ertönte.

»Die Lady von Kirallen wünscht Euch zu sehen«, sagte das Hausmädchen.

Emma stieß einen erschöpften Seufzer aus. »Was kann *die* denn hier wollen? Hat wohl ein bisschen wenig Verstand mitbekommen oder was? Sag ihr, ich bin nicht zu Hause.«

Ihre Stimme war durch das offene Fenster deutlich zu hören. Die Männer draußen auf den Stufen prusteten vor Lachen. Malcolm ballte die Hände zu Fäusten. »Das hätte sie nicht tun dürfen«, sagte er und seine Stimme bebte vor Wut über diese Beleidigung.

Die Haustür ging wieder auf und das Mädchen lugte heraus. »Lady Emma ist nicht zu Hause«, verkündete sie mit einem unverschämten Grinsen.

»Ich verstehe. Dann komm, Malcolm«, fügte sie hinzu, ehe der Junge etwas sagen konnte. »Wir sind in einem ungünstigen Moment gekommen.«

»O ja, in einem ungünstigen Moment gekommen«, äffte sie einer der Männer nach, rappelte sich von den Stufen hoch und stand schwankend da. »Ihr habt hier überhaupt nichts zu suchen. Verschwindet besser.«

Alyson ging den Weg hinunter, am Feld vorbei und zum Erlenhain. Sie bemühte sich, ruhig ein- und auszuatmen, um die Tränen zu unterdrücken. Herzukommen war dumm von ihr gewesen, aber wenigstens hatte sie es versucht. Nun musste sie sich keine Vorwürfe mehr machen.

»Ich glaub es nicht!«, rief Malcolm aus, blieb stehen und drehte sich zum Haus um. »Wie *konnte* sie so unhöflich sein?«

»Ist schon gut«, beruhigte Alyson ihn mit bebenden Lippen.

»Nein, das ist es nicht! Wenn mein Grandsire das hört, wird er …«

»Erzähl ihm bitte nichts davon, Malcolm«, sagte Alyson und sah ihn an. »Vergiss es einfach, ja?«

»Aber warum denn?«, fragte er, die Fäuste erzürnt in die Hüften gestemmt. »Sie hat sich sehr falsch …«

Er verstummte und blickte über Alysons Schulter.

»Du hast Recht, Tante«, sagte er leise und zog an ihrer Hand. »Schnell, wir müssen zurück zu den anderen.«

Alyson drehte sich um und sah, dass die vier Männer hinter ihnen herkamen. Eilig lief sie mit Malcolm auf dem schmalen Weg durch den Erlenhain. Sie erreichten die Lichtung dahinter vor den anderen, doch kaum waren sie auf dem

Hochmoor angelangt, näherten sich ihnen drei weitere McLarans aus der anderen Richtung. Alysons Herz drohte beinahe auszusetzen, als sie Hugh McLarans flammenden Haarschopf erkannte, der die anderen deutlich überragte.

»Keine Angst, Malcolm«, sagte sie und umklammerte die Hand des Jungen fest. »Wir gehen einfach an ihnen vorbei, als wären sie gar nicht da.«

Sie hatten es fast geschafft, als ihre Verfolger aus dem Hain traten und ihnen hinterherriefen.

»Langsamer, Mylady«, brüllte der eine mit trunkener Stimme. »Was lauft Ihr vor uns weg? Man könnte ja meinen, Ihr fühlt Euch zu fein, um mit uns zu reden.«

»Geh weiter, Tante«, sagte Malcolm und sah sich um. »Ich werde sie aufhalten.«

Alyson wollte tun, was er vorschlug, da sie wusste, dass Malcolm nichts geschehen konnte. Die Männer hatten es auf sie abgesehen. Doch jetzt wurde sie von den anderen dreien umzingelt, die, wie sie feststellte, ebenfalls betrunken waren. Alyson hatte hinreichend Erfahrung mit Betrunkenen, um zu erkennen, dass diese hier im schlimmsten Stadium waren – sie überlegten nicht mehr, was sie taten, waren jenseits jedweder Hemmungen und genossen es, ihr Angst zu machen.

»Was wollt Ihr von mir?«, fragte sie mit angestrengt fester Stimme.

»Tja, was wollen wir von Euch?«, wiederholten sie. Anscheinend fiel ihnen keine Antwort auf ihre Frage ein.

»Komm, Malcolm, wir werden erwartet«, sagte Alyson streng und ging ein paar Schritte. Dann packte sie einer der Männer, der dreister als die anderen war, beim Arm.

»Was wollen wir wohl von ihr, Jungs?«, rief er. »Was könnte irgendwer von einer kleinen englischen Hure wollen?«

Damit löste er bei den anderen schallendes Gelächter aus, was ihn sichtlich erfreute. Sobald er die Augen von ihr abwandte, stieß Alyson ihm den Ellbogen in den Bauch. Er ließ sie mit einem erstaunten »Uff!« los, aber als sie gerade losrennen wollte, stellten sich ihr zwei der anderen Männer in den Weg. Sie drehte sich um. Wieder hatten sie sie umzingelt.

»Lasst sie gehen!« Malcolm drängelte sich zwischen den Männern hindurch. »Wagt es ja nicht, ihr etwas zu tun!«

»Aber Jungchen, wir wollen ihr doch nichts *tun*«, sagte ein Dunkelhaariger und zwinkerte Alyson mit einem widerlichen Grinsen zu. »Lauf los und such deine Freunde.«

»Bestimmt nicht!«, schrie Malcolm. »Lasst sie gehen!«

»Ich sagte, du sollst verschwinden«, fuhr der Mann Malcolm an und versetzte ihm eine Ohrfeige. »Das hier geht dich nichts an.«

Malcolm stolperte nach hinten, fing sich aber ab, bevor er fiel. Blut lief ihm aus der Nase. Alyson blickte zum Lager und nickte in die Richtung, um Malcolm zu bedeuten, er solle hinlaufen. Nach einem kurzen Zögern rannte er los.

»Na gut, Süße«, sagte der Mann und umfasste ihre Taille. »Wir lassen dich gehen … für einen Kuss.«

Hugh McLaran nahm den Krug vom Mund, aus dem er gerade getrunken hatte, und wischte sich mit der Hand über den Mund. »Ein Kuss für jeden!«, rief er aus und riss Alyson in seine Arme. Vergebens versuchte sie, sich ihm zu entwinden, worauf er höhnisch lachte. Er beugte sie so weit nach hinten, die Arme fest um ihre Taille, dass Alyson fürchtete, ihr würde das Rückgrat brechen. Hughs Atem stank nach Whisky, und mit einem angewiderten Schrei wandte Alyson den Kopf zur Seite.

»Sie mag dich wohl nicht, Hugh«, rief ein junger Mann mit

nussbraunen Locken. »Gib sie her. Bei einem süßen Burschen wie mir wird sie nicht so schüchtern sein!«

Dieser Scherz wurde ebenfalls mit schallendem Gelächter und »Warte-bis-du-dran-bist!«- Rufen gewürdigt.

In diesem Moment übertönte eine frostige Stimme das Gejohle. »Ich wäre dir dankbar, wenn du meine Frau loslassen könntest.«

»Ach, Jemmy, sei nicht so!«, sagte der junge Mann. »Wir wollen sie doch bloß willkommen heißen.«

»Nimm deine Hände von ihr, Hugh. Jetzt.«

Der Rothaarige ließ sie los. »Nicht in diesem Ton, Kirallen«, knurrte er.

»Ich rede in dem Ton mit dir, der mir gefällt«, erwiderte Jemmy und zog Alyson an seine Seite. Sie starrte zu Boden, so dass ihre roten Locken ihr Gesicht verbargen, während sie versuchte, ihr Zittern zu unterdrücken. Jemmy legte ihr einen Arm um die Schulter. Dankbar lehnte sie sich an ihn.

»Haben sie dir etwas getan?«, fragte er leise.

»Nein, haben sie nicht.«

Jemmy nickte und wandte sich zum Gehen. Alyson bemerkte erst, dass er nicht allein war, als der junge Conal auf ihrer Seite auftauchte und neben ihr herging.

»Ich sagte, rede nicht in diesem Ton mit mir, Kirallen!«, grölte Hugh McLaran. »Komm zurück und entschuldige dich, bevor du gehst.«

Jemmy ignorierte ihn und ging weiter, den Arm fest um Alysons Schultern. Die McLarans zögerten einen Moment, dann kamen sie hinter ihnen hergerannt und stießen ihren Kampfschrei aus.

»Lauf ins Lager zurück, Maude«, konnte Jemmy gerade noch sagen, ehe die beiden Kirallens von einer wilden Masse rot-goldener McLaran-Tartane umgeben waren.

»Alistair!«, rief Malcolm atemlos. »Alistair, du musst kommen …«

Er lag entspannt inmitten eines Dutzends Männer im Gras. In der Mitte hatten sie eine Decke ausgebreitet. Alistair schüttelte ein Paar Würfel in seiner Hand und wies auf einen Berg Münzen vor sich. »Jetzt nicht, Malcolm«, sagte er. »Ich habe gerade eine Glückssträhne.«

»Aber du *musst* kommen! Die McLarans … sie belästigen meine Tante, oben im Hochmoor.«

Einer der Männer wollte aufspringen, doch Alistair winkte mit einer Hand, er solle sitzen bleiben. »Sie werden ihr nichts tun«, sagte er, warf seine Würfel auf die Decke und lächelte zufrieden.

»Aber Alistair … sie sind zu acht … mindestens … und alle betrunken. Ich konnte nur meinen Onkel Jemmy und Conal finden …«

»Ach, ja? Wo ist dann das Problem?«, fragte Alistair. »Jemmy ist ein guter Kämpfer. Gewiss kann er es allein mit acht McLarans aufnehmen. Jetzt hör auf, dir Sorgen zu machen. Es wird sich alles regeln.« Er griff nach Malcolms Hand und zog ihn zu sich. »Setz dich her und würfle für mich. Ich teile auch den Gewinn mit dir, und …«

Er verstummte und fasste das Kinn des Jungen, damit er ihn ansah. Erst jetzt fiel ihm auf, dass Malcolms Nase blutete. »Woher hast du das?«

»Einer der McLarans«, schniefte Malcolm und wischte sich mit der Hand übers Gesicht. »Ich wollte sie aufhalten, aber …«

»Sie haben *dich* geschlagen?« Alistair war mit einer einzigen Bewegung auf den Beinen. »Kommt, Jungs«, rief er. »Folgt mir. Einen Kirallen!«

Aus allen Winkeln des Moors wurde sein Ruf erwidert.

»Einen Kirallen!«, erklang es aus einem Dutzend Münder, und gleich darauf rannte eine Gruppe Männer den Hang hinauf.

Alyson starrte entsetzt auf die grölende Horde von McLarans. Sie versuchte, Jemmy in dem Gewühle zu entdecken, konnte jedoch nur hier und da etwas Blau-Grünes inmitten des Rot-Golds ausmachen, das sogleich wieder verschwand, ehe sie erkannte, ob es sich um Jemmy oder Conal handelte. Schließlich sah sie Jemmy in der Mitte des Pulks auf dem Rücken liegen, den massigen Hugh über sich gebeugt.

Panisch blickte Alyson sich um, griff einen abgebrochenen Ast und versetzte dem McLaran damit einen kräftigen Hieb auf den Schädel. Er stürzte ohnmächtig auf Jemmy, und für einen Moment lagen beide Männer bewegungslos da. Dann zwängte Jemmy sich unter ihm heraus. Er warf Alyson ein Grinsen zu, kam allerdings nicht zu mehr, da er schon im nächsten Augenblick wieder von den anderen umzingelt war.

Wie konnte er in dieser Situation lächeln, fragte Alyson sich, die immer noch den Ast hochhielt, aber nicht zuzuschlagen wagte, weil sie fürchtete, versehentlich Jemmy oder den armen Conal zu erwischen, der von den anderen Männern hin- und hergestoßen wurde wie ein Stück Treibholz im Meer. Kurz darauf tauchte eine ganze Gruppe Kirallens auf, angeführt von Alistair, und stürzte sich ins Getümmel. Alyson trat ein paar Schritte zurück in den Schutz der Bäume.

Als sie gerade dachte, es müsste gleich vorbei sein, wurde es noch schlimmer. Die Frasers kamen und mischten sich unter die Kämpfenden. Danach ließ sich nicht mehr sagen, welche Männer gegen welche kämpften. Die ganze Szene war ein wildes Durcheinander von Armen, Beinen und lauten Flüchen, die hier und da von Kampfschreien unterbrochen wurden, wenn sich ein neuer Clan einfand und sich auf die anderen stürzte. Diese Kampfrufe ließen Alyson das Blut in den Adern gefrieren. Entsetzt und verängstigt starrte sie auf die Männer, die Hand vor den Mund gepresst, um nicht laut zu schreien. Als sie jemand an der Schulter berührte, riss sie die Hand weg und schrie auf.

»Ganz ruhig«, sagte Jemmy, der außer Atem war, und legte einen Finger auf ihre Lippen. »Verschwinden wir lieber, solange wir die Gelegenheit haben.«

Sie folgte ihm schweigend durch die Bäume und einen anderen Weg hinunter, der am Wasserfall vor der McLaran-Burg vorbeiführte. Für einen Moment fürchtete sie, er wolle zu den McLarans gehen, doch stattdessen nahm er ihre Hand und half ihr über eine Reihe Steine durch das seichte Wasser des Bachs. Schließlich gelangten sie zum Lagerplatz zurück, und Alyson seufzte erleichtert auf.

Der Platz war vollkommen verlassen und aus der Ferne drangen der Lärm der Kämpfenden und die Schreie der Frauen zu ihnen. Letztere waren inzwischen auch den Hügel hinaufgelaufen, um zu sehen, was dort los war. Jemmy blieb bei einem Fass mit Honigbier stehen und füllte zwei Krüge für sie. Alyson leerte ihren Krug mit durstigen Schlucken.

»Du bist verletzt«, sagte sie, sobald sie ausgetrunken hatte. Prüfend blickte sie Jemmy an. Er hatte Kratzer auf der Wange und eine aufgeplatzte Braue, doch er schüttelte nur den Kopf und lächelte. »Es ist nichts.«

»Bist du sicher?«, fragte sie. »Deine Rippen tun dir nicht weh?«

»Nein, mir geht es gut. Aber was ist mit dir?«

»Mir auch«, antwortete sie, doch als ihr bewusst wurde,

dass sie nun in Sicherheit war, begann sie zu weinen. »Es ist nur …«

»Was?«, fragte er sanft und legte wieder den Arm um sie. »Sie haben dir Angst gemacht, nicht wahr?«

»Ja, aber … das macht nichts«, schluchzte sie und lehnte sich an seine Schulter. »Es ist nur … weil sie doch *McLarans* sind.«

»Ja«, sagte er und drückte sie an sich. »Das sind sie. Tut mir Leid, Maude, das ist alles meine Schuld.«

»Deine?« Sie schluckte und schmiegte sich an ihn. »Warum deine?«

»Ich hätte dich nicht so viel allein lassen dürfen. Aber ich hatte nicht damit gerechnet, dass so etwas passieren würde.«

Sie antwortete nicht, sondern genoss es, von seinen Armen gehalten zu werden, den Kopf an seine Brust zu lehnen und zu fühlen, wie er ihr das Haar aus dem Gesicht strich und ihr sanft den Hals streichelte. Was für wundervolle Hände er hatte, dachte sie benommen, so stark und zugleich so sanft. Diese Hände verstanden es sehr gut, sie zu beruhigen. Seufzend legte sie beide Arme um seine Hüften und rieb die Wange an der rauen Wolle seines Überwurfs. Dabei atmete sie eine Mischung aus Rauch, Heidekraut und einem reinen, männlichen Duft ein.

»Besser?«, fragte er nach einer Weile. Sie nickte und hob den Kopf, um ihn anzusehen.

»Das sieht schmerzhaft aus«, sagte sie und berührte vorsichtig die Platzwunde über seinem Auge.

»Ist es aber nicht«, sagte er. »Vielleicht tut es später weh, aber jetzt nicht.«

In stummer Verzückung beobachtete sie, wie er den Kopf neigte. Wie von selbst wanderten ihre Arme seine Brust hinauf und um seinen Hals.

Immer schmeckte er nach Honig, dachte sie benommen. Seine Zunge berührte ihre Lippen, die sich einladend öffneten. Er akzeptierte die unbewusste Einladung sogleich und drückte Alyson fest an sich, während er ihren Mund mit einer zärtlichen Intensität erforschte, die ihr den Atem raubte. Sie klammerte sich an ihn, da sie sicher war, dass sie fallen würde, wären da nicht seine starken Arme, die sie hielten.

»Onkel Jemmy, du musst mit mir zu deinem Vater kommen«, rief Malcolm und stürmte auf sie zu.

»Später«, sagte Jemmy. »Sag ihm …«

»Nein, Jemmy, jetzt«, beharrte der Junge. Alyson sah, dass Tränen in Malcolms blauen Augen glänzten. Sie rannen ihm über die blutverschmierten Wangen. »Ihm geht es schlecht … sehr schlecht … und er fragt nach dir. Lady Emma sagt, du sollst sofort kommen.«

»Entschuldige«, sagte Jemmy zu Alyson. »Ich muss zu ihm.«

»Selbstverständlich musst du. Gib mir Bescheid, wenn ich helfen kann«, rief Alyson ihnen hinterher. Jemmy winkte ihr bejahend zu und eilte davon.

Der Kampf im Hochmoor war vorbei, und nun kehrten die Männer zum Lagerplatz zurück. Viele stöhnten und fluchten, während sich die Frauen ihrer diversen Blessuren annahmen. Alyson ging zu ihrem Cottage und musste lächeln ob der Wankelmütigkeit der Männer, die in einem Moment wie die Löwen zum Kampf brüllten und sich im nächsten wie hilflose Kinder von ihren Frauen umsorgen ließen. Aber als sie an den Auslöser des Kampfes dachte, erstarb ihr Lächeln. Sie dachte an die Ereignisse des Nachmittags und wurde sehr ernst.

Im Cottage sprach sie als Erstes ein Gebet für den Burgherrn und hoffte, dass seine Unpässlichkeit bald vorübergehen möge. Doch selbst wenn er sich vorübergehend erholte, wusste sie genau, dass er nie mehr gänzlich gesund wurde. Sie kannte die Anzeichen zu gut, um sich etwas vorzumachen. Das betagte Herz des Lords versagte, und daran konnte man nichts ändern, auch wenn er mit der richtigen Pflege und viel Ruhe noch einige Jahre zu leben haben könnte. Woher er die allerdings nehmen sollte, wusste Alyson nicht, denn selbst für den Fall, dass er diese Zeiten überstand, würden noch weit schlimmere folgen.

Als die Dunkelheit einbrach, schloss sie die Tür ihrer Hütte und schlug die Decke auf ihrer Pritsche zurück. Nach einem kurzen Moment des Zögerns schob sie den Riegel von innen vor die Tür und zog die Fensterläden zu.

Kapitel 23

In einem kleinen anheimelnden Raum der McLaran-Burg lag der Lord von Kirallen bewegungslos im Bett. Jemmy saß allein bei ihm, nachdem Emma gegangen war, um nach ihrem Mann zu sehen.

»Er wird wieder – diesmal«, hatte Emma gesagt, aber Jemmy wusste nicht, ob er ihr glauben sollte. Im Licht der einzigen Kerze, die im Zimmer brannte, sah sein Vater sehr geschwächt aus. Er war kreidebleich und seine Hände wirkten leblos, wie sie so gefaltet auf seiner Brust ruhten.

Flatternd öffneten sich seine Augenlider, und Jemmy atmete erleichtert auf. Ganz gleich, wie sehr sein Vater ihn in Rage versetzen mochte, Jemmy wollte bei Gott nicht, dass er starb.

Der Lord schaute sich verwirrt und unsicher im Zimmer um, ehe sein Blick auf Jemmy fiel.

»Ich musste gerade an Stephen denken«, flüsterte er matt.

»Stephen?«, wiederholte Jemmy verwundert.

»Ja. Es war so furchtbar, was ihm zustieß. Ich habe immer mir die Schuld dafür gegeben.«

»Aber es war doch nicht dein Fehler.«

»Ich mochte ihn nie«, flüsterte der Lord und bewegte unruhig den Kopf auf dem Kissen. »Als er geboren wurde, machten alle ein solches Aufhebens um ihn, und meine Eltern – sie zogen ihn vor. Ständig.«

»Denk jetzt nicht daran. Das ist alles lange her«, sagte Jemmy. Er schob eine Hand unter den Kopf seines Vaters und hielt ihm eine Tasse an die Lippen. Emma hatte sie ihm hingestellt, bevor sie gegangen war.

Der Lord trank ein wenig und sank seufzend ins Kissen zurück.

»Als ich jünger war, träumte ich stets davon fortzugehen, andere Orte zu sehen. Das hast du nicht gewusst, oder? O ja, ich hatte meine Träume, aber ich wusste auch, dass sie nie wahr werden würden. Ich war der Erbe. Ich musste zu Hause bleiben.«

»Ganz ruhig, Vater«, murmelte Jemmy. Er wusste, dass es besser für seinen Vater wäre, wenn er wieder einschlief. Aber Kirallen sprach weiter, als hätte er ihn gar nicht gehört.

»Ich wurde mit siebzehn verheiratet – nicht mit deiner Mutter, sondern mit meiner ersten Frau. Sie hieß Machara. Sie war eine gute Frau, schätze ich, aber kaum das, was sich ein junger Mann erträumte. Sie war älter als ich, sah nicht besonders hübsch aus und war so verbittert! Nicht dass ich es ihr vorwerfen würde, der armen Lady. Sie schenkte mir vier Kinder und keines von ihnen überlebte. Gott weiß, was sie von mir dachte, ich wusste es nie. Ich hatte ein schlichtes Gemüt, musst du wissen, und mir fiel nie etwas ein, was ich zu einer Frau sagen könnte. Außerdem hatte ich vor Machara nie eine Frau gehabt. Na ja, sie trug es wacker«, fügte er mit einem schwachen Lächeln hinzu.

»Und dann war da Stephen. Er war ein so hübscher junger Bursche. Ständig waren die Frauen um ihn herum, selbst als er noch viel zu jung für sie war. Und er redete dauernd davon, wo er überall hinreisen wollte, welche Abenteuer er erleben würde. Er hätte es auch getan. All die Dinge, die ich mir wünschte, schienen ihm zuzufallen.«

Mit zittrigen Lippen holte er Luft, ehe er fortfuhr: »Dann starb Machara, Gott hab sie selig, und ich heiratete eure Mutter.« Kirallens Augen leuchteten auf bei der Erinnerung an seine zweite Frau. »Sie war so wunderschön. Erinnerst du dich, wie wunderschön sie war?«

»Ja«, antwortete Jemmy leise. »Ich erinnere mich.«

»Sie war halb so alt wie ich, musst du wissen, und immerzu so freundlich, so vergnügt. Ich war hingerissen von ihr. Sie schenkte mir erst Ian und dann dich, und es war, als wären all die früheren Jahre, in denen ich so unglücklich war, vollkommen bedeutungslos. Du kannst dir nicht vorstellen, wie glücklich sie mich machte.«

»Doch, ich glaube, das kann ich«, sagte Jemmy.

»Aber manchmal – nicht oft, nur manchmal – sah ich, wie sie mit Stephen lachte. Er war noch ein Kind, als wir heirateten, aber als er heranwuchs ... alle Mädchen sahen ihn an, wenn er den Raum betrat.«

»Ja, ich erinnere mich«, sagte Jemmy mit einem traurigen Lächeln.

»Und ich dachte daran, wie viel älter ich war und dass ich tolerant sein müsste. Aber ich mochte ihn nicht. Ich habe es versucht, immerhin war er mein Bruder, aber ... Er machte sich lustig über mich und darüber, alles, was ich gelernt hatte, für ehrenwert und heilig zu halten.«

Kirallen fielen die Augen zu und Jemmy dachte schon, er wäre wieder eingeschlafen. Doch dann öffnete er sie wieder und blickte Jemmy an.

»Du warst immer wie er.«

»Ich erinnere mich, dass ich ihn sehr mochte.«

»Dann starb er. O ja, es tat mir Leid, wie er zu Tode kam. Einen solchen Tod hätte ich niemandem gewünscht, schon gar nicht meinem Bruder. Und deine Mutter folgte ihm kurz darauf. Ich lag nachts wach und fragte mich, was ich falsch gemacht hatte und ob ich irgendwie alles herbeigeführt hätte. Es waren wirre Gedanken, Nachtkrähen in der Dunkelheit. Am nächsten Morgen dann wachte ich auf und verdrängte alles. Doch dann wurdest du größer und – nun, du wirst es für verrückt halten, aber es gab Zeiten, da sah ich dich an und sah Stephen in dir. Wie du mir widersprachst und alles infrage stelltest, was ich für gut und richtig hielt, war genau so, wie Stephen es damals tat.«

»Ich verstehe«, sagte Jemmy und legte seine Hand auf die Hände seines Vaters.

»Wie solltest du wissen, was es hieß, den eigenen Sohn anzuschauen und einen Fremden zu sehen? Nein, keinen Fremden, sondern schlimmer noch, einen …«

»Einen Geist«, ergänzte Jemmy leise.

»Ja«, flüsterte Kirallen und ergriff Jemmys Hand. »Es war nie dein Fehler, das weiß ich heute. Ian war mir ähnlicher, weißt du? Er sah die Dinge genauso wie ich, nur hatte er das Temperament eurer Mutter – und ihr Aussehen. Alle Entscheidungen, die ich traf, schienen die richtigen zu sein … solange Ian lebte.«

»Es tut mir so Leid«, sagte Jemmy hilflos.

Die Tür ging leise auf und Alistair sah herein.

»Ihr seid wach«, sagte Alistair. »Gott sei Dank. Sie sagten … ich dachte …«

Er fiel neben dem Bett auf die Knie und neigte den Kopf.

»Ich habe nicht vor zu sterben«, sagte Kirallen und streckte eine Hand aus, um Alistairs weißgoldenes Haar zu streicheln. »Schon gut, mein Junge, es ist alles gut. Mir geht es schon besser. Gräme dich nicht.«

Jemmy wollte aufstehen, doch sein Vater hielt seine Hand fest.

»Geh nicht, Jemmy. Ich möchte, dass ihr beide bei mir bleibt.«

Alistair blickte auf. Seine Augen waren noch tränenfeucht und rot gerändert, als er über das Bett hinweg zu Jemmy hinübersah.

»Wir bleiben, Vater«, sagte Jemmy und Alistair nickte. »Schlaf jetzt ein wenig.«

Kapitel 24

Als Alyson am nächsten Morgen auf Jemmys Klopfen öffnete, bemerkte sie, dass der Himmel bedeckt war. Jemmy sah müde und zerzaust aus, aber er lächelte sie an.

»Vergib mir wegen gestern Abend«, sagte er. »Mein Vater wollte, dass ich bei ihm bleibe.«

Alyson wusste nicht, wie sie der neuen Vertrautheit zwischen ihnen ein Ende machen könnte, aber das musste sie ja auch nicht gleich. Sie würde später noch genug Zeit haben, unfreundlich zu sein, beschloss sie und erwiderte sein Lächeln.

»Dann geht es ihm besser?«

»Ja, im Moment schon. Aber er will so bald wie möglich nach Hause.«

»Er kann doch noch nicht reisen!«

»Sollte er zumindest nicht«, pflichtete Jemmy ihr bei. »Allerdings sagt er, wenn er sterben muss, will er es in seinem eigenen Bett. Ich denke, er wird sich nicht überanstrengen, wenn wir langsam reiten. Ich versprach ihm, mit ihm zurückzureiten, und ich könnte mir vorstellen, dass du ebenfalls gern von hier wegkämst.«

»Ja«, sagte sie erleichtert. »Wie bald reiten wir?«

»Reicht dir eine halbe Stunde, um dich reisebereit zu machen?«

»Ich wäre sofort bereit«, antwortete sie. »Meine Truhe kann gleich gebracht werden.«

»Danke. Pack alles zusammen, was du brauchst. Ich kümmere mich inzwischen um die Pferde.«

Keine halbe Stunde verging, bis Alyson neben ihrem Pferd stand. Ihre Erleichterung darüber, von hier fortzukommen, ohne die McLarans noch einmal zu sehen, war jedoch nur von kurzer Dauer. Emma kam, um sich von ihnen zu verabschieden. Sie stützte Lord Kirallens Arm, während er langsam auf die kleine Gruppe zukam, die ihn zurück nach Ravenspur begleiten wollte. Alyson beugte sich über ihre Satteltaschen, während sich die anderen Lebewohl sagten, und hob erst den Kopf, als jemand sie am Arm berührte.

Hugh McLaran stand vor ihr und wirkte trotz seiner beeindruckenden Körpergröße wie ein ungelenker Junge. Er hielt den feuerroten Kopf gesenkt und bohrte eine Zehe ins Gras. Dabei murmelte er etwas, das Alyson nicht verstand.

»Lauter, Hugh!«, befahl Emma streng und stieß ihm heftig den Ellbogen zwischen die Rippen.

»Es tut mir sehr Leid, Mylady«, stammelte er. »Ich war betrunken und aufgebracht wegen meiner Niederlage beim Ringen. Das ist zwar keine Entschuldigung«, fügte er hastig hinzu und sah für einen kurzen Moment Alyson an, ehe er den Blick beschämt abwandte. »Ich bedaure sehr, was wir getan haben, schließlich seid Ihr doch eine so winzige …«

»Englische Hure?«, ergänzte sie so leise, dass nur er es hören konnte.

Er errötete bis zu den Haarspitzen. »Ach, bitte, erinnert mich nicht daran«, stöhnte er, wobei ein Lächeln um seine Mundwinkel zuckte. »Für diese Worte habe ich schon bitter bezahlen müssen, Mylady. Ihr könnt ziemlich kräftig zuschlagen.«

Alyson musste ebenfalls lächeln. »Dann sind wir wohl quitt.«

»Und du, Junge«, wandte Hugh sich an Malcolm. »Ich entschuldige mich vielmals bei dir und hoffe, du trägst uns die Sache nicht nach.«

Malcolm blickte ihn streng an. »Das ist keine Art, seinesgleichen zu behandeln, Hugh«, erklärte er ernst. »Aber ich werde es dieses eine Mal verzeihen.«

»Du bist mir ein Bursche!«, sagte Hugh und schlug Malcolm freundschaftlich auf den Rücken. »Ich bin sicher, nächstes Mal wirst du uns ganz allein in die Flucht schlagen, genau wie's dein Dad getan hätte. Und wie es dein Onkel *tat*«, rief er aus, drehte sich zu Jemmy um und streckte ihm die Hand hin, die Jemmy schüttelte.

»Ich entschuldige mich, Jemmy«, sagte Hugh, »für alles.«

»Leb wohl, Hugh«, erwiderte Jemmy. »Und grüß die anderen von mir.«

»Mach ich, sobald sie wieder auf den Beinen sind«, versprach Hugh mit einem Augenzwinkern. »Aber ich fürchte, bis dahin dauert's noch ein bisschen.«

Er ging weg, und für eine Weile hallte sein dröhnendes Lachen durch die Luft. Jemmy half seinem Vater aufs Pferd, und Alyson hatte schon einen Fuß in ihrem Steigbügel, als sie erneut angesprochen wurde.

»Mylady«, sagte Emma McLaran. »Einen Moment, bitte.«

»Ja?«, fragte Alyson kühl und ging ein paar Schritte von der Reisegruppe weg.

Emma biss sich auf die Lippe, ehe sie hastig sagte: »Das war sehr gut, was Ihr zu Hugh gesagt habt. Ich bin Euch dankbar dafür. Es ist schon Blut für weniger vergossen worden als das, was gestern geschehen ist.«

»Mir scheint, in dieser Gegend schreit man recht schnell

nach Blutfehde«, antwortete Alyson. »Gott verhüte, dass ich jemals der Grund für eine sein möge.«

»Ich hatte nicht gedacht, dass Ihr es ernst meintet, was Ihr an dem Tag sagtet, als wir uns kennen lernten«, sprach Emma hastig weiter. »Euer Gerede von Vergebung ... Ich dachte, das wären nur leere Worte. Aber jetzt weiß ich, dass sie aus Eurem Herzen kamen. Und mir ist klar, dass der eigentliche Fehler gestern bei mir lag. Ich hatte nicht darüber nachgedacht, dass Ihr mich hören könntet«, gestand sie und wurde rot. »Dabei wusste ich doch, dass das Fenster offen war.«

»Macht Euch keine Vorwürfe«, sagte Alyson ebenso kühl und höflich, wie Maude gewöhnlich redete. Sie hob die Augenbrauen und blickte demonstrativ zu den Kirallens, die auf sie warteten.

»Ach, aber ich mache mir Vorwürfe, Mylady«, sagte Emma. »Es war falsch, sehr falsch, und ich sprach aus Bitterkeit, einer Bitterkeit, die in meinem Herzen ist und nichts mit Euch zu tun hat. Sie hat mit etwas zu tun, das lange vor Eurer Geburt geschah, müsst Ihr wissen ...«

Jemmy kam zu ihnen. Er führte Alysons Pferd, doch als sie gehen wollte, hielt Emma sie mit einer Hand zurück und rief: »Nur einen Moment noch, Jemmy, wenn du erlaubst. Ich brauche nicht lange. Seht Ihr, Mylady«, sagte sie, »uns wurde vor Jahren ein junges Mädchen genommen. Clare war ihr Name. Sie war Gawyns Bruder versprochen – dem Jüngsten, Stephen. Aber als wir zur Vermählung ritten, wurden wir überfallen.« Sie sah Alyson in die Augen und fügte langsam hinzu: »Von Eurem Vater. Er entführte Clare.«

Alysons Glieder verwandelten sich in eisigen Stein. Stephen. Dieser Name war das letzte Wort gewesen, das ihre Mutter vor ihrem Tod gesagt hatte. Unzählige Male hatte Alyson sich gefragt, wer dieser Stephen sein mochte. All die

Jahre hatte Clare ihn niemals vergessen. Im Fieber hatte sie nach ihm gerufen und Alyson wieder und wieder gefragt, ob er gekommen wäre. »Noch nicht«, hatte sie ihr geantwortet und ihr kühlende Umschläge auf die Stirn gelegt. »Aber er wird bald hier sein.«

»Er kommt nicht«, hatte Clare geflüstert. »Er will mich nicht.«

Dann war er der treulose Halunke, der Clare nach ihrer Entführung aufgegeben hatte! Und er war ein Kirallen. Alyson wunderte sich, dass sie ihm noch nicht begegnet war. Wenn sie es jemals sollte, würde es ihr schwer fallen, ihre Zunge zu bändigen. In diesem Moment verstand sie den Wunsch nach Rache besser, als sie ihn je verstehen wollte. Bei der Erinnerung an das Elend ihrer Mutter überkam Alyson ein brennendes Verlangen, Stephen Kirallen ein Messer ins Herz zu stechen, auch wenn sie bezweifelte, dass sein Schmerz darob auch nur annähernd so groß wäre wie der, den Clare ertragen hatte.

Emma hatte das Haar zu einem losen Zopf geflochten, und der aufkommende Wind löste ein paar Strähnen daraus, die sie nun achtlos nach hinten strich. Dabei fielen Alyson zum ersten Mal ihre Hände auf. Sie waren klein und blass mit langen, schmalen Fingern. Hände, die nicht einmal das Alter und ein ganzes Leben harter Arbeit in ihrer Schönheit beeinträchtigten. Alyson streckte ihre eigenen Hände vor sich aus und betrachtete sie.

»Ich habe nie wieder von ihr gehört«, sagte Emma. »Es ist alles lange her, und doch vergeht kein Tag, an dem ich nicht an sie denke. Ihr müsst wissen, Mylady, Clare war meine *Tochter.*«

»Eure Tochter?«, wiederholte Alyson flüsternd. »Sie war Eure Tochter?«

»Ja«, sagte Emma.

»Oh, Lady Emma, ich wusste ja nicht … Clare war meine …«

»Einen Moment noch, Alistair!«, rief Emma ungeduldig, als der Ritter mit Malcolm an seiner Seite vortrat, um sich über die Verspätung zu beschweren.

»Der Vormittag ist halb vorbei«, sagte Alistair und blickte Alyson verärgert an. »Wir müssen aufbrechen.«

Emma winkte ab und wandte sich wieder an Alyson. »Was wolltet Ihr gerade sagen, Mylady?«, fragte sie neugierig. »Clare war Eure was?«

»Nicht hier«, sagte Alyson zerstreut. »Wenn wir irgendwo allein reden könnten …«

»Sag schon, Maude«, mischte sich Jemmy ein. »Das betrifft uns alle.«

Du ahnst ja nicht, wie sehr es uns alle betrifft, dachte Alyson. Und Gott stehe mir bei, wenn du es erfährst. Sie zögerte. Alistair und Malcolm beobachteten sie gespannt und warteten, dass sie etwas sagte.

»Sie war meine … Freundin«, stammelte Alyson verwirrt. »Obwohl ich nie … ich habe ja nichts davon gewusst, sonst hätte ich längst etwas gesagt.«

»Sie *war* Eure Freundin?«, wiederholte Emma. »Soll das heißen, sie ist tot?«

»Ja«, antwortete Alyson. »Seit fünf Jahren.«

Emma holte tief Luft und neigte den Kopf. »Seit fünf Jahren«, flüsterte sie. »So viele Jahre. Wir haben sie so lange gesucht. Warum hat sie uns nie eine Nachricht geschickt? Ach, Mylady, könnt Ihr mir von ihr erzählen? Irgendwas?«

»Nun, ich war damals ja auch noch ein Kind«, brachte Alyson mühsam heraus. »Lasst mich nachdenken. Sie war sehr gelehrt, daran erinnere ich mich, und sie hatte eine wunderschöne Stimme. Sie sang uns, ich meine, den Kindern, manchmal vor.«

Emma nickte eifrig und wartete darauf, mehr zu hören. Sie war meine Mutter, schrie es in Alyson, und ich habe sie so geliebt! Sie hat nie gewusst, dass Ihr sie suchtet. Hättet Ihr sie doch nur gefunden, wie anders wäre alles geworden! Sie hat Euch nie vergessen, nie aufgehört, sich nach ihrem Zuhause zu sehnen. Aber jetzt bin ich hier, genau wie ich es ihr versprochen habe. Seht mich an. Kennt Ihr mich denn nicht? Könnt Ihr es denn nicht sehen?

Doch Emma erkannte sie offensichtlich nicht, und schließlich fuhr Alyson stockend fort: »Sie war mit einem Seemann verheiratet. Er war ein freundlicher Mann, lachte und scherzte immerzu. Er brachte ihr Geschenke aus fernen Ländern mit.«

»Hatte sie Kinder?«

»Ja.« Alyson konnte kaum mehr sprechen. Ihr Hals fühlte sich an, als würde er von einer eisernen Zwinge zusammengedrückt. »Sie hatte Kinder. Eine Tochter und einen Sohn.«

»Wisst Ihr, wo die Kinder sind?«

Die Hoffnung, die für einen Moment in Emmas Augen aufleuchtete, schwand, als Alyson den Kopf schüttelte. »Tut mir Leid«, flüsterte sie. »Das kann ich nicht sagen.«

»Ach, könnte ich sie doch nur einmal sehen. Clare war mein einziges Kind und ich habe sie so sehr geliebt.« Emma berührte sanft Alysons Schulter. »Ich danke Euch«, sagte sie mit tränenerstickter Stimme. Dann drehte sie sich um und ging über die Felder davon.

Alyson sah ihr nach. Alles verschwamm ihr vor den Augen, da sie den Tränen nahe war. »Ich werde noch ein oder zwei Tage hier bleiben«, sagte sie zu Jemmy. »Dann reite ich mit den anderen zurück.«

»Du wirst sie wiedersehen«, sagte Lord Kirallen von seinem Pferd aus. »Und mir wäre wohler, wenn du mit uns kämst.«

»Aber es würde sie trösten, mit mir zu reden – und ich würde wirklich gern noch ein wenig bleiben.«

»Es war richtig, dass du es ihr gesagt hast«, bestätigte Jemmy. »Aber es ist erst mal genug. Sie wird später mehr mit dir sprechen wollen, doch wir müssen wie geplant abreisen. Du kannst nicht bleiben, Maude. Nicht, wenn ich nicht auch bleibe. Steig auf dein Pferd«, befahl er ihr, als sie zögerte. »Wir müssen los.«

Alyson fiel kein weiterer Einwand ein, also drehte sie sich um und stieg aufs Pferd. Jemmy legte eine Hand auf ihre. »Stimmte das?«, fragte er und sah sie an.

»Was?«, fragte Alyson, der das Herz wie wild in der Brust hämmerte.

»Was du über ihren Mann gesagt hast, dass er ein freundlicher Mann war.«

»Oh«, sagte Alyson erleichtert, nun, da sie wusste, was er gemeint hatte. »Nein, das stimmte nicht. Ihr Ehemann war ein harter Mensch. Er konnte freundlich sein, doch wenn er trank, war er ganz anders. Sie hatte … Angst vor ihm«, ergänzte sie und dachte an die schrecklichen Wutausbrüche Jacob Bowdens.

Jemmy drückte ihre Hand. »Das war eine sehr freundliche Lüge«, sagte er, ließ sie los und schwang sich in seinen Sattel. »Und nun, Alistair, wenn du dann *endlich* so weit bist«, sagte er und beantwortete den wütenden Blick seines Landsmanns mit einem kecken Lächeln, »dann können wir losreiten.«

Kapitel 25

Als sie nach Ravenspur kamen, lag die Burg im unheimlichen Zwielicht der Abenddämmerung. Jemmy stieg von seinem Pferd und führte seinen Vater vorsichtig über den gepflasterten Hof.

An der Tür drehte er sich um und sah nach hinten. Obwohl sie sehr langsam gegangen waren, war Maude noch ein ganzes Stück hinter ihnen.

Während des Ritts hatte sie kein Wort gesagt. In Gedanken war sie so weit von ihm entfernt gewesen, dass es Jemmy nicht gelungen war, zu ihr durchzudringen. Er hatte alles Mögliche versucht, um sie aufzuheitern, hatte ihr jedoch kein einziges Lächeln abringen können.

Was war mit der jungen Frau passiert, die ihn auf dem Hochmoor geküsst hatte? Sie war fort, spurlos verschwunden, als hätte es sie nie gegeben. Es gab Schimpfwörter für Frauen, die Männer behandelten, wie sie Jemmy behandelte. Erst machte sie ihn fiebrig vor Verlangen, dann zeigte sie ihm die kalte Schulter und ignorierte alle seine Annäherungsversuche. Dennoch weigerte er sich standhaft zu glauben, sie würde ein solches Spiel absichtlich spielen.

All ihre Stimmungsschwankungen waren echt, das wusste er. Sie wollte ihn, doch irgendetwas hielt sie davon ab, sich ihm so hinzugeben, wie sie es müsste, wollte sie wahrhaft seine Frau sein. Er hatte davon gehört, dass Damen aus feinem

Haus manchmal entsetzliche Angst vor dem Ehebett hatten. Angeblich ließ sich diese Furcht mit viel Geduld heilen – und mit Zeit. Und das wiederum war das Einzige, was er nicht hatte.

»Gute Nacht, Maude«, sagte er und gähnte demonstrativ. »Schlaf gut.«

Ein Ausdruck von Erleichterung huschte über ihr blasses, ernstes Gesicht. Nun, zumindest wusste er jetzt Bescheid. Und wie sie ihm selbst gesagt hatte, war es schön, Gewissheit über Dinge zu haben – ganz gleich, wie schmerzlich dieses Wissen sein mochte.

Als sich der Burgherr zur Nacht zurückzog, schaute er sich mit einem zufriedenen Seufzer in seinem Zimmer um. Die Kammerdienerinnen hatten seine Abwesenheit genutzt, um alle Regale abzustauben, und es duftete angenehm nach Seife und frischen Blumen.

»Es tut gut, wieder zu Hause zu sein.«

»Ja«, stimmte Jemmy ihm zu. »Das stimmt.«

»In Spanien«, begann Kirallen zögernd. »Hast du dort ein Zuhause?«

Jemmy setzte sich auf die Bettkante. »Nein, eigentlich nicht. Ich habe ein Haus, in dem ich zwischen den Reisen wohne, in Cadiz. Es sind nur ein paar Zimmer mit Blick aufs Meer. Aber früher, als ich zum ersten Mal dort war, wohnte ich in einer Villa. Es war … das Elternhaus meiner Frau.«

»Carmela«, sagte Kirallen und sprach den Namen aus, der Jemmy nicht über die Lippen wollte. »Wir waren alle sehr betroffen über diesen Verlust. Wir haben Messen für sie lesen lassen.«

Jemmy wandte den Blick ab. »Das wusste ich nicht. Danke.«

»Wie war sie?«, fragte Kirallen.

»Sie war sehr schön. Und sehr jung. Wir waren beide sehr

jung.« Er stand auf und beendete das Gespräch, bevor es weiter ginge, als ihm lieb war. »Gute Nacht, Vater. Du musst sehr erschöpft sein. Ich sehe dich morgen früh.«

Auf dem Weg zu seinem eigenen Zimmer fragte er sich, was ihn veranlasst hatte, Carmela zu erwähnen. Es war ja nicht so, dass er an sie denken würde. Zumindest nicht im Moment, zumindest nicht oft.

Er stand an seinem Fenster, als das letzte Tageslicht hinter den Hügeln verschwand. Doch er sah nicht, wie die Sterne herauskamen, sondern er sah stattdessen grün-blaue Wellen, auf denen weiße Gischtkronen tanzten und die sich auf dem sonnenbeschienenen Strand brachen. Er roch den verführerischen Duft von Salzwasser und fühlte den weichen Sand unter seinen nackten Füßen sowie die Wärme des Sonnenscheins auf seinem Kopf. Ja, selbst jetzt und hier war alles ebenso klar wie vor langer Zeit, als er lachend am Strand entlangspaziert war, Carmelas Hand auf seinem Arm.

Bei ihrer ersten Begegnung war er sprachlos gewesen angesichts ihrer Schönheit. Sie war klein gewesen, mit sinnlichen Kurven und schwarzem Haar, das gerade wie ein Wasserfall über ihren Rücken fiel. Damals betrat sie am Arm ihres Vaters den Eingang eines Gasthauses. Jemmy hatte sie den ganzen Abend beobachtet, und irgendwann bemerkte sie ihn. Ihre dunklen Augen lockten ihn quer durch den Saal. Ihr Blick war ein Rätsel und zugleich ein Versprechen gewesen. Jemmy zögerte, war auf einmal schüchtern gewesen, und sie neigte lächelnd den Kopf, um ihm durch ihre dichten Wimpern eine Einladung zu signalisieren, die kein Mann missverstehen konnte. Sie hielt ihm ihre Hand hin, er nahm sie, und von jenem Moment an wusste er, dass er sie besitzen musste.

Die Velasquez waren ein kleiner Zweig einer alten und adligen Familie, machten jedoch seit Jahren schwere Zeiten durch. Ihre Villa war schön, wenngleich sie in der Meeresluft allmählich verfiel. Zwischen den brüchigen Pflastersteinen des Innenhofes wucherte Unkraut.

Sie begrüßten Jemmys Werben um ihre Tochter, da sie offensichtlich glaubten, der Sohn eines schottischen Adligen müsste ein wohlhabender Mann sein. Und Jemmy unternahm nichts, diesen Irrglauben zu korrigieren. Er war bereit, alles zu tun, um Carmela das Leben zu ermöglichen, das sie verdiente. Sie war so bezaubernd, wenn sie glücklich war, so fröhlich, liebevoll und charmant, so erfreut über jedes Geschenk, das er ihr machte.

Perlen waren ihr das Liebste gewesen. Sie kosteten weit mehr, als Jemmy sich leisten konnte, aber was bedeutete das schon, gemessen an dem strahlenden Lächeln, mit dem er belohnt wurde, als er sie ihr überreichte.

Von jenem Tag an hatte sie die Perlen ständig getragen. Bei formellen Anlässen wand sie sie sich in die dunklen Zöpfe über der Stirn. Waren sie unter sich, trug sie nichts als die Perlen und lachte, wenn sie mit Jemmy gemeinsam an heißen spanischen Nachmittagen im Bett lag und ihm die Kette um den Hals und die Handgelenke wickelte. Dabei hatte sich ihr sinnlicher Duft mit dem von Rosen und Jasmin vereint, den die frische Meeresbrise ins offene Fenster wehte.

Dann hatten seine Reisen immer länger gedauert, und er ließ sich in Geschäfte verwickeln, die höchst fragwürdig waren. Beim letzten verlor er um Haaresbreite sein Schiff. Nur mit knapper Not entkam er den Amtsdienern und kehrte unerwartet nach Hause zurück …

Das war eine alte, eine sehr alte Geschichte, dachte er nun. Wäre er nicht so naiv gewesen, hätte er ahnen müssen, dass das geschehen würde. Doch damals war er vollkommen überrascht gewesen, einen anderen Mann in seinem Bett vorzufinden. Carmelas Kopf hatte auf dessen Schulter geruht, ihr Haar hatte die beiden wie ein seidener Umhang bedeckt. Eine ihrer Hände hing halb auf den Boden, die Perlen haltend.

Acht Jahre später konnte Jemmy den Schmerz immer noch fühlen, ebenso wie den ungläubigen Schrecken, die furchtbare Erniedrigung und die blinde Wut. Er hatte den Mann fast umgebracht, obwohl er sich kaum an den Kampf erinnerte. Was er allerdings nie vergessen würde, war das Geräusch der Perlen, die über den Marmorboden hüpften, als er die Kette zerriss.

Carmela war unter Tränen auf die Knie gefallen und hatte um Vergebung gebeten. Er hätte natürlich gehen sollen. Er wäre besser in dem Augenblick gegangen, als er ihren Ehebruch entdeckte. Aber er tat es nicht. Stattdessen hörte er sich ihre Lügen an, wollte ihr in seiner Verzweiflung glauben, dass es das erste Mal gewesen war, dass sie verrückt vor Einsamkeit war, dass sie eigentlich nur ihn allein liebte. Er hatte ihr glauben wollen, und er redete sich selbst ein, dass er es tat.

Bis zum nächsten Mal.

Da konnte er sich nicht länger etwas vormachen. Er verließ sie, doch sie kam zu ihm auf sein Schiff, flehte ihn an und schwor, dass so etwas nie wieder geschehen würde. Diese Szene wiederholte sich während der nächsten zwei Jahre noch viele Male. Und jedes Mal nahm er sie zurück und verfluchte sich im Stillen, weil er solch ein Narr war und außerstande, ihr zu widerstehen. Waren sie zusammen, fühlte er sich wie im Paradies. Er war viel zu verliebt, als dass er sich ein Leben ohne sie hätte vorstellen können. Doch in dem Augenblick, da er sie allein ließ, quälten ihn schreckliche Zweifel. Er wollte ihren Versprechungen glauben, und zugleich war er sicher, dass sie mit einem anderen zusammenlag. Und das erwies sich ja auch allzu oft als wahr. Sie weinte und war so traurig und hilflos, wann immer er sie ertappte, so voller Reue, dass er es nicht übers Herz brachte, sie abzuweisen. Sie konnte das Alleinsein einfach nicht ertragen, das war die einfache Wahrheit, die sich hinter ihrem Verhalten verbarg. Jemmy jedoch wusste keine andere Möglichkeit, seinen Lebensunterhalt zu verdienen, als zur See zu fahren.

Zwei Jahre dauerte ihre Ehe, zwei Jahre voller hässlicher Szenen und leidenschaftlicher Versöhnungen. Doch mit der Zeit verloren sogar die Versöhnungen ihren Reiz. Er wusste, dass sie sich nie ändern würde – ja, er fragte sich, ob sie es überhaupt könnte, selbst wenn sie wollte. Am Ende blieb ihm nur noch die Frage, wen er mehr verachtete, sich oder sie.

Und dann war es erschreckend plötzlich vorbei. Er kam von einer kurzen Reise zurück und sie war tot. Es war ein Sommerfieber gewesen, erklärte man ihm, und sie wäre sehr rasch gestorben. Aber so wie ihr Vater Jemmys Blicken auswich, als er ihm die Nachricht überbrachte, fragte der sich, ob das die Wahrheit war oder vielleicht einer ihrer Liebhaber gewalttätig geworden war. Einer der düsteren Aspekte ihrer Ehe war die ständige Gefahr gewesen, der sie beide durch die Männer ausgesetzt waren, mit denen Carmela anbändelte, um sie genauso schnell wieder abzulegen wie ihre Kleidung.

Jemmy bedrängte die Velasquez-Familie jedoch nicht mit unerwünschten Fragen, da er zu überwältigt von Erleichterung war. Die wich bald schon einer tiefen Scham, und schließlich trauerte er doch noch um Carmela, um das junge Mädchen, dem er begegnet war und das er geliebt hatte. Und er dachte lange darüber nach, ob die Frau, die er geliebt hatte, womöglich nur in seiner Phantasie existierte.

Jetzt hatte er eine andere Frau. Er seufzte, als ihm klar

wurde, warum er ausgerechnet heute Abend an Carmela dachte. Die beiden Frauen waren sich nicht im Geringsten ähnlich, und doch hatten sie eines gemein. Wenn er sich nicht vorsah, könnte Maude ihm eine ebenso tiefe Wunde beibringen, wie Carmela es getan hatte.

Nun, ich muss eben vorsichtig sein, dachte er und schloss die Läden gegen die kühle Nachtluft. Er hatte den Gedanken noch nicht zu Ende gedacht, als er sich fragte, ob es nicht schon zu spät war.

Kapitel 26

»Mylady.«

Celia machte einen Knicks und nahm Alyson den Umhang von den Schultern.

»Wir brauchen euch hier nicht mehr«, sagte sie streng zu den anderen Kammerdienerinnen. »Ich werde Mylady allein umkleiden.«

Sobald sie allein waren, warf Celia den Umhang aufs Bett und setzte sich. »Willkommen daheim«, sagte sie. »Lord Darnley erwartet dich morgen bei Sonnenaufgang.«

»Morgen? Aber woher weiß er …«

»Er weiß über jeden deiner Schritte Bescheid«, fiel Celia ihr ins Wort. »Denk immer daran. Und jetzt geh schlafen und sei morgen rechtzeitig fertig.«

Die Zeit *musste* näher rücken, dachte Alyson, als sie sich in ihr weiches Bett legte. Wie lange hatte sie noch? Wie lange hatten sie alle noch?

Es wurde zusehends schwieriger für Alyson, sich unbemerkt davonzuschleichen. Auf ihrem Weg zu den Ställen begegnete sie erst Maggie und dann Malcolm, der sie inständig bat, mit ihr ausreiten zu dürfen. Bis Celia und sie endlich aus dem Stallhof ritten, waren sie bereits deutlich verspätet.

Gleich bei ihrer Ankunft auf der Lichtung sah sie Robin, der neben Lord Darnley stand. Sir Robert saß noch auf seiner Stute. Mit einem Schrei schwang Alyson sich vom Pferd und lief zu ihrem Bruder. Nach einer herzlichen Umarmung hielt sie ihn auf Armeslänge entfernt und musterte ihn. Er hatte ein wenig zugenommen, stellte sie auf den ersten Blick fest. Der hungrige Ausdruck in seinem Gesicht war verschwunden und seine Augen strahlten. Seine blonden Locken waren ordentlich gekämmt und mit einer Schleife nach hinten gebunden. Zudem trug er die Livree eines Pagen.

Er erzählte aufgeregt, dass Sir Robert ihn in seine Dienste genommen und ihm bereits das Reiten beigebracht hätte. »… und Ally, warte, bis du mich siehst! Er hat mir gezeigt, wie ich seinen Falken halte, und ich durfte ihn sogar einmal fliegen lassen …« Er rannte zu den Pferden und Alyson richtete sich wieder auf.

»Nun?«, fragte Darnley streng. »Haben sie einen Verdacht?«

»Mylord«, flüsterte sie hastig und fingerte dabei nervös an ihrem Rock. »Ich kann das nicht. Ich kann wirklich nicht. Bitte, bitte, lasst mich mit Euch nach Hause kommen. Es muss einen anderen Weg geben. Ich bin sicher, dass Lord Kirallen mit Euch reden würde, wenn Ihr nur …«

Er packte ihren Arm so fest, dass sie vor Schmerz aufschrie. »O nein, Mädchen, wir haben eine Vereinbarung. Die Zeit ist fast um. Nicht mehr lange, dann werde ich sie erledigen. Hast du verstanden?«

»Wie bald, Mylord?«

»Das geht dich nichts an. Leiste du einfach deinen Teil.«

»Aber Ihr braucht mich nicht mehr!«, rief Alyson verzweifelt. »Lasst Celia bleiben.«

»Denkst du, sie werden sie behalten, wenn du wegläufst? Wir dürfen nichts tun, was ihr Misstrauen weckt, jetzt nicht mehr. Du gehst zurück und spielst deine Rolle. Und, bei Gott, du solltest sie gut spielen. Ich werde es erfahren, solltest du es nicht tun. Ich lasse Robert hier. Er wird dich jeden Morgen hier treffen. Sollte irgendetwas schief gehen, findest du oder Celia ihn hier. Den Jungen nehme ich mit.«

Alyson sah zu Robin, der mit einem Falken auf dem Arm bei Sir Robert stand. »Sei dir darüber im Klaren, dass ich nicht zögern würde«, warnte Darnley sie. »Ich könnte ihm ohne weiteres die Kehle aufschlitzen.« Er stieß Alyson mit solcher Kraft weg, dass sie stolperte und beinahe hintenüber fiel.

Robin kam wieder zu ihr gelaufen und zeigte ihr den Vogel. Sie gab vor, sehr interessiert zu sein, und betrachtete den Falken eingehend, während Robin ihr alles darüber erzählte, wie er gefangen worden war und wie man ihn pflegte. Schließlich war es Zeit zu gehen, und Alyson drückte ihren Bruder so lange an sich, dass der schon ungeduldig zu zappeln begann. »Ally, was ist denn?«, fragte er und sah sie an. »Du weinst ja!«

»Nein, na ja, vielleicht ein bisschen. Ich vermisse dich eben.«

»Aber du kommst doch wieder, oder?«

Sie nickte und versicherte, bald wieder bei ihm zu sein. Dann sah sie zu, wie er aufs Pferd stieg und davonritt. Neben dem massigen Lord Darnley nahm Robin sich besonders klein und zart aus. Sobald die beiden außer Sicht waren, wies sie Celia an, schon zur Burg zurückzureiten, und sagte, sie würde gleich nachkommen.

»Sir Robert«, begann sie zögerlich, als sie mit dem Ritter allein war. »Sollte mir etwas zustoßen …«

»Wird es nicht«, unterbrach er sie direkt. »Das hier wird alles bald vorbei sein und du kannst wieder nach Hause.«

»Natürlich«, stimmte sie ihm zu. Ihre Blicke trafen sich in

einem stummen Einverständnis, dass das eine Lüge war. »Aber wie dem auch sein, sollte irgendetwas geschehen, würde ich Robin gern versorgt wissen. Würdet Ihr ihn zu Euch nehmen?«

Er hob an, ihr zu widersprechen, besann sich dann allerdings. »Ja, werde ich. Er ist ein guter Junge, sehr klug.«

»Das ist er. Ich danke Euch. Damit nehmt Ihr mir eine Last vom Herzen.«

»Alyson.«

Sie hatte bereits einen Fuß im Steigbügel und drehte sich noch einmal um.

»Ich habe versucht, ihn fortzuschicken, nach London, um genau zu sein. Aber John hat es herausgefunden und verhindert. Er ist seitdem sehr wütend auf mich. Ich könnte es kein zweites Mal wagen, sonst jagt er mich davon.«

»Danke«, sagte sie. »Es war sehr freundlich von Euch, das zu versuchen.«

»Warte«, rief er, kam zu ihr und legte ihr eine Hand aufs Knie. »Ich wollte noch sagen, wie Leid es mir tut, dass ich mich jemals auf diese Geschichte eingelassen habe. Du hattest Recht, als du sagtest, John hätte nicht schwören dürfen, wenn er gar nicht vorhatte, zu seinem Wort zu stehen. Aber jetzt ist es zu spät, die Dinge aufzuhalten. Du musst tun, was du tun musst, und dann schnellstens von hier verschwinden.«

»Ja«, sagte sie. »Natürlich. Ich werde tun, was ich tun muss. Auf Wiedersehen, Sir Robert.«

Er stand noch lange da, nachdem sie fortgeritten war, und versuchte, die dunkle Vorahnung zu verdrängen, die ihn seit Tagen in Unruhe versetzte. Hatte er diesen Betrug an den Kirallens wirklich einmal für clever gehalten? Jetzt jedenfalls fand er es nur noch niederträchtig und feige, ein junges Mädchen wie Alyson auf eine Mission zu schicken, die leicht ihren Tod bedeuten konnte. Nein, daran war nichts clever oder gar witzig. Überhaupt nichts.

Wäre er doch nur in London geblieben, wo er hingehörte, und nie an diesen fürchterlichen Ort gekommen! Er bezweifelte, dass er, wenn diese Geschichte vorüber war, jemals wiederkommen würde. Obwohl John und er sich eigentlich nie nahe gestanden hatten, war stets eine gewisse Zuneigung zwischen den beiden Männern gewesen. Nun aber sah Robert, was für ein Mann John in Wahrheit war, und dieser Mann gefiel ihm nicht. Genau genommen war er sogar gefährlich nahe daran, ihn zu hassen. Und Maude, die er einmal für geistreich und charmant gehalten hatte, war nichts als ein selbstsüchtiges, verwöhntes Kind.

Was für eine Familie, dachte er kopfschüttelnd. Und ich bin nicht besser als sie. Er sah, wie Alyson über den Hügel verschwand, und dachte: Sie ist noch die Anständigste von uns – und nun sieh sich einer an, was wir mit ihr gemacht haben.

Zu Beginn hatte Robert keinen Gedanken daran verschwendet, wie Alyson sich dabei fühlen könnte. Ja, er hatte überhaupt nicht überlegt, dass sie Gefühle hätte. Hätte man ihn gefragt, er hätte behauptet, dass sie keine hätte – oder zumindest nicht so verletzliche Gefühle wie ein Mädchen aus gutem Hause. Die unteren Klassen waren anders, das wusste doch jeder! Schon im Kindesalter wurden diese Leute durch ihr karges Leben abgehärtet. Sie ertrugen Kälte, Hunger und Unannehmlichkeiten, die kein Adliger aushalten könnte. Einige von ihnen waren gute Leute, keine Frage, fleißige und durchaus achtbare Menschen. Aber sie waren eben auch einfach und besaßen nun mal nicht die zarteren Gefühle, welche den Adligen vorbehalten waren.

Das hatte Robert einmal geglaubt. Als er noch dachte,

Alyson würde der Verlockung des Goldes erliegen, hatte alles Sinn gemacht. Gier war ein Beweggrund, den er verstand. Nicht, dass er ihn guthieß, aber er lehnte ihn auch nicht rundweg ab. Schließlich war das der Gang der Welt, und Robert hielt sich selbst für einen ausgesprochen weltlich orientierten Mann. Dann hatte Alyson ihm von ihrem Bruder erzählt, und zum ersten Mal hatte er sie verstanden. Da erst hatte er angefangen, sie als Menschen zu sehen, nicht bloß als Werkzeug, das man sich nimmt und benutzt, wie es einem passt. Und was er gesehen hatte, weckte in ihm große Zweifel an dem vermeintlich so weisen Plan.

Trotzdem hatte er nichts unternommen. Nachdem er die Fakten kannte, hätte er einen Weg finden müssen, die Sache zu stoppen, oder sich zumindest weigern sollen, bei etwas so Falschem mitzuwirken. Er tat es nicht. Und mit dieser Last auf seinem Gewissen würde er fortan für den Rest seiner Tage leben müssen. Er konnte nach London zurückkehren und sein altes Leben wieder aufnehmen, aber er wäre nie mehr derselbe. Er würde stets wissen, dass er an einem Komplott beteiligt war, das er nur als schändlich bezeichnen konnte.

Anfangs hatte er gedacht, er könnte eine Ballade aus der Geschichte machen. Er hatte sich ausgemalt, wie er sie am Hof des Herzogs von Lancaster vortrug und wie die rustikalen Gepflogenheiten des Nordens dort für Gelächter sorgen würden. Nun aber war ihm klar, dass er niemandem diese Geschichte erzählen könnte – ausgenommen einem Priester, der ihm die Beichte abnahm. Und sollte eintreten, was er befürchtete – nun, dann könnte er sich Vergebung von Gott und allen Heiligen kaufen und wäre doch nie imstande, sich selbst zu vergeben.

Kapitel 27

Der Lärm im äußeren Burghof war beinahe ohrenbetäubend. Schweine quiekten, Rinder muhten und Kaufleute priesen ihre Waren an. Es war Markt- und Pächtertag in Ravenspur, und Jemmy verbrachte einen langen, heißen Vormittag in der Halle, wo er alle seine Pächter empfing. Er erhielt die Mieten von ihnen und nannte die jeweiligen Summen dem Verwalter, der neben ihm saß und hektisch mit der Feder alle gezahlten Pachtbeträge notierte.

Jemmy war erleichtert, als er am Nachmittag dem Lärm und dem Gestank – dem menschlichen wie dem tierischen – entkommen konnte, der die belebte Halle erfüllte. Er war zu seinem Vater bestellt worden.

Der Burgherr saß im Sonnenzimmer. Als Jemmys Mutter noch lebte, war es in diesem Zimmer immer sehr fröhlich zugegangen. Es war stets voller Frauen gewesen, die nähten, plauderten, lachten und Jemmy kleine Stücke kandierten Ingwers zusteckten, wenn er sie besuchen kam. Heute war es ein Herrenzimmer mit Pergamentrollen, Zaumzeug und abgelegten Waffen auf denselben Regalen, auf denen einst Bänder und Stoffe gelegen hatten. Drei Hunde dösten am Feuer, wo der Burgherr mit einem anderen Mann zusammensaß.

Master Johnson, der Dorfälteste von Dunforth, stand auf

und verneigte sich. »Guten Tag«, sagte er zu Jemmy. »Und lebt wohl. Mylord, ich sehe Euch beim nächsten Markttag.«

Als er an Jemmy vorüberging, sagte er: »Ach, was ich Euch noch sagen wollte, Tavis ist wieder bei seinen Schafen und wohlauf wie immer. Der Junge kommt zurecht. Ich habe dem Lord gerade alles erzählt.«

»Wirklich?«, fragte Jemmy und sah zu seinem Vater.

»Ja, jemand musste es ja tun«, flüsterte Johnson und lächelte Jemmy zu, ehe er den Raum verließ.

»Das war eine recht interessante Geschichte«, sagte Kirallen, der eine Hand nach unten ausstreckte und seinen Hund streichelte. »Ich hätte dir die Gelegenheit geben sollen, sie mir selbst zu erzählen.«

»Nun, jetzt kennst du sie ja.«

»Ja, und Master Johnson hatte auch einiges anderes zu sagen.«

Jemmy war alarmiert und setzte sich vorsichtig hin. »Als da wäre?«

»Er erzählte mir, er hätte seine Zweifel gehabt, als klar war, dass du zurückkommen würdest. Aber er war freudig überrascht festzustellen, dass er sich in dir geirrt hatte. Er meint, du hättest den Fall Tavis so gut geregelt, wie es nur irgend möglich war.« Der Burgherr sah zu seinem Sohn auf. »Und da stimme ich ihm zu.«

Plötzlich stieg Jemmy eine nicht unangenehme Hitze ins Gesicht. »Eine heikle Situation«, sagte er unsicher.

»Durchaus.«

»Und Maude gebührt wenigstens ein Teil des Lobs. Sie hat Tavis recht vehement verteidigt.«

»Ja, auch das erwähnte Master Johnson. Er sagte, sie wäre eine wunderbare Lady und sehr freundlich zu den Kindern im Dorf. Sie waren wohl alle ziemlich überrascht, hatten sie doch recht Gegenteiliges von ihr gehört. Außerdem sprach Master Johnson davon, wie sehr ihr zwei einander zugetan wärt.«

»Master Johnson scheint gern viel zu reden.«

»Und er ist ein aufmerksamer Beobachter. Du sagtest einmal, ich würde Maude und dich wie Spielsteine auf einem Brett betrachten. Mir gefiel das nicht – aber ich erkenne die Wahrheit, wenn ich sie vernehme. Also überlasse ich dir den nächsten Schritt, Jemmy. Was möchtest du tun?«

Jemmy blickte aus dem Fenster zum Himmel, an dem sich ein Unwetter zusammenbraute. Die Hügel waren bereits vollkommen vom Nebel verschlungen. Er rief sich das Bild der *Osprey* ins Gedächtnis, deren Segel sich weiß unter einem strahlend blauen Himmel blähten. Und er stellte sich vor, wie er an Deck stand. Dann fiel ihm der Tag auf dem Hochmoor wieder ein, als Maude ihren Kopf an seine Schulter gelehnt hatte, der Duft von Sonne und süßem Heidekraut eingefangen in ihren Locken. Er biss die Zähne so fest zusammen, dass sich seine Wangenmuskeln spannten, als er schließlich seinen Vater ansah.

»Ich möchte heimkehren.«

»Für immer?«

»Ja.«

Der Burgherr lehnte sich in seinem Sessel zurück und betrachtete Jemmy eingehend. »Und Malcolm? Was wird aus ihm?«

»Behalte ihn als deinen Erben«, antwortete Jemmy. »Das ist mir gleich.«

»Jetzt vielleicht noch. Aber wenn du eigene Kinder hast, denkst du womöglich anders.«

Er vertraut mir also immer noch nicht, dachte Jemmy, doch dann wurde ihm klar, dass sein Vater keineswegs seine Loyalität infrage stellte, sondern ihm einfach die Chance gab, sich alles gründlich zu überlegen.

»Vielleicht«, gab er zu. »Aber ich gebe dir mein Wort, und ich werde dazu stehen.«

»Ich glaube dir«, sagte Kirallen. »Auch wenn es dir schwerer fallen könnte, als du im Moment denkst. Und was ist mit Alistair?«

»Was soll mit ihm sein? Er mag mich nicht und wird mich nie akzeptieren, doch ich denke, ich kann damit umgehen.«

»Ihr müsst zusammenarbeiten. Er hat alle Ritter auf seiner Seite. Ian hat ihnen vielleicht zu viel Freiraum gelassen, aber er wusste genauso gut wie ich, dass man ohne sie nicht herrschen kann. Es kommt auf das richtige Gleichgewicht an, musst du wissen. Manchmal muss man ihnen ein wenig nachgeben.«

Jemmy konnte sich nicht erinnern, dass sein Vater jemals so mit ihm gesprochen hatte. Er behandelte ihn wie einen Gleichgestellten. Wie einen Sohn.

»Ich werde einen Weg finden«, versprach er.

Kirallen lächelte. »Ja, ich denke, das wirst du.«

Kapitel 28

Alyson ritt stundenlang und ließ ihre Mähre durch die Hügel trotten, wie es ihr gefiel. Wolken verdunkelten den Himmel und ein kühler Wind wehte von Norden, aber Alyson bemerkte das heraufziehende Unwetter gar nicht. Sie überlegte, zurückzureiten und Jemmy alles zu erzählen. Konnte sie ihm vertrauen? Sie wusste es nicht. Sie wollte, aber vielleicht lag das nur an den Gefühlen, die er in ihr weckte. Er wollte Frieden, er wollte ihn so sehr, dass er gegen den Willen seines Clans in diese Heirat eingewilligt hatte. Er war ein guter Mann, aber war er stark genug, um Robin und sie zu beschützen? Würde er es überhaupt wollen?

Wie würde er sich fühlen, wenn er erfuhr, wie schrecklich er betrogen worden war? Er würde, nein, er *musste* wütend werden. Doch würde seine Wut sich gegen sie richten? Vielleicht. Selbst wenn nicht, selbst wenn er Mitleid mit ihr empfand, was immerhin möglich war, denn er war ja ein sehr freundlicher Mensch, was konnte er tun? Darnley hatte ihm eine Falle gestellt, und sobald Jemmy davon erfuhr, blieb ihm keine andere Wahl, als entsprechend zu reagieren.

Sie *konnte* es ihm nicht sagen. Er wäre gezwungen, gegen Lord Darnley zu kämpfen. Das war unvermeidlich. Und die Vorbereitungen für eine Schlacht würden nicht unbemerkt bleiben. Dann wüsste Lord Darnley, dass sie ihn gewarnt hatte, und Robin müsste es mit seinem Leben bezahlen.

Aber was war die Alternative? Dass sie schwieg und dabeistand, zusah, wie sie alle starben in dem Wissen, es mitverschuldet zu haben.

Eine tiefe Verzweiflung erfüllte sie. Sie wendete den Kopf ihres Pferds gegen den Wind, schlug die Hacken in seine Seiten und galoppierte über die Hügel, bis sie zu einem hohen, steilen Felsen kam. Dort stieg sie ab, wand die Zügel um einen Busch und begann, den Abhang hinaufzuklettern. Außer Atem erreichte sie den Gipfel.

Sie sah hinunter zu dem Fluss weit unter ihr, dessen Wasser weiß aufschäumend über die scharfkantigen Felsen rauschte. Erschaudernd trat sie einen Schritt zurück. Das war eine Sünde, aber es wäre eine noch viel schlimmere Sünde, weiter zu lügen und damit unschuldige Menschen zu betrügen und in den sicheren Tod zu schicken.

Robin ginge es gut ohne sie. Er war glücklich bei Sir Robert, und sie wusste, dass der Ritter zu seinem Versprechen stehen würde. Robin war in guten Händen. Und wenn sie die Situation ehrlich betrachtete, konnte sie ohnehin nie wieder in ihr altes Leben zurückkehren. Selbst wenn sie überlebte, bis alle Kirallens tot waren, bezweifelte sie, dass Darnley sie wieder in seiner Küche arbeiten ließe. Sie wusste zu viel. Und wo konnte sie sonst hin? Nicht zu den McLarans, erst recht nicht, nachdem sie mitgeholfen hatte, die Ermordung ihrer Freunde und Verwandten zu planen.

Sie konnte nicht nach Ravenspur zurück. Sie konnte auch nicht nach Hause, denn sie hatte kein Zuhause mehr. Ihr blieb kein Ort mehr, an den sie gehen könnte, und nichts mehr zu tun. Das Wasser rauschte in einer endlosen Welle vorbei, und langsam, kaum nachdenkend darüber, was sie tat, näherte Alyson sich langsam dem Abgrund.

Jemmy galoppierte über die Wiesen und hoffte, zu Hause zu sein, bevor der Regen einsetzte. Das Unwetter, das sich über ihm zusammenbraute, schien nicht gerade harmlos zu sein. Er seufzte ungeduldig und dachte daran, was für ein Narr er doch war, sich überhaupt so weit von der Burg wegzubegeben. Bei so viel Dummheit hatte er es verdient, bis auf die Haut durchnässt zu werden.

Er hatte auf Maudes Rückkehr gewartet, doch schließlich war seine Geduld am Ende gewesen und er hatte sich auf die Suche nach ihr gemacht. Mittlerweile war ihm klar, dass es lächerlich war zu glauben, er könnte sie finden. Sie war wahrscheinlich längst wieder in Ravenspur.

Und er war hier draußen und ritt durch den Sturm, der das Gras auf den Boden drückte. Da plötzlich hörte er inmitten des Windgeheuls ein anderes Geräusch, das ihn sein Pferd stoppen und aufhorchen ließ. Ja, da war es wieder. Es war das verängstigte Wiehern eines Pferds. Er folgte der Richtung, aus der das Geräusch kam, und fand eine Mähre, die an einen Busch gebunden war. Es war eindeutig Maudes Pferd. Die Blesse über der Nase und die weißen Flecken am Widerrist waren unverwechselbar. Aber wo war Maude?

In diesem Moment sah er sie weit über sich auf dem Felsen stehen. Ihre Umrisse zeichneten sich scharf vor den dunklen Wolken ab. Seine erste Reaktion war Verärgerung. Was tat das alberne Ding denn da? Wusste sie nicht, wie gefährlich es dort oben war, zumal bei Sturm und Regen? Eilig kletterte er hinauf, denn inzwischen heulte der Wind noch lauter und schon bald würde es heftig zu regnen beginnen.

Als er auf dem Gipfel ankam, hielt er sich gar nicht erst mit Reden auf, sondern riss sie vom Abgrund weg.

»Gütiger Gott, Lady, bist du wahnsinnig?«

»Lass mich los!«, schrie sie und wollte sich von ihm losreißen.

»Nein, erst wenn du mir verrätst, was du hier oben machst. Du hättest hinunterstürzen …«

Sie stemmte die Hände gegen seine Brust und drückte ihn mit aller Kraft weg. Er stolperte rückwärts und sie entwand sich ihm. Der Regen setzte ein und goss in solchen Strömen vom Himmel, dass er Jemmy die Sicht nahm, als er nach vorn sprang und seine Frau bei den Knien fasste. Sie schlug unsanft auf den Boden und lag atemlos da, als er zu ihr auf den Vorsprung kroch. Dort bildete sich bereits ein Schlammfluss. Kurz darauf lag er schwer atmend neben ihr.

»Komm.« Er packte ihren Arm und zog sie hoch, wobei er nur mit Mühe die Balance hielt. »Du kommst mit mir.«

Alyson war zu erschöpft und zu durcheinander, um klar zu denken. Sie folgte Jemmy zu dem Platz, an dem sie ihr Pferd angebunden hatte. Das Tier war fort. In seiner Panik vor dem heranziehenden Gewitter hatte es sich offenbar losgerissen und war davongerannt. Jemmy hob sie in seinen Sattel und setzte sich hinter sie. Dann ritten sie los.

Wohin kann ich gehen? Was kann ich tun? Diese Fragen kreisten unaufhaltsam durch Alysons Gedanken, bis sie jedweden Sinn verloren. Sie lehnte sich an Jemmys Schulter und schloss die Augen. Er ist sehr stark, dachte sie schläfrig. Wenn ich ihm doch nur vertrauen könnte, wie anders wäre alles. Aber ich kann nicht.

Warum konnte sie nicht? Sie erinnerte sich nicht mehr, weil sie nicht denken konnte. Es war einfach alles zu viel. Sie hätte springen sollen. Sie wollte ja. Aber dann war ihr gewesen, als hätte die Stimme ihrer Mutter sie gerufen. Als sie sich umgesehen hatte, war niemand da gewesen. Dann jedoch hatte sie sich erinnert, wie Clare sagte, dass Selbstmord eine schreckliche Sünde wäre, und da hatte Alyson sich für ihre Feigheit verachtet. Wenn Clare imstande gewesen war weiterzumachen nach allem, was sie erlitten hatte, wie konnte Alyson da aufgeben?

Was tue ich jetzt?, fragte sie sich verzweifelt. Wohin kann ich gehen? Sie wünschte, sie könnte auf ewig mit Jemmy reiten, sicher umfangen von seinen Armen.

Doch irgendwann erreichten sie die Stallungen. Außer den Pferden, die ruhig in den Boxen standen und fraßen, war niemand dort. Sie stiegen ab und Alyson stand mit gesenktem Kopf da, während Jemmy seinen Hengst absattelte und ihm eine Decke über den dampfenden Rücken warf. Wozu sollte sie hineingehen?, fragte sich Alyson. Wozu sollte sie überhaupt irgendetwas tun?

»Maude«, sagte er abrupt. »Bist du hier so unglücklich? Wir können die Ehe annullieren lassen. Ich werde zu meinem Vater gehen und ihm erklären …«

»Nein!«, schrie sie. »Bitte, Mylord, tu das nicht!« Sie legte die Hände auf seine Schultern und sah ihn flehend an. »Ich tue alles, was du verlangst, aber bitte, ich bitte dich, sag deinem Vater nichts davon.«

»Eine Annullierung ist keine Schande. Es wäre so, als hätte es die Ehe nie gegeben. Es ist nicht zu spät, um alles wieder rückgängig zu machen.«

»Nein«, sie schüttelte den Kopf. »Bitte nicht.«

»Was hast du dort oben auf dem Felsen gemacht?«, fragte er streng. »Es sah aus, als wolltest du …«

»Nein, wollte ich nicht, ehrlich nicht. Bitte, Mylord, bitte glaub mir. Ich brauchte einfach nur ein bisschen … ich wollte ein wenig allein sein, und ich habe nicht gemerkt, wie das Gewitter aufzog.«

»Lüg mich nicht an. Nicht jetzt. Ich dachte, du hättest dich an uns gewöhnt, aber wenn ich mich geirrt habe, musst du es mir sagen. Dein Vater wird es dir nicht verübeln … Ich werde ihm sagen, dass du dich ernsthaft bemüht hast und dass alles meine Schuld ist.«

Sie zitterte vor Kälte und vor Angst davor, was geschehen würde, sollte Jemmy zu Darnley gehen und um eine Annullierung bitten. »Nein!«, flüsterte sie. »Keine Annullierung. Bitte.«

Er fasste ihre Schultern und schüttelte sie sanft. »Was willst du denn dann? Wie kann ich dir helfen, wenn du nicht mit mir redest? Sprich mit mir, Maude! Hilf mir, dich zu verstehen.«

Sie schloss die Augen und versuchte angestrengt, klar zu denken. Sie konnte ihm die Wahrheit nicht sagen. Noch nicht und nicht so. Aber ihr fiel auch nichts anderes ein, was sie sagen könnte.

»Liegt es an mir?«, fragte er heiser. »Ist es das?«

»Nein!«, rief sie aus. »Du bist so freundlich …«

Und dann lag sie plötzlich in seinen Armen, das Gesicht in die durchnässte Wolle seines Gambesons gepresst.

Von irgendwoher warnte eine Stimme, dass es dumm und gefährlich war, wenn sie sich jetzt vergaß. Nur für einen Moment, sagte sie sich, als Jemmy sich zu ihr hinabbeugte und sie leidenschaftlich küsste. Sie wollte ja zurückweichen, doch stattdessen schlang sie die Arme um seinen Hals und erwiderte seinen Kuss voller verzweifelter Sehnsucht.

Seine Hand strich über ihre Brust, woraufhin sie eine Welle von Verlangen durchfuhr, die ihr einen erschrockenen Wonneschrei entlockte. Er löste die Schleifen ihres Kleides mit vor Hast ungeschickten Fingern, ehe er ihr das Kleid über die Schultern hinunterschob. Dann beugte er den Kopf hinunter und wärmte Alysons eisige Haut mit seinen Lippen. Zunächst liebkoste er sie zaghaft, doch dann berührte seine Zunge ihre Brustspitze. Sie vergrub die Finger in seinem Haar und zog ihn mit einem stummen Schrei noch dichter an sich.

Kurz darauf lagen sie auf einem Haufen frischen Strohs und Jemmy half ihr, das nasse Kleid auszuziehen. Ihrer beider Hände zitterten so sehr, dass sie Mühe mit dem regengetränkten Stoff hatten. Schließlich lag Alyson nackt vor ihm und empfand nicht die geringste Scham, sondern nur Erleichterung, als er sie an sich zog und aufs Neue küsste. Anfangs schüchtern, doch mit rasch zunehmendem Verlangen ertastete sie mit den Händen seinen Körper, fühlte die festen Muskeln seines Rückens, streichelte seine Arme und nahm das Lederband aus seinem Haar, um die Finger in seine feuchten Locken zu winden.

Mit bebenden Händen streifte sie ihm das Gambeson ab und zitterte vor Wonne, als sie seine bloße Haut an ihrem Körper spürte. Es gab keine Furcht, keine Angst mehr vor dem, was der Morgen bringen würde. Es gab nur noch den Moment, die Berührung seiner Hände und das Gefühl seiner Lippen auf ihren. Und dann war da noch ein schmerzliches Ziehen, das sie nicht verstand und nicht verstehen wollte, denn ihr Körper bewegte sich mit einem Wissen, das jenseits allen Verstehens war. Seine Hand strich sanft von ihrem Knie zu ihrem Knöchel, dann wieder hinauf und diesmal höher. Sie bog sich ihm entgegen. Um sie herum war nichts als der süßliche Geruch frischen Heus und das Trommeln des Regens auf dem Dach.

Sie spürte einen kurzen, schneidenden Schmerz, als er in sie eindrang, und schrie auf, wobei sie ihn zugleich näher an sich heranzog. Und auf einmal bewegten sie sich gemeinsam auf eine Art, die sie niemals für möglich gehalten hätte. Sie waren eins, ein Körper und ein Leib, und erstmals begriff sie die Worte, die für sie bislang ohne jede Bedeutung gewesen waren. Sie rief seinen Namen – oder war er es, der ihren rief? Sie wusste es nicht, und es war auch gänzlich unbedeutend, denn sie waren ja eins.

Alyson wurde sich nur allmählich wieder ihrer selbst bewusst. Sie fühlte das Kitzeln des Strohs auf ihrer Haut, das schnelle Pochen seines Herzens unter ihrer Wange, als sie ineinander verschlungen dalagen und ihr Atem mit jedem Zug langsamer ging. Inmitten all ihrer Freude empfand Alyson eine Leere, eine Traurigkeit darüber, nicht mehr mit ihm vereint zu sein.

Nun, da die erste Ungeduld ihres Verlangens nachließ, erkundeten sie sich mit sanften Händen und verweilenden Küssen. Jemmys Haar duftete nach Regenwasser und Wildkräutern, und seine Haut schmeckte ein wenig salzig. Sie wollte es bis zum Letzten auskosten, seine Haut unter ihren Händen zu fühlen, und jede Stelle seines Körpers war für sie ein neues Geheimnis, das es zu entdecken galt. Schließlich sah sie ihm in die Augen und verlor sich in ihrer dunklen Tiefe. Ihr war nicht einmal bewusst, dass sie weinte, bis er die Tränen von ihren Wangen küsste.

»Hab ich dir wehgetan?«, fragte er. »Das tut mir Leid. Beim ersten Mal kann es schmerzhaft sein, aber du wirst sehen, jetzt ist es besser.«

»Besser, Mylord?«, fragte sie, gleichzeitig lachend und weinend. »Ich kann mir nicht vorstellen …«

Er lächelte, und ihr Herz vollführte einen Hüpfer in ihrer Brust. »Du musst nicht ›Mylord‹ sagen, nicht in einem solchen Moment.«

»Jemmy«, flüsterte sie und malte mit den Fingerspitzen die dunklen Bögen seiner Augenbrauen, die scharfe Linie seiner Wangenknochen und den rauen Ansatz seines Bartes nach. »Jemmy«, wiederholte sie sanft. Ach, sie könnte seinen Namen tausend Mal sagen und nie genug von seinem Klang bekommen.

Die Tür ging auf und ein junger Mann kam in den Stall.

Jemmy nahm eine Pferdedecke vom Wandhaken und deckte sie beide zu. Alyson vergrub das Gesicht an seiner Schulter.

»Mylord«, sagte der Junge verwirrt. »Entschuldigt, dass ich Euch störe. Ich habe Euch gerade suchen wollen.«

»Nun, jetzt hast du mich gefunden.«

»Ja. Euer Vater schickt mich. Er macht sich Sorgen um Eure Lady. Sie ist noch nicht von ihrem Ausritt zurück.«

»Sag ihm, er braucht sich keine Sorgen zu machen«, sagte Jemmy und nahm Alyson noch fester in die Arme.

»Aber, Mylord, ihr Pferd ist vor einer Stunde zurückgekommen, und von ihr konnten wir keine Spur entdecken.«

»Sie ist hier, Alec.«

»Hier?«

Alyson hob den Kopf, worauf der Junge einen Satz zurück machte und beinahe über seine eigenen Füße stolperte. »Tut mir Leid, Mylady … Mylord, bitte vergebt mir …«

Er drehte sich um und floh aus dem Stall.

Jemmys und Alysons Blicke trafen sich, und beide begannen zu lachen. »Tja, da dürften sie einigen Gesprächsstoff haben!«, sagte Jemmy, dann seufzte er und sah zur Tür.

»Nein, Sir, Ihr könnt da nicht reingehen«, hörten sie Alec draußen vor der Stalltür.

»Was soll das heißen, ich kann da nicht rein? Verdammt, Junge, ich brauche mein Pferd!«, antwortete eine vertraute Stimme.

»Wir sollten lieber aufstehen«, sagte Jemmy und suchte im Stroh nach ihren Kleidern.

Alyson zog sich schweigend an. Sie musste ihm alles sagen, gleich jetzt und schnell, ehe sie der Mut verließ. Gott allein wusste, was danach geschehen würde, doch eines war sicher: Sie würde ihn nie wiedersehen.

Als sie jedoch eine Hand auf seinen Arm legte, sprach eine

Stimme laut und klar in ihr. Die Stimme fragte sie eindringlich, ob sie nicht ein Recht auf eine Nacht Glück hatte. Nur eine? Nein, widersprach sie der Stimme, das wäre eine abscheuliche Täuschung ihm gegenüber. Sie musste es ihm sagen. Sie musste ihm auf der Stelle alles sagen.

»Was ist?«, fragte Jemmy und sah sie so zärtlich an, dass es ihr die Kehle zuschnürte. »Was ist los? Was immer dich bedrückt, sag es mir, ich werde alles richten, ich schwör's.«

»Ich …«

In diesem Augenblick wurde die Tür aufgestoßen und mehrere Männer kamen herein, allen voran Alistair. Er blieb stehen und starrte die beiden an. Ein hämisches Lächeln umspielte seine Lippen, als er die schmutzige, zerwühlte Kleidung des Paares und das Stroh sah, das überall an ihnen haftete.

»Entschuldigt uns«, sagte Jemmy und schob ihn beiseite.

»Natürlich, Mylord. Mylady.«

Alistair machte eine seiner übertriebenen Verbeugungen und winkte ausladend mit einer Hand, um ihnen zu bedeuten, dass sie nur an ihm vorbeigehen sollten. Die Männer bei ihm brachen in schallendes Gelächter aus.

Inzwischen hatte der Regen aufgehört, und als sie aus dem Stall kamen, drang sogar wieder die Sonne durch die dunklen Wolken und brachte die nassen Pflastersteine zum Glänzen.

»Also«, sagte Jemmy und zog Alyson zur Seite. »Was wolltest du mir sagen?«

Alyson schüttelte den Kopf und hielt sich an Jemmys Arm fest.

»Nichts, Jemmy«, flüsterte sie und lehnte sich an seine Schulter. »Das kann warten.«

Kapitel 29

An diesem Abend nahmen sie ihr Mahl auf Alysons Zimmer ein. Maggie bediente sie allein und strahlte vor Freude, als sie den beiden das Essen servierte. Und sie lachte vor sich hin, als sie es später wieder abräumte, ohne dass etwas angerührt worden war. Dann warf sie frische Scheite in den Kamin und ließ das Paar allein. Sie war sicher, dass die zwei sie gar nicht bemerkt hatten. Sie saßen gemeinsam in dem breiten Sessel, unterhielten sich leise und lachten. Gott sei Dank, dachte Maggie. Es hatte sie betrübt zu sehen, wie unglücklich ihr junger Herr seit seiner Rückkehr war. Vielleicht würde er nun endlich zur Ruhe kommen und etwas Vergnügen an seinem neuen Leben finden. Sie hatte ihre Zweifel an dieser Heirat gehabt – wer nicht? –, aber wie es schien, hatte Lady Maude eine seltsame und erstaunliche Wandlung durchgemacht. Vielleicht war sie aber auch gar nicht so erstaunlich, überlegte Maggie lächelnd. Vielleicht handelte es sich um die natürlichste Wandlung der Welt.

Als sie mit dem Tablett auf den Flur trat, fand sie Celia, die gleich außerhalb des Zimmers wartete.

»Du wirst heute Abend nicht mehr gebraucht«, sagte Maggie.

Das Mädchen runzelte die Stirn. »Aber ich muss Mylady zur Nacht umkleiden«, konterte sie und griff nach dem Türriegel.

»Das würde ich lassen«, sagte Maggie streng. Doch Celia warf den Kopf in den Nacken und stieß die Tür auf.

Alyson seufzte und schmiegte sich näher an Jemmy, eingehüllt von einem goldenen Nebel puren Wohlgefühls. Ob es nun richtig oder falsch war, sie würde diese Nacht haben, die eine Nacht, von der sie wünschte, dass sie niemals endete. Dass sie enden musste, war etwas, das sie nur zu gut wusste, aber solange sie dauerte, wollte sie jeden Moment genießen.

Sein Hausmantel an ihrer Wange war wunderbar weich. Er war aus rotem Samt und lose in der Mitte gegürtet, und er duftete köstlich und unverwechselbar nach Jemmy. Sein Duft trug eine Note von Wildkräutern, die Alyson an die exotischen Länder denken ließ, die er auf seinen Reisen besucht haben musste. Sie berührte seinen goldenen Ohrring, was sie schon lange wollte, und strich ihm das dichte dunkle Haar aus dem Gesicht. Heute Nacht wollte sie jeden Zentimeter von ihm erforschen, und zwar gründlich genug, um ein Leben lang davon zehren zu können.

Sie beugte sich vor und strich mit den Lippen über den Teil seiner Brust, über dem der Hausmantel aufklaffte. Dann fasste sie kühn mit den Händen unter den Mantel. Die harten Muskeln an Jemmys Bauch spannten sich unter ihren Fingern, und vor Wonne atmete er hörbar ein.

Sie sah ihn an und erkannte, dass er sie mit genau jenem Lächeln betrachtete, das sie ihm zu entlocken gehofft hatte. So würde sie ihn in Erinnerung behalten – sein Gesicht sanft, jung und glücklich und die Augen glühend vor Verlangen.

Die Tür ging auf und Alyson lehnte sich wieder an Jemmy, gänzlich gefangen von dem Gefühl seiner Lippen auf ihrem Haar. Sie vertraute darauf, dass er den Eindringling fortschickte, wer immer es auch sein mochte. Bei dem Klang von

Celias Stimme jedoch wurde sie jäh in die Wirklichkeit zurückkatapultiert.

»Habt Ihr noch einen Wunsch, Mylady?«, fragte das Mädchen und deutete die obligatorische Verbeugung an. Alyson wollte sie nicht ansehen, tat es aber dennoch und erschrak. Celias blaue Augen waren kalt wie Eis und hielten Alysons Blick erbarmungslos fest. Doch Celia konnte nichts tun, nicht jetzt, wollte sie ihren eigenen Betrug nicht preisgeben.

»Heute nicht, Mädchen«, antwortete Jemmy unbekümmert. »Geh nur und leg dich schlafen.«

Celia ging aber nicht, ebenso wenig wie sie aufhörte, Alyson anzustarren. Sie warnte sie mit ihren Blicken und sagte drohend: »Wenn Ihr ganz sicher seid, *Mylady*.«

Alyson wusste, dass Jemmy nicht erkennen würde, was sie mit der Betonung des letzten Wortes gemeint hatte. Sie hingegen erkannte es nur zu klar, und ein eiskalter Schauer fuhr ihr mitten ins Herz.

»Ja«, sagte sie, wobei ihre Stimme vor Angst schrill wurde. »Du hast Mylord gehört, Celia. Du kannst gehen.«

»Sehr wohl.«

Als sie wieder allein waren, versuchte Alyson vergebens, sich so geborgen und wunderbar zu fühlen wie vorher. All die schönen Empfindungen schienen unwiederbringlich fort. Stattdessen fragte sie sich voller Schrecken, was sie hier tat. Wie konnte sie so verdorben sein, Jemmy auf diese beschämende Art zu betrügen? Sie nahm von ihm, was er ihr nie geben würde, wenn er die Wahrheit wüsste. Und dennoch ... Morgen wäre noch genug Zeit, ihm alles zu sagen. Würde eine Nacht denn wirklich so viel ausmachen?

»Was ist?«, fragte Jemmy, der ihren Stimmungswandel sofort bemerkte. Seine Empfindsamkeit rührte und ängstigte sie gleichermaßen. »Was bekümmert dich?«

»Ich mag sie nicht«, sagte Alyson leise und starrte ins Feuer.

»Dann schicken wir sie wieder nach Hause«, schlug Jemmy vor und zuckte mit den breiten Schultern.

»Ja, das tun wir. Genau das werden wir machen.«

Wäre es doch bloß so einfach! Morgen früh war Celia gewiss verschwunden. Sie würde zu Sir Robert laufen und ihm alles sagen, was sie in Erfahrung gebracht hatte, einschließlich dem, was sie heute Abend hier gesehen hatte. Aber nein, tröstete Alyson sich, dazu würde Celia gar keine Gelegenheit mehr haben. Denn bis zum Morgen wusste Jemmy die Wahrheit und er würde sie aufhalten. Was er mit Alyson machte, stand auf einem anderen Blatt, doch auch das geschah erst morgen. Sie konnte immer noch diese eine Nacht bekommen, und die wollte sie, egal was dabei herauskam. Und beim ersten Morgenlicht würde sie die ganze erbärmliche Geschichte beichten.

Ach, er würde so wütend sein, dachte sie und versuchte, seine Hand auf ihrer Schulter zu ignorieren. Besser erzählte sie ihm gleich alles, ehe sie noch weiter gingen. Seine Hand strich sanft über ihren Hals, über ihr Kinn und schließlich über ihre Lippen. Sie öffnete den Mund, um ihm ihr Geständnis abzulegen, doch stattdessen nahm sie seinen Finger behutsam zwischen die Zähne und streichelte ihn sacht mit ihrer Zunge. Er gab einen kehligen Laut von sich, der irgendwo zwischen einem Lachen und einem Stöhnen lag. Dann stand er auf, hob sie mit verblüffender Leichtigkeit hoch und trug sie zum Bett.

Nur eine Nacht, flehte Alyson ihr Gewissen an und vergrub das Gesicht an Jemmys Brust. Das war nicht zu viel verlangt, nein, wahrlich nicht, nicht wenn man es gegen ein ganzes Leben ohne ihn abwog. Doch wie falsch war es, ihn so zu täuschen – mit der schlimmsten Lüge, die Alyson sich vorstellen konnte. Zwar war sie schon so viel zu tief in die ganze Intrige verstrickt, doch dabei hatte sie keine andere Wahl gehabt. Was sie allerdings jetzt tat, diese Lüge, war etwas anderes, denn sie erzählte sie ihm aus freien Stücken. Konnte sie das wirklich tun? Sie, die sich stets eingebildet hatte, ein ehrlicher Mensch zu sein?

Das Bett war weich, einladend, und als Jemmy seinen Hausmantel ablegte, schien das Feuer auf die sonnengebräunten Muskeln seines Körpers. Und wenn ich dafür in der Hölle schmoren muss, dann sei es eben so, dachte Alyson und streckte ihm die Arme entgegen. Danach lösten sich all ihre Gedanken in einer Welle feurigen Verlangens auf, während Jemmy sich über sie beugte und sich sein Haar wie ein dunkler Vorhang um ihr Gesicht legte.

Die Nacht war erst zur Hälfte um, als Jemmy erwachte und feststellte, dass er allein war. Er stützte sich auf einen Ellbogen auf und sah Maude, die vor dem Fenster stand. Sie hatte die Läden weit aufgestoßen, so dass das Mondlicht ins Zimmer fiel. Maude trug nichts außer einem Mantel aus Haar, der ihr fast bis zu den Knien reichte. Zwischen den Locken war hier und da etwas Haut zu sehen, die im fahlen Licht hell wie Marmor schimmerte. Jemmy stand auf und nahm die Decke vom Bett. Dann ging er zu ihr und hüllte sie beide darin ein.

»Du leichtsinniges Mädchen, du wirst dir den Tod holen«, schimpfte er lächelnd und zog sie an sich. »Warum bist du nicht im Bett?«

»Ach, ich konnte nicht schlafen. Nicht heute Nacht.«

Sie drehte sich um, schlang die Arme um seine Hüften und schmiegte die Wange an seine Schulter. Da war es wieder, dieses seltsame Gefühl von Vollkommenheit. Es war wie jenes Schmuckstück, das er vor Jahren auf einem orientalischen Markt gesehen hatte. Ein Ring aus zwei Bändern. Kannte man den besonderen Trick nicht, handelte es sich um nichts als zwei Metallbänder, die merkwürdig gebogen waren. Eine geübte Hand jedoch konnte sie so zusammenfügen, dass sie eins wurden – und um ein Vielfaches schöner waren, als jeder einzelne Ring für sich je sein könnte.

Er lächelte, weil ihm dieses Bild gefiel, und dachte daran, dass er irgendwo in seiner Truhe noch ein solches Schmuckstück haben müsste. Morgen sollte Maude es an ihrer Hand tragen. Und eines stillen Tages, wenn sie Jahre verheiratet waren und ihnen nicht mehr einfallen wollte, worüber sie reden könnten, würde er ihr verraten, was der Ring bedeutete.

»Sieh nur«, sagte sie leise und riss ihn aus seinen Träumen. »Ist es nicht wunderschön?«

Das Tal unter ihnen war in Nebel gehüllt, so dass alles darin weich wirkte. Es war beinahe nicht wiederzuerkennen. Über ihnen schien silbrig hell der Mond inmitten unzähliger leuchtender Sterne. In dem Moment, da Jemmy hinaufschaute, schoss einer von ihnen zur Erde hinab. Jemmy hielt Maude noch fester.

»Da, jetzt musst du dir etwas wünschen. Man sagt, es geht ganz sicher in Erfüllung.«

Er lachte, während er sprach, aber sie schloss sofort die Augen und zog die Brauen zusammen vor Konzentration.

»Na, was hast du dir denn so inbrünstig gewünscht?«, fragte er amüsiert.

»Nein, du zuerst. Was würdest du dir wünschen, wenn du dir alles wünschen darfst, was du willst?«

»Tja …« Er stützte das Kinn auf ihren Kopf und blickte in die Nacht. »Im Augenblick denke ich, wenn ich alles haben könnte … Ich würde dich mitnehmen und wieder zur See fahren. Das hier«, er nickte zum offenen Fenster, »ist wirklich schön, schätze ich, aber manchmal wird mir darin so beengt zumute, dass ich kaum noch Luft bekomme.«

Er verstummte. Es war sinnlos, jemandem die Weite des Meeres beschreiben zu wollen, der sie nie erlebt hatte. Und dennoch *wollte* er, dass sie ihn verstand. »Der Geruch des Meeres ist wie …«, begann er langsam und suchte nach den richtigen Worten. »Nun, es ist eigentlich überhaupt kein Geruch. Es ist mehr so, als würde man den kräftigsten Wein trinken, den du dir vorstellen kannst, und zugleich ist es besser, als je ein Wein sein könnte. Es macht dich benommen und schläfrig, während es gleichzeitig alle Spinnweben aus deinen Gedanken hinwegfegt. Auf einmal liegt die Welt vor dir, schön und frisch und vollkommen neu.«

Er schloss die Augen und atmete tief ein. Dabei erinnerte er sich an den Salzwassergeschmack auf seinen Lippen und fühlte wieder den vertrauten Verlustschmerz. »Und der Klang«, sagte er mit geschlossenen Augen. »Wenn die Wellen auf den Strand schlagen … Er ist jedes Mal anders und doch immer gleich, wie ein Lied, das dir ins Blut übergeht, bis du ohne es nicht mehr leben kannst.«

»Du würdest alles hier für das Meer aufgeben?«

Seufzend schlug er die Augen auf. Sein erster Gedanke war, ihr die hübsche Lüge aufzutischen, die sie zweifellos erwartete, und ihr zu sagen, dass er rundum glücklich wäre, solange sie bei ihm war. Aber auf einmal war es ihm ungemein wichtig, dass sie diese eine Sache verstand, die wohl wichtigste Sache für ihn.

»Ich habe manchmal daran gedacht – na ja, jeden Tag und jede Nacht, wenn du die Wahrheit wissen willst. Ach, ich wünschte, ich könnte dir zeigen, wie es ist, an Deck zu stehen, wenn die Reise gerade beginnt und noch alles vor dir liegt.«

»Und es interessiert dich nicht, wohin du reist?«

»Nein, eigentlich nicht. Mir geht es um das … das …«

»Das Fortgehen.«

»Ja«, sagte er ein wenig verwundert, wie gut sie ihn zu verstehen schien. »Genau das ist es.«

»Ich verstehe. Aber«, sie zögerte einen Moment, dann fragte sie: »Was ist es, vor dem du wegläufst?«

»Ich laufe vor nichts weg«, sagte er, obwohl er, noch während er die Worte aussprach, wusste, dass er log. »Es ist … nun, es ist das Abenteuer, die Freiheit.«

»Ja, Freiheit ist eine schöne Sache, zumindest habe ich das gehört. Aber wenn du ohne dieses Fortgehen nicht leben kannst, dann ist es doch auch keine richtige Freiheit, oder?«

Ihre Stimmung schlug plötzlich um und sie warf ihm ein Lächeln zu. »Trotzdem würde ich es gern einmal selbst ausprobieren. Warum laufen wir nicht zusammen weg, Jemmy? Wir brechen gleich jetzt auf, noch heute Nacht. Wir lassen alles hinter uns und fangen neu an.«

»Würdest du das wollen?«, fragte er und lächelte sie an. »Würdest du mit mir kommen, wenn ich dich bitte?«

»Ja, das würde ich.«

Für einen Moment war die Sehnsucht in Jemmy so stark, dass sie fast zu einem körperlichen Schmerz wurde. »Gewiss, das ist ein herrlicher Traum, nicht wahr?«, sagte er schließlich. »Aber für uns kommt er leider nicht infrage. Ich fürchte, es ist die Zeit gekommen, diesen Traum aufzugeben. Obwohl, ehrlich gesagt«, er grinste und kniff sie sacht in die weiche Haut an ihrer Taille, »kommt es mir im Moment gar nicht so schrecklich vor. Und was ist mit dir? Was hast du dir gewünscht?«

Sie schwieg so lange, dass er schon dachte, sie würde nicht

antworten, doch dann stellte sie sich auf die Zehenspitzen und flüsterte ihm ins Ohr.

Er lachte ein tiefes, kehliges Lachen. Es war eine Mischung aus erstauntem Wohlgefallen und Belustigung. O ja, sie war eine außergewöhnliche Frau, schöner als alle, die er je gesehen hatte. Und dennoch war es nicht ihre Schönheit, die sein Herz höher schlagen ließ. Vielmehr raubte ihm der Zauber ihres unschuldigen Verlangens den Atem. Sie war zu schüchtern, um die Worte laut auszusprechen, und zugleich kühn genug, um das zu bitten, was sie wollte.

Und er wollte sie genauso. Es war zwecklos, sich vorzumachen, er würde sie nicht wollen, erst recht wenn ihr Körper so nah an seinem und sein Verlangen so offensichtlich für sie beide war. Dabei hatte er sie heute entjungfert, was ihr gewiss einige Schmerzen verursacht hatte, obwohl es für ihn der größte Genuss gewesen war, den er je erlebt hatte.

»Es wird mir eine Ehre sein, deinem Wunsch zu entsprechen«, sagte er zärtlich und küsste ihre Stirn. »Aber wir sollten besser einen oder zwei Tage warten …«

Sie legte die Arme um seinen Hals und sah ihm in die Augen. »O nein, bitte, lass uns nicht warten. Ich will dich jetzt, heute Nacht.«

»Es wird ja auch noch ein Morgen geben«, sagte er und küsste sie. »Und danach noch ein Morgen … und danach noch ein Morgen …«

»Aber heute Nacht ist … etwas Besonderes. Anders.«

»Nun, du bist auf jeden Fall anders!«, bestätigte er lachend. »Was ist aus meiner kühlen, stolzen Frau geworden, die nicht einmal ein Wort mit mir wechselte?«

»Das war ich nicht«, antwortete sie ernst. »Das war … nun ja, das war eine andere. *Dies* bin ich, hier, jetzt, heute Nacht.«

»Und darüber bin ich sehr froh. Denn du, hier, heute Nacht«, er küsste sie wieder, »bist die Frau, die ich liebe.«

Er hielt inne, erstaunt, seine eigene Stimme die Worte sagen zu hören, von denen er sich geschworen hatte, sie nie wieder zu sagen. Im selben Moment wusste er, dass sie nie so ehrlich wie jetzt gewesen waren. Er hatte nie auch nur halb so viel für eine Frau empfunden, nicht einmal für Carmela. Seine Liebe zu ihr war die eines Knaben gewesen und später zu etwas Bitterem geworden, mehr Schmerz als Wohlgefühl. Maude hingegen … nun, sie war wie eine Flamme, aber bei aller heißen Leidenschaft war da auch Wärme, eine Wärme, die einen Teil von ihm zu neuem Leben erweckt hatte, der lange Zeit tot gewesen war. Und das war das Letzte, was er sich von dieser Ehe erwartet hätte.

Sie war so wechselhaft, ein solches Rätsel. Er war erstaunt ob der Tiefe von Leidenschaft, die sie ihm enthüllte, vor allem wenn er bedachte, wie sie sich seit der Vermählung verhalten hatte. In einer einzigen Nacht hatte sie all seine Schutzmauern durchbrochen und wenngleich er sich instinktiv sagte, er müsse die Sache langsam angehen, fürchtete er, dass es dafür bereits zu spät war – besonders wenn sie ihn so ansah, wie sie ihn gerade ansah. Ihn überkam eine solche Zärtlichkeit und ein solcher Wunsch, Maude um jeden Preis zu beschützen, dass er selbst ganz perplex angesichts der schieren Wucht dieses Gefühls war. Er wollte sie festhalten und sie nie wieder loslassen, wollte sie gegen alles abschirmen, was die Traurigkeit in ihren Augen hervorrief, die er darin gesehen hatte.

»Und ich liebe dich«, sagte sie mit der feierlichen Inbrunst eines Kindes. Er wollte etwas sagen, doch sie legte ihm die Finger auf die Lippen. »Darf ich dir zeigen wie sehr?«

Und als sie ihn anlächelte, war es um ihn geschehen. Als sie seine Hand nahm und ihn zurück zum Bett führte, konnte er gar nicht anders. Er musste ihr folgen.

Jemmy hatte Recht gehabt, dachte Alyson, als sie sich aufs Bett legte und kaum merklich das Gesicht verzog, sobald der raue Wollstoff der Überdecke an der zarten Haut ihrer Schenkel kratzte. In jeder anderen Nacht wäre sie überglücklich gewesen, einfach neben ihm zu liegen und einzuschlafen. Aber diese Nacht war nicht einfach irgendeine. Sie war die einzige Nacht. Und sie konnte den Gedanken nicht ertragen, dass sie enden sollte. Selbst wenn ihre Vereinigung ihr nicht denselben Genuss brachte, den er dabei empfinden mochte, war sie entschlossen, diese kostbare Nähe ein weiteres Mal zu erleben. Was machte schon ein wenig Schmerz, solange sie zusammen sein konnten?

Als er unter die Decke schlüpfte, presste sie sich an ihn und erwartete, dass er ebenso erfreut reagierte wie zuvor. Doch statt sie in seine Arme zu nehmen, packte er ihre Handgelenke und drückte sie neben ihrem Kopf auf das Kissen. Dann lächelte er sie mit einem schelmischen Funkeln in den Augen an. Seine Lippen strichen so sacht über ihre Arme, ihren Hals und wieder zurück, dass es beinahe wehtat.

Bereits nach dem ersten Mal vibrierte Alysons Körper vor Erregung von oben bis unten. Nun ging Jemmy dazu über, an ihren Fingerkuppen zu nippen. Er küsste ihre Handinnenflächen und ihre Handgelenke. Dann glitt seine Zunge auf der Unterseite ihrer Arme bis zum Ellbogen, und Alyson vergaß vollständig, dass sie eigentlich zu seinem Vergnügen im Bett waren und nicht zu ihrem. Als seine Lippen wieder auf ihren lagen, streckte sie sich ihm entgegen und wollte den Kuss verlängern. Doch er hatte andere Pläne.

Immer noch hielten seine Hände ihre Handgelenke, während er sie Millimeter für Millimeter erforschte. Es war eine süße Qual, die er bis zum Äußersten auskostete.

Als sie begriff, dass er nur an ihrem Genuss interessiert war und kein bisschen an seinem eigenen, wollte sie nach ihm greifen, ihn festhalten, doch er entwich jedes Mal. Schließlich gab sie auf und überließ sich ganz dem, was er mit ihr tat. Mit endloser Geduld erkundete er jedes Geheimnis ihres Körpers. Es bestand kein Grund, ihn zu fürchten oder irgendetwas zurückzuhalten. Sie war für ihn geschaffen und er für sie. Nichts, was sie zusammen taten, konnte etwas anderes als schön und richtig sein.

Ihre Finger woben sich in seine, fassten ihn fest genug, um seine Haut zu durchbohren, als er sie auf den Gipfel der Ekstase führte und dort hielt. Das war ein solch intensives und alles durchdringendes Gefühl, dass es beinahe nicht vom Schmerz zu unterscheiden war. Dann schließlich, als sie es keinen Moment länger hätte ertragen können, führte er sie zum Höhepunkt. Und Alyson entdeckte, dass sie fliegen konnte.

Da erst nahm er sie in seine Arme und küsste sie mit einer Zärtlichkeit, die kostbarer war als alles, was sie zuvor erlebt hatte.

Jeder Muskel ihres Körpers war wunderbar entspannt. Jemmy zog sie ganz nah zu sich und sie seufzte. Sein warmer, starker Körper war an ihren Rücken geschmiegt, seine Arme umfassten sie.

Während die Minuten dahintröpfelten, hörte sie seinen Atem tiefer werden und fühlte, wie seine Arme sich um sie lockerten. Und dann, mit einer Wendigkeit, die ihn vollkommen überraschte, drehte sie sich um, umklammerte seine Handgelenke mit den Händen und drückte ihn auf den Rücken.

Hochzufrieden sah sie ihn an, als er erstaunt zu ihr aufblickte. »Und was ist das, Mylord?«, fragte sie und neigte den Kopf, so dass ihr Haar über seinen Körper strich. »Du willst mir doch nicht sagen, dass du jetzt einschläfst?«

»Ich hatte durchaus daran gedacht«, gab er zu. In seinen Mundwinkeln zuckte es zunächst, dann lächelte er.

»Aber das wäre wohl kaum gerecht!«

Er holte hörbar Luft, als sie sich hinabbeugte und mit der Zunge am Rand seines Bauchnabels entlangglitt. Dann hob sie den Kopf und schenkte ihm ein viel sagendes Lächeln. »Was für ein faszinierendes Thema, Gerechtigkeit. Findest du nicht?«

»Absolut«, sagte Jemmy, dessen Atem in kleinen Stößen ging, als sie sich wieder zu ihm hinunterbeugte. »Ich finde es ... sehr ... interessant ... gerade jetzt.«

»Ich bin so froh, das von dir zu hören!«, sagte Alyson. »Denn ich plane einen längeren Vortrag zu dem Thema und ...«, sie biss ihn sanft, »ich würde dich natürlich ungern langweilen.«

Er lächelte sie strahlend an. »Das«, sagte er im Brustton der Überzeugung, »dürfte das Einzige sein, was dir nie gelingen wird.«

Alyson kam nicht umhin darauf zu achten, wie schnell die Zeit verging. Selbst als sie in Jemmys Armen lag, noch bebend von ihrer Vereinigung, fühlte sie, wie sie ihr unter den Händen verrann. Jeder Moment verstrich unwiederbringlich und würde sich nie mehr wiederholen lassen.

»Hexe«, flüsterte er ihr ins Ohr, wobei sein Atem sanft und warm über ihre Haut strich. »Ich wollte das nicht tun.«

»Tut es dir Leid?«, fragte sie unsicher.

»Nicht im Mindesten«, versicherte er. »Solange es dir nicht Leid tut.«

»Aber nein! Ich bin glücklich, so glücklich, Jemmy. Bist du es auch? Magst du mich wirklich?«

Er strich ihr das Haar aus der Stirn. »O ja, ich mag dich, meine Liebe«, flüsterte er. »Ich mag dich sogar sehr.«

Eine Stunde noch bis Sonnenaufgang, dachte Alyson, als die trillernden Rufe der Nachtigall die Stille der Nacht durchbrachen. Eine Stunde und dann wäre es vollbracht. Sie fasste Jemmy, dessen Brust sie mit einem Arm umschlungen hielt, noch fester und vergrub das Gesicht an seiner Schulter.

Er bewegte sich und zog sie näher zu sich. »Bist du wach?«, fragte er und sie nickte, so froh, seine Stimme zu hören, dass sie vor Erleichterung weinen wollte.

Ehe er einschlafen konnte, nahm sie seine Hand und strich mit den Fingern über die Narbe, die sich über seinen halben Unterarm erstreckte.

»Woher hast du die?«, fragte sie. »Ich frage mich das schon, seit ich dich zum ersten Mal gesehen habe, seit dem Abend unserer … unserer Vermählung.«

»Ach, die.« Er gähnte und schmiegte sich an sie. »Das ist vor so langer Zeit passiert. Ich war … neun … glaube ich. Ja, es geschah in dem Jahr«, er hielt für einen Moment inne, »in dem so viele Dinge passierten. Und das hier«, er lächelte und blickte zu den Schatten, die an der Zimmerdecke tanzten, »das war, als ich durch den Wald ging. Ich traf auf ein halbes Dutzend Jungen. Sie hatten ein Rehkitz gefangen, wie, weiß ich nicht. Es war noch sehr klein, erst ein paar Tage alt, und sie hatten es an einen Baum gebunden und schmissen mit Steinen nach ihm. Ich wollte sie davon abhalten, aber sie hörten mir nicht zu. Es waren Kesselflicker, älter als ich, ein paar von ihnen schon richtige junge

Männer. Ich vermute, die meisten von ihnen sind vor Jahren gehängt worden. Einer hatte ein Messer. Wir kämpften und …«

Er ballte die Hand zur Faust, öffnete sie wieder und hielt sie vor sein Gesicht. »Ich habe das dabei abbekommen. Und das hier auch.« Er führte Alysons Hand zu der kleinen Narbe über seiner Augenbraue. »Ich unterlag natürlich bei dem Kampf, wie du dir vorstellen kannst, aber ich schaffte es, das Messer lang genug in meine Hand zu bekommen, um das Kitz zu befreien. Und dann beschlossen die Jungen, dass ich die Stelle des Kitzes einnehmen sollte. Also banden sie mich an den Baum.«

»Was geschah dann?«, fragte Alyson, als Jemmy verstummte.

»Ian und Alistair kamen zufällig vorbei. Was für ein Kampf!« Er lachte leise. »Ich sehe sie noch vor mir, wie sie Rücken an Rücken standen, die Dolche gezückt. Sie kämpften, als wären sie … als wären sie eins. Sie wären auch mit der doppelten Menge problemlos fertig geworden.«

Es war mutig von ihnen gewesen, es gegen so viele aufzunehmen, dachte Alyson. Aber noch mutiger war es von Jemmy gewesen, sich allein gegen die Angreifer zu stellen.

»Nachdem die anderen weggelaufen waren, brachte Alistair mich zum Fluss, damit ich mir das Blut abwaschen konnte. Er verband meine Hand und ich ging wieder nach Hause. Für die beiden war die Sache damit erledigt, aber ich wollte nicht, dass es jemand erfuhr, denn ich durfte den Burghof nicht verlassen. Ich wurde für irgendetwas bestraft, ich weiß gar nicht mehr, wofür, und ich sorgte dafür, dass für die nächsten paar Tage niemand meine Hand sah und verbarg mein Gesicht unter dem Haar. Ich hoffte, dass keiner etwas merkte. Und das tat auch niemand – jedenfalls nicht gleich. Aber die Hand entzündete sich und ich bekam Fieber. So kam die Geschichte dann doch noch heraus.«

»Hast du viel Ärger deshalb bekommen?«, fragte Alyson lächelnd, die sich vorstellte, was sie mit ihrem Bruder machen würde, hätte er sich einen solchen Ungehorsam erlaubt.

»Nein. Meine Mutter sagte, ich hätte getan, was sie an meiner Stelle ebenfalls gemacht hätte, und dass ich nicht bestraft würde. Mein Vater war klug genug, eine Frau in guter Hoffnung nicht zu verärgern, und ließ es auf sich beruhen.«

Er seufzte und regte sich unruhig unter Alyson. »Ich erinnere mich so gut daran, weil sie kurze Zeit darauf starb.«

»Im Kindbett?«, fragte Alyson leise.

»In gewisser Weise. In jenem Jahr waren die Kriege besonders schlimm. Mein Großvater starb und mein Onkel, Vaters jüngster Bruder. Als sie ihn nach Hause brachten, fiel meine Mutter in Ohnmacht. In der Nacht kam das Kind, drei Monate zu früh. Sie überlebten beide nicht.«

Jemmy schwieg und dachte an den Tag, als Stephens Leiche gebracht wurde. Er dachte an die Rufe, die Flüche und das Schreien, das kein Ende nehmen wollte …

Alyson spürte, wie er erschauderte, und schmiegte sich enger an ihn. So viele Tote, dachte sie verzweifelt. Der Krieg beschränkte sich nicht auf das Schlachtfeld, wie es in den Liedern und Geschichten immer schien. Das Übel blanken Hasses reichte viel weiter und zerstörte jeden, der damit in Berührung kam. Und ebenso würde es das zerstören, was hier heute Nacht geschah. Lügen und noch mehr Lügen, Täuschung und Betrug ohne Ende. Aber die Gefühle zwischen ihr und Jemmy waren keine Lüge. Sie waren echt und wahr und gut. Und doch mussten sie falsch sein, denn in dem Moment, da sie ihm die Wahrheit sagte, würde das zerbrechliche Band zwischen ihnen für immer zerreißen.

»Ist ja gut«, sagte Jemmy sanft und strich ihr das Haar aus dem Gesicht. »Ich hätte das nicht erzählen sollen. Es ist alles lange her und nun werden sich die Dinge ändern. Dafür sorgen wir.«

»Ach, Jemmy«, schluchzte Alyson. »Wenn es doch nur so einfach wäre.«

»Ich habe nie behauptet, dass es einfach wäre, aber ich denke, es muss sein. Es ist schon seltsam«, sagte er nachdenklich, während sich seine Lippen sacht über ihr Haar bewegten, »wenn ich überlege, wie sehr ich mich dagegen gesträubt habe. Aber inzwischen sehe ich, oder glaube zumindest zu sehen, dass ich immer hier sein und das tun wollte, was mir von Geburt bestimmt ist. Durch dich habe ich es erkannt.«

Alyson fühlte sich entsetzlich, wenn sie daran dachte, wie hochzufrieden Darnley mit dem wäre, was sie getan hatte. Ihretwegen war Jemmy nicht fortgegangen. Ihretwegen war er noch nicht wieder auf See und in Sicherheit. »Aber du könntest dich irren. Vielleicht gehörst du aufs Meer, wie du vorher sagtest.«

»Ach, ich vermisse das Meer noch, ja. Die See wird mir wohl immer fehlen, doch du hattest Recht. Ich bin zu lange weggelaufen. Ian – Gott habe ihn selig –, Ian war mein Bruder und ich liebte ihn, aber er konnte nicht tun, was wir beide gemeinsam schaffen werden. Überleg doch mal, unsere Kinder werden Darnleys und Kirallens sein.«

Er rollte sich auf sie und stützte sich auf den Ellbogen ab. »Du magst hoffentlich Kinder, oder?«

»Ja, ich mag sie.«

»Ich mochte sie eigentlich nie besonders. Aber jetzt … Wollen wir ein Kind, Maude? Oder nein, wir sollten mindestens zwei haben, eine Tochter und einen Sohn. Würde dir das gefallen, Liebste?«

»Ja«, flüsterte sie. »Bestimmt. Sehr sogar.«

Ach, allein der Gedanke an die Kinder, die sie gemeinsam haben könnten, war schon mehr, als sie ertragen konnte.

»Jemmy, ich … als ich herkam … war es nicht …«, stammelte sie.

»Du zitterst ja!«, sagte er sorgenvoll und legte sich wieder neben sie. »Tut mir Leid. Ich rede und rede, ohne daran zu denken, wie erschöpft du sein musst. Wie ich übrigens auch«, fügte er mit einem Lächeln hinzu, das in ein Gähnen überging. »Schlaf jetzt ein wenig. Wir werden morgen noch genug Zeit haben, weiter zu reden.«

Wieder gähnte er und zog sie näher zu sich. Seine Hände legten sich um ihre Schultern. Alyson versuchte, nicht an seine Wärme und seine Berührungen zu denken, während sie sich verzweifelt an ihren letzten Rest von Entschlossenheit klammerte.

»Nein, warte …«, begann sie.

»Schhh«, sagte er und zog behutsam ihren Kopf an seine Schulter. »Was immer du sagen wolltest, wird bis morgen warten müssen.«

Morgen, dachte Alyson. Noch eine Stunde, dann war es Morgen. Eine Stunde, die sie in seinen Armen liegen und dem Pochen seines Herzens lauschen konnte. Sobald die Morgendämmerung einsetzte, nahm sie sich vor, beim allerersten Sonnenlicht, würde sie ihn wecken und ihm alles erzählen …

Kapitel 30

Maudes Zimmer war viel größer, als Alyson es im Gedächtnis hatte. Ihre Schritte hallten auf dem Boden, als sie den endlosen Weg zu dem Podium ging. Im ansonsten dunklen Raum beleuchteten Kerzen die drei Gestalten, die auf sie warteten.

Maude lag ausgestreckt auf ihrer Couch. Ihr Vater stand neben ihr, die Hände auf dem Rücken verschränkt. Sir Robert saß auf dem Rand des Podiums. Seine Füße baumelten in der Luft. Aus irgendeinem Grund trug der Ritter ein Narrenkostüm. Die Glöckchen an seiner Kappe klimperten und verzerrten dadurch die Klänge seiner Laute. Es herrschte eine befremdliche Atmosphäre, dissonant und unheimlich, die Alyson an ein graues Kornfeld im November erinnerte, dessen dürre Halme im Wind gegeneinander schlugen.

Alyson blieb vor dem Podium stehen und verbeugte sich schweigend.

»Du bist ein sehr dummes Mädchen«, schalt Maude sie. »Wir haben dir gesagt, was passiert, aber du wolltest nicht hören, oder? Und jetzt sieh, was du angerichtet hast.«

»Warte«, wollte Alyson sagen, doch es kam kein Laut von ihren Lippen. »Warte, ich kann alles erklären …«

»Hast du gar nichts zu deiner Verteidigung zu sagen?«, fragte Darnley und zog ein riesiges Messer aus seinem Gürtel. »Na schön, dann bringt den Jungen.«

Gesichtslose Gestalten in Schwarz führten Robin auf das Podium, das zu einem Altar geworden war. Pater Aidan stand über dem gefesselten Jungen.

»Das hast du getan«, sagte er Priester. »Du allein. Er ist das Lamm, das für deine Sünden leiden wird.«

Alysons Glieder fühlten sich bleiern an. Jeder Schritt war eine Qual, und stumme Schreie entfuhren ihrer Kehle, als Darnley das Messer über seinen Kopf hob. Mit allergrößter Anstrengung konnte Alyson sich nach vorn stürzen und fand schließlich ihre Stimme wieder.

»Robin! Nein, tut das nicht! Robin!«

Hände fassten ihre Schultern und sie wollte sich ihnen entwinden, panisch vor Angst.

»Schhh. Schon gut, das war nur ein Traum. Ganz ruhig.«

Sie öffnete die Augen und sah Jemmy, der sich über sie beugte. Mit einem stummen Aufschrei warf sie sich in seine Arme.

»Ein Traum«, wiederholte sie mit bebender Stimme. »Ja. Es war nur ein Traum.«

Er hielt sie fest, streichelte mit einer Hand ihr Haar und murmelte besänftigende Worte. Aber da waren auch noch andere Stimmen. Alyson zog sich aus seinen schützenden Armen zurück und blickte sich um. Das Zimmer war voller Menschen.

»Was ist los?«, fragte sie verwirrt und sah erst jetzt, dass Jemmy in Reitkleidung war. Eine entsetzliche Angst durchfuhr sie wie ein Dolchstoß. Nein, sie hatte doch nicht schlafen wollen!

»Warum bist du auf?«, flüsterte sie mit matter Stimme. »Ist es schon Morgen?«

»Fast. Es gab Unruhen in Kilghorn und ich muss hinreiten.«

»Warte«, sagte sie, strich sich das Haar aus dem Gesicht und versuchte, ihre wirren Gedanken zu ordnen. »Du kannst nicht, noch nicht. Bitte, Mylord, nur einen Moment deiner Zeit …«

Celia trat vor und reichte Alyson ihr Morgenbier, wobei sie sie drohend ansah.

Jemmy gab ihr einen Kuss. »Tut mir Leid, Liebes. Ich komme zurück, sobald ich kann, vielleicht schon in wenigen Tagen. Gott beschütze dich.«

Er strich ihr lächelnd übers Haar, dann war er fort und mit ihm die Männer im Zimmer. Alyson blieb allein mit Celia zurück.

Das Mädchen setzte sich aufs Bett und trank Alysons Bier. »Und?«, fragte sie mit hochgezogenen Augenbrauen. »Hast du gut geschlafen, Mylady?«

Alyson antwortete nicht, sondern sank in die Kissen zurück und schloss die Augen. Robin, dachte sie und Tränen brannten unter ihren Lidern. Mein armer Robin. Was habe ich dir angetan?

Während des Aufstehens und Ankleidens überzeugte Alyson sich selbst davon, dass der Traum nichts bedeutete. Er war keine Zukunftsvision, sondern nur ein Traum, das Produkt ihrer eigenen Furcht und Scham über das, was sie letzte Nacht getan hatte.

Sie *sollte* sich schämen, ermahnte sie sich streng. Es schien ihr sündhaft, eine hübsche Melodie zu summen, als sie leichten Fußes die Treppe hinuntereilte. Und als sie sich zwischen Malcolm und den Burgherrn setzte, stellte sie fest, dass sie großen Hunger hatte. Genüsslich verspeiste sie ihre Hafergrütze mit Milch und einer großzügigen Portion Honig.

»Warst du in dem Gewitter draußen?«, fragte Malcolm. »Das war ziemlich schlimm, nicht wahr?«

»Ja, war es«, antwortete sie. »Aber mir geht es gut.«

»Dann hat Onkel Jemmy dich gefunden?«

Alyson bemerkte ein Zucken in den Mundwinkeln des

Burgherrn. Er wusste es also. Nun, jeder wusste es wohl inzwischen, wie Jemmy prophezeit hatte. Die Festung schien so groß, und doch war sie es eigentlich nicht, zumindest nicht, was die Privatsphäre betraf. Und die Geschichte, wie sie beide im Stall entdeckt worden waren, war natürlich viel zu gut, als dass sie sich nicht in Windeseile herumsprach.

»Du bist sehr rot«, sagte Malcolm und sah sie neugierig an. »Geht es dir wirklich gut?«

»Ja.«

»Aber …«

»Das reicht, Malcolm. Lass deine Tante in Ruhe essen.«

Kirallen lächelte und hatte sogar ein sanftes Funkeln in den Augen. Aber was würde er denken, wenn er die Wahrheit erfuhr?

Alyson schob ihre Schüssel weg. Schlagartig war ihr der Appetit vergangen.

»Bist du fertig?«, fragte Malcolm und sprang auf. »Lass uns gehen.«

»Gehen? Wohin gehen wir?«

»Zu den Schießständen! Du hast es versprochen.«

»Habe ich? Na gut, dann gehen wir.«

Sie nahmen Pfeile und Bögen mit und gingen zu den Bogenschießständen. Eine plötzliche Wut erfüllte Alyson, und sie stellte sich vor, wie sie auf Lord Darnley zielte.

»Das war sehr gut«, sagte Malcolm. »Hattest du nicht gesagt, du schießt selten?«

»Ein Glückstreffer«, erwiderte Alyson achselzuckend, obwohl sie erschüttert war von dem Hass, den sie im Moment des Schießens empfunden hatte. »Hier, jetzt bist du dran.«

Der Pfeil des Jungen traf nahe neben ihrem. »Ich werde besser«, sagte er. »Vater sagte immer …«

»Was?«

»Ach, ist nicht wichtig.«

»Nein, erzähl es mir. Was sagte dein Vater immer?«

»Es wird dir nicht gefallen. Er sagte immer, ich soll mir vorstellen, die Scheibe wäre ein Darnley.«

Alyson begann zu lachen und konnte nicht wieder aufhören. Sie verschränkte die Arme und schüttelte den Kopf, außerstande zu antworten.

»Tut mir Leid«, japste sie schließlich atemlos und wischte sich die Augen. »Es ist nur, weil sie zu Hause immer sagen, wir sollen uns einen Kirallen vorstellen. Das ist alles so sinnlos, verstehst du? Es ist alles einfach sinnlos und böse!«

Malcolm starrte sie verwundert an, als sie unvermittelt in Tränen ausbrach.

»Entschuldige«, sagte er. »Ich wollte dich nicht …«

»Nein, Malcolm, dich trifft keine Schuld. Es ist – wegen allem. Verstehst du nicht, wie schrecklich es ist?«

»Aber mein Vater sagte …«

»Dein Vater hatte Unrecht! Sie alle haben Unrecht. Alle.«

Sie sank zu Boden und legte den Kopf auf die angewinkelten Knie. Nach einem Moment kniete Malcolm sich neben sie und legte ihr unbeholfen einen Arm um die Schultern.

»Ist schon gut«, sagte er. »Ich hätte es dir nicht erzählen dürfen. Aber ich mach's auch nie wieder, versprochen.«

Sie fasste seine Hände und sah ihn an. »Wirst du an dein Versprechen denken? Wenn du ein Mann bist und sie dir sagen, du sollst kämpfen, wirst du dann daran denken? Sie sind nicht einfach Darnleys, sondern sie sind Menschen, jeder Einzelne von ihnen. Einige sind auch gute Menschen, die Familien haben, genau wie dein Vater. Ganz gleich, was geschieht, Malcolm, ich möchte, dass du immer daran denkst.«

»Ganz bestimmt«, beteuerte er mit großen Augen.

»Ja, ich weiß. Und nun geh«, sagte sie und sah über seine

Schulter. »Sir Alistair wartet auf dich. Es ist alles in Ordnung, Malcolm, lauf schon.«

Nur widerwillig ließ er sie allein zurück. Wie sie da hockte, bot sie wahrlich einen traurigen Anblick.

»Du bist so still«, stellte Alistair fest, als sie gemeinsam zum Übungsplatz gingen. »Was hat die Frau zu dir gesagt?«

»Sie hat einen Namen«, sagte Malcolm streng. »Den solltest du benutzen. Es ist nicht nett, ›die Frau‹ zu sagen.«

»*Sie* ist nicht nett. Und für wen hältst du dich, mich über Manieren belehren zu wollen? Hüte deine Zunge.«

»Hüte du deine«, konterte Malcolm wütend und Alistair versetzte ihm einen Klaps – nicht hart, sondern gerade fest genug, um ihn daran zu erinnern, mit wem er sprach. Doch der normalerweise so umgängliche Malcolm war heute irgendwie nicht er selbst. Er starrte Alistair an, und seine blauen Augen wirkten auf einmal eiskalt. Alistair legte ihm einen Arm um die Schultern und zog ihn zu sich.

»Genug der Widerrede, Junge«, sagte er. »Nimm dein Schwert und zeig mir, was du gelernt hast. Ich wette mein neues Messer, dass du kein einziges Mal an meiner Deckung vorbeikommst.«

Als Malcolm ihn angrinste, war Alistair geradezu lächerlich erleichtert. Ihm war, als hätte er etwas Kostbares zurückgewonnen, das fast verloren gewesen war.

An allem war diese Frau schuld, dachte er, während sie Malcolms Fechtstunde begannen. Sie stellte gleich in mehrfacher Hinsicht eine Gefahr dar. Er mochte sie nicht und traute ihr nicht über den Weg, auch wenn alle anderen sich beinahe absichtlich blind stellten und die Gefahr einfach nicht sehen wollten, die Alistair deutlich wahrnahm. Ihr Verhalten war sogar verständlich, vermutete er. Der Burgherr, armer Mann, erholte sich nicht von dem Schock, den Ians Tod ausgelöst hatte.

Malcolm war nur ein Junge, von dem man nichts anderes erwarten durfte. Und was Jemmy betraf – nun, Jemmy war ein Narr. Das wusste Alistair seit Jahren. Außerdem vernebelte ihm offensichtlich seine Braut den Verstand.

Er hingegen, Alistair, war weder ein alter Mann noch ein kleiner Junge noch ein Narr. Er war ein Mann – und ein Kirallen. Obwohl viele inzwischen vergessen hatten, dass er nicht als Kirallen zur Welt gekommen war, würde er sich stets daran erinnern. Er könnte nie vergessen, wie furchtbar sein Leben gewesen war, bevor der Burgherr ihn bei sich aufgenommen hatte und ihm ein Heim, eine Familie und einen Namen gab.

Alistair würde nicht stillschweigend zusehen, wie die Ehre dieses Namens zerstört wurde. Wäre er im Vollbesitz seiner geistigen Kräfte gewesen, hätte der Burgherr sie niemals alle beschämt, indem er mit der Kappe in der Hand den Mörder von Ian um Frieden bat. Und *er* wäre nicht so dumm, darauf zu vertrauen, dass Darnley sein Wort hielt.

Gott sei Dank war Alistair noch da, um den Burgherrn zu beschützen – auch vor sich selbst. Wenn niemand anders etwas unternahm, musste er es eben tun.

»Pass mal auf, nicht so«, sagte er zu Malcolm. »Du drehst dein Handgelenk so, ja, das ist richtig. Und jetzt mach einen Schritt vor … gut, Junge, das ist genau richtig. Versuch's noch mal.«

In Gedanken war er nur teils bei dem Unterricht. Mit dem verbleibenden Teil war er bei dem schrecklichen Januarmorgen, an den er so oft denken musste. Und wieder erfüllte ihn jene tiefe Trauer, die ihm inzwischen zu einem vertrauten Begleiter geworden war. Ach, Ian, dachte er, warum musstest du sterben? Warum bist du mit nur einer Hand voll Männer losgeritten? Warum, warum hast du nicht auf mich gewartet?

Und alles war wegen dieser verdammten weißen Kühe. Sollte Alistair sie jemals wieder in die Hände bekommen, würde er jede Einzelne von ihnen schlachten und ihre Kadaver verbrennen. Für Ian war alles ein Spiel gewesen, nur ein weiterer Wettstreit zwischen ihm und Darnley. Andererseits war Ian ohnehin nie länger als fünf Minuten durchgehend ernst gewesen.

»Weshalb soll ich mir Sorgen machen?«, hatte er einmal zu Alistair gesagt. »Dafür habe ich doch dich!«

Und als er grinste, musste Alistair lachen, denn wie sie beide wussten, war es ja wirklich so. Alistair war immer der Praktischere gewesen, der sich um Details kümmerte, die Ian gern ignorierte, und der auf Gefahren hinwies, die Ian gar nicht sah, weil er nicht aufmerksam genug war.

Als Ian von den gestohlenen Kühen hörte, hatte er gelacht. »Also, dieser dreckige Bastard!«, hatte er ausgerufen, wobei es in seinen dunklen Augen funkelte. »Glaubt der etwa, er kann über die Grenze reiten und sich einfach nehmen, was uns gehört? Tja, da müssen wir ihm wohl zeigen, dass es so nicht geht, was, Jungs?«

»Schon wieder?«, riefen die Männer und murrten.

»Ja, schon wieder!«, antwortete Ian. »Und wieder und wieder, bis er es endlich begreift. Wir brechen bei Sonnenaufgang auf.« Dann hatte er seinen Becher hochgehoben und gerufen: »Crioch Onarach!« Die anderen hatten in den Trinkspruch eingestimmt und ihre Becher geleert. Sie hatten ja keine Ahnung gehabt, dass der gute Tod, den sie mit diesem Spruch herbeiwünschten, so nahe war.

In jenem Moment hatte Alistair erstmals gefühlt, dass etwas nicht stimmte. Ian vertraute normalerweise den dunklen Vorahnungen von Alistair und richtete sich nach ihnen. Doch in der Nacht hatte er getrunken und gab nichts darauf, was andere dachten.

»Du wirst langsam wie ein altes Weib«, hatte er gespöttelt,

als Alistair ihn warnte. »Dann bleib doch hier, wenn du Angst hast.«

Das war Ian von seiner schlechtesten Seite – ungeduldig, rücksichtslos und entschlossen, um jeden Preis seinen Willen durchzusetzen. Bei jedem anderen Mann hätten diese Worte gereicht, damit Alistair sein Schwert zog. Bei Ian allerdings schluckte er seine Wut hinunter und schwieg. Er wusste, dass sein Stiefbruder in dieser Stimmung nicht mit sich reden ließ.

Am nächsten Morgen hatte Ian offensichtlich beschlossen, ihren Streit zu vergessen. Alistair überraschte das nicht. Ians Temperamentsausbrüche dauerten nie lange an.

»Du hältst die Idee also für schlecht?«, hatte er gefragt, als er sich in seinen Sattel schwang.

»Ja, Ian, so ist es. Und wenn du dich schon nicht abhalten lässt, dann nimm wenigstens mehr Männer mit.«

Ian hatte die Stirn gerunzelt. »Dazu ist es jetzt zu spät. Wir werden vorsichtig sein.«

Es war ein kalter Morgen gewesen. Kühler Nebel waberte um die Hügel und lag schwer auf dem Moor. Sie waren kaum auf der anderen Seite angekommen, als Alistairs Pferd zu lahmen begann. Er löste einen Stein aus dem Huf des Tieres, aber es lahmte immer noch, und so kehrte er zum Stall zurück, um sich ein anderes Pferd zu holen.

Ian hatte geseufzt, so dass sein Atem die Luft vernebelte. »Versuch, uns später einzuholen.«

»Ich beeile mich. Warum wartet ihr nicht hier?«

Aber Ian, allzeit ungeduldig, hatte nur gelacht. »Wir können doch nicht den ganzen Morgen damit verplempern, auf dich zu warten! Du kannst uns einholen. Beeil dich, Mann, es ist schon spät genug.«

Die bissige Bemerkung, die Alistair darauf parat hatte, behielt er für sich, denn in diesem Moment stellten sich seine

Nackenhaare auf. Sein Mund wurde unangenehm trocken, und obwohl er seine Warnung am liebsten herausgeschrien hätte, kam sie kaum lauter als ein Flüstern heraus.

»Warte … geh nicht …«

Ian hatte sein Pferd angetrieben und sich mit einem Grinsen umgedreht. »Mach schnell, sonst verpasst du den ganzen Spaß!«

»Ian, nein … *warte!*«

Doch Ian war fort. Alistair brauchte nicht lange, ein frisches Pferd zu finden, und galoppierte hinter ihnen her. Dennoch kam er zu spät. Es war bereits geschehen, und Darnleys Männer waren nur noch weit entfernte Gestalten, die im Nebel verschwanden. Alistair hatte voller Entsetzen auf das Blutbad gestarrt. Acht Körper lagen im blutgetränkten Moor, acht Ritter unter seinem Kommando. Oder nein, dachte er, nicht acht. Neun. Und der neunte war Ian.

Er war neben seinem Stiefbruder auf die Knie gefallen. Als Alistair ihn berührte, öffnete Ian die Augen und grinste schwach. »Es war Darnley. Ich hatte nicht damit gerechnet, dass er selbst kommt, der Bastard! Ich hätte … auf dich … warten sollen …«

»Um Gottes willen, Ian, ich bringe dich nach Hause.«

Aber als er versuchte ihn hochzuheben, stieß Ian einen schrecklichen Schmerzensschrei aus und packte ihn beim Arm. »Zu spät. O Gott, Alistair, es tut mir Leid.«

»Sei ruhig«, hatte Alistair gesagt, sich den Umhang von den Schultern genommen und Ian damit zugedeckt. »Schone deine Kräfte.«

»K-keine Zeit«, antwortete Ian, der vor Kälte und Schock zitterte. »Ver-sprich mir, dass alles in Ordnung ist. Versprich mir, dass-dass du mir …«

»Ich vergebe dir, in Ordnung? Wolltest du das von mir

hören? Und jetzt sei still und lass mich eine Minute nachdenken.«

»Malcolm … pass auf ihn auf.«

»Wie auf meinen eigenen Sohn«, hatte Alistair versprochen, wobei ihm Tränen in den Augen brannten. »Aber *du* wirst doch für ihn da sein. Wir reiten nach Hause und …«

In diesem Moment hatte Ian leuchtend rotes Blut gespuckt und Alistair war verstummt. Er konnte ihn nur noch halten, während sein Verstand sich weigerte zu glauben, was geschehen war, und das noch lange nachdem Ian in seinen Armen gestorben war.

»So darf es nicht sein«, hatte er mit tränenüberströmtem Gesicht gen Himmel geschrien. »Ich bin derjenige … nicht er!«

Er hatte stets gewusst, dass er für Ian sterben würde. Ian zu beschützen war ihm vom Schicksal bestimmt gewesen, eine heilige Pflicht, die ihm Lord Kirallen auferlegt hatte, als er noch ein Junge war. Gott wusste, dass Ian jemanden brauchte, der auf ihn aufpasste. Er machte, was er wollte, achtete nicht auf die Gefahr, doch einen Schritt hinter ihm war immer Alistair gewesen, der ihm den Rücken freihielt. Als sie älter wurden, hatte Ian sich nicht mehr nur auf Alistairs Schutz verlassen, von dem er so oder so meinte, er würde ihn nicht brauchen, sondern ihm auch alle unangenehmen Aufgaben überlassen, die seine Position mit sich brachte.

Nicht dass Alistair sich je beklagt hätte. Er kannte seine Pflichten, und er haderte nie mit ihnen. Und auch wenn Ians Forderungen bisweilen übertrieben waren, so waren sie doch ein kleiner Preis gemessen an dem, was Alistair geschenkt worden war. Der Burgherr war ihm ein weit hingebungsvollerer Vater, als es sein leiblicher jemals hatte sein wollen. Ian war nicht nur sein Freund, sondern sein Bruder. Selbst Jemmy hatte dazugehört, vor vielen Jahren, aber er und Alistair hatten nie viel gemein gehabt. Ian jedoch hatte seinen kleinen Bruder stets in Schutz genommen.

»Lass ihn einfach«, pflegte er zu sagen. »Es ist nicht Jemmys Schuld, dass er anders ist als wir. Lass ihn einfach in Ruhe.«

Ian hatte Alistair, nicht Jemmy, als seine andere Hälfte bezeichnet – im Scherz gesprochene Worte, hinter denen sich eine tiefe Wahrheit verbarg. Sie waren nebeneinander auf ihren ersten Pferden geritten, hatten die erste Schlacht Rücken an Rücken gefochten. Sie hatten die Strapazen und Siege, die Späße, die Lieder und die Frauen gemeinsam erlebt. Sie standen sich viel zu nahe, als dass zwischen ihnen irgendwelche Eifersüchteleien aufkommen konnten. Und immerzu, all die Jahre hatte Alistair gewusst, wie er sterben sollte: Er würde Ian bis zum Letzten verteidigen und dabei den Tod finden.

»Du hättest warten sollen«, hatte er an jenem schrecklichen Morgen gesagt, als er Ian zurück auf die Erde legte und ihm sanft das Blut aus dem leblosen Gesicht wischte. »Warum hast du nicht auf mich gewartet?«

Jetzt, als er auf dem Übungsplatz stand, fühlte Alistair, wie ihn der Schmerz ebenso scharf und bitter durchfuhr wie so häufig. Doch den Jungen vor sich anzusehen, tröstete ihn. Vielleicht steckte hinter all dem ja ein verborgener Sinn, vielleicht hatte er aus einem bestimmten Grund überlebt. Ich werde ihm alles beibringen, Ian, schwor Alistair feierlich. Ich werde ihm beibringen, der zu werden, der du warst.

Was hatte die Darnley-Hure zu dem Jungen gesagt? Alistair wusste es nicht, konnte es sich aber vorstellen. Sie vergiftete ihm den Verstand, brachte ihn gegen seine eigenen Leute auf. Sie versuchte, ihn den anderen zu entfremden.

In diesem Moment wurde aus seiner Abneigung gegen sie blanker Hass.

Kapitel 31

Alyson warf ihr Nähzeug weg und rannte zum Fenster. Da kamen Reiter … aber keiner von ihnen war Jemmy. Er hatte gesagt, er wäre nur wenige Tage fort, und heute waren es schon drei. Gewiss durfte sie jeden Moment mit ihm rechnen. Rastlos lief sie im Zimmer auf und ab, dann setzte sie sich wieder und nahm ihr Nähzeug auf. Einen Augenblick später fiel es ihr aus den Händen und sie starrte blind vor sich hin, während ihre Gedanken sich erneut in einem wirren Kreis bewegten.

Sie konnte Jemmy vertrauen, dessen war sie sich sicher. Sobald er sie verstand, würde er ihr helfen. Aber wie wütend würde er sein! Wütend auf Darnley wegen der Täuschung und wütend auf sie, weil sie ihn belogen hatte. Natürlich würde er einsehen, dass sie lügen musste und keine andere Wahl gehabt hatte. Aber sie hätte ihm alles früher sagen müssen. Würde er verstehen, dass sie es nicht getan hatte? Würde er verstehen, warum sie in jener Nacht nicht die Wahrheit gesagt hatte?

Jene Nacht … wenn sie daran dachte, was sie gemacht hatten, wurde ihr abwechselnd heiß und kalt. Er hatte sie zum Bett getragen – zu genau dem Bett, auf das sie jetzt schaute. Schwaches Licht hatte das Zimmer erhellt. Sein Gesicht war im Schatten gewesen, doch seine Haut hatte im Feuerschein geleuchtet, als er seinen Mantel auszog und sich über sie beugte. Er hatte sie geküsst, bis sie sicher gewesen war, ohnmächtig zu werden – doch sie war nicht ohnmächtig geworden, denn dazu war sie sich viel zu sehr dessen bewusst gewesen, was geschah, als seine Hand unter ihr Gewand glitt und ihre Brust umfasste. Sie hatte den Rücken gewölbt, sodass ihr Hausmantel sich öffnete, und schließlich hatten sie beide nackt auf dem weichen Bett gelegen, da, wo sie hingehörten. Er hatte ihr Hunderte von Spielen gezeigt, die Männer und Frauen spielten, wenn sie sich gerade erst gegenseitig entdeckten. Ach, nächstes Mal, dachte sie, doch an dieser Stelle kamen ihre Gedanken zu einem jähen Halt.

Es würde kein nächstes Mal geben. Sie hatte ihre Nacht gehabt, und die war unwiederbringlich zu Ende. Anfangs hatte sie eine Zeit lang gehofft, sie könnte guter Hoffnung sein. Ganz gleich, was geschah, sie hätte gern ein Kind bekommen, das in einer Nacht der Freude gezeugt wurde. Als sie herausfand, dass sie nicht schwanger war, weinte sie, obwohl sie wusste, dass sie eigentlich erleichtert sein sollte, denn was für eine Zukunft hätte ein solches Kind haben können? Nein, es war besser so, denn nun riskierte sie nur ihr eigenes Leben, wenn sie ihm die Wahrheit sagte.

Sie konnte ihm vertrauen. Dessen war sie sich sicher. Er hatte gesagt, dass er sie liebte. Aber da dachte er, sie wäre Lady Maude. Was bliebe von dieser Liebe übrig, wenn er erfuhr, wer sie wirklich war? Wäre es genug?

Aber sie *musste* ihm alles sagen. Sie hatte keine andere Wahl mehr, denn sie konnte ihn nicht betrügen und damit in den Tod schicken. Er war ihre einzige Hoffnung. Warum kam er nicht? Wenn er heute nicht kam, musste sie Sir Robert treffen und versuchen herauszufinden, was Darnley plante. Sie wusste nicht, was sie zu dem Ritter sagen sollte. Die Wahrheit gewiss nicht! Nein, sie würde sich irgendeine Geschichte ausdenken und beten, dass Darnley noch ein oder zwei Tage abwartete.

Und dann würde sie Jemmy alles sagen. Sie versuchte, sich Worte zurechtzulegen, doch ihr wollten keine einfallen. Egal, wenn die Zeit gekommen war, würde sie schon die Worte finden. Und was würde er dann tun? Er wäre wütend, gewiss … Aber sie musste ihm vertrauen. Warum, warum kam er nicht zurück?

»Er wird bald zurückkommen.«

Maggie stand vor ihr und blickte Alyson sorgenvoll an. »Macht Euch nicht verrückt, Mylady. Er kommt schon zurück. Aber er darf Euch nicht krank vorfinden. Also esst jetzt etwas.«

Alyson versuchte es, aber schon bald war ihr Hals wieder wie zugeschnürt und sie konnte nicht schlucken. »Ich werde später etwas essen«, sagte sie, dann erstarrte sie und horchte. Sie rannte zum Fenster, doch da war nur der menschenleere Weg zu sehen.

Der Tag ging in den Abend über, der Abend in die Nacht. Alyson saß beim Fenster, eine Decke über den Schultern, bis die Morgendämmerung den Himmel erhellte. Dann stand sie auf und zog sich leise ihre Reitkleidung an, um ihre Kammerdienerinnen nicht zu wecken. Sie konnte nicht länger warten, sie musste Sir Robert treffen.

Sie fand ihn auf der Lichtung, wo er am Ufer lehnte und in den Himmel blickte. »Komm und setz dich«, sagte er lächelnd und klopfte auf das weiche Gras neben sich. »Es ist ein wunderschöner Morgen, nicht wahr? Aber du siehst gar nicht gut aus. Was ist passiert?«

»Sir Robert«, begann sie, verstummte aber gleich wieder und biss sich auf die Lippe. Sie hätte sich gründlicher überlegen müssen, was sie ihm sagen wollte, wurde ihr jetzt klar. Sie war so todmüde, dass ihr Verstand die Arbeit verweigerte.

»Schon gut«, sagte er und klopfte ihr auf den Rücken. »Ruh dich einfach einen Moment aus. Du hast dich bisher gut gehalten, sehr gut sogar. Und Robin ist wohlauf, also brauchst du dir um ihn keine Sorgen zu machen. Habe ich dir erzählt, dass Master Jennet meint, er hätte das Zeug zu einem Falkner? Das wäre doch ein schönes Leben für ihn, meinst du nicht?«

Seine Freundlichkeit drohte sie aus der Fassung zu bringen. Wie konnte sie ihn als ihren Feind betrachten, wo er doch so freundlich zu Robin war, sich um ihn kümmerte, Pläne für seine Zukunft machte? Für einen Moment bedauerte sie fast, dass der Ritter seinem Bruder nicht ähnlicher war.

Er stützte sich liegend auf die Ellbogen und sah gen Himmel. »An einem Tag wie diesem scheint es unmöglich, dass die Menschen nicht in Frieden miteinander leben können«, sagte er nachdenklich. »Doch trotz allem bin ich froh, dass ich dich und Robin kennen gelernt habe. Weißt du, Alyson, ich wünschte – ich wünschte wirklich, du wärst Johns eheliche Tochter anstelle von Maude.«

Er nahm ihre Hand und lächelte. »Unter uns gesagt, du bist zehn von ihrer Sorte wert. Sie kann ihren Teil der Abmachung nicht einhalten, im Haus zu bleiben. Ich denke, deshalb betreibt John auch alle Vorbereitungen so fieberhaft. Er hat seine Tochter überhaupt nicht unter Kontrolle. Sobald das Wetter schön ist, geht sie mit ihrem Falken an den Fluss, da ist es nur eine Frage der Zeit, bis das Geheimnis durchsickert. Sie ist wahrlich ein überaus unangenehmes Mädchen, weißt du, und John ist sogar noch schlimmer. Ich bereue, dass ich zugesagt habe, den beiden zu helfen.«

Er zögerte einen Moment und betrachtete weiter den

Himmel. »Und ich bin raus aus der Sache«, sagte er abrupt. »Alles war von Anfang an falsch, das hätte ich erkennen müssen, aber … nun, ich werde nicht versuchen, mich zu entschuldigen. Sei es damit genug, dass ich raus bin. Und du auch. Soll John seine eigene Schlacht schlagen. Komm mit mir mit, Alyson. Ich werde Robin aus Aylsford holen und euch beide nach London mitnehmen. Was sagst du dazu?«

»Ich danke Euch. Ihr seid so freundlich. Wenn Ihr Robin mitnehmen könntet, wäre ich Euch unendlich dankbar, aber ich … ich kann nicht fort. Noch nicht.«

»Gütiger Gott im Himmel«, murmelte er. »Das hatte ich befürchtet.«

»Was?«

»Celia war schon hier.« Er seufzte und musterte sie mit prüfenden haselnussbraunen Augen. »Sie hat eine ziemlich interessante Geschichte erzählt.«

Alysons Wangen glühten, als sie sich vorstellte, was Celia dem Ritter erzählt hatte. »Dann wisst Ihr auch, warum ich nicht mit Euch kommen kann.«

»Weil du das Bett mit Jemmy Kirallen geteilt hast?«, fragte er gereizt.

»Nein. Weil ich ihn liebe.«

»Liebe.« Er stand auf und ging im Gras auf und ab. Das Sonnenlicht blinkte auf seinen Ringen und der Schmucknadel an seiner Kappe. »Alyson, du liebst ihn nicht«, sagte er schließlich. »Nein, warte, hör mir zu. Ich verstehe, wie du dich fühlst. Ich kann mir vorstellen, dass das, was passiert ist, recht, nun ja, überwältigend war. Aber das ist keine Liebe. O ja, mit der Zeit könnte daraus vielleicht Liebe werden. Aber noch nicht. Du kennst ihn nicht, oder? Nicht richtig. Und, meine Liebe, er kennt dich ganz gewiss nicht. Wärst du Maude, würde ich sagen, dass du eine gute Chance hast, dein

Glück bei diesem Mann zu finden. Aber wie die Sache steht«, er sah sie mit einem traurigen Blick an, »wenn er die Wahrheit herausfindet, Alyson …«

»Ich weiß. Aber was kann ich sonst tun?«, rief sie und sprang auf. »Ich kann nicht fortgehen und ihn sterben lassen! Sir Robert, ich habe vor, ihm alles zu sagen.«

»Bist du wahnsinnig?«, schrie er entsetzt. »Glaubst du etwa, er wäre dir dankbar dafür? Es ist weit wahrscheinlicher, dass er dich dafür aufhängen lässt.«

»Nein! Das würde er nicht tun!«

»Aber du kennst seine Leute nicht! Ich sage dir, wenn sie die Wahrheit herausfinden, werden sie sich gar nicht erst die Zeit nehmen, über irgendetwas nachzudenken.«

»Er ließe nie zu, dass ich verletzt werde«, beharrte Alyson. »Sobald ich ihm alles erklärt habe, wird er mich gehen lassen. Da bin ich mir sicher.«

»Es ist ein Fehler. Du kannst nicht klar denken, was ja auch kein Wunder ist, wenn man bedenkt, was alles geschehen ist. Aber, Alyson, du musst auf mich hören. Diese Leute sind … brutal. Sie interessiert nicht, dass du jung und eine Frau bist, sie werden sich rächen wollen, koste es, was es wolle.«

Sie brach in Tränen aus und er nahm sie in die Arme. Ihr Kopf lehnte an seiner Schulter. »Armes Mädchen, wir haben wohl beide keine große Wahl, was? Nun gut. Tu du, was du für richtig hältst. Ich hoffe, du behältst Recht. Ich werde noch drei Tage auf dich warten. Wenn du bis dahin nicht gekommen bist, werde ich … Ach, Alyson, ich wünschte, du würdest das nicht tun!«

»Sir Robert, könnt Ihr mir von Lord Darnleys Plan erzählen? Wie lange haben wir noch?«

Er zog die Augenbrauen zusammen. »Was John getan hat, war falsch. Wenn du den Kirallens von deiner Rolle in diesem

Betrug erzählen willst, werde ich dich nicht aufhalten. Doch ganz gleich, was John tut, er ist mein Bruder. Ich werde ihn nicht an seine Feinde verraten.«

»Ich verstehe.«

»Wirklich?« Er umarmte sie fest, dann sah er ihr in die Augen. »Wenn das hier vorbei ist, gehen wir nach London, hast du gehört? Ich werde hier auf dich warten.«

Sie lächelte und erwiderte seine Umarmung. Er war ein wahrhaft freundlicher Mann, doch er konnte ihr nicht helfen. Niemand konnte ihr mehr helfen. Bis auf Jemmy.

Kapitel 32

Jemmy fuhr sich mit den Fingern durchs Haar, wobei er sich versehentlich Schmutz auf die Stirn schmierte, und erhob sich steif von seinen Knien.

»Tam«, begann er, verstummte jedoch gleich wieder, als der junge Mann mit schmerzerfüllten Augen vom Grab seiner jungen Frau aufblickte. Was kann ich ihm denn sagen?, fragte sich Jemmy. Kein Wort von mir kann den Schmerz des Verlustes mindern. Er legte Tam tröstend die Hand auf die Schulter. Der junge Mann senkte den Kopf und weinte.

Erschöpft und ungeheuer zornig blickte Jemmy über das verwüstete Dorf, dann auf die frischen Gräber am Hügel. Wenn er herausfand, wer hierfür verantwortlich war, würde derjenige bezahlen – teuer bezahlen.

Der Überfall hatte sich kurz nach Mitternacht ereignet und die Dorfbewohner vollkommen überrascht. Seit dem Frieden mit Darnley waren sie etwas laxer geworden und hatten weniger Wachen aufgestellt, wie der Dorfälteste sagte. Aber das hier könnte das Werk von McInnes oder einem der anderen Clans sein, die in den Grenzgebieten wüteten. Einer der Überlebenden schwor, Darnleys Männer erkannt zu haben, aber das war natürlich unmöglich. Der Engländer würde nie die Sicherheit seiner Tochter gefährden, nicht einmal für feine Schafe und gutes Vieh, wie sie in diesem einstmals wohlhabenden Dorf gestohlen worden waren.

Bei dem Gedanken an seine Frau wandte Jemmy sich um und rief ungeduldig nach seinem Pferd. Er vermisste Maude schmerzlich während dieser Reise. Tagsüber hatte er zu viel anderes zu tun und kam kaum zum Nachdenken, doch nachts konnte er vor lauter Sehnsucht nach ihr nicht schlafen. Jedes Mal, wenn er die Augen schloss, war sie da, im Bett liegend und das Haar um sich herum ausgebreitet, ihre Augen dunkel vor Sehnsucht nach seiner Berührung. Sie war so wunderschön, auf eine so süße Weise unschuldig und zugleich so wild darauf zu lernen, wie sie ihn erfreuen könnte …

»Magst du mich?«, hatte sie ihn gefragt, und ihm brannten die Augen, wenn er an die Wehmut dachte, die aus ihrer Frage geklungen hatte.

Er war noch nie einer Frau begegnet, die solche Gefühle in ihm weckte. Er war heiß und aufgeregt wie ein Junge und zugleich wollte er sie beschützen, ja, er war bereit, jeden zu töten, der sie auch nur das kleinste bisschen unglücklich machte. Romantischer Unsinn, das hätte er noch vor wenigen Tagen dazu gesagt. Er hatte schließlich schon viele Frauen gehabt, und jede von ihnen war in der Kunst der Liebe bewanderter gewesen als seine Braut. Aber alles in allem waren sie eben nur Frauen gewesen, und was er mit ihnen tat, war eine Angelegenheit des Fleisches, genießbar, aber auch schnell wieder vergessen. Von dem Moment an, als sie zusammen im Stall gelegen hatten, war ihm klar gewesen, dass seine Gefühle für Maude weit tiefer waren als alles, was er vorher empfunden hatte. Es war, als ob sie wirklich verbunden wären, nicht nur ihre Körper, sondern auch ihre Seelen, genau wie der Priester sagte, dass es sein sollte.

Er hätte sie mitnehmen sollen. Nicht bloß weil es ihm gefallen hätte, sie bei sich zu haben, sondern weil sie ihm hier helfen könnte. Er konnte die Männer organisieren, um die Trümmer beiseite zu räumen, nach Überlebenden zu suchen und die Toten zu begraben. Befehle zu erteilen gehörte zu seinen stärksten Gewohnheiten. Aber wenn es darum ging, die Trauernden zu trösten … Er sah hinab auf den jungen Tam, der neben dem Grab seiner Frau kniete. Maude würde wissen, was sie zu ihm sagen müsste. Jemmy hingegen konnte bloß daran denken, wie er sich fühlen würde, verlöre er seine Frau, und er fragte sich, wie Tam es aushielt.

Natürlich war Maude in Sicherheit und seine Furcht um sie war vollkommen unbegründet. Dennoch hatte er ein ungutes Gefühl, seit er sie verlassen hatte, das sich einfach nicht erklären ließ. Auf jeden Fall würde er erst wieder glücklich sein, wenn er sie wieder sah. Er trieb seine Eskorte an, so hart es irgend zu vertreten war, und als sie an eine Wegbiegung kamen, winkte er ihnen zu und ritt querfeldein voraus. Auf diesem Weg kam er über Darnley-Land, aber das sollte jetzt wohl ungefährlich sein. Immerhin war er Darnleys Schwiegersohn. Das brachte ihn auf den Gedanken, ob Maude ihre Familie vermisste. Er dachte, dass sie gewiss gern einmal ihr Zuhaue besuchen würde, wenn auch nicht allzu bald, wie er hoffte. Er wollte nicht von ihr getrennt sein …

Er war fast zu Hause, als er Reiter nahen sah. Vier waren es, an ihrer Spitze Alistair. Der Ritter hielt direkt vor ihm und sagte ohne jede Einleitung: »Darnley hat eine große Schar Männer versammelt. Einige von ihnen sind in Aylsford quartiert, der Rest bei den McInnes. Wir müssen etwas tun, und zwar schnell.«

»Langsam, Alistair«, befahl Jemmy. »Was soll das heißen? Woher hast du diese Information?«

»Ich habe Leute in Aylsford, die mich auf dem Laufenden

halten. Und bei McInnes. Die Information ist absolut verlässlich.«

»Lass uns nach Hause reiten«, sagte Jemmy. »Wir reden dort weiter.«

»Nein, warte«, rief Alistair. »Da ist noch etwas. Deine Frau …«

»Das hat nichts mit ihr zu tun«, fiel Jemmy ihm ins Wort.

»Ich fürchte, da irrst du dich«, beharrte Alistair. »Ich habe sie überwachen lassen, während du fort warst, und erst heute hat sie einen von ihren Leuten getroffen.«

»Du lügst«, sagte Jemmy wuterfüllt. »Du hast sie immer gehasst und jetzt erfindest du eine Geschichte …«

»Wenn du mir nicht glaubst«, Alistair winkte einem der Ritter herbei, »dann frag Conal.«

Conal war stets ein Freund gewesen. Seit Jemmy zurückgekommen war, hatten ihn Conal und dessen Zwillingsbruder Donal in allem unterstützt. Jetzt senkte der junge Mann den Kopf, um Jemmy nicht ansehen zu müssen.

»Es stimmt«, sagte er unglücklich. »Wir alle haben sie gesehen. Sie ritt heute Morgen in aller Frühe zur Grenze hinunter, und da wartete ein Mann auf sie. Er war ein englischer Ritter, ganz fein gekleidet. Und … und er hat sie in die Arme genommen, Jemmy. Sie weinte und …«

Jemmy war wie benommen. »Wer war dieser Ritter?«

»Ich kannte ihn nicht, aber ich bin ihm hinterhergeritten, und da habe ich gehört, wie ihn sein Bursche Sir Robert nannte.«

Da wusste Jemmy, dass die Geschichte wahr war. Robert. Robin. Den Namen hatte sie im Schlaf gerufen. »Also gut«, sagte er. »Reiten wir erst mal zurück. Dann entscheiden wir, was als Nächstes zu tun ist.«

Maggie faltete gerade Wäsche, als die Tür aufging und ihre Herrin atemlos hereinstürmte. »War er hier?«

»Wer, Mylady?«, fragte Maggie.

»Na, Mylord. Ich habe sein Pferd im Stall gesehen. War er noch nicht hier?«

Ihr Gesicht war gerötet und ihre Augen glänzten fiebrig.

»Schon gut, beruhigt Euch. Er war noch nicht hier oben.«

»Ja, ich werde mich beruhigen. Aber hilf mir bitte, mich umzuziehen, Maggie.«

Sie riss sich die Reitkleidung herunter und warf sie auf den Boden. Maggie sammelte sie ein und lächelte dabei vor sich hin. Lady Maude war immer so ordentlich und sauber. Sie ging gewöhnlich so vorsichtig mit ihren Sachen um, als wären sie bloß geliehen. Jetzt hingegen strampelte sie sich aus ihrem Rock frei, ohne vorher die Stiefel ausgezogen zu haben. Dann eilte sie zum Schrank, griff nach einem grünen Kleid mit Goldstickerei und zog es mit einer solchen Hast über den Kopf, dass sich ihr Haar in den schweren Stofffalten verfing. Maggie kam ihr zu Hilfe, und bald hatten sie alles gerichtet und die Bänder des Kleides zugeschnürt. Sie begann gerade, das Haar ihrer Herrin zu kämmen, als die aufsprang.

»Das reicht«, sagte sie ungeduldig.

»Aber, Mylady, so könnt Ihr nicht rausgehen«, rief Maggie. »Lasst mich wenigstens …«

»Nein, ich mach das schon«, unterbrach sie sie, raffte das Haar zusammen und flocht es geschwind, wenn auch nicht besonders ordentlich. Es fiel ihr über eine Schulter.

»Werdet Ihr heute Abend hier dinieren?«, fragte Maggie.

»Dinieren?« Sie starrte Maggie an, als hätte sie das Wort noch nie zuvor gehört. »Ich weiß nicht … egal …«

Als sie fort war, fröstelte es Maggie und sie zog ihren Schal fester um die Schultern. Dann flüsterte sie ein kurzes Gebet. Etwas an ihrer Lady war seltsam heute, und das war nicht nur ihre Aufregung wegen der Rückkehr ihres Gatten.

Sie hatte etwas Todgeweihtes.

Jemmy starrte blind aus dem Fenster, während Alistair seinen Bericht beendete. Darnley, der Bastard! Es fiel nicht schwer zu glauben, dass er sein Wort gebrochen hatte. Aber dass er das Leben seiner Tochter riskierte? Nein, er liebte das Mädchen, das war allgemein bekannt. Er würde nicht angreifen, solange er sie nicht in Sicherheit wähnte. Sie musste also irgendwie an dem Betrug beteiligt sein. Aber das konnte einfach nicht sein. Nicht Maude, die in seinen Armen gelegen hatte, so warm, so liebevoll. Das konnte unmöglich eine Lüge gewesen sein!

Und dennoch hatte sie sich mit dem Ritter getroffen. Sir Robert, dachte er, und instinktiv wanderte seine Hand zu dem Schwert an seiner Hüfte. Er würde den Mann finden und in Fetzen schneiden. Dann fielen ihm wieder die Männer ein, die er für Carmela bekämpft hatte. Gütiger Gott, er hatte einen Mann für sie getötet, und diese Erfahrung rief bis heute Übelkeit und Scham in ihm hervor. Nie wieder. Er würde nicht … er *konnte* nicht alles wieder von vorn anfangen. Seine Hand sank vom Schwertgriff und er fühlte, wie sein glühender Zorn zu Eis erstarrte. Und irgendwo in seinem Innern fragte eine schwache kleine Stimme, ob es sein Fehler war, dass solche Dinge geschahen.

Er verdrängte den Gedanken, drehte sich um und sah, dass Alistair ihn mit einem Ausdruck von Triumph beobachtete. »Nun dann, Alistair«, sagte er gelassen. »Wie ich es verstehe, hast du keine Beweise dafür, dass Darnley einen Krieg gegen uns plant.«

»Keine Beweise? Was ist mit den Männern, die er so rasch und heimlich zusammengerufen hat? Was ist mit deiner eigenen Frau, die sich fortschleicht, um einen englischen Ritter zu treffen?«

»Das eine muss nichts mit dem anderen zu tun haben. Wir wissen es nicht. Was meine Frau betrifft – nun, überlass sie mir. Aber ich will einen Beweis für Darnleys Absichten, bevor wir etwas unternehmen. Der sollte doch nicht allzu schwer zu beschaffen sein, oder? Nicht für einen Mann mit so vielen Informanten. Bis ich einen Beweis habe, wird nicht mehr über die Angelegenheit gesprochen, insbesondere nicht mit meinem Vater. Ich will nicht, dass er sich wegen nichts Sorgen macht.«

»Jawohl, Jemmy«, sagte Alistair und nickte. »Ich bringe dir den Beweis. Und was dann?«

»Nun, dann werden wir angreifen. Aber ich kann immer noch nicht glauben, dass Darnley das Leben seiner Tochter riskieren würde, indem er uns angreift. Da muss es eine andere Erklärung geben.«

»Ach, Jemmy.« Alistair fasste seine Hand. »Begreifst du denn nicht? Sie dachten, sie könnte dich becircen und dich dazu bringen, das zu glauben, was sie dich glauben lassen wollen. Sie zählen darauf, dass du eher auf sie als auf deine eigenen Leute hörst. Und damit haben sie ja wohl Recht, oder? Dieses Gerede von Frieden war nur der Traum eines alten Mannes. Darnley denkt, wir sind ihm wehrlos ausgeliefert, jetzt, da Ian nicht mehr da ist. Denn nun haben wir niemanden mehr, der bereit ist zu kämpfen.«

»Wenn er das denkt«, sagte Jemmy, und Alistair trat einen Schritt zurück, als er die Wut in seinen Augen sah, »dann begeht Lord Darnley einen schweren Fehler. Bring mir, was ich brauche, und dann, wenn du Recht hast …«, er lachte verbittert, »dann werden wir sie bis auf den letzten Mann töten.«

Alyson rannte von Jemmys Zimmer zu den Ställen, aber er war nirgends zu finden. Von dort lief sie in die Halle und blickte sich unter den Leuten um, die an den Tischen saßen. Schließlich erspähte sie ihn in der Menge.

»Mylord!«

Da keine Antwort kam, bahnte sie sich einen Weg zwischen den anderen hindurch. »Mylord!«, rief sie wieder, und nun verstummten die Gespräche. Alle Köpfe wandten sich nach ihr um. Es schien, als hätten alle ihr Rufen gehört. Alle außer Jemmy.

Die Leute traten beiseite und ließen sie durch. Endlich konnte sie ihn ganz sehen. Er saß halb auf einem Auflagebock und unterhielt sich mit einer Frau. Alyson blieb wie angewurzelt stehen und ihr Herz setzte aus, als sie sah, wie er die Frau anlächelte und mit den Schleifen ihres Umhangs spielte.

Inzwischen herrschte Totenstille in der Halle. Alle anderen waren auf Abstand gegangen, so dass Alyson ganz allein dastand, keine drei Meter von Jemmy entfernt. Dennoch schien er sich ihrer Gegenwart überhaupt nicht bewusst zu sein. Das Mädchen bei ihm drehte sich um und Alyson erkannte voller Schrecken, dass es Celia war. Sie warf ihre blonden Locken in den Nacken und lächelte Alyson unverschämt zu, ehe sie sich wieder Jemmy zuwandte.

»Mylord«, sagte Alyson, doch ihre Stimme hatte keine Kraft mehr. Es kam nur ein heiseres Flüstern heraus, aber wenigstens schien er sie zu hören.

»Ah, Mylady«, sagte er. »Kommst du, um mich zu Hause willkommen zu heißen? Wie freundlich. Wenn du mich jetzt entschuldigen würdest, ich bin sehr beschäftigt.«

Er stand langsam auf, drehte sich um und sagte etwas zu Celia. Das Mädchen lachte vergnügt. Sie verließen gemeinsam die Halle, wobei sein Arm lässig auf ihren Schultern lag.

Alyson konnte sich nicht rühren. Sie bekam keine Luft mehr, konnte sich nicht bewegen und konnte nicht denken. Um sie herum war es sehr still und alle beobachteten sie, manche amüsiert, manche mitleidig und manche einfach voller Neugier, was sie als Nächstes machen würde.

Langsam, ganz langsam, ging sie den Weg zurück, den sie gekommen war, den Kopf geradeaus gerichtet. Als sie bei den Treppen ankam, hörte sie, wie in der Halle wirres Gerede und Gelächter anhob. Das Lachen traf sie wie ein Dolchstoß. Ihr Mut sank und sie rannte den Rest des Wegs zurück zu ihrem Zimmer.

Kapitel 33

»Was hat er gesagt?«

»Er sagte«, begann Maggie zögernd und wünschte, jemand anders müsste die Botschaft übermitteln. Dann kreuzte sie die Finger hinter dem Rücken und fuhr eilig fort: »Er sagte, es täte ihm sehr Leid, Mylady, aber er hätte dringende Angelegenheiten zu regeln und kann nicht kommen, um Euch zu sehen. Aber er sagte, er würde kommen, sobald es ihm möglich ist.«

Und möge Gott ihr diese Lüge vergeben. Jemmy hatte nichts dergleichen gesagt. Da war keine Entschuldigung gewesen, kein Versprechen, dass er die Zeit finden würde, seine Frau zu sehen. Alles in allem war es ein höchst unangenehmes und rätselhaftes Gespräch gewesen.

Maggie hatte fast eine Stunde warten müssen. Als sie schließlich in Jemmys Zimmer gebeten wurde, fand sie ihn an einem langen Tisch sitzend vor, den Kopf über eine Karte gebeugt, die vor ihm ausgebreitet war.

Sie hatte sich fest vorgenommen, ihm heute ihre Meinung über sein flegelhaftes Benehmen zu sagen, falls er sich erneut weigerte, seine Frau zu sehen. Niemand hatte mehr Recht, ihn zur Vernunft zu bringen – und mit der gebührenden Schärfe. Hatte sie Jemmy nicht mit eigenen Händen auf die Welt geholt? Hatte sie nicht seine kindlichen Verletzungen versorgt und ihn in den Schlaf gesungen, wenn er krank war?

Und er hatte es ihr mit zerrupften Blumen, Küssen und der ersten eigenhändig gefertigten Schnitzerei gedankt. Das krumme kleine Holzschiff stand bis heute auf seinem Ehrenplatz neben ihrem Bett.

Aber als Jemmy den Kopf hob und sie ansah, hatte er die harten Augen eines Fremden gehabt.

»Mylord, Eure Lady bittet, dass Ihr heute Abend mit ihr speist«, sagte sie außergewöhnlich nervös ob seines eisigen Blicks. »Oder, falls Euch die Zeit für ein Abendessen fehlt, ob ihr nur kurz mit ihr sprechen könntet.«

Jemmy hatte sich nicht einmal zu einer Antwort bemüßigt gefühlt. Er wandte sich wieder der Karte zu und winkte mit einer Hand, um ihr zu signalisieren, dass das Gespräch beendet war. Und Maggie war ohne ein Wort gegangen.

»Es tut mir Leid, Mylady«, sagte sie jetzt. »Aber er ist im Moment sehr beschäftigt. Und Ihr wisst ja, was man sagt: Es ist das Los der Frauen zu warten.« Da ihre Herrin stumm blieb, ergänzte sie: »Ich habe Euch die Honigkuchen gebracht, die Ihr so gern mögt. Wollt Ihr einen?«

»Nein.«

»Dann lasst mich wenigstens ein paar Kerzen anmachen. Hier drinnen ist es furchtbar dunkel.«

»Nein.«

Maggie betrachtete ihre Herrin voller Sorge. Selbst im Schein des Feuers konnte sie erkennen, dass das Mädchen Besorgnis erregend blass war und von den durchwachten Nächten dunkle Augenringe hatte. Sie hatte nicht geweint, zumindest nicht vor den Bediensteten. Seit zwei Tagen und Nächten saß sie nun schon in ihrem Zimmer und weigerte sich zu essen, ganz gleich welche Leckereien Maggie ihr brachte.

Beim Anblick der armen jungen Frau konnte Maggie nicht

anders, als wütend auf Master Jemmy zu werden. Er war immer schon ein bisschen wild gewesen, aber er hatte ein gutes Herz gehabt. Neuerdings musste er ein Herz aus Stein haben, seiner Braut das anzutun. Vor seiner Reise war er ganz verrückt nach ihr gewesen, und jetzt konnte er nicht einmal fünf Minuten mit ihr reden! Derweil litt das Mädchen so, dass es nur noch ein Schatten seiner selbst war.

»Ich denke, ich werde ausreiten«, sagte sie und Maggie erschrak.

»O ja. Das ist eine großartige Idee, Mylady. Wartet, ich helfe Euch …«

Sie stand wie eine Statue da, als Maggie sie umkleidete. Nachdem sie fertig war, sah sie ihre Kammerdienerin ernst an.

»Du bist eine gute Frau, Maggie. Zu gut für diesen Ort. Du solltest fortgehen.«

»Fortgehen?« Maggie lachte ein wenig unsicher. »Wollt Ihr, dass ich nicht mehr in Euren Diensten bin?«

»Nein, es ist der Ort. Hier kann nichts Gutes leben, es gibt zu viel Hass. Du solltest weggehen.«

»Ich bin schon mein ganzes Leben hier«, sagte Maggie. »Wohin sollte ich denn gehen?«

Ihre Herrin seufzte. »Ich weiß es nicht. Vergiss einfach, was ich gesagt habe, Maggie. Ich danke dir.«

Sie sah aus, als wollte sie noch etwas sagen, doch dann drückte sie der älteren Frau nur stumm die Hand und ging.

Alyson lief zu den Ställen. Sie würde gehen, noch heute. Sir Robert würde sie auf der Lichtung erwarten, und sie würden nach London reiten. Was hier geschah, war ihr gleichgültig. Sollten sie sich doch gegenseitig zerstören, sie konnte ohnehin nichts tun, um sie davon abzuhalten. Sie war eine Närrin gewesen, es überhaupt zu versuchen. Die Sache ging sie nichts an – sie bedeutete keinem dieser Menschen etwas und sie bedeuteten ihr nichts. Mit Ausnahme von Malcolm. Sie blieb stehen und hielt sich an der Mauer fest, als ihr plötzlich übel wurde und sie umzufallen drohte. Sie konnte nichts tun, um ihn jetzt noch zu retten. Sie musste darauf vertrauen, dass Jemmy ihn beschützte – und wenn nicht Jemmy, dann Alistair. Sie würden es tun, dessen war sie sich sicher, wenn es irgend in ihrer Macht lag. Genauso wie sie Robin beschützen würde – beschützen musste.

Es wurde gewiss hart, auf Sir Roberts Großzügigkeit angewiesen zu sein, doch es musste sein. Sie hatte überlegt, Lady Maudes Schmuck zu nehmen – bei Gott, sie hatte ihn sich verdient. Aber das brachte sie nicht über sich. Nein, dachte sie mit verbitterter Wut, sie nahm nichts von irgendeinem von ihnen.

Oh, sie war so dumm gewesen zu glauben, sie könnte Jemmy etwas bedeuten! Das wusste sie jetzt. Zweifellos hatte er schon viele solcher Nächte erlebt. Sie war nichts weiter für ihn als eine Frau unter vielen. Wieder und wieder hatte sie sich das während der furchtbaren letzten Tage eingeredet, und inzwischen glaubte sie es auch beinahe. Aber dann dachte sie an die Nacht, die sie gemeinsam verbracht hatten, und ihr Verstand wie ihr Herz rebellierten heftig.

Ihm lag an ihr. Sie konnte sich doch nicht so schrecklich irren, oder? Was wusste sie schon über Männer? Dennoch. Er hatte gesagt, dass er sie liebte. Wie konnte man eine solche Nacht erleben und sie hinterher einfach vergessen, als hätte es sie nie gegeben? Sie wusste es nicht. Sie verstand überhaupt nichts mehr. Das Verhalten der Adligen war ihr schlicht zu hoch. Sie musste gehen, weit weg von hier.

Als sie durch den Hof ging, sah sie ihn. Ihre Blicke trafen

sich für einen Moment, und Alysons Herz pochte wie wild in ihrer Brust. Doch dann nickte er kurz und schritt an ihr vorbei. Lass ihn gehen, sagte sie sich. Lass ihn gehen. Zum Teufel mit ihm. Es ist nicht mein Fehler, wenn er stirbt.

»Mylord, warte bitte«, sagte sie und eilte hinter ihm her. Sie musste laufen, um mit seinen großen Schritten mitzuhalten. Als er nicht antwortete, fasste sie ihn am Arm. »Jemmy, um Gottes willen, *bitte.*«

Er stieß einen erschöpften Seufzer aus. »Was gibt's?«

»Ich muss mit dir unter vier Augen sprechen.«

Er sah in ihr flehendes Gesicht. Tränen glänzten in ihren lieblichen Augen und für einen Moment zögerte er. Dann beschwor er absichtlich die Erinnerung an Carmelas Tränen herauf.

»Ich habe jetzt wirklich keine Zeit. Vielleicht später.«

Er schüttelte ihre Hand ab und ging weiter. »Was ist mit dir geschehen?«, rief sie. »Du sagtest, dass du mich liebst.«

Die Worte trafen ihn wie ein Hieb. »Sagte ich das?«, fragte er eisig. »Nun, Mylady, du kannst einen Mann kaum für das verantwortlich machen, was er in derartigen Momenten sagt. Ich dachte, das wüsstest du. Wenn du mich nun entschuldigst.«

Er ließ sie stehen, ging eiligen Schrittes zur Treppe und stieg hinauf. Als er auf dem ersten Absatz ankam, lehnte er den Kopf an die kühle Steinmauer. Wieder sah er ihr Gesicht vor sich. Sie hatte ihn mit einem solchen Entsetzen und Schmerz angesehen, als hätte er sie geschlagen. Ein Teil von ihm hatte eine schmerzliche Genugtuung dabei empfunden, seinen eigenen Schmerz in ihren Augen gespiegelt zu sehen, aber jetzt schämte er sich dafür. Sie hatte so verzweifelt und beunruhigt ausgesehen – genauso wie er sie gesehen hatte, als er sie auf dem Felsvorsprung fand.

Die Erinnerung weckte eine furchtbare Angst in ihm und er lief die Treppe hinunter. Er war kaum unten angekommen, da sah er Alistair auf den Hof galoppieren.

»Jemmy!«, rief Alistair und sprang von seinem Pferd. »Hier, du wolltest Beweise? Dann rede mit ihm.« Er zeigte auf das Pferd neben seinem, auf dem ein junger Mann saß, der glattes, fettiges braunes Haar hatte und einen verschlagenen Blick.

Jemmy sah zu seiner Frau, die den Mann voller Entsetzen anstarrte. Sie kannte ihn wahrscheinlich. Dann blickte sie zu Jemmy. »Jemmy, Mylord, warte. Du musst mit mir reden. Jetzt gleich. Allein.«

»Später«, sagte er. Sie packte seinen Arm und riss ihn herum, damit er sie ansah.

»Nein, jetzt. Bitte.«

Er drehte sich kurz zu dem Darnley-Mann um, der abgestiegen war und neben Alistair stand.

»Einen Moment«, sagte er und schüttelte ihre Hand ab. »Zuerst höre ich mir an, was dieser Mann zu sagen hat. Du da!«, rief er. »Wie ist dein Name?«

»Sym«, antwortete der Mann und benetzte sich nervös die Lippen.

Alistair lächelte. »Der junge Sym ist nicht ganz zufrieden mit seiner Stellung in Lord Darnleys Haushalt.«

»Ja, das stimmt«, bestätigte Sym. »Er«, er nickte mit dem Kopf zu Alistair, »sagt, ich kann hier oberster Stallknecht werden, wenn ich Euch erzähl, was ich gesehen hab.«

»Und was hast du gesehen?«, fragte Jemmy ungeduldig.

»Männer und Pferde. Aus Mylord Northumberlands Besitz. Hundert oder mehr.«

»Und zu welchem Zweck sind sie nach Aylsford gekommen?«, fragte Jemmy, woraufhin Sym ihn überrascht und ungläubig ansah. »Wozu wohl, Sir? Um gegen Euch in den Krieg zu ziehen.«

»Das weißt du ganz sicher?«

»Seine Lordschaft bespricht so was nicht mit mir, falls Ihr das meint. Ich bezweifle, dass seine Lordschaft überhaupt weiß, dass es mich gibt. Aber ja, ich weiß es genau. Es ist allgemein bekannt, dass er vorhat, Euch zu vernichten.«

Jemmy sah Maude an und es brach ihm fast das Herz. Sie hatte den Kopf geneigt, das Gesicht abgewandt und war kreidebleich.

»Nun, Mylady?«, sagte er betont kühl. »Vielleicht kannst du uns eine Erklärung anbieten, was die Pläne deines Vaters angeht.«

Sie hatte ihre Fassung so schnell wiedergefunden, dass er nicht umhin konnte, sie dafür zu bewundern. »Soll ich etwa hier auf dem Hof die Angelegenheiten meines Vaters bereden?«, fragte sie hochmütig. »Ich spreche entweder unter vier Augen mit dir, Mylord, oder gar nicht.«

Mit diesen Worten wandte sie sich um und ging.

»Nicht so schnell«, sagte Alistair, der sich ihr in den Weg stellte. »Ihr erteilt hier keine Befehle.«

Sie schritt zur Seite, um ihm auszuweichen, doch nun fand sie sich Sym gegenüber. Dessen Mund stand offen vor Staunen.

»Aber wen haben wir denn hier?«, rief er.

Maude erstarrte. Sie öffnete den Mund, um etwas zu sagen, schloss ihn aber gleich wieder.

»Alyson?«, fragte Sym unsicher. »Bist du das, Mädchen?«

Sie reckte das Kinn in die Höhe und bedachte Sym mit einem Blick, der frostig genug war, ihn auf der Stelle zu Eis gefrieren zu lassen. »Wie kannst du es wagen, mich so anzusprechen?«

»Du bist es!«, rief Sym. »Hierhin bist du also verschwunden! Wir hatten uns schon alle gewundert, was aus dir geworden ist.«

»Dieser Mann ist ein Unruhestifter und ein Lügner«, sagte sie laut und klar. »Das war er immer. Ihr dürft nichts von dem glauben, was er sagt.«

Jemmy ignorierte sie. »Das ist Lady Maude«, erklärte er Sym. »Du musst sie doch kennen.«

»Nein«, sagte Sym. »Das ist …«

»Mylord, wirklich!«, unterbrach sie ihn. »Der Mann ist ein Nichts, nur ein gewöhnlicher Stallknecht, der sich einen Vorteil verschaffen will, indem er Lügen verbreitet.«

»Gewöhnlich, bin ich das?«, fragte Sym. »Ich bin ebenso gewöhnlich wie du, egal was du hier vorspielst! Lady Maude?«, sagte er und drehte sich mit einem hämischen Lachen zu Jemmy um. »Die? Unmöglich!«

»Wer zum Teufel ist sie dann?«, wollte Alistair wissen, der beinahe so verwirrt aussah, wie Jemmy sich fühlte.

»Alyson Bowden aus der Küche von Aylsford«, erklärte Sym voller Überzeugung. »Ich würde sie überall wiedererkennen. Schließlich habe ich sie die letzten vier Jahre jeden Tag gesehen. Jeden Tag, bis sie auf einmal verschwunden war, ohne ein Wort zu sagen.«

Jemmy beobachtete ihr Gesicht und wartete darauf, dass sie alles abstritt. Aber das tat sie nicht.

»Zuletzt war sie Darnleys Küchenmagd«, fügte Sym hinzu und sah sie feindselig an. »Was sie jetzt ist, kann ich nicht sagen.«

Sie ist meine Frau, dachte Jemmy verbittert. Meine Frau. Die Frau, die sagte, dass sie mich liebt. Und das war nichts als Lüge.

»Ich auch nicht«, sagte Alistair, der sie sehr interessiert anblickte. »Aber du kannst sicher sein, dass wir es herausfinden.«

»Bring sie weg, Alistair«, befahl Jemmy knapp. »Steck sie ins Turmzimmer. Und sperr diesen Mann ein. Erzähl niemandem etwas, ehe wir nicht alles Weitere besprochen haben.«

»Hört mal!«, rief Sym beleidigt. »Was heißt hier einsperren? Ich hab alles gesagt, was ich weiß, oder etwa nicht?«

»Ja, das hast du, Bursche«, antwortete Alistair. »Aber es kommt vor, dass jemand mehr weiß, als gut für ihn ist. Es ist ja nicht für lange«, versicherte er ihm. »Warum kommst du nicht mit mir, wenn ich deine Freundin in ihr Zimmer bringe?«

»Sie ist nicht meine Freundin«, sagte Sym angewidert. »Sie hielt sich immer für was Besseres, zu gut für Leute wie mich.«

»Sie hatte wohl jemand Höhergestelltes im Auge«, bemerkte Alistair trocken.

Jemmy fragte sich, warum sie nichts sagte. Wollte sie denn nichts, gar nichts zu ihrer Verteidigung vorbringen? Nein, sie stand da, als würde sie die drei Männer überhaupt nicht wahrnehmen. Ihr Gesicht war kreidebleich und von marmorner Regungslosigkeit, der Ausdruck gänzlich abwesend, als wäre sie in Gedanken weit, weit weg.

»Kommt mit, Mistress«, sagte Alistair und zum ersten Mal vernahm Jemmy in der Stimme des Ritters einen Anflug von Respekt ihr gegenüber.

Vielleicht verdiente sie ihn, dachte Jemmy voller Sarkasmus. Nicht jede Küchenmagd schaffte es, sich so überzeugend als Tochter eines Grafen auszugeben. Selbst jetzt deutete nichts an ihr auf ihre niedere Herkunft hin. Mit hoch erhobenem Kopf und gespannten Schultern schritt sie über den Hof, als wäre sie eine Königin.

Das einzige Mobiliar im Turmzimmer waren ein Hocker, ein Tisch und ein kleines Bett. Das Feuer qualmte und die spärlichen Flammen vermochten nichts gegen die feuchte Kälte auszurichten, welche aus den Steinmauern zu kriechen schien. Jemmy stand mit vor der Brust verschränkten Armen da und starrte die Frau vor sich ungläubig an. Er konnte nicht glauben, was er da hörte.

»Du sagst, du bist Lord Darnleys Tochter«, wiederholte er.

»Ja, aber ich wusste es selbst nicht. Er hat mich nie als seine Tochter anerkannt, und meine Mutter sagte nie …«

»Red weiter.«

»Sowohl er als auch Lady Maude waren sehr verärgert wegen der Vereinbarung, zu der er gezwungen worden war. Er wollte sich nie daran halten, sondern war nur noch entschlossener, euch zu zerstören.«

»Und trotzdem legte er den Eid ab.« Jemmy schüttelte den Kopf.

Sie stand auf und sah ihm in die Augen. Er erkannte, dass sie geweint hatte. Ihre Augen waren gerötet und auf ihrer Haut schimmerte ein durchsichtiger Tränenschleier. Jetzt aber weinte sie nicht. Sie betrachtete ihn ruhig, mit einer Würde, die schon bei einer Adligen bewundernswert wäre, bei einem Mädchen ihrer Herkunft jedoch, ohne Familie – nun, da war sie außergewöhnlich. Andererseits wusste er ja, dass sie kein gewöhnliches Mädchen war.

»Es gibt gewisse Ähnlichkeiten zwischen mir und Lady Maude«, sagte sie. »Und so kamen sie auf diesen Plan. Sie schickten Celia mit, damit sie mich überwacht, und sie erzählte mir, es wären noch andere hier, die mich im Auge behielten …« Sie erschauderte und legte die Arme fest um ihren Oberkörper.

»Aber du? Warum hast du einem solchen Plan zugestimmt?«

»Es war wegen Robin, meinem …«

»Ich weiß alles über Robin.«

»Dann verstehst du mich«, sagte sie und ihre Stimme klang wärmer vor Erleichterung.

»O ja, ich verstehe dich.« Er drehte sich um und ging zur Tür.

»Warte, Mylord. Ich weiß, dass du wütend bist, wozu du auch allen Grund hast.«

»Danke«, sagte er trocken.

»Aber ich bitte dich, deine Wut auf mich zu beschränken. Mach mit mir, was du willst, aber bitte, übe keine Rache an Robin.«

Sie trat einen Schritt zurück, da sie zweifellos die Wut und den Ekel in seinem Gesicht wahrnahm. »Mylord«, flehte sie und streckte ihm bittend die Hände entgegen. »Das kannst du nicht tun. So hab doch Mitleid!«

»Diese Sache bedeutet Krieg, ist dir das immer noch nicht klar? Dein – Robin – wird auf sich selbst aufpassen müssen. Bitte mich nicht um Gnade.«

»Aber das kannst du nicht tun! Er ist doch vollkommen unschuldig, noch ein …«

»Du hast es seinetwegen getan, oder nicht?«

Sie nickte. »Ich würde alles für Robin tun.«

Er verließ sie ohne ein weiteres Wort und schlug die Tür hinter sich zu.

Kirallen saß vor dem Feuer, einen dicken Mantel über seinen Schultern. Nachdem Jemmy zu Ende gesprochen hatte, schloss er die Augen. Er war zu erschöpft, um auch nur daran zu denken, was jetzt alles zu tun war. Er hatte versagt. Es würde keinen Frieden geben, sondern alles von vorn anfangen und schlimmer als zuvor.

»Wer weiß sonst noch davon?«

»Alistair. Und diese Dienerin, Celia. Sie ist mit Darnleys Stallknecht zusammen eingesperrt. Das Mädchen sagt, es gäbe noch andere Spione, aber sie weiß die Namen nicht.«

»Ach ja, das Mädchen. Was wird aus ihr?«

Jemmy wandte den Blick ab. »Ich habe noch nichts entschieden.«

»Tu, was du für richtig hältst, Jemmy«, sagte Kirallen. »Ich überlasse die Entscheidung dir. Fürs Erste sollte sie im Turmzimmer bleiben. Sag den Leuten, sie wäre krank. Wir müssen sorgfältig überlegen und entscheiden, was das Beste ist. Aber sorg dafür, dass Darnley nicht erfährt, was wir wissen. Morgen, Jemmy«, sagte er und seine Schultern sackten ein, »morgen werden wir weitersehen. Ich bin jetzt müde. Es scheint, als würde dieser Tage alles misslingen, was ich anfange. Seit ...«

»Seit Ians Tod«, ergänzte Jemmy für ihn. »Ja, Vater, ich weiß.« Die Bitterkeit in den Worten seines Sohnes ließ den alten Mann zusammenzucken. »Das meinte ich nicht«, sagte er, auch wenn sie beide es nicht glaubten. »Es tut mir Leid, Jemmy. Ich mochte das Mädchen selbst sehr gern. Und ich kann immer noch nicht glauben, dass sie aus Bösartigkeit heraus gehandelt hat.«

»Ihre Beweggründe sind unerheblich. Das Unheil ist angerichtet.«

»Morgen«, flüsterte Kirallen. »Wir reden morgen weiter.«

Kapitel 34

Am nächsten Vormittag ging Jemmy zum Turmzimmer, um sie für die Befragung abzuholen. In dem oberen Flur angekommen, sah er, wie die alte Maggie aus dem Zimmer kam. Sie war die Einzige, die Bescheid wusste, denn ihr kam die Aufgabe zu, das Mädchen zu bewachen. Jemmy hielt es allerdings für unwahrscheinlich, dass sie zu fliehen versuchen würde. Als Maggie ihn sah, schrie sie vor Schreck auf und fasste nach ihrer Schürzentasche. Jemmy sagte nichts, sondern streckte einfach seine Hand aus. Nach einem Moment des Zögerns holte sie ein viereckiges Stück Pergament aus der Tasche hervor und übergab es ihm.

»Wer hat das geschrieben?«

»Sie«, antwortete Maggie.

Dann konnte sie also schreiben, dachte Jemmy verwundert. Wie kam ein Küchenmädchen dazu, schreiben zu lernen?

Er blickte auf das Pergament und sah, dass es an Sir Robert Allshouse adressiert war. Der Name kam ihm irgendwie bekannt vor, und er überlegte kurz, ehe er beschloss, dass es nichts zur Sache tat. Robert. Robin. Mehr brauchte er nicht zu wissen.

»Maggie, wie konntest du?«

Ihr kamen die Tränen. »Ich konnte es ihr nicht abschlagen.«

»Verschwinde«, befahl er streng. »Und komm erst wieder, wenn ich nach dir rufe.«

Als er ins Turmzimmer trat, fand er Alyson vorm Fenster stehend vor. Sie trug ein schlichtes Kleid aus schwarzer Wolle, das die Blässe ihrer Haut unterstrich und ihr Haar umso stärker leuchten machte. Sie fuhr herum, als er hereinkam, und er hielt den Brief hoch.

»Ich sehe, dass dir ebenso wenig zu trauen ist wie deinem Vater.«

»Nein, Mylord, mir ist wohl nicht zu trauen. Ich würde dasselbe wieder tun. Bitte, kannst du nicht dafür sorgen, dass er den Brief erhält?«

»Du bist ja wahnsinnig«, sagte er.

»Lies ihn. Darin steht nichts, was dir schaden könnte. Gar nichts. Bitte, Mylord.«

In der vergangenen Nacht hatte Jemmy kaum ein Auge zugetan. Und nach allem Grübeln war er so weit gekommen, dass er sogar ein wenig Mitleid mit dem Mädchen empfand. Bei einer Küchenmagd war es nicht weiter verwunderlich, dass sie sich von der Zuneigung eines Ritters verzaubern ließ. Aber wie sie ihm jetzt noch zugetan sein konnte, war Jemmy schleierhaft. Der Mann hatte sie benutzt, hatte sie hergeschickt, damit sie die Hure spielte – der Mann war nicht besser als ein Kuppler! Widerwärtig. Und dennoch wollte sie ihn beschützen, obwohl sie doch wissen musste, dass sie damit ihr Leben riskierte. Er verstand es nicht. Wütend steckte er den Brief in seinen Gürtel.

»Ich werde darüber nachdenken.«

»Danke.«

Sie folgte ihm die Treppe hinunter, durch die Halle und eine weitere Treppe hinunter, bis sie in ein Zimmer kamen, das nur wenige Frauen von innen gesehen hatten. Es befand sich im ältesten Teil der Burg. Hier trafen sich die Kirallens seit Menschengedenken, um sich mit ihren engsten Vertrauten zu beraten. Selbst an diesem sonnigen Tag brannten hier Fackeln, denn in den dicken Mauern waren anstelle von Fenstern nur schmale Schlitze, die zwar für Luftzufuhr reichten, nicht aber, um Licht hineinzulassen. Als der Raum gebaut wurde, hielt man richtige Fenster für eine unnötige Gefahr.

Ein Tisch erstreckte sich über die gesamte Länge des Raums. Auf der Oberfläche waren zahlreiche Brandstellen und tiefe Kratzer, Narben von Feuer und Dolchen. Am Kopf des Tisches saß Kirallen. Zu seiner Rechten war Alistair, und an der Längsseite hatten ein Dutzend ernste und streng aussehende Clanälteste Platz genommen, hinter denen mehrere Kirallen-Ritter standen. Der Stuhl gegenüber von Kirallen war leer. Dort sollte Jemmy sitzen.

Alyson stand vor ihnen, eine zarte Frau ganz in Schwarz. Sie ertrug die Befragung mit Fassung, antwortete auf alle Fragen mit klarer, fester Stimme. Nur einmal zögerte sie, nämlich als der Burgherr sie fragte, warum sie bei der Verschwörung mitgemacht hatte.

»Ich konnte nicht ablehnen, Mylord und Vater«, sagte sie und blickte kurz zu Jemmy. Der sah auf den Tisch vor sich und sagte kein einziges Wort.

»Nun gut«, sagte Kirallen. »Hast du sonst noch etwas zu sagen?«

»Ja, Mylord. Ihr wart sehr freundlich zu mir, und ich wollte Eure Freundlichkeit nie auf diese Weise vergelten. Es tut mir schrecklich Leid. Und ich bete, dass Euch ein Weg einfällt, diese Sache ohne Blutvergießen zu beenden.«

»Du kannst gehen«, sagte Kirallen. Sie verbeugte sich, ehe sie sich umwandte und erhobenen Hauptes hinausging.

»Nun, Lord«, begann Alistair, »ich denke, es dürfte klar geworden sein, was geschehen ist. Bleibt die Frage, was wir als Nächstes tun.«

Durch kein Wort und keine Geste deutete er an, dass der Burgherr im Unrecht und er im Recht gewesen war. Das musste er auch nicht, denn jeder Mann im Raum wusste es.

Zwar war Alistair bereit, die nächsten Schritte zu besprechen, doch die anderen Männer waren es nicht. Ihre Gespräche drehten sich ausschließlich um Darnleys Betrug, der ihnen allen geradezu monströs erschien. Einen feierlichen Eid zu schwören und ihn zu brechen, das war nach ihrem Ehrverständnis etwas so Abwegiges, dass sie es kaum glauben wollten. Und seine uneheliche Küchendirne zu nehmen und mit dem Sohn des Burgherrn zu verheiraten war nicht bloß eine Täuschung, sondern eine tödliche Beleidigung, die niemand von ihnen allzu schnell vergessen würde.

Jemmy saß schweigend da. Die Worte der anderen hallten durch seine Gedanken. *Darnleys uneheliche Küchendirne*. Seine Spionin. Eine Bauerntochter, die aus der Küche gezerrt und hergeschickt worden war, um sie alle zu täuschen. Das war sie – *nichts* anderes –, ganz gleich wie gut sie in den geliehenen Gewändern einer Adligen ausgesehen hatte. Er sah sie vor sich, in Seide gewandet und mit blinkenden Juwelen behängt, die sie trug, als wäre es ihr gutes Recht. Er sah sie vor sich, wie sie am offenen Fenster stand und ihr das Haar über den schmalen Rücken fiel. Dieses Bild verdrängte er gleich wieder. Er war ein doppelter Narr, weil er sich so leicht von ihr hatte täuschen lassen und weil er selbst jetzt noch einen furchtbaren Schmerz über den Verlust empfand.

Für die anderen indes war sie nicht mehr als Darnleys Werkzeug und als Mensch vollkommen bedeutungslos. Was sie über ihre Herkunft erfahren hatten, machte sie in ihren Augen zu einem Nichts. Sie würde sterben, sagte Sir Calder, und zwar den Verrätertod. Jemmy wurde klar, wie abstoßend er Sir Calder fand. Der Ritter würde gehen, ganz gleich, was

Alistair dazu sagte. Und es würde keine Exekution geben. Jetzt nicht und auch in Zukunft nicht.

Er wollte gerade den entsprechenden Befehl erteilen, als er sah, dass Alistair ihn beobachtete. Er wartete offensichtlich nur darauf, dass Jemmy etwas sagte und er einen Streit beginnen konnte. Doch Jemmy hatte nicht vor, seinen Standpunkt zu verteidigen. Der Kirallen-Clan würde niemals eine Frau töten, wer sie auch sein oder was sie auch getan haben mochte. Und genau das wollte er den Männern gleich jetzt klarmachen. Dennoch schwieg er. Seine Geduld war ohnehin so gut wie erschöpft. Sollte Alistair es wagen, ihn auch nur mit einem einzigen Wort anzugreifen, könnte Jemmy für nichts garantieren. Und falls es zu einem Zerwürfnis – oder Schlimmerem – zwischen ihm und Alistair kam, was mehr als wahrscheinlich war, würde der Clan darunter leiden. Alistair und er sollten im Moment mehr denn je eine gemeinsame Front bilden.

Ein Streit war überflüssig, dachte Jemmy und schaffte es mit einiger Mühe, die zu Fäusten geballten Hände glatt vor sich auf den Tisch zu legen. Ein Streit war ebenso überflüssig wie den Rat zu spalten. Die Entscheidung lag so oder so bei ihm, nicht bei Alistair. Der Rat konnte Vorschläge machen, aber nur der Burgherr konnte befehlen. Und der Burgherr hatte Jemmy die Entscheidungsgewalt übertragen. Sollten sie doch sagen, was sie wollten, er allein entschied, was mit Darnleys Tochter geschah. Mit Darnleys *unehelicher* Tochter, die ihn mit jedem Wort, das sie sprach, belogen hatte.

»Magst du mich?«, hatte sie ihn so zärtlich gefragt, als sie erschöpft und zitternd in seinen Armen lag. Wie hatte sie ihn derart täuschen können? Wieso hatte er nicht erkannt, dass alles eine Lüge war?

Im Verlaufe des Nachmittags wandten sich die Gespräche

der Frage zu, welchen ihrer Verbündeten sie zutrauten, schnell und stillschweigend zu reagieren. Die Männer verließen sich in dieser Frage auf Alistair, und Jemmy wandte nichts dagegen ein, denn Alistair war mit den stetig wechselnden Beziehungen unter den Clans weit besser vertraut als er selbst. Alistair bedankte sich dafür, indem er Jemmy zu jeder Entscheidung um Rat bat, ehe sie endgültig beschlossen wurde und man eine Botschaft verfasste. Für die Anwesenden war dieses Vorgehen vollkommen natürlich, und Jemmy wurde klar, dass Alistair und Ian auf diese Weise zusammengearbeitet haben mussten. Alistair plante, Ian führte die Männer in die Schlacht. Wenn die Zeit gekommen war, sollte Jemmy die Männer anführen.

Er empfand eine bittere Erleichterung darüber, den Kampf aufzugeben und jenen Platz einzunehmen, den Ian im Clan gehabt hatte. Hatte er tatsächlich geglaubt, das vermeiden zu können? Der Rückkehrer aus Spanien war tot, und Jemmy würde seinen Verlust nicht betrauern. Dieser Mann mit all seinen kindischen Träumen davon, dem ihm vorbestimmten Leben zu entfliehen, war ein Narr.

Nein, er würde nicht mehr weglaufen. Er war jetzt ein Kirallen. Und Gott mochte Darnley beistehen, denn bei den Kirallens würde er keine Gnade finden.

Die Fackeln flackerten in ihren Wandhalterungen, als Alistair den letzten Brief geschrieben hatte und ihn Jemmy reichte. Dann sank er auf seinen Stuhl und rieb sich mit einer Hand den stoppeligen Bart. Trotz seiner vor Müdigkeit hängenden Schultern war ihm das Herz leicht. Endlich hatte der Burgherr die Wahrheit erkannt, von der Alistair ihn seit langem zu überzeugen versuchte. Mit Darnley konnte man nur auf eine Weise verhandeln – Schwert gegen Schwert.

Erst jetzt wurde Alistair das ganze Ausmaß seiner Erschöpfung bewusst. Seit Monaten hatte er nicht richtig geschlafen, weil er als Einziger zu wissen schien, dass der Clan einem Desaster entgegenging und er außerstande war, etwas dagegen zu tun. Aber jetzt würde alles gut werden. Sie würden in eine ehrenvolle Schlacht ziehen, und Alistair würde genau das tun, was von Anfang an hätte getan werden sollen: Darnley töten oder bei dem Versuch, ihn zu töten, selbst sterben. Ihm war ziemlich gleich, wie es endete, solange es überhaupt endete und er ein wenig Frieden fand.

»Das ist der Letzte? Gut gemacht«, sagte Jemmy, warf das Pergament auf den Tisch und wandte sich lächelnd an Alistair. »Ist der Bote bereit?«

Alistair nickte und schaffte es, Jemmys Lächeln mit einem gleichermaßen unechten zu erwidern. In Zeiten wie diesen durfte er seinem Pflegebruder seine wahre Meinung weder durch Worte noch durch Gesten bedeuten. Die bevorstehende Schlacht war mit einem gespaltenen Clan nicht zu gewinnen.

»Du brauchst nicht auf ihn zu warten«, sagte er freundlich. »Ich kann den Rest allein erledigen.«

»Nein, ist schon gut. Ich werde hier alles fertig machen«, erwiderte Jemmy und unterdrückte ein Gähnen. »Du siehst müde aus.«

Alistair spürte, wie es in ihm zu brodeln begann. Das hier war seine Aufgabe, immer gewesen. Ian hatte ihm vollkommen vertraut. Andererseits hatte Ian ihm auch nie angeboten, etwas zu erledigen, wenn Alistair es ebenso gut tun könnte.

Für einen Moment fragte Alistair sich, wie es wohl wäre, einem Mann zu dienen, dem auffiel, ob man müde war oder nicht, jemandem, der die Verantwortung des Herrschens ernst nahm. Es wäre eine Erleichterung, dachte Alistair, wenn ihm ein Teil der Last von den Schultern genommen würde. Aber sie würden gewiss dauernd streiten, da jeder von ihnen das letzte Wort haben wollte.

Nicht dass er vorhatte, Jemmy jemals zu dienen. Das Ganze war eine Scharade, sonst nichts, die zugunsten des Clans aufgeführt wurde. Jemmy würde hier nie herrschen. Nach dem, was er heute getan hatte, wollte Alistair dafür sorgen, dass Jemmy keine Chance bekam, die Clanspitze zu übernehmen.

»Tod der Darnley-Dirne!«, hatte Sir Calder gerufen und kaum geendet, als Alistair wusste, dass Sir Calder gehen müsste. Durften Krieger sich an Küchenmägden rächen wollen? Das was abscheulich. Unter den Kirallen-Rittern war kein Platz für einen Mann, der so gänzlich ohne Ehrgefühl war. Allein der Vorschlag einer solchen Exekution war ein äußerst beunruhigendes Indiz dafür, wie weit es mit dem Clan in den letzten Monaten gekommen war. Doch so sehr ihn Calders Worte auch überrascht hatten, Jemmys Schweigen hatte ihn bis ins Mark erschüttert.

Jemmy hätte der Erste sein müssen, dem Ritter den Mund zu verbieten. Darauf hatte Alistair gewartet, ja, er hatte fest damit gerechnet, bereit, Jemmy voll und ganz zu unterstützen. Aber Jemmy hatte kein Wort gesagt. So viel zu seinem frommen Gerede über Frieden und Ehre! Ehre? Jemmy hatte heute zweifelsfrei bewiesen, dass er keine Ahnung hatte, was das Wort bedeutete.

Das Ratszimmer war nun beinahe leer. Der Burgherr hatte sich schon vor einiger Zeit zurückgezogen, und viele der anderen Männer waren gegangen und hatten sich schlafen gelegt. Ein paar unterhielten sich noch, und während Jemmy mit dem Boten sprach, hörte Alistair ihre Gespräche mit an.

»Ich dachte seit langem, dass mit dem Mädchen irgendwas

nicht stimmt«, sagte der eine Mann weise. »Ihre Hände, sind sie dir nie aufgefallen?«

»Schwer zu glauben, dass eine Küchenhure niederer Herkunft so etwas zustande bringt«, mischte sich ein anderer ein. »Obwohl ich mich von Anfang an gewundert habe. Erinnert ihr euch noch, wie ich sagte, dass irgendwas komisch an dem Mädchen ist?«

Alistair musste unwillkürlich schmunzeln. Sollten sie doch sagen, was sie wollten. Bis gestern waren sie ihr alle auf den Leim gegangen, er selbst eingeschlossen. Aber er war wenigstens bereit, es zuzugeben! Andererseits wusste er – wer wüsste es besser? –, dass die Menschen niederer Herkunft sich durch nichts von den anderen unterschieden, außer dass sie ihren Verstand und ihr Glück nutzen mussten, so gut sie konnten.

Und genau das hatte das Mädchen getan – nein, Mistress Alyson Bowden, dachte er, denn einen Namen wollte er ihr nun doch nicht verweigern. Sie war auf Befehl ihres Vaters hin zu ihnen gekommen, um die Rolle von Lady Maude zu spielen. Und sie hatte sehr gut gespielt. Mit all ihrer List hatte sie den Mann getäuscht, der Lady Maude bestimmt worden war. Es war schon schlimm genug, von einer Frau erniedrigt zu werden. Jemmy war diese Täuschung allerdings so öffentlich widerfahren, dass selbst Alistair erschauderte.

Nun, er würde kein Mitleid an Jemmy verschwenden. Offensichtlich mochte er das Mädchen nicht einmal, obwohl er so verliebt gewirkt hatte, als Alistair die beiden im Stall überraschte. Und was sie dort gemacht hatten, war sonnenklar gewesen!

Eine Betrügerin, und eine sehr raffinierte noch dazu, das war sie. Alistair würde wetten, dass sie einen hohen Preis für ihre Dienste verlangte, was sie ja auch durchaus konnte.

Selbst heute, als sie wusste, dass sie verloren war, hatte sie einen beeindruckenden Auftritt absolviert. Ihre Haltung war die einer wahren Adligen gewesen, als sie die Fragen des Burgherrn mit gespielter Ehrlichkeit beantwortete.

Gespielte Ehrlichkeit? Alistair überlegte. Wie kam er darauf, dass ihre Ehrlichkeit nicht echt gewesen war? Schlagartig war er hellwach. In Gedanken ging er alles noch einmal durch, was sie ihnen heute erzählt hatte. Ja, sie hatte jede Frage beantwortet, aber erzählt hatte sie ihnen so gut wie nichts.

Ihre Kammerdienerin war nicht die einzige Spionin. Sie sagte, sie könnte die anderen nicht beim Namen nennen, aber sie hatte gezögert, bevor sie antwortete. Oder war das später gewesen? Er verfluchte seinen müden Geist, der sich nicht erinnern wollte, aber einer Sache war er sich sicher: sie erzählte ihnen nicht alles.

Und da war noch etwas gewesen, das sich nicht ganz wahr angehört hatte. Sie leugnete zwar überzeugend, von Lord Darnleys Plänen gewusst zu haben, aber wie konnte das nicht gelogen sein? Sie und ihr Vater mussten doch einen Plan gefasst haben, wie sie sie hier rausbrächten, ehe seine Männer die Burg überfielen. Das hieß, sie wusste sehr wohl, wann er angreifen wollte. Oder gab es ein anderes Arrangement, eine Nachricht, die der Clan abfangen könnte?

Der Burgherr war zu nachgiebig mit ihr gewesen, dachte Alistair. Mindestens einmal während der Befragung war sie ausgewichen, dessen war er sich sicher, aber sie hatten sie nicht zu den Antworten gedrängt, die für ihren Clan den Unterschied zwischen Leben und Tod ausmachten.

Sein Bett würde noch eine Stunde auf ihn warten müssen, beschloss er. Zuerst wollte er der Gefangenen einen Besuch abstatten. Er seufzte, rieb sich die Augen und wünschte, es könnte nur ein einziges Mal jemand anders die Verantwortung für den Schutz des Clans übernehmen. Er war müde, zu müde, um diese Sache richtig zu machen, aber er konnte niemand anderen darum bitten. Und sie musste heute Abend erledigt werden.

Sie würde ihm alles erzählen. Sie musste. Zu viele Leben standen auf dem Spiel, als dass er vor irgendetwas zurückscheuen würde, das sie zum Reden brachte. Ehe diese Nacht um war, das schwor er sich, würde Mistress Alyson Bowden ihm auf die eine oder andere Weise alle ihre Geheimnisse enthüllt haben.

Kapitel 35

Bis Jemmy in seinem Zimmer ankam, war er fast zu müde, um noch aufrecht zu stehen. Dennoch schickte er den Pagen fort. Nachdem der Junge gegangen war, sank Jemmy in einen Stuhl. Er bezweifelte, dass er heute Nacht mehr Schlaf finden könnte als in der vorigen.

Es klopfte an der Tür und er rief ungehalten: »Geh weg.« Aber die Tür ging auf und Malcolm kam herein. Am ganzen Leib zitternd baute er sich vor seinem Onkel auf.

»Ist es wahr?«

»Was?«

»Meine Tante. Hat der Rat wirklich gesagt, dass sie sterben wird?«

Jemmy seufzte und streckte eine Hand nach Malcolm aus, doch der wich vor ihm zurück.

»Ist es wahr?«, beharrte der Junge.

»Das hat der Rat gesagt.«

»Alles ist deine Schuld«, rief Malcolm mit zornesrotem Gesicht und Tränen in den Augen. »Du bist an allem schuld!«

»Malcolm, nein, sie ist nicht die, für die wir sie hielten.«

»Ich weiß. Aber sie sagen, sie ist abscheulich, und das ist sie nicht. Sie ist freundlich und gut. Und jetzt bringst du sie um!«

»Sie wird nicht sterben«, sagte Jemmy gereizt. »Ich würde nie zulassen, dass sie stirbt. Heute Abend waren alle zu aufgebracht, um richtig zuzuhören, aber morgen werde ich es ihnen sagen.«

»Was passiert dann mit ihr?«, fragte Malcolm.

»Ich weiß es nicht«, Jemmy fuhr sich mit den Fingern durchs Haar. »Das entscheide ich morgen. Wir werden sie wahrscheinlich wegschicken – in ein Kloster, vielleicht – und dort kann sie leben.«

»Für immer?«

»Ja. Jetzt geh ins Bett. Es ist spät.«

»Aber das kannst du nicht machen. Wie soll sie leben, wenn sie für immer eingesperrt ist? Das hält sie nicht aus.«

Jemmy wusste, dass Malcolm Recht hatte. Er konnte sich ja selbst kaum vorstellen, eine so lebendige Frau hinter hohen Mauern gefangen zu halten. Aber das war immer noch besser als der Tod.

»Genug jetzt«, sagte er streng. »Wir werden heute Abend gar nichts mehr entscheiden. Geh, Malcolm.« Der Junge drehte sich mit einem leisen Schluchzen um und rannte aus dem Zimmer.

Jemmy zuckte zusammen, als die Tür zuschlug. Dann zog er sich langsam die Stiefel aus. Er überlegte, ob er den Pagen zurückrufen sollte, denn heute Abend könnte er tatsächlich seine Hilfe gebrauchen, aber selbst das schien ihm zu anstrengend. Gähnend stand er auf und schnallte sich den Schwertgürtel ab. In dem Moment fiel der Brief zu Boden, den er hinter das Leder geklemmt hatte.

Er hob ihn auf und hielt ihn unschlüssig in der Hand. Wenn er ihn jetzt las, würde das nur weiteren Schmerz bedeuten. Er war viel zu müde, um noch wütend zu sein. Und morgen wäre es wahrscheinlich noch schlimmer. Nein, er sollte es sich nicht schwerer machen, als alles ohnehin schon war.

Als er sich bückte, um das Pergament ins Feuer zu werfen, hielt er plötzlich inne. Er blinzelte und starrte in den Kamin. Da war sie, seine Hand mit dem Brief, und nichts erklärte, warum sie auf einmal bewegungsunfähig und sehr kalt war.

So kalt. Diese Kälte kam ihm aus dem Traum bekannt vor, den er vor langer Zeit geträumt hatte, als er betrunken gewesen war. Aber jetzt war er nicht betrunken, nein, er war sogar nüchterner, als ihm lieb war. Seine Nackenhaare richteten sich auf, und beinahe gegen seinen Willen flüsterte er: »Stephen?«

Nun bewegte sich seine Hand wieder, ja, sie schnellte mit einer solchen Geschwindigkeit zurück, dass der Brief erneut zu Boden fiel. Er bückte sich, um ihn aufzuheben, und blickte sich vorsichtig im Zimmer um, ehe er ihn wieder ins Feuer warf.

Da erloschen die Flammen. Eben noch hatten sie munter gelodert und jetzt war nichts mehr als kalte Asche da.

»Um Gottes willen, Stephen, wenn du da bist, warum zeigst du dich nicht?«

Jemmy schaute sich im leeren Zimmer um und schämte sich seiner Worte. Was redete er denn? Der Schock der letzten Tage hatte ihn wohl weit schlimmer getroffen, als er dachte. Stephen war nicht hier. Er war tot. Und so etwas wie Geister gab es nicht. Andererseits gab es auch kein Feuer, das innerhalb eines Moments erlosch, ohne Reste von Glut zu hinterlassen.

»Na gut«, murmelte er und sank wieder in den Stuhl. »Dann sei's drum.«

Er brach das Siegel des Pergaments auf und sah, dass in dem Brief ein zweiter steckte, der ganz klein zusammengefaltet war. Er legte ihn beiseite und las die Worte, die an Sir Robert Allshouse gerichtet waren.

»Liebster Onkel«, begann der Brief. Jemmy stutzte, drehte das Pergament um und sah nochmals auf die Adresse. Allshouse … natürlich, er erinnerte sich wieder, woher er den Namen kannte. Er war der zweite Mann der alten Lady Darnley gewesen. Also musste Robert ihr Sohn sein, der Halbbruder des gegenwärtigen Lords. Jemmy sah wieder auf den Brief.

»Ich schreibe Euch in Eile, denn es ist eingetreten, was Ihr befürchtet habt. Alles ist entdeckt worden. Bitte, ich flehe Euch an, bringt Robin schnellstens in Sicherheit. Ich fürchte um sein Leben. Nicht nur Lord Darnleys Wut bedroht ihn, sondern auch die der Kirallens. Ich möchte Euch außerdem bitten, ihm die Wahrheit erst zu erzählen, wenn er alt genug ist, sie zu verkraften. Ihr werdet erkennen, wann es so weit ist. Gebt ihm dann bitte den Brief, den ich beilege.

Sir Robert, ich danke Euch für die Güte, die Ihr mir und den Meinigen zukommen lasst. Ich danke Euch auch für Euren Rat, den ich nicht befolgen wollte. Ich war sehr dumm, wie Ihr sagtet. Ich wollte glauben, dass ich ihm trauen kann, aber zu meinem Leidwesen muss ich feststellen, dass Ihr Recht behalten habt. Nun werde ich den Preis dafür zahlen müssen. Ich habe es selbst herbeigeführt und werfe Euch nicht das Geringste vor. Geht zurück nach London, Sir Robert, und seid so gütig, Eurem Bruder nichts von dieser Nachricht zu erzählen. Wie ich mein Schicksal über mich gebracht habe, bringt er seines über sich. Ich fürchte, nun kann niemand mehr etwas tun, die Dinge aufzuhalten.

Bitte nehmt mich in Eure Gebete auf.«

Jemmys Hand mit dem Brief sank herunter und starrte vor sich hin. Ihr *Onkel?* Sie hatte ihren Onkel getroffen? Und sie hatte ihm gesagt … Er las die Worte ein zweites Mal. »Ich wollte glauben, dass ich ihm trauen kann.«

Sie musste direkt von dem Treffen mit Sir Robert zu ihm gekommen sein, als er mit Celia in der Halle saß und vorgab, sie nicht zu sehen. Sie war gekommen, um ihm die Wahrheit zu sagen. Warum hatte sie es nicht früher getan? Hätte sie doch nur geredet, dann wäre nichts von alldem geschehen, was nun passiert war. Ach, aber aus welchem Grund sollte sie ihm vertrauen? Zweifellos hatte Darnley ihr alle möglichen Märchen über ihn und seinesgleichen aufgetischt. Er konnte sich lebhaft vorstellen, was sie ihr eingeredet hatten. Sie musste halb zu Tode verängstigt gewesen sein, als sie hergeschickt wurde. Dennoch hatte sie ihre Rolle zugegebenermaßen sehr gut gespielt. Aber sie war nicht imstande gewesen, sie durchzuhalten.

Auf einmal ergab alles einen Sinn. Sein Instinkt war richtig gewesen. Sie wollte ihn von Anfang an. Er erinnerte sich an den Tag, an dem er sie auf dem Felsvorsprung gefunden hatte und glaubte, sie wollte sich das Leben nehmen. Was hatten sie ihr angetan? Womit drohten sie ihr, um ihren Willen zu beugen? Und später, im Stall … Da hatte sie versucht, ihm alles zu sagen, oder? Er erinnerte sich an alles – an jeden Blick, an jede Berührung, an jedes Wort, das sie gesprochen hatten. Sie wollte es ihm sagen, aber sie tat es nicht. Und er verstand auch warum.

»*Dies* bin ich, hier, jetzt, heute Nacht«, hatte sie mit einer Courage erklärt, die er nur bewundern konnte. Und er hatte geantwortet: »Du, hier, heute Nacht bist die Frau, die ich liebe.«

Dann hörte er das Echo seiner eigenen eisigen Stimme: »Du kannst einen Mann kaum für das verantwortlich machen, was er in derartigen Momenten sagt.« Und wieder hatte er das Bild vor Augen. Sie sah ihn an, als hätte er einen Dolch in ihr Herz gebohrt. Was er ebenso gut hätte tun können.

Sie liebte ihn. Ganz gleich, was zu tun oder zu sagen sie gezwungen gewesen war, während jener einen Nacht hatte sie nichts als die Wahrheit gesprochen. Und sie setzte ihr Leben aufs Spiel, um es zu beweisen. Nicht einmal jetzt versuchte sie, was zwischen ihnen gewesen war, zu ihrem Vorteil zu nutzen oder ihn auch nur einmal um Gnade zu bitten. Nein, sie bat ihn lediglich um eines: Robin zu verschonen. Und das hatte er ihr verweigert.

Jemmy nahm den kleineren Brief auf. Er faltete ihn auseinander und las.

»Mein liebster Robin. Nun hast du wahrscheinlich erfahren, was mit mir geschehen ist, und ich fürchte, du wirst mich in irgendeiner Weise rächen wollen. Deshalb schreibe ich dir diese Zeilen und bitte dich, sie aufmerksam zu lesen.

Rache bringt weder Heilung noch Frieden. Sie wird ständig an deiner Seele zehren und deinen Geist mit einer üblen Bitterkeit erfüllen, bis alles Gute in dir zerstört ist. Ich habe das mit eigenen Augen gesehen. Die Kirallens sind nicht böse. Sie sind genauso wie alle anderen Männer und Frauen. Aber sie sind geblendet von ihren Racheträumen, dem Hass, den sie in ihrem Busen nähren. Ich will nicht, dass es dir ebenso ergeht, Rob. Deshalb bitte ich dich, die Sache auf sich beruhen zu lassen, und ich flehe dich an, meinem letzten Wunsch zu entsprechen.«

Jemmy hob den Kopf und starrte blind geradeaus. Wie gut sie sie verstand, sowohl die Darnleys als auch die Kirallens. Ja, eine üble Bitterkeit … Sie alle waren krank vor Angst und Hass, jeder Einzelne von ihnen. Sogar er. Vor allem er. Er war sein halbes Leben lang davor weggelaufen, aber am Ende hatte es ihn genauso sicher eingeholt wie alle anderen. Er wandte sich wieder dem Brief zu.

»Ich möchte dich außerdem bitten, dich auf den Weg zu den McLarans zu machen, zu unserer Großmutter, Emma. Sie ist eine gute Frau, die dich mit Freuden bei sich aufnehmen wird. Sag keinem McLaran etwas über mich, denn das könnte nur zu Unbill zwischen ihnen und den Kirallens führen, die doch seit vielen Jahren Verbündete sind.

Rob, du warst die größte Freude meines Lebens. Ich wünschte nur, ich könnte dich zu einem Mann heranwachsen sehen. Ich weiß, ich wäre stolz auf dich. Deine Schwester Alyson.«

Sie bat ihren Bruder, zu den McLarans zu gehen … zu Emma. Ihrer Großmutter. Und das konnte nur bedeuten, dass ihre Mutter …

»O Stephen«, sagte er leise. »Warum hast du mir das nicht gesagt?«

Ohne eine Antwort abzuwarten, zog er seine Stiefel wieder an und rannte aus dem Zimmer. Von seiner Müdigkeit war nichts mehr zu spüren. Doch als er an der Treppe ankam, hielt er inne. Dann wandte er sich um und ging hinaus in die Nacht. Er brauchte Zeit zum Nachdenken, um zu verstehen, was er gerade erfahren hatte.

Er schritt durch den Hof, obwohl er am liebsten sofort zu ihr wollte und ihr sagen, dass er alles verstand und sie nur umso mehr liebte für das, was sie getan hatte. Er würde sie hochheben und sie zu dem großen Bett tragen, die Vorhänge um sie herum schließen und den Rest der Welt aussperren.

Aber die Welt würde nicht verschwinden. Ja, für eine Nacht ließ sie sich verdrängen, doch dann kam der Morgen und danach der nächste Morgen. Früher oder später würde sich die Welt mit ihren Gesetzen, den geschriebenen wie den ungeschriebenen, wieder einmischen. Und eines dieser Gesetze lautete, dass es für den Kirallen-Erben und die uneheliche Tochter Darnleys niederer Herkunft keine Zukunft geben konnte.

Er könnte sie als seine Geliebte behalten. Ein solches Arrangement war nicht unüblich. Aber sie wäre damit in einer unmöglichen Position – sie und alle Kinder, die sie bekämen. Die Kirallens würden ihre Kinder niemals als ihresgleichen anerkennen und die Darnleys ebenso wenig. Was die McLarans betraf … sie würden sich von ihr abwenden, sollte sie so offen gegen die Sitten verstoßen. Und wenn ihm irgendetwas zustieß, wäre sie ohne Freunde, vollkommen allein. Nein, er könnte sie niemals bitten, seine Geliebte zu werden. Aber etwas anderes hatte er ihr nicht anzubieten.

Er malte sich aus, wie sein Leben von nun an aussehen würde. Eine endlose Aneinanderreihung von leeren Tagen, die er ganz allein verbringen würde. Ob er blieb oder fortging, ob er wieder heiratete oder nicht war gleichgültig, denn er wäre von nun an immer einsam.

Er setzte sich auf eine Aufstieghilfe und blickte in den Himmel. Heute Nacht verdeckten Wolken den Mond. Keine Sternschnuppe war da, bei der er sich wünschen könnte, alles wäre anders. Der dichte Nebel wurde zu Regen, der ihm ins Gesicht fiel.

Die Dinge waren nun mal, wie sie waren. Je eher er sich damit abfand, umso besser war es für ihn und für Alyson. Aber Jemmy wollte sich nicht damit abfinden. Er hatte eine solche Wut gegen die Welt. Erleichtert, verletzt und voller Sehnsucht, von Alyson zu hören, dass sie ihn trotz allem immer noch liebte.

Er konnte sie natürlich nie danach fragen. Und er dürfte ihr auch nie sagen, was er empfand. Das wäre zu grausam.

Dennoch gab es Dinge, die unbedingt gesagt werden mussten. Er stand auf, entschlossen, sie trotz der fortgeschrittenen Stunde gleich aufzusuchen. Bei Gott, er würde sie bald genug verlieren. Da konnte er wenigstens die Zeit mit ihr verbringen, die ihnen noch blieb.

Er war beinahe an ihrer Tür, als er es hörte. Er blieb stehen und lauschte angestrengt, aber nun war alles still. Nichtsdestotrotz wusste er genau, was er gehört hatte. Es war der schwache, aber eindeutig erkennbare Schrei einer Frau gewesen. Und er war aus dem Turmzimmer gekommen.

Kapitel 36

Alistair öffnete leise die Tür zum Turmzimmer und lugte hinein. Das Darnley-Mädchen saß in der Fensterbank und zupfte die Saiten einer Laute. Alistair ging so leise hinein, dass sie ihn nicht bemerkte, sondern ihr Lied weiter spielte, während er dastand und sie von der Schwelle aus beobachtete.

Sie trug ein schlichtes Leinenkleid. Ihr leuchtendes Haar fiel ihr offen über die Schultern wie ein Flammenmantel. Mit langen weißen Fingern entlockte sie dem Instrument eine melancholische Melodie, die Alistair noch nie zuvor gehört hatte, und sah dabei unendlich traurig aus. Für einen Moment überkam ihn eine große Ermattung und er wollte schon umkehren, doch dann trat er einen Schritt vor und schloss die Tür hinter sich.

»Ich bringe dir das Urteil des Rats«, sagte er.

Sie erschrak und die Musik verstummte.

»Wie … wie lautet es?«

»Tod.«

Sie schloss die Augen und schluckte. Dann nickte sie stumm.

»Wie?«

»Brennen oder Hängen. Das ist noch nicht entschieden worden.«

Würde sie schreien, in Ohnmacht fallen oder um Gnade flehen? Er konnte sich nicht vorstellen, dass sie irgendetwas davon täte, und sie enttäuschte ihn nicht. Sie hob stolz das Kinn und sagte ein einziges Wort.

»Wann?«

»Drei Tage, vielleicht eine Woche. Länger nicht.«

Er setzte sich neben sie auf die Fensterbank, und sie rutschte ein Stück weiter weg von ihm. »Hast du schon mal eine Verbrennung gesehen?«, fragte er. »Die ist wirklich furchtbar. Hängen ist besser, aber nicht viel. Wenn das Genick beim Fall bricht …« Es schüttelte ihn. »Sehr hässlich. Aber ich denke, man kann noch etwas für dich tun, vorausgesetzt, du kommst zur Vernunft.«

»Was meint Ihr?«, fragte sie. Obwohl sie sich immer noch sehr gerade hielt, meinte er, ein Zittern in ihrer Stimme zu hören.

»An deiner Geschichte ist mehr, als du uns erzählt hast. Und ich will den Rest hören.«

Sie hielt seinem Blick stand, doch er sah, wie sich ihre Pupillen weiteten. »Ich habe alles gesagt.«

Er nahm ihre Hand in seine. »Komm schon, Mädchen, wir wissen beide, dass das nicht stimmt«, sagte er sanft. »Es sind außer dir noch andere in die Sache verwickelt. Wer sind sie? Wie viel wissen sie über uns?«

»Ich … ich weiß nicht«, antwortete sie, zog ihre Hand zurück und stand auf. »Nur Celia. Sie kam mit mir her. Mir wurde nicht gesagt, wer die anderen sind, nur dass sie mich beobachten würden. Lord Darnley wollte mir ihre Namen nicht sagen«, fügte sie hinzu und wich zurück, als Alistair ebenfalls aufstand.

»Hört sich gut an«, sagte er, obwohl er ihr natürlich nicht glaubte. Von mindestens einer anderen Person kannte sie die Identität: von dem Ritter, den sie am Fluss umarmt hatte. »Aber ich denke, da ist noch mehr.«

»Nein, sonst weiß ich von niemandem – außer von einem Mann, doch der wohnt hier nicht. Er brachte mir Lord Darnleys Befehle«, fuhr sie hastig fort und trat noch einen Schritt zurück.

»Wann? Wo?«

»Am Fluss«, antwortete sie zu seiner Überraschung. »Ich traf ihn dort. Aber er ist fort. Ihr könnt ihn nicht finden.«

»Wer war er?«

»Das werde ich nicht sagen!«, antwortete sie in einem plötzlichen Ausbruch von Trotz. »Er war gut zu mir und bedauerte, in die Sache verwickelt zu sein. Er hätte mir geholfen, wenn er könnte.«

Sie verstummte. Inzwischen stand sie mit dem Rücken zur Wand. Alistair stützte die Hände rechts und links von ihrem Kopf auf, so dass sie zwischen seinen Armen gefangen war. »Meinetwegen«, sagte er. »Behalt den Namen deines Geliebten für dich, wenn er dir denn so viel bedeutet.«

»Meines *was?*«

Sie ist gut, dachte Alistair. Sehr gut. Die Überraschung, die Verwunderung in ihrer Stimme. Wenn er es nicht besser wüsste, würde er schwören, dass alles echt war.

Achselzuckend ließ er es auf sich beruhen. »Was auch immer er für dich ist, er weiß jetzt von uns. Was hast du ihm erzählt?«

»Nichts«, sagte sie. »Es gab nichts, was ich hätte erzählen *können*. Ich hatte so wenig Zeit, und die Frauen vertrauten mir nie …«

»Wie klug von ihnen«, bemerkte er hämisch.

Ihr Gesicht war nur Zentimeter von seinem entfernt, nahe genug, dass er die Sommersprossen auf ihrer Nase sehen konnte. Sie sah so jung und hübsch aus, der Inbegriff der Unschuld, kein bisschen wie die skrupellose, abenteuerlustige

Betrügerin, die sie alle getäuscht hatte und die selbst jetzt noch bereit war zu lügen. Ob sie es im Interesse ihrer Familie oder für sich selbst tat, vermochte er nicht zu sagen.

*G*enau so würde ich mich verhalten, dachte Alistair mit unfreiwilliger Bewunderung, wenn ich an ihrer Stelle wäre.

»Du hast ihm also nichts erzählt«, sagte er skeptisch. »Ist das alles?«

»Ja«, flüsterte sie und sah ihn mit großen Augen an. Ihre gespielte Aufrichtigkeit wirkte erstaunlich echt. Bei Gott, es war kein Wunder, dass Jemmy ihr verfallen war. Sie könnte Gott und alle Heiligen verführen, wenn sie es sich in den Kopf setzte.

»Aber du weißt, wann der Angriff erfolgen soll.«

»Nein, das weiß ich nicht.«

»Ist dir eigentlich klar, in welche Schwierigkeiten du dich gebracht hast?«, fragte er. »Es ist vorbei, Mädchen. Deine englischen Freunde werden keinen Finger krümmen, um deinen Hals zu retten! Du bist eine Verräterin und Spionin und du bist erwischt worden. Für dich gibt es keine Rettung mehr.«

Immer noch hüllte sie sich in verbissenes Schweigen. Er sollte die Taktik ändern, dachte Alistair, und strich langsam mit einem Finger über die zarte Haut ihrer Wange.

»Trotz allem bist du eine hübsche Dirne und scheinst in deinem Geschäft ziemlich gut zu sein. Sag mir einfach, wann der Angriff geplant ist und dann – nun, dann könnte ich mir vielleicht eine Regelung ausdenken, die uns beiden entgegenkommt. Ich kann dich in Sicherheit bringen, und ich werde es, darauf gebe ich dir mein Wort. Es wäre doch ein Jammer, eine Frau wie dich an den Galgen zu verschwenden!«

Mit einem stummen Schrei wandte sie den Kopf ab.

»Warum so schüchtern?«, fragte er. »Was ich von dir verlange, ist doch nichts Neues für dich.«

»Ihr habt eine falsche Vorstellung von mir«, sagte sie mit bebenden Lippen. »Lasst mich jetzt allein.«

»Du bist wohl kaum in der Position, mir Befehle zu erteilen. Und wie könnte ich eine falsche Vorstellung von dir haben? Nenn mir deinen Preis«, befahl er mit jener Stimmlage, die seine Ritter gewöhnlich keinen Moment zögern ließ, seinem Kommando zu folgen. »Ich habe genug von deinen Lügen und Spielen. Ich will die Wahrheit und zwar auf der Stelle.«

»Wie kann ich Euch sagen, was ich nicht weiß?«

Ehe er begriff, was sie vorhatte, duckte sie sich unter seinem Arm hindurch und rannte zum Fenster.

Einen schrecklichen Moment lang dachte Alistair, sie würde sich aus dem Turm hinunter auf die Steine stürzen, doch stattdessen schrie sie in die Nacht hinaus. Gleich darauf drehte sie sich zu ihm um, die Augen funkelnd vor Panik, und hob einen Hocker hoch, den sie wie einen Schutzschild vor sich hielt. Nein, sie würde nie mit Feigheit reagieren, dachte er. Die nicht. Sie würde kämpfen und das mit allen Mitteln, die ihr zur Verfügung standen.

Aber warum wies sie ihn dann ab? Sie hatte sich doch schon mindestens einmal zugunsten ihres gesellschaftlichen Aufstiegs verkauft. Und er war bereit, mit Darnleys Angebot mitzuhalten, wie immer es auch geartet sein mochte. Ja, falls nötig würde er sogar einen höheren Preis bieten. Hielt sie die Loyalität zu ihrem Vater vom Reden ab? Hinderte sie die Zuneigung zu dem Ritter daran, den sie am Fluss getroffen hatte? Oder spielte sie ein viel listigeres Spiel, das er noch gar nicht durchschaute?

»Schrei nur«, sagte er achselzuckend. »Keiner hört dich.

Und selbst wenn, wer, glaubst du, wird dir zu Hilfe kommen? Jemmy gewiss nicht, falls du darauf hoffst. Er ist fertig mit dir. Er hat sogar das Urteil des Rats stillschweigend akzeptiert.«

Der Hocker fiel ihr aus der Hand und krachte scheppernd zu Boden.

»Das kann nicht sein«, flüsterte sie. »Hat er das wirklich getan?«

Als er ihr blankes Entsetzen und die Tränen in ihren Augen sah, hatte Alistair das Gefühl, der Boden unter seinen Füßen würde nachgeben. Bei Gott, das war echt. Es musste echt sein. Keine Schauspielerin, so clever oder entschlossen sie auch sein mochte, könnte so überzeugend spielen. Seine Worte hatten sie tatsächlich mitten ins Herz getroffen.

Wie *konnte* eine solche Frau so dumm sein, sich in Jemmy zu verlieben? Aber sie liebte ihn. Um das zu erkennen, brauchte Alistair sie bloß anzusehen. Und Jemmy wollte nichts mehr mit ihr zu tun haben.

»Ja«, sagte er schroff, »das hat er wirklich. Er sprach keine Silbe zu deiner Verteidigung. Ich bin der Einzige, der dir noch helfen kann, Mädchen. Ich bin deine letzte Hoffnung.«

Sie atmete tief ein und lehnte sich an das Fensterbrett hinter ihr.

»Dann gibt es keine Hoffnung mehr«, sagte sie ruhig. »Denn ich werde Euch nie geben, was Ihr verlangt. Und ich kann Euch nicht sagen, was Ihr wissen wollt.«

Alistair hatte viele Männer gesehen, die dem Tod ins Auge blickten, aber selten hatte er eine solche Courage erlebt. Bei Gott, er musste müder sein, als er dachte, dass er sie so falsch eingeschätzt hatte. Diese Frau war nicht käuflich, zu keinem Preis, und war es nie gewesen. Sie würde tatsächlich lieber sterben, als sich zu seinen Bedingungen von ihm beschützen zu lassen. Für sie bin ich ein schlimmeres Los als der Tod, dachte er, halb amüsiert und halb gekränkt. Bei Jemmy hingegen war es etwas ganz anderes!

»Na, du bist ja ein richtig tapferes Mädchen, was?«, sagte er, und seine Verärgerung verlieh seiner Stimme eine schneidende Schärfe. »Lieber tot als unehrenhaft, ist es das? Du willst lieber Malcolm sterben sehen – und Jemmy auch, als die Pläne deines Vaters zu durchkreuzen. Nennst du das ehrenhaft?«

»Nein!«, schrie sie. »Das will ich nicht, aber ich weiß doch nichts! Er hat mir nie gesagt …«

»Was? Hat er dir nie gesagt, wie lange du hier bleiben musst?«, fragte Alistair ungläubig. »Ach was, fällt dir etwa kein besseres Märchen als das ein?«

Sie schüttelte den Kopf. »Mir wurde gesagt, ich müsste ungefähr einen Monat bleiben, vielleicht länger, vielleicht kürzer. Lord Darnley hat mich nie in sein Vertrauen gezogen«, ergänzte sie mit einer Bitterkeit, an deren Aufrichtigkeit Alistair keinerlei Zweifel hegte. »Wir standen uns nie nahe.«

»Er konnte doch nicht von dir erwarten, dass du auf ewig Lady Maude spielst! Was solltest du denn tun, wenn man dich enttarnt? Du kannst es mir ruhig sagen, denn was immer es sein mag, es hat nicht funktioniert.«

Sie biss sich auf die Unterlippe und senkte den Blick. »Darüber haben wir nie geredet«, sagte sie leise.

»Und wie, in Gottes Namen, solltest du dann rechtzeitig hier rauskommen?«

»Ich glaube nicht, dass er darüber je nachgedacht hat«, antwortete sie ruhig.

Alistair starrte sie voller Entsetzen an. Hatte Darnley sie –

sein eigen Blut immerhin, wenngleich ein uneheliches Kind – zu seinen erklärten Feinden geschickt, mit keinem anderen Schutz als ein paar geliehenen Kleidern und ihrem eigenen Verstand? Das war undenkbar. Nun, hätte es sich um jemand anderen als Darnley gehandelt, *wäre* es undenkbar. Aber wie es aussah, kannte Alistair jetzt die Wahrheit.

Natürlich hatte ihr Vater ihr nichts verraten! Für ihn war sie der Einsatz bei einem Glücksspiel, mit dem er sich die Zeit kaufte, Männer aus Northumberland zu holen. Was seine Tochter betraf, war das Ergebnis von Anfang an klar gewesen. Die Frage war lediglich, wie viele Tage – oder Wochen, wenn sie Glück hatte und sich klug verhielt – sie mit ihrem Leben erkaufen konnte. Und da sie nicht dumm war, musste sie es die ganze Zeit gewusst haben.

»Warum hast du das getan?«, fragte er neugierig. »Loyalität kann nicht der Grund sein, denn wie viel Loyalität könntest du für Lord Darnley aufbringen, wenn glasklar ist, dass er kein bisschen loyal dir gegenüber ist? Was hat er dir angeboten, das diesen Preis wert ist?«

Auf die Heftigkeit ihrer Reaktion war er nicht vorbereitet. Sie sank gegen die Wand, wurde kreidebleich und ihre Augen weiteten sich vor Angst.

»Das werde ich Euch nicht sagen. Es hat nichts mit Euch zu tun, ich schwöre!«

Alistair seufzte. Es hatte ihm überhaupt nichts genützt, heute Abend herzukommen. Er hatte sich von Anfang an in ihr getäuscht, und sie wusste nichts, was ihm weiterhelfen könnte. Was den Grund anging, aus dem sie bei dieser Verschwörung mitgemacht hatte, der war ihre Sache. Alistair konnte es nichts bringen, sie zur Preisgabe des Geheimnisses zu zwingen, ganz zu schweigen davon, dass er außerstande war, sie gewaltsam weiter zu befragen.

Er fragte sich, warum nie etwas einfach sein konnte. Gut und Böse, Ehre und Schmach – es hatte eine Zeit gegeben, in der er diese Dinge auf den ersten Blick zu unterscheiden wusste. In letzter Zeit jedoch schienen die Unterschiede zu verschwimmen, und es fiel ihm immer schwerer, das eine vom anderen zu trennen. Eines aber wusste er mit Sicherheit: Alyson Bowden würde nicht durch die Hand eines Kirallen sterben. Und das sollte sie ebenfalls wissen.

»Hör zu«, sagte er abrupt, trat einen Schritt vor und legte ihr die Hände auf die Schultern.

»Nein!«, schrie sie und entwand sich ihm voller Panik. »Ich sagte Euch doch, ich werde nicht …«

»Ganz ruhig, Mädchen«, sagte er und schüttelte sie leicht. »Hör auf! Du brauchst nicht …«

Eine eisige Stimme tönte durch den Raum. »Nimm deine Hände von ihr! *Sofort.*«

Beide drehten sich ruckartig zur Tür um.

In dem Moment vollkommener Stille, der auf Jemmys Erscheinen folgte, riss Alyson sich los und stolperte rückwärts zur Fensterbank. Sie warf sich ihren Schal über das dünne Kleid und wickelte ihn sich fest um, während sie versuchte, ihr Zittern zu unterdrücken.

»Ich wollte nicht …«, begann Alistair.

Jemmy trat ein paar Schritte vor und nickte mit dem Kopf Richtung Tür. »Raus hier. Sofort.«

Alistair ballte die Hände zu Fäusten. »Ich werde gehen, wenn ich so weit bin.«

»Du gehst jetzt. Mach schon!«, befahl Jemmy und griff mit einer Hand an seine Hüfte.

»Ach, du willst mich mit dem Schwert angreifen?«, fragte Alistair und Alyson sah, dass er lächelte, als er seine eigene

Waffe aus der Scheide zog. »Du bist gekommen, weil du um sie kämpfen willst, ja?«

»Wenn es sein muss.«

Alistair lachte. »Na, endlich hast du die Sprache wiedergefunden, was, Jemmy? Nun, komm ruhig her, Mann, und lass uns die Wahrheit hören! Du willst noch deinen Spaß mit dem Mädchen haben, bevor du zuguckst, wie sie umgebracht wird!«

Alyson fuhr zusammen und drückte sich fester gegen die Wand. Sie wünschte sich inständig, dass Jemmy widersprechen möge.

»Was ich hier will, geht dich nichts an«, antwortete er, und ihr wurde beinahe übel vor Enttäuschung. »Was dich betrifft …«

»Ja, frag mich ruhig, was ich hier mache«, fiel Alistair ihm ins Wort, trat einen Schritt zurück und stützte sein Schwert auf die Spitze auf. »Dann könnte ich dir sagen …«

»Spar dir die Mühe«, unterbrach Jemmy ihn. »Es ist hinreichend klar, was du vorhattest.«

Alistairs Gesicht war schlagartig wie versteinert. »Denkst du? Oder bietet sich dir hier bloß die Chance, auf die du bereits gewartet hast? Du mochtest mich nie besonders, Jemmy, oder? Selbst damals nicht, vor all den Jahren. Na gut, dann komm«, sagte er, hob sein Schwert und nahm Fechtposition ein. »Bringen wir's hinter uns.«

»Nein!«, rief Alyson. »Wartet … das könnt ihr nicht tun …«

Doch keiner der beiden Männer schien sie zu hören. Als Jemmy sein Schwert zog und sich die beiden gegenüberstanden, gab sie es auf, sie zurückhalten zu wollen. Jede Ablenkung in diesem Moment konnte tödliche Folgen haben.

»Du irrst dich, Alistair«, sagte Jemmy. »Ich will nicht gegen dich kämpfen. Das wollte ich nie. Ich habe immer zu dir und Ian aufgesehen.«

Alistair schlug zu, und Jemmy parierte.

»Ach, ja, du hast zu Ian aufgesehen? Du warst ihm wahrlich ein feiner Bruder! Bist einfach weggelaufen und hast ihn allein gelassen. Er brauchte dich, aber das war dir ja egal.«

»Er hat mich nie gebraucht«, sagte Jemmy voller Bitterkeit. »Er hatte ja dich.«

»Ich konnte ihn nicht rächen, nicht allein. Das war deine Aufgabe, aber der hast du dich ja verweigert. Und jetzt sieh dir an, wohin du uns gebracht hast, Jemmy. Du hast uns Darnley ausgeliefert.«

Jemmy schwang sein Schwert mit einer solchen Wendigkeit, dass Alistair nicht mithalten konnte. Er wich zurück und hob die Augenbrauen.

»Du bist gut«, sagte er überrascht.

Jemmy verbeugte sich leicht und hielt seine Waffe bereit. Wieder trafen die Schwerter zusammen, bis sich die beiden Männer schließlich mit verschränkten Klingen und Zehenspitze an Zehenspitze gegenüberstanden. Für eine Ewigkeit, wie es Alyson schien, bewegte sich keiner von ihnen.

»Denk nach, Alistair«, sagte Jemmy dann. »Wie es auch ausgeht, du verlierst.«

Alistair versetzte ihm einen Stoß, und Jemmy war gezwungen, einen Schritt zurückzutreten. Ihre Klingen waren jetzt wieder frei und nun wurde der Kampf ernst. Keiner der Männer sprach ein Wort. Jemmy zog sich Schritt um Schritt zurück und hatte Mühe, die heftigen Schläge zu parieren, die auf sein Schwert niederprasselten. Selbst Alyson, die im Schwertkampf eher unerfahren war, sah deutlich, dass Jemmy sich nur verteidigen wollte. Als er jedoch mit dem Rücken zur Wand stand und nicht weiter zurückweichen konnte, ging er zum Angriff über.

»Gib *auf*«, sagte Jemmy. »Verdammt, Mann, nimm dein

Schwert hoch. Ich *will* nicht, dass dein Blut an meinen Händen klebt. Mein Gott«, rief er, »was würde Ian sagen, wenn er uns so sehen könnte?«

Alistair zögerte für einen Augenblick, und das reichte. Mit einer Handbewegung schlug Jemmy ihm das Schwert aus der Hand, das klirrend zu Boden fiel. Der Ritter stand regungslos da, machte dann eine Seitwärtsbewegung, um nach seiner Waffe zu greifen, und hielt erst wieder inne, als er kalten, spanischen Stahl an seinem Hals spürte. Die beiden Männer blickten sich eine ganze Weile starr in die Augen, bis Jemmy mit einer fließenden Bewegung zurücktrat und sein Schwert in die Scheide steckte.

»Du bist ein Narr«, sagte er kühl. »Und jetzt raus mit dir.«

Alistair hob seine Waffe auf und ging zur Tür. Dort drehte er sich um und sah erst Jemmy, dann Alyson an.

»Gott steh dir bei, Mädchen«, sagte er. »Gott steh uns allen bei.«

Und mit diesen Worten verschwand er.

Kapitel 37

»Bist du verletzt?«, fragte Jemmy. »Ich habe dich schreien gehört …«

»Nein, ich bin nicht verletzt«, antwortete Alyson unterkühlt. »Sir Alistair war sehr aufgebracht und ich habe Angst bekommen. Ich dachte … ich hoffte …« Ihre Stimme bebte und sie atmete tief ein, ehe sie fortfuhr: »Aber dann hat er mir von der Ratssitzung heute erzählt.«

Ja, Jemmy wollte wetten, dass er das hatte. Zweifellos hatte Alistair ihr alles genauestens erzählt, was gesagt worden war – und was nicht. Zum Teufel mit ihm, er hatte es wahrscheinlich auch noch genossen. Für einen Moment wünschte Jemmy, er hätte ihn geschlagen, als die Gelegenheit dazu war.

»Er bot mir an, das Urteil anzufechten«, fuhr sie fort, wobei ihre Stimme so matt und hart klang, dass er sie fast nicht wiedererkannte. »Ich habe es abgelehnt. Solltest du aus demselben Grund hier sein, Mylord, verschwendest du ebenfalls deine Zeit.«

Jemmy unterdrückte den wütenden Protest, der ihm auf den Lippen lag. Nichts war mehr so, wie er es sich vorgestellt hatte. Er kannte die Frau nicht einmal, die ihn mit einer solchen Verachtung ansah. Aber war ihre Verachtung, nach allem was geschehen war, nicht berechtigt? Dennoch tat sie weh.

»Ich wollte dich etwas fragen«, sagte er abrupt. »Wie alt ist dein Bruder?«

»Robin hatte letzte Woche seinen achten Geburtstag.«

»Und du dachtest – du dachtest wirklich, ich könnte ihm etwas tun? Einem Kind?«

»Lord Darnley wird ihn für mein Versagen bezahlen lassen«, antwortete sie ruhig. »Warum solltest du es nicht genauso halten?«

»Hast du tatsächlich gedacht, ich wäre nicht besser als er?«, fragte er, unfähig, seine Kränkung und seine Wut zu verbergen.

Sie zuckte kaum merklich mit den Schultern. »Ich fürchte, ich kenne dich zu wenig, Mylord, um das mit Sicherheit sagen zu können.«

»Ihm droht keine Gefahr, zumindest nicht von mir«, sagte er, und sie stieß einen Seufzer der Erleichterung aus. Er sah, dass ihr ein Stein vom Herzen fiel, auch wenn sie nach wie vor besorgt war. »Aber was dich betrifft… .«

»Ja?«, fragte sie, trat einen Schritt zurück und zog sich ihren Schal noch fester um die Schultern.

»Oh, bei Gott«, murmelte er und fuhr sich mit der Hand durchs Haar. Verstand sie denn alles falsch, was er sagte?

»Du bist ebenso wenig in Gefahr«, erklärte er ruhig. »Du warst es nie.«

Sie sah ihn mit großen Augen an. »Nie in Gefahr, Mylord?«

»Nein. Ich habe heute im Rat nichts gesagt. Die Leute waren alle wütend, da war es sinnlos, mit ihnen reden zu wollen. Aber die Entscheidung liegt so oder so bei mir, Alyson, bei mir ganz allein. Und ich hätte nie zugelassen, dass sie ein solches Urteil an einer Frau vollstrecken …« Schon gar nicht an dir, hätte er um ein Haar gesagt, bremste sich jedoch noch rechtzeitig.

Sie blickte ihn fragend an, dann nickte sie. »Ich glaube dir.«

Er lehnte sich gegen den Kaminsims und mühte sich, nicht

preiszugeben, wie erleichtert er darüber war. Wenigstens würde sie nicht von hier fortgehen und *das* von ihm denken. Dafür sollte er dankbar sein.

»Ich verstehe, warum du uns so viel verheimlicht hast«, sagte er. »Aber was ich nicht verstehe, ist, warum du uns nicht erzählt hast, dass Clare McLaran deine Mutter war.«

»Was hätte das geändert?«, fragte sie sichtlich verwirrt.

»Weißt du denn nichts? Hat sie dir nicht gesagt, dass sie meinem Onkel Stephen versprochen war?«

»Nein, davon wusste ich nichts«, antwortete Alyson langsam. »Sie sprach so selten von ihrer Vergangenheit ... aber ich erfuhr später davon, nachdem ich herkam.«

»Dann hatte sie ihn so schnell vergessen?« Jemmy schüttelte den Kopf. »Das hätte ich nicht von ihr gedacht.«

»Nein! Sie hat ihn nicht vergessen. Ich wusste immer, dass ein großer Kummer auf ihrem Herzen lastete, aber sie sagte mir nie, was sie bedrückte. Und als sie im Sterben lag, rief sie seinen Namen und weinte, weil er nie gekommen war, um sie zu holen. Da hörte ich zum ersten Mal von ihm. All die Jahre wartete sie, hoffte sie. Ach, es ergab alles überhaupt erst einen Sinn, als ich erfuhr, was passiert war. Meinetwegen war er nicht gekommen, um sie zu holen. Wegen dem, was mein Vater ihr angetan hatte.«

»Dann wusste sie nichts?«

»Sie wusste sehr gut, dass er sie nicht mehr wollte.«

»Sie wusste nichts«, wiederholte er leise. »Bitte«, sagte er, »setz dich.«

Sie sah ihn ängstlich an, jeden Muskel angespannt, wie ein Reh, das den Jäger wittert.

»Ich kannte deine Mutter, Alyson«, fuhr Jemmy sanft fort. »Vor langer, langer Zeit. Sie lebte eine Weile bei uns, als ich noch ein Kind war. Sie war in der Abtei von Kelso gewesen und wollte ihr Gelübde ablegen, aber ihre Eltern meinten, sie sollte damit warten, bis sie sich ihrer Berufung ganz sicher war. Also schickten sie Clare für ein Jahr zu uns.«

Alyson setzte sich langsam hin, den Rücken sehr gerade.

»Stephen war der Bruder meines Vaters«, begann Jemmy. »Er war ein Nachzügler und sehr viel jünger als die anderen Kinder meiner Großeltern. Deshalb war er eher für mich wie ein Bruder als für meinen Vater. Ich vergötterte ihn, wir alle taten es, weil er so ein besonderer Mensch war. Stephen war stets fröhlich ... Er sagte immer, dieser Krieg zwischen uns und den Darnleys wäre ein Wahnwitz, wo es im Leben doch so viel mehr gäbe, als sich gegenseitig umzubringen. Er wollte weg von hier, ein neues Leben beginnen, aber davon wollten seine Eltern nichts hören – vor allem meine Großmutter nicht. Sie konnte den Gedanken nicht ertragen, ihn zu verlieren. Also verschob er seinen Fortgang, um ihr nicht wehzutun. Und dann kam Clare.«

Meine Mutter, dachte Alyson. Jemmy hatte sie tatsächlich gekannt, als sie noch ein junges Mädchen war, damals in jener Zeit, von der Clare nie sprach.

Er lächelte versonnen und erinnerte sich: »Sie war bezaubernd und ausgesprochen freundlich. Ich glaube, wir verliebten uns alle ein bisschen in sie. Stephen aber war vollkommen hingerissen von ihr. Die anderen zogen ihn damit auf, doch das kümmerte ihn nicht. Sein Herz gehörte ihr, und ihm war egal, wer davon wusste. Und sie, nun, sie hatte etwas von einer Gelehrten. Sie war sehr schüchtern und ruhig, Stephen allerdings konnte sie zum Lachen bringen, dass ihr die Freudentränen kamen. Ich sehe sie noch vor mir, wie sie Hand in Hand spazieren gingen – sie verbrachten jede Minute gemeinsam und waren überglücklich.«

Es tat gut zu wissen, dass ihre Mutter einmal solch ein

Glück gekannt hatte, dachte Alyson traurig, auch wenn es nicht andauerte. Wenigstens hatte sie das erleben dürfen.

»Beide Familien waren sehr glücklich über diese Verbindung«, fuhr Jemmy fort. »Die McLarans waren nie froh darüber gewesen, dass ihre einzige Tochter Nonne werden wollte, und meine Großmutter war schon verzweifelt gewesen, weil Stephen bis dahin keinerlei Anstalten machte, sesshaft zu werden. Die Beziehung wurde also von allen begrüßt. Clare reiste nach Hause, und Stephen zählte die Tage bis zu ihrer Vermählung. Er hatte jede Menge Pläne für ihr gemeinsames Leben. Das Hochzeitsfest war bereits vorbereitet, als wir die Nachricht erhielten, dass die Reisegruppe überfallen und Clare verschleppt worden war.

Stephen schwor, dass er sie zurückholen würde. Er stellte sich eine Truppe von Rittern zusammen und griff Darnleys Festung an – aber sie schafften es nicht, die Wachen zu überwinden. Also versuchte er es wieder. Und wieder. Mein Großvater war bei ihm. Alle sagten, er solle nach Hause zurückkehren, weil er zu alt für solche Kämpfe war, doch er liebte Clare wie sein eigenes Kind und fühlte sich verantwortlich für das, was geschehen war …« Jemmy seufzte und rieb sich das Gesicht. »Er starb gleich hinter der Grenze, und Stephen brachte ihn heim. Damals sagte mein Vater zum ersten Mal, dass der Krieg aufhören müsste und wir schon zu viele Männer verloren hätten. Ich habe den Tag nie vergessen. Als mein Vater sagte, wir müssten Clare aufgeben, weinte Stephen. Ich bekam Angst, hatte ich doch nie zuvor einen erwachsenen Mann weinen gesehen.«

Dann hatte Stephen also nicht gleich aufgegeben, dachte Alyson. Wenigstens hatte er versucht, sie zu retten. Dieser Gedanke milderte den Hass, welchen sie für den jüngeren Bruder des Burgherrn empfand.

»Emma McLaran meinte, sie hätte nie wieder von ihr gehört«, erzählte Alyson. »Wenigstens wusste Stephen nichts von – von mir.«

»Ich weiß nicht, wie viel er wusste«, sagte Jemmy. »Aber er und wir alle wussten, was *wahrscheinlich* passiert war. Ich erinnere mich, wie einer der Männer sagte, es wäre sinnlos, weiter nach ihr zu suchen, weil es wohl längst zu spät für Clare war. Ich dachte damals, er meinte damit, dass sie tot wäre – erst als ich älter war, verstand ich, was er damit sagen wollte. Ich weiß noch, wie Stephen sich bei der Bemerkung zu dem Mann umdrehte und ihn zu Boden schlug. Dann ging er hinaus. Und das war letzte Mal, dass ich ihn lebend sah. Er ritt ganz allein los, um Clare zu finden.«

Er hatte sie also doch nicht aufgegeben. Alyson blinzelte gegen die Tränen an, die ihr plötzlich in die Augen stiegen. Obwohl er ahnte, was geschehen war, hatte er sie noch genug geliebt, um nach ihr suchen. Und Clare hatte nie davon erfahren. Wie schrecklich musste es für sie gewesen sein, nicht zu wissen, dass ihr Verlobter sie suchte, und in dem Glauben zu sterben, sie wäre vergessen worden …

Jemmy stützte die Ellbogen auf die Knie und sah auf seine Hände. »Ungefähr zwei Wochen später kam ein Wagen in den Hof gefahren. Ich war mit Ian draußen. Wir spielten etwas und achteten erst gar nicht auf den Wagen. Es war ein einfaches Fuhrwerk, ein schlichter Bauernwagen, der von einem alten Mann gelenkt wurde. Hintendrauf war etwas, doch auch dabei dachten wir uns nichts, bis einer der Männer die Plane abnahm … und da lag Stephen. Er war, nun, sein Tod muss entsetzlich gewesen sein. Und das Darnley-Wappen lag auf seiner Brust.

Dann begannen alle zu rufen, und alle Leute kamen in den Hof gerannt. Sie töteten den Mann, der den Wagen fuhr, daran erinnere ich mich noch. Sie zerrten ihn vom Kutschbock und erstachen ihn, obwohl er wahrscheinlich nicht mal gewusst hat, was er uns brachte. Meine Großmutter kam heraus, um zu sehen, was der Grund für den ganzen Aufruhr war, und in der allgemeinen Verwirrung bemerkte sie zuerst gar keiner. Als sie Stephen sah – mein Gott, wie muss dieser Anblick für sie, seine eigene Mutter, gewesen sein – ich höre ihre Schreie bis heute …«

Er blinzelte und fuhr leise fort: »Und meine Mutter kam hinter ihr hergelaufen. Damals verlor sie das Kind, das sie trug, und mit ihm auch ihr Leben …«

Nun war es sehr still im Zimmer. Nur das Feuer knisterte im Kamin. Alyson erschauderte vor Kälte und wand ihren Schal fester um die Schultern. Sie hatte immer gewusst, dass es viele Tote gegeben hatte – auf beiden Seiten. Aber bisher waren sie nur Namen gewesen, und es schien leicht, zu vergeben und die Vergangenheit loszulassen. Nun aber waren es keine Namen mehr, sondern Menschen – unter ihnen ihre eigene Mutter. Und es würde nie aufhören. Wie sollte es denn? Dafür war zu viel Schmerz und Verbitterung auf beiden Seiten.

»Die nächsten paar Jahre waren schlimm«, sagte Jemmy. »Niemand konnte vergessen – oder wollte vergessen. Damals herrschte Krieg und wir verloren viele Männer. Manchmal kommt es mir vor, als wären alle jungen Männer gestorben, die ich kannte. Die Jahre vergingen, langsam beruhigten sich die Dinge wieder und als ich alt genug war, ging ich fort. Ich wollte den Krieg nicht mitmachen, weil ich wusste, dass er nie enden würde. Niemand gewinnt und jeder verliert, wieder und wieder, bis alle tot sind, die uns lieb und teuer waren.«

»Aber du bist ein Teil davon«, sagte Alyson. »Wir alle sind daran beteiligt.«

»Ja, das weiß ich heute auch. Aber«, er sprang auf und begann, im Zimmer auf und ab zu gehen, »es ist falsch. Das war mir damals schon klar, als ich noch ein Kind war. Ich konnte nichts anderes denken, als dass ich so weit weg von all dem sein wollte, wie ich nur konnte. Ich habe den Weg des Feiglings gewählt«, ergänzte er sehr leise. »Ich bin einfach auf und davon.«

»Nein«, widersprach Alyson. »Es war der einzige Weg. Auch wenn du geblieben wärst, was hättest du tun können? Dein Bruder war der Einzige, der etwas hätte verändern können.«

»Aber Ian wollte nichts ändern. Er betrachtete es als eine Ehrensache: seine Ehre gegen die deines Vaters.«

»Mein Vater hat keine Ehre«, sagte Alyson matt.

»Nun, wir haben selbst auch nur wenig davon übrig. Heute habe ich gesehen, wie leicht es ist, sich von alldem hinreißen zu lassen, diesem *Wir-gegen-die-Darnleys*, Sterben zum Ruhme des Clans. Crioch Onarach«, fügte er verbittert hinzu. »Das war Ians Lieblingstrinkspruch. Auf einen guten Tod.«

Er stand vor dem Feuer, die Hände auf dem Rücken verschränkt. Alyson wollte zu ihm gehen, ihm die Arme um die Hüften legen und ihre Wange an seinen Rücken schmiegen. Aber natürlich konnte sie das nicht tun.

»Ein guter Tod«, wiederholte sie langsam. »Das mag sich gut anhören, Mylord, aber ich denke, es erfordert mehr Mut, ein gutes Leben zu führen. Jetzt bist du derjenige, der die Dinge ändern kann. Falls du es noch willst.«

»Ja, das will ich. Aber …« Er seufzte erschöpft und drehte sich zu ihr um. »Es hat schon wieder angefangen, und ich weiß nicht, wie ich es aufhalten kann. Dennoch weiß ich eines mit Sicherheit: Ich kann nicht zulassen, dass Clares Kindern etwas geschieht. Stephen würde mir das nie verzeihen.«

Kinder? Hatte er wirklich gesagt … »Was meinst du damit, Mylord?«, fragte Alyson.

»Ich meine, wir müssen einen Weg finden, wie wir dich zu den McLarans bringen – und deinen Bruder mit dir.«

Er sah sie an und legte nachdenklich die Stirn in Falten. »Wie ähnlich siehst du Maude?«

»Wir sehen fast gleich aus – aber auch wieder unterschiedlich. Von weitem kann man uns verwechseln, nicht jedoch aus der Nähe.«

»Wo ist sie jetzt?«

»Sie ist zu Hause«, sagte Alyson und setzte sich auf. »Ich weiß, dass sie dort ist, weil Sir Robert es gesagt hat. In der Burg denken alle, sie wäre ich – besser gesagt, wer ich sein sollte, als ich noch da war – eine Cousine von der Percy-Seite.«

»Kannst du sie irgendwie allein treffen? Wenn du eine Nachricht schickst und um ein Treffen bittest – wenn du sagst, du wärst in Schwierigkeiten?«

»Nein, das würde nicht funktionieren. Die ganze Sache ist ihr viel zu gleichgültig, als dass sie kommen würde. Aber warum fragst du? Oh! Du willst sie herbringen, oder?«

»Ja, daran hatte ich gedacht, aber ich weiß noch nicht wie.«

Alyson lächelte. »Mylord, Maude ist nicht berühmt für ihren Gehorsam. Trotz der Anweisung ihres Vaters, sie solle sich versteckt halten, geht sie auf Falkenjagd am Fluss, sowie das Wetter schön genug ist.«

»Tatsächlich?«, sagte er nachdenklich. »Bist du dir ganz sicher? Dann ließe sich doch ein Weg finden. Ist es eigentlich wahr, dass ihr Vater sie abgöttisch liebt?«

»Er würde alles für sie tun. Warum, weiß ich nicht, aber so ist es nun mal. Er würde jede Forderung erfüllen, solltest du sie hierher bringen können. Aber«, fügte sie zögernd hinzu, »was wird mit Robin?«

»Wir werden seine Sicherheit zu einer der Bedingungen machen.«

»Nein, Mylord. Verzeih, aber das wird nicht reichen. Er ist nur ein kleiner Junge …«

»Du denkst, wir werden ihn vergessen?«

»Nein, das denke ich nicht. Ich fürchte nur Lord Darnleys Zorn. Robin bedeutet ihm nichts, verstehst du nicht? Er ist nur ein Stalljunge. Wenn Darnley herausfindet, dass Maude entführt wurde – und Robin gerade in der Nähe ist –, dann fürchte ich, dass selbst Sir Robert ihn nicht mehr beschützen kann. Aber ich habe eine Idee …«

Nachdem sie ihren Plan geschildert hatte, sagte Jemmy: »Auf keinen Fall. Das ist viel zu gefährlich.«

»Nein«, widersprach sie heftig und sah ihn trotzig an. »Ich kann und ich werde es tun.«

Er betrachtete sie mit einem Ausdruck, der halb Amüsement und halb Verärgerung war. »Wir können morgen darüber reden, wenn wir unterwegs sind«, sagte er, und sie hatte das Gefühl, einen kleinen Triumph errungen zu haben. Sie würde morgen mit ihm reiten. Und wenn er schon so weit nachgab, dann konnte sie ihn sicher auch von dem Rest überzeugen.

»Hoffen wir, dass morgen ein schöner Tag wird und Lady Maude mit ihrem Falken zum Fluss geht«, fügte er mit einem Lächeln hinzu.

»Wird sie ganz bestimmt«, sagte Alyson, deren Puls sich beschleunigte, wie er es immer tat, wenn Jemmy sie so anlächelte. »Da bin ich mir sicher.«

Sie erhob sich und beide standen sich einen Moment lang unsicher schweigend gegenüber. Er ist einfach nur freundlich, sagte Alyson sich, sonst nichts. Er tut es um meiner Mutter willen, und dafür sollte ich dankbar sein. Es war unklug, sich daran zu erinnern, wie er sie in den Armen gehalten und Worte der Liebe gesprochen hatte. Es war dumm, in der Vergangenheit zu schwelgen und sich nach einer Zukunft zu sehnen, die es nie geben konnte. Zweifellos wollte er vergessen, was zwischen ihnen gewesen war, und sie sollte es ebenfalls. Aber sie würde es wohl nie schaffen.

Niemals könnte sie den Zauber der Nacht vergessen, als es nur sie beide gegeben hatte. Für immer würde sie sich daran erinnern, wie ihre Leiber miteinander verschmolzen waren, wie sein Mund auf ihrem gelegen hatte und wie er einen heiseren Triumphschrei ausgestoßen hatte, als er sich mit ihr vereinigte.

Ebenso lebendig würde ihre Erinnerung daran bleiben, wie sie hinterher erschöpft dagelegen hatte, sein Kopf an ihrer Schulter, sein Atem, der warm und sanft über ihren Busen strich, die geflüsterten Worte und das gemeinsame Lachen. War das wirklich derselbe Mann, der jetzt vor ihr stand? Es schien unmöglich. Es *war* unmöglich, sagte sie sich. In jener Nacht war er bei seiner Frau gewesen, einer Frau von hohem Stand. Das hatte er zumindest geglaubt. Alyson Bowden, die Küchenmagd aus Aylsford, könnte nie das Herz eines solchen Mannes gewinnen und für immer behalten. Hatte sie das nicht die ganze Zeit gewusst?

Tränen brannten in ihren Augen, und sie konnte ihn nicht ansehen, denn dann wüsste er, dass sie ihn immer noch liebte, so lächerlich und abwegig es auch war.

Sie stand vor dem Feuer, den Kopf geneigt, und ihr Schal glitt ihr von den Schultern. Durch den dünnen Stoff ihres Kleides konnte Jemmy die Wölbung ihrer Brüste und die Kurve ihrer schmalen Taille erkennen. Sie ist so wunderschön, dachte er und sein Körper erbebte vor Verlangen. Sie schien ihm heute noch schöner als je zuvor. Aber das lag daran, dass er sie heute Nacht als die Frau sah, die sie wirklich war. Sie war nicht Lady Maude mit ihrem steifen Gang und ihren lächerlichen Angebereien. Ebenso wenig war sie die berechnende Spionin, die ihn ohne jedes Gefühl getäuscht hatte. Sie war Alyson McLaran Bowden, mutig, freundlich und loyal, die stärkste Persönlichkeit, die ihm je begegnet war.

Er malte sich aus, wie es wäre, sie in die Arme zu nehmen und ihr in die Augen zu sehen. Ihre Pupillen würden sich weiten, während er sie ganz nah zu sich zog, ihren wunderbaren Duft einatmete und beobachtete, wie ihre Überraschung genüsslicher Hingabe wich, wenn er seine Finger in ihrem Haar vergrub und ihr zuflüsterte, dass er sie liebte, sie brauchte, dass ihm sein Leben ohne sie nichts bedeutete …

Aber wie sollte er die Worte finden, ihr zu sagen, dass sie trotz allem, was er fühlte, auseinander gehen müssten?

Lass sie gehen, sagte er sich. Jetzt zu reden, würde nur alles noch schlimmer machen. Der Bruch ist bereits vollzogen, und ich muss damit leben. Aber wenigstens werde ich sie in Sicherheit bringen. So viel kann und werde ich für sie tun, ganz gleich, wie hoch der Preis sein wird.

»Schlaf jetzt«, sagte Jemmy. »Und mach dir keine Sorgen, wir werden alles richten.«

»Ja, Mylord«, antwortete sie ruhig, den Blick zu Boden gerichtet. »Wir können es versuchen.«

Kapitel 38

Das graue Licht der Morgendämmerung begann gerade, durch das Fenster zu dringen, als Jemmy wiederkam. Er blieb vor der Tür stehen und lauschte den leisen Stimmen, die aus dem Zimmer zu hören waren. Dann ging er hinein und fand Alyson mit Malcolm vor. Malcolm kniete vor ihr, den Kopf in ihrem Schoß, und Alyson strich ihm übers Haar. Bei Jemmys Eintritt sah Malcolm ihn an und sprang sofort auf die Füße. Er stellte sich schützend vor Alyson.

»Geh raus«, sagte der Junge. »Ich lasse nicht zu, dass du ihr etwas tust.«

»Ist schon gut, Malcolm«, beruhigte Alyson ihn. »Verzeiht, Mylord. Ich wusste nicht, was ich ihm sagen sollte.«

Jemmy empfand eine schmerzliche Reue, als er die Tränen auf Malcolms Wangen sah. Was für ein schlechter Onkel er dem Jungen gewesen war! Er hatte in Malcolm immer nur ein Problem gesehen, dem er sich widmen würde, sobald er mehr Zeit und mehr Kraft hatte. Stephen hätte sich nie so verhalten.

Er beugte sich hinunter und sah Malcolm in die Augen.

»Kannst du ein Geheimnis für dich behalten?«

»Was für ein Geheimnis?«, fragte Malcolm misstrauisch.

»Ich werde mit Mistress Bowden wegreiten von hier, gleich jetzt. Wir wollen über die Grenze, Lady Maude suchen und sie herbringen.«

»Ist das wahr?«

Malcolm wandte sich zu Alyson, und Jemmy dachte, was für ein Armutszeugnis es doch für ihn war, dass sein Neffe ihn nicht beim Wort nehmen konnte.

»Ja«, sagte sie. »Du darfst es aber niemandem sagen.«

»Ich komme mit euch.«

»Nein!«, rief Alyson aus.

Jemmy schüttelte den Kopf. »Tut mir Leid, Malcolm …«

»Mein Vater wäre auch mitgekommen!«, fiel ihm der Junge ins Wort, der plötzlich von einem Feuereifer gepackt schien. »Als er nicht viel älter war als ich, hat er Darnleys Lieblingspferd direkt aus seinem Stall gestohlen!«

Jemmys Mundwinkel zuckten, doch er blieb ernst. »Ja, ich erinnere mich daran. Und dein Großvater hat ihm dafür den Hintern versohlt.«

»Hat er vielleicht«, erwiderte Malcolm störrisch. »Aber Großvater hat mir die Geschichte erzählt, und er hat dabei gelacht!« Er stemmte die Hände in die Hüften und sah Jemmy trotzig an. »Ich wette, meinem Vater war egal, dass er Prügel bekam. Und ich mache mir auch nichts draus. Soll mich Großvater doch bestrafen, wie er will – *hinterher*, wenn wir zurück sind!«

Jemmy legte sich eine Hand auf die Augen. »Bei Gott, das ist ja schon unheimlich«, murmelte er. »Genau *das* sagte dein Vater auch immer.«

»Mylord, er ist noch ein Kind«, begann Alyson, doch niemand hörte ihr zu.

»Aber du musst alles tun, was ich dir sage«, erklärte Jemmy und ein Leuchten ging über Malcolms Gesicht.

»Bestimmt. Versprochen.«

»Und du hörst auch auf Donal und Conal«, fügte Jemmy streng hinzu. »Ich verlange von dir, die Arbeit eines Mannes zu tun. Wenn du die Befehle nicht befolgen kannst, schicke ich dich nach Hause.«

»Ich schaff das.«

»Dann lass uns gehen.«

Alyson war erleichtert, die beiden jungen rothaarigen Ritter zu sehen, die mit den gesattelten Pferden am Tor auf sie warteten. Jemmy hatte eine kluge Wahl getroffen, dachte sie. Von allen Kirallen-Rittern waren die Zwillinge noch die treuesten Anhänger Jemmys, die mit fröhlicher Gelassenheit den Zorn ihres Anführers Alistair riskierten. Auf Jemmys Befehl holte einer von ihnen – Donal, glaubte Alyson, wenngleich sie sich nie sicher war, welcher von ihnen welcher war – Malcolms Pony aus dem Stall. Am Vormittag erreichten sie einen Wald außerhalb Aylsfords, wo sie anhielten und sich zwischen den Bäumen versteckten.

»Bist du sicher, dass sie hier entlangkommt?«, fragte Jemmy.

»Diesen Weg nimmt sie eigentlich immer.«

Keine Stunde später kamen zwei Reiter aus dem Burgtor und bewegten sich in ihre Richtung.

»Kannst du etwas erkennen?«, fragte Alyson, die aus dieser Entfernung noch nicht sagen konnte, um wen es sich handelte.

»Ja«, antwortete Malcolm. »Es ist eine Frau, aber sie ist verschleiert. Ich kann ihr Gesicht nicht sehen.«

»Das ist Maude«, sagte Alyson. »Sie muss es sein. Wer ist bei ihr?«

»Ein Junge – mit roten Haaren.«

Alyson lachte. »Mylord, ich denke, wir haben Glück. Wenn ich mich nicht täusche, müsste das ihr Bruder Haddon sein.«

Jemmy stieß einen leisen Pfiff aus. »Ich hoffe, du hast Recht. Kommt jetzt, lasst uns gehen. Seid ihr so weit?«

»Ja«, antworteten Alyson und Malcolm im Chor, drehten sich um und stiegen auf ihre Pferde. Donal und Conal nickten und folgten ihnen.

Sie hatten den Platz sorgfältig ausgewählt. An einer Wegbiegung, die von hohen Eichen umgeben und daher von der Burg aus nicht zu sehen war, wollten sie zuschlagen. Als die beiden Reiter vorbeitrotteten, fanden sie sich plötzlich umzingelt. Jemmy zog Maude aus ihrem Sattel zu sich hinüber. Sie wehrte sich, hatte jedoch keine Chance. Im selben Moment versperrten die beiden Ritter Haddon den Weg, indem sie ihre Pferde ganz dicht an seins heranführten.

Jemmy fesselte Maude in Windeseile die Hände und stieg vom Pferd. Dann hob er sie aus dem Sattel und trug sie in den Wald, wo er sie an einem Baum festband. Danach verfuhr er ebenso mit Haddon. Alles war so schnell erledigt, dass Alyson es kaum glauben wollte.

»Guten Morgen«, sagte sie, trat vor und hob den Schleier von Maudes Gesicht.

»Du?«, kreischte Maude. »Was machst *du* denn hier?«

»Zu deinen Fragen kommen wir später. Wo ist mein Bruder?«

»Dein Bruder? Woher soll ich das wissen? Denkst du, ich weiß immer, wo sich welcher Flegel in Aylsford aufhält?«

»Mein Bruder ist kein Flegel. Er ist Sir Roberts Page und der Gefangene deines Vaters. Wo ist er?«

Jemmy zog sein Schwert und stellte sich neben Alyson. »Ich schlage vor, du antwortest ihr.«

»Na gut! Er ist in Sir Roberts Zimmer – zumindest verbringt er da die meiste Zeit, da oder in den Stallungen.«

»Gut«, sagte Alyson. »Wir werden dich jetzt losbinden – lange genug, damit du dich ausziehen kannst.«

»Ausziehen? Ich werde mich auf keinen Fall …«

»Du machst, was Mistress Bowden dir sagt«, unterbrach Jemmy sie.

Maude sah erst ihn, dann Alyson an. »Was soll das? Ich werde nicht …«

»Du wirst«, sagte Alyson beängstigend ruhig. »Sei einfach still und tausch die Kleider mit mir.«

Malcolm ging zu Haddon hinüber und betrachtete ihn. Das war also der Junge, der es wagte, die Schafe von der Weide des Burgherrn zu stehlen! Malcolm war ein wenig neidisch geworden, als er die Geschichte gehört hatte, und er stellte sich Haddon Darnley seither mindestens doppelt so groß und so kühn wie den leibhaftigen Teufel vor. Jetzt stellte er fest, dass der Junge nicht größer war als er und auch nicht besonders wagemutig wirkte. Ganz im Gegenteil. Er schien extrem verängstigt. Malcolm nahm seinen Dolch heraus und beugte sich vor.

»Mach ja keinen Mucks«, warnte er ihn. »Oder du kriegst die Klinge meines Messers zu spüren.«

»Du wärst nicht so mutig, wenn ich nicht gefesselt wäre«, entgegnete Haddon und reckte trotzig das Kinn in die Höhe. »Mein Vater sagt, ihr seid alle Feiglinge.«

»Ach, sagt er das? Der muss gerade reden. Er hatte solche Angst vor meinem Vater, dass er ihm eine Falle stellte – er konnte nicht mal wie ein richtiger Mann mit ihm kämpfen!«

»Hat er nicht!«, schrie Haddon. »Das ist eine Lüge!«

»Du lügst doch – du und deine verfluchte Mörderfamilie!«

»Ruhe«, sagte Jemmy und trat vor. »Haltet den Mund, alle beide.«

Die Jungen gehorchten und funkelten sich wütend an. Jemmy seufzte. Es ging immer weiter, von einer Generation zur anderen.

Dann drehte er sich zu Alyson um, die nun hinter einem

der Bäume hervorkam. Sie trug Maudes blauen Samtreitmantel und den blauen Schleier, den sie noch nicht über ihr Gesicht gezogen hatte. »Mir gefällt das nicht. Es ist zu gefährlich.«

»Ich werde vorsichtig sein.«

»Nein.«

Aylsford ragte über den Baumwipfeln empor, schwarz vor dem blauen Himmel. Die Burg sah beeindruckend und Furcht erregend aus. Der Gedanke, dass Alyson dort hineingehen würde, verursachte Jemmy schreckliches Unbehagen.

»Bitte«, sagte sie, »sag nicht Nein, nicht jetzt. Wir sind so kurz davor … Bitte.«

Schon seit dem Aufstehen beunruhigte ihn etwas, und auf einmal erkannte er, was es war. Alyson hatte sich verändert, seit sie ins Ratszimmer gebracht worden war. Den Ratsherrn war sie stolz gegenübergetreten, mit geradem Rücken und fester Stimme. Jetzt stand sie schüchtern vor ihm, die Augen zu Boden gerichtet. Wie eine Dienstmagd. Und genau die war sie ja auch.

Eines Tages würde sie vielleicht etwas mehr sein. Oben in den Highlands konnte man über die Schmach unehelicher Geburt hinwegsehen, sofern Emma McLaran dem Mädchen ihren Namen gab und ihr den Schutz des Clans gewährte. Aber selbst damit könnte Alyson nie die passende Ehefrau für einen Mann adliger Herkunft sein. Nein, sie war für irgendeinen wilden Highlander bestimmt, der sich ohne Zweifel für den glücklichsten Mann der Welt halten würde, wenn er sie zur Frau bekam. Und Jemmy müsste weit weg von den beiden bleiben, denn sonst würde er den Mann umbringen, sollte er es wagen, seine Frau …

Er stieß einen leisen Fluch aus und konzentrierte sich wieder auf die Gegenwart. Alyson hatte Recht. Sie waren bis hier gekommen, jetzt verdiente sie die Chance, ihren Bruder zu befreien.

»Na gut«, sagte er. »Aber du musst mir versprechen, dass du sofort zurückkommst, wenn irgendeine Gefahr droht – egal welche. Wir können uns immer noch etwas anderes ausdenken.«

»Ja, versprochen. Wartet hier auf mich. Sollte ich nach einer Stunde nicht zurück sein, reitet ohne mich.«

Sie zog den Schleier über ihr Gesicht, stieg auf Maudes Pferd und ritt zur Burg. Jemmy sah ihr nach, bis sie im Tor verschwunden war, dann ging er wieder in den Wald zurück. Malcolm stieß einen Seufzer der Erleichterung aus, als Jemmy wieder da war.

»Können wir los?«, fragte er. »Wo ist meine Tante?«

»Mistress Bowden«, korrigierte Jemmy ihn sanft, »ist zur Burg geritten, um ihren Bruder zu holen. Wir werden auf sie warten.«

Maude gab einen unverständlichen Zorneslaut von sich und zerrte an ihren Fesseln. Jemmy nahm ihr den Knebel aus dem Mund.

»Wenn du schreist, kriegst du ihn wieder.«

Sie starrte ihn wutentbrannt an, blieb jedoch still.

Er lächelte, trat einen Schritt zurück und musterte sie von Kopf bis Fuß. Auf den ersten Blick war die Ähnlichkeit mit Alyson wirklich verblüffend, und doch waren die beiden Frauen gänzlich verschieden. Die blau-grünen Augen waren in Form und Farbe wie Alysons, nur fehlte Maudes jener besondere Ausdruck, der Alysons Blick so ungemein faszinierend machte. Und wenngleich Maudes rotes Haar vor dem dunklen Baumstamm leuchtete, dachte er bei diesem Anblick nicht an einen Sonnenuntergang nach einem stürmischen

Tag. Nein, Maude war zweifellos hübsch. Manch einer würde ihre zierliche Erscheinung vielleicht sogar für noch hübscher halten als Alysons. Aber für Jemmy war sie bloß eine blasse Kopie ihrer Halbschwester.

»Tja, tja«, sagte er. »Das ist eine wirklich interessante Situation. Es wurde ja auch Zeit, dass ich die Frau zu sehen bekomme, die ich geheiratet habe.«

»Geheiratet?«, schrie sie und er hielt den Knebel hoch. Deutlich leiser fuhr sie fort: »Wir sind nicht verheiratet und werden es nie sein.«

»Aber, aber, Mylady. Warum so schüchtern? Es gab ein Dutzend Zeugen und der Eintrag im Kirchenbuch wurde von mir, dem Priester und deinem Vater unterzeichnet – o ja, *Weib*«, fügte er in einem schneidend scharfen Ton hinzu, »alles hatte seine Richtigkeit.«

»Lieber würde ich sterben«, zischte sie wütend.

»Welch harte Worte!« Er legte seine Hände auf sein Herz. »Mylady, mit deiner Grausamkeit bringst du mich noch um. Aber keine Sorge, süße Maude, du wirst dich bald an den Gedanken gewöhnen.«

»Du wirst es nicht wagen, mich anzufassen …«

»Warum nicht? Es wäre doch mein gutes Recht.«

Sie hatte verdient, dass er ihr Angst machte – damit kam sie billig davon, gemessen an dem, was sie getan hatte. Doch als er sah, wie ihr Kinn bebte, wurde er des Spiels überdrüssig. »Schon gut«, sagte er abrupt. »Du bist in Sicherheit. Noch jedenfalls.«

»Was hast du mit mir vor?«, fragte sie und hob ihr Kinn mit jener arroganten Geste, die Alyson so perfekt nachahmen konnte.

»Ich nehme dich mit nach Ravenspur. Was dann passiert, werden wir sehen.«

»Worauf warten wir dann noch? Binde mich sofort los und lass uns aufbrechen.«

»Noch nicht. Wir warten erst, bis deine Schwester zurück ist.«

»Schwester? Sie ist nicht meine Schwester! Ich habe von Anfang an gewusst, dass sie es nicht durchhält. Ich habe versucht, meinem Vater zu sagen, dass sie uns verraten wird, die dreckige Hure …«

Er trat vor und hob eine Hand. »Halt deinen Mund, oder ich kneble dich wieder. Dir hat es nichts ausgemacht, sie zu uns zu schicken, damit sie deine dreckige Arbeit macht, oder? Dir nicht und deinem Vater auch nicht. Du hast nicht einen Moment darüber nachgedacht, was mit ihr passieren könnte.«

»Mit ihr?«, sagte Maude mit echter Überraschung. »Was sollte mich das kümmern? Sie ist nur eine Dienstmagd.«

Jemmy wandte sich von ihr ab und sagte zu Haddon: »Keine Angst, Junge. Dir wird nichts geschehen, darauf gebe ich dir mein Wort.«

Dann ging er an den Rand der Lichtung und sah zur Burg hinüber. Und zum ersten Mal seit vielen Jahren betete er.

Robin war nicht im Zimmer von Sir Robert. Alyson ging den langen Flur hinunter. Vor Angst zitterten ihr die Beine und sie zog den Schleier noch dichter übers Gesicht. Die Stallungen. Sie betete zu Gott, dass er in den Stallungen war, denn wenn sie ihn dort nicht fand, wusste sie nicht, wo sie ihn noch suchen sollte.

»Mylady!«

Alyson beschleunigte ihre Schritte und tat, als hätte sie nichts gehört.

»Mylady, bleibt stehen!«

Nun konnte ihr nur noch Gott helfen, denn es war Becta, die Maude seit frühester Kindheit kannte. Alysons Herz drohte auszusetzen, als die Kammerzofe näher kam.

»Was gibt's?«, antwortete Alyson schnippisch.

»Ihr wollt doch nicht ausreiten! Euer Vater sagte …«

Die Frau war nur noch wenige Schritte entfernt. Alyson drehte ihr den Rücken zu und ging wortlos weg.

»Mylady!«, rief Becta wieder. »Ihr könnt doch nicht einfach weglaufen, wo Euer Vater doch gesagt hat, dass Ihr nicht mehr ausreiten dürft.«

»Zum Teufel mit Vater. Und du hältst deinen Mund oder ich sorge dafür, dass du es bitter bereust.«

Hatte sie übertrieben? Nein. Becta lief ihr nicht weiter nach. Sobald Alyson um die Ecke war, rannte sie los und hielt erst wieder an, als sie am Fuß der Treppe angekommen war, die zum Stallhof führte.

Hier blieb sie stehen, denn sie hörte das, was sie am meisten gefürchtet hatte – Lord Darnleys Stimme. Sie lugte um die Ecke und sah, wie er im Pferdestall verschwand. Die Stallungen lagen gegenüber. Um hinzugelangen, musste sie quer über den Hof gehen, wobei man sie von der Stalltür aus leicht sehen konnte. Sie rannte los und in die Stallungen hinein. Dabei lauschte sie angestrengt auf Schritte, die ihr folgten.

Doch es war nichts zu hören. Die Vögel schreckten auf, als sie hereinkam, und flatterten auf ihren Stangen. Sie konnte sie hören, aber nicht sehen, da sich ihre Augen erst an die Dunkelheit hier drinnen gewöhnen mussten.

Sie schloss die Augen und zählte bis zehn, dann öffnete sie sie wieder. Beinahe hätte sie vor Erleichterung geschluchzt. Da war Robin. Er stand mit einem Falken auf dem ausgestreckten Arm da und sah sie tadelnd an.

»Mylady, Ihr dürft hier nicht so reingerannt kommen.«

»Robin«, sagte sie und warf ihren Schleier zurück. »Ich bin's.«

»Ally? Ally, was machst du hier? Bist du zurückgekommen? Warte«, sagte er, als sie auf ihn zukam. »Du erschreckst die Vögel.«

»Tut mir Leid, aber wir müssen gehen. Sofort. Sag nichts und folge mir einfach.«

»Ich kann nicht«, sagte er. »Ich muss die Falken füttern.«

»Robin, setz den Vogel auf seine Stange und komm mit mir. Jetzt.«

»Ja, schon gut, aber Sir Robert wird böse sein …«

Er setzte den Falken vorsichtig auf seine Stange zurück. Dann band er ihn so gründlich und sorgsam wieder fest, dass Alyson vor Ungeduld schreien wollte.

»Hör mir zu«, sagte sie. »Ich kann dir jetzt nicht alles erklären, aber ich bin hier, um dich fortzubringen, und wir dürfen von niemandem gesehen werden.«

»Ist das ein Spiel?«

»So ähnlich. Aber es ist ein sehr ernstes Spiel, Robin, und wir dürfen nicht entdeckt werden. Bleib ganz nah bei mir und sag kein Wort, egal was passiert.«

Sie sah zur Tür. Maudes Pferd stand gesattelt auf der anderen Seite des Hofs. Aber wo war Lord Darnley? War er noch im Pferdestall? Sie wusste es nicht, konnte allerdings auch nicht länger warten.

»Jetzt, Robin«, flüsterte sie. »Da drüben ist mein Pferd, siehst du? Wir werden zusammen hier wegreiten. Bist du so weit?«

Sie legte den Arm um seine Schultern und trat aus den Stallungen. Ein Schritt nach dem anderen, wies sie sich im Stillen an. Schritt für Schritt gelangte sie bis zur Mitte des Hofs. Wir schaffen es, dachte sie, wir werden es schaffen.

Und dann stand sie plötzlich Auge in Auge mit Sir Robert, der aus dem Stall kam.

Der Ritter blieb wie angewurzelt stehen und Alyson erkannte, zu spät, dass sie vergessen hatte, ihren Schleier wieder herunterzuziehen. Sir Roberts Augen wanderten zu Robin, den Alyson fest an sich drückte, dann wieder zurück zu ihrem Gesicht.

»Sir!«, rief Robin aufgeregt, und Alyson hielt ihm schnell eine Hand über den Mund, so dass der Rest seines Grußes nur erstickt herauskam.

Robert sah zu Maudes Pferd, dann wieder zu Alyson. Im nächsten Moment machte er auf dem Absatz kehrt und ging zurück zum Pferdestall. »Warte mal, John, ich habe mein Lieblingsbuch vergessen. Ich glaube, es ist noch in meiner Satteltasche … Nein, komm doch bitte mit und hilf mir suchen …«

Alyson rannte los und zurrte dabei mit einer Hand an ihrem Schleier. Mit der anderen zog sie Robin am Arm mit sich. Es war genau wie in ihrem Albtraum. Wie lange konnte Sir Robert seinen Bruder aufhalten? Beim Pferd angekommen, sprang Alyson beinahe in den Sattel.

»Komm schon«, flüsterte sie, als Robins Fuß vom Steigbügel abrutschte. »Beeil dich.«

Sie zog ihn zu sich auf den Sattel und versteckte ihn unter ihrem Umhang. In diesem Augenblick trat Darnley aus der Stalltür.

»Maude!«, brüllte er. »Maude, ich verbiete dir …«

Alyson rauschte im Galopp an ihm vorbei und winkte lässig mit einer Hand. Dann musste sie lachen, weil er immer noch schrie, Maude solle sofort stehen bleiben.

Kapitel 39

Malcolm sah sie als Erster kommen. »Sie ist zurück«, rief er und sah sich sogleich ängstlich um. »Onkel Jemmy«, sagte er in einem lauten Flüstern. »Sie kommt.«

Bis Alyson bei ihnen war, saßen alle auf den Pferden. Maude hockte gefesselt vor Jemmy auf dessen Pferd und Haddon war an sein Pferd gefesselt. Alyson hielt vor ihnen, warf den Schleier zurück und lachte.

»Irgendwelche Probleme?«, fragte Jemmy, und wieder lachte sie.

»Keine erwähnenswerten. Mylord, das ist Robin.«

Der Junge saß vor ihr auf dem Sattel, zur Hälfte von ihrem Umhang bedeckt. Er lächelte mit einer herzerwärmenden Unschuld und schmiegte sich an seine Schwester.

»Robin, es ist mir eine große Freude, dich endlich kennen zu lernen. Aber wir sollten uns jetzt schnell auf den Heimweg machen.«

»O ja«, sagte Alyson. »Lasst uns losreiten.«

Mit diesen Worten galoppierte sie los, über die flachen Hügel hinweg und nach Schottland hinein.

Als Malcolm sein Zuhause erblickte, das sich in der Ferne über dem Moor erhob, erfüllte ihn eine tiefe Zufriedenheit. Sie hatten es getan. Sie hatten nicht nur Darnleys Tochter geraubt, sondern auch noch seinen Sohn und Erben. Das war eine Geschichte, die man sich noch viele Jahre erzählen würde. Vielleicht machten sie daraus sogar ein Lied! Seine Brust schwoll an vor Stolz und er drehte sich zu Haddon um, der neben ihm ritt. Seine Hochstimmung trübte sich, als er sah, wie kreidebleich der Junge war, dessen Sommersprossen auf seiner aschfahlen Haut besonders auffielen.

»Bist du müde?«, fragte Malcolm. »Wir sind fast da.«

Haddon schüttelte den Kopf und starrte zu der hohen Festung. »Ich kann da nicht hin.«

»Tja, dir wird nichts anderes übrig bleiben, oder?«, fragte Malcolm sachlich. »Komm jetzt, ich hab Hunger.«

»Ich kann nicht«, wiederholte Haddon mit bebender Stimme. »Er wird mich umbringen. Er hat geschworen, dass er mich tötet, sollte ich jemals wiederkommen.«

»Wer hat das geschworen?«

»Der Mann, der mit den blonden Haaren. Ich muss immerzu an ihn denken«, fügte Haddon flüsternd hinzu. »Manchmal träume ich auch von ihm. Er sagte, ich darf nie wieder auf sein Land kommen, und sollte ich wiederkommen, würde er es tun – er würde mich fertig machen.«

»Ach, das ist Alistair. Aber er hat es sicher nicht so gemeint«, sagte Malcolm, doch seine Stimme klang selbst in seinen Ohren wenig überzeugend. »Du bleibst einfach immer in meiner Nähe«, riet er Haddon. »Und in Onkel Jemmys Nähe. Dann kann dir nichts passieren.«

»Du musst mich für einen schrecklichen Feigling halten«, sagte Haddon und wurde rot.

»Nach dem, was du gemacht hast? Du bist hergekommen und hast die Schafe des Burgherrn von seiner Weide gestohlen! Ich bin heute zum allerersten Mal über die Grenze geritten«, gab er zu. »Sie sagten sonst immer, ich bin nicht alt genug.«

»Haben sie zu mir auch gesagt. Darum haben wir es ja auch gemacht – um es ihnen zu zeigen. Aber irgendwie ist alles schief gegangen.«

»Ach, jeder hat mal Pech«, tröstete Malcolm ihn. »Ich hatte schon dutzende Male Pech.«

Die Jungen sahen sich an und lächelten plötzlich.

»Komm schon«, sagte Malcolm. »Ich hab den ganzen Tag noch nichts gegessen.«

Sie ritten gemeinsam weiter und bald hörte Alyson, wie sie lachten. Lächelnd hielt sie ihr Pferd an und wartete auf Jemmy, um das letzte Stück mit ihm zusammen zu reiten. Sein Pferd war müde von der doppelten Last, aber Jemmy saß nach wie vor gerade im Sattel und hielt Maude fest. Als sie sah, wie Maude den Kopf hängen ließ, empfand sie beinahe Mitleid mit ihr – andererseits beneidete sie Maude, weil sie genau da saß, wo sie selbst so gern wäre.

Sie erinnerte sich nur zu gut daran, wie es sich angefühlt hatte, mit Jemmy zu reiten, die eiserne Stärke seiner Arme zu fühlen und die breiten Schultern, an die sie den Kopf gelehnt hatte. Wo ihr Kopf gelegen hatte, war nun Maudes Wange. Maude – nicht sie. Von jetzt an würde es immer Maude sein, nie sie, nie wieder sie …

Sie drückte Robin fest an sich. Sie hatte ihren Bruder wieder, und das war alles, worauf es ankam.

»Wir gehen direkt zu meinem Vater«, sagte Jemmy. »Bist du bereit?«

»Ja.«

»Können wir jetzt weiter?«, zischte Maude gereizt.

»Natürlich, Mylady«, antwortete Jemmy spöttisch. »Es geht sofort weiter.«

Der Hof war voller Männer. Es waren nicht nur Kirallens, sondern Ritter aus den vielen Clans, mit denen die

Kirallens verbündet waren. Jemmys Miene verfinsterte sich, als er sah, wie schnell Alistair die Truppen zusammengestellt hatte.

Noch während sie abstiegen, kam Alistair selbst zu ihnen gerannt. »Jemmy! Wo warst du, Mann? Wir dachten …«

Er verstummte, als sein Blick über die kleine Reitergruppe vor ihm wanderte.

»Jetzt nicht, Alistair«, sagte Jemmy. »Kommt, wir gehen zu meinem Vater.«

»Aber wer …«, er stutzte, » sag nicht, das ist …« Alistair sah erst Maude an, dann Haddon. »Natürlich, den da kenne ich…«

Haddon stellte sich dichter neben Malcolm. »Du lässt ihn in Ruhe«, befahl Malcolm. »Ich habe ihm gesagt, dass er hier sicher ist.«

»Oh, hast du das?«, fragte Alistair. »Und wer gibt dir das Recht, zu …«

»Das müssen wir nicht hier besprechen«, unterbrach Jemmy ihn und sah sich auf dem belebten Hof um. »Du kannst mit uns kommen oder es lassen, Alistair.«

»Ach, ich denke, ich komme lieber mit euch«, sagte Alistair langsam. »Denn es ist offensichtlich, dass du wahnsinnig geworden bist.«

Kirallen begrüßte seinen Sohn mit sichtlicher Erleichterung und ein amüsierten Funkeln leuchtete in seinen Augen, als er erfuhr, was Jemmy getan hatte.

»Nun, junger Darnley«, sagte er. »So sehen wir uns also wieder. Aber keine Sorge, mein Junge, dir wird hier nichts zustoßen. Du siehst erschöpft aus – und du hast ganz gewiss auch Hunger. Du kannst mit Malcolm mitgehen. Nein, warte«, fügte er dann plötzlich sehr ernst hinzu. »Ich will erst dein Wort, dass du nicht versuchst, von hier wegzulaufen.«

»Habt Ihr«, antwortete Haddon.

»Gut, dann geht, ihr zwei. Sir Conal wird euch begleiten.«

Conal grinste. »Na gut, Jungs, was als Erstes? Schlafen oder essen?«

»Essen«, antwortete die beiden Jungen im Chor.

»Schön. Dann hier lang.«

Nachdem sie gegangen waren, bat Kirallen Robin, näher zu kommen.

»Geh nur, Rob«, sagte Alyson. »Es ist alles gut.«

»Vater«, sagte Jemmy. »Dies ist Robin Bowden, Alysons Bruder. Du kennst ihre Mutter sehr gut.«

»Ihre Mutter?« Kirallen kniff die Augen zusammen und betrachtete Robins Gesicht eingehend. Er streckte eine Hand aus und strich dem Jungen über die goldenen Locken. Dann sah er wieder zu Jemmy.

»Clare McLaran«, sagte Jemmy.

»Nein!«

Alistair kam zu ihnen und kniete sich vor Robin, um ihn genauer anzusehen.

»Nun, Alistair, siehst du die Ähnlichkeit denn nicht?«, fragte Jemmy.

Kirallen seufzte. »Er sieht genauso aus wie seine Mutter. Ich wünschte, wir hätten früher davon gewusst.«

»Verzeiht mir, Mylord«, sagte Alyson.

Alistair sah sie an. »Ist das wahr?«, flüsterte er. »Deine Mutter war wirklich Clare McLaran?«

Alyson nickte scheu.

Der Ritter richtete sich mühsam auf. »Ich … ich habe nicht gewusst«, stammelte er. »Clare war … sie war eine sehr bemerkenswerte Lady. Ich …«

Er trat zurück und schüttelte den Kopf. Dann drehte er sich um und verließ das Zimmer.

»Ich hatte ganz vergessen, wie sehr er Clare zugetan war«, flüsterte Jemmy. »Stephen sagte immer, es wäre ein Glück, dass Alistair noch ein Kind war, sonst wären die beiden am Ende mit gezogenen Dolchen aufeinander losgegangen.«

»Ja«, stimmte der Burgherr ihm zu. »Und ich glaube nicht, dass Stephen das nur im Spaß meinte.« Sein Lächeln ermattete und er seufzte. »Ich hatte richtig Angst um Alistair, nachdem sie entführt worden war. Er trauerte so heftig um sie. Wir alle trauerten«, fügte er hinzu und sah Alyson an. »Ich würde gern die ganze Geschichte hören, Mistress, sobald du dich ein wenig ausgeruht hast. Anschließend werden wir dich zu Emma begleiten.«

Er tätschelte Alysons Hand. »Ich kann mir vorstellen, dass sie überglücklich sein wird. Aber lass uns morgen weiterreden. Jemmy«, fügte er hinzu. »Würdest du Ralston für mich rufen? Er soll Lady Maude auf ihr Zimmer bringen. Ach ja, und bitte ihn, eines der Zimmer im Westflügel für Mistress Bowden und ihren Bruder herrichten zu lassen.«

Jemmy fragte sich, was in seinem Vater vorging. Selbst in einem solchen Moment widmete er sich derartig banalen Angelegenheiten. Dann erst begriff er, dass die letzte Bemerkung seines Vaters nur für seine Ohren bestimmt gewesen war.

Der Westflügel war auf halbem Weg zwischen den Unterkünften der Bediensteten – wo die Küchenmagd von Lord Darnley schlafen würde – und dem Gebäudeteil, der für Emma McLarans Enkelin angemessen wäre. Sollte Alyson einst mit ihrem Clan zu Besuch kommen, würde sie gewiss im Südflügel untergebracht werden, wo Emma immer schlief. Doch im Moment, da ihr Status immer noch ungewiss war, musste es eben der Westflügel tun.

Kirallen sah erst Maude und dann Alyson an. Die beiden

waren sich so ähnlich – und doch so verschieden wie Winter und Frühling.

Er würde dafür sorgen, dass das Mädchen sofort zu Emma kam, ehe weiterer Schaden angerichtet werden konnte. Doch Jemmys wütender Gesichtsausdruck verriet ihm, dass es bereits zu spät war. Er rechnete schon damit, dass sein Sohn energisch protestieren würde, und als Jemmy einfach nickte, seufzte er erleichtert auf. Es war ein harter Schlag, ja, aber offensichtlich war Jemmy aus härterem Holz geschnitzt, als er gedacht hatte. War das Mädchen erst fort, würde er sie vergessen.

Als Ralston herbeigerufen war und seine Anweisungen erhalten hatte, wandte Alyson sich an Jemmy.

»Danke, Mylord«, sagte sie förmlich, verneigte sich und zog ihren kleinen Bruder am Arm, damit er sich verbeugte.

»Gern geschehen.«

»Hier entlang«, sagte Ralston. Alyson und Robin folgten dem Kammerdiener den langen Flur hinunter. Jemmy wurde plötzlich klar, dass er sie vielleicht nie mehr wiedersehen würde. Als sie an der Ecke ankam, zögerte Alyson einen Moment, dann ging sie weiter, ohne sich umzudrehen.

Jemmy stand da und starrte den leeren Flur hinunter. Er ging einen Schritt, dann noch einen, ohne stehen zu bleiben oder sich zu fragen, was er eigentlich vorhatte. Er wusste nur, dass er sie nicht einfach so aus seinem Leben verschwinden lassen konnte. Es ging zu schnell, zu plötzlich. Wenn er sich nur richtig verabschieden, ihr richtig Lebewohl sagen könnte …

Er bog eilig um die Ecke und stieß beinahe mit Alyson zusammen, die gleich dahinter stand und sich gerade bückte, um ihren Bruder auf den Arm zu nehmen.

»Mylord!«, sagte sie, richtete sich auf und wischte sich

hastig mit dem Ärmel über die Augen. »Was ist? Stimmt etwas nicht?«

»Nein.«

Er sah sie mit hilfloser Verzweiflung an. Unter ihren Augen zeichneten sich Schatten ab und Tränen hingen in ihren dichten Wimpern. Wahrscheinlich machte er gerade alles nur noch schlimmer. Worte konnten diesen Abschied nicht leichter machen. Er sollte sie gehen lassen.

»Ally«, sagte Robin und zupfte an ihrem Rock. »Ich bin müde.«

»Warte, lass mich ihn tragen«, bot Jemmy an. »Er ist zu schwer für dich. Ralston, du kannst gehen.«

»Sehr wohl, Mylord«, sagte der Kammerdiener. »Es ist die dritte Tür rechts.«

Alyson sprach nicht, als Jemmy das Kind in das Zimmer trug, das Ralston ihnen genannt hatte. Sobald er den Jungen auf dem schmalen Bett abgelegt hatte, deckte sie ihn zu, lächelte sanft und strich ihm die goldenen Locken aus der Stirn. Jemmy beobachtete sie stumm und sagte sich, was für ein Narr er doch war, eifersüchtig auf ihren Bruder zu sein. Dennoch war es ihm unmöglich, dieses Gefühl abzustellen.

Der Junge würde jeden Tag bei ihr sein, würde sie zur Frau reifen und unter den McLarans aufblühen sehen. Wenn Jemmy nur noch eine blasse Erinnerung war, wäre ihr Bruder da, um Freude und Kummer mit ihr zu teilen. Robin würde auf ihrer Hochzeit tanzen.

Diesen Gedanken verdrängte Jemmy sofort. Später war noch genug Zeit zum Trauern. Dies war der Moment, Lebewohl zu sagen, ihr alles Gute für das neue Leben zu wünschen, das sie nun beginnen würde. Es würde ein Leben voller Verheißungen und Abenteuer sein.

In diesem Augenblick richtete sie sich auf und wandte sich ihm mit einem Lächeln zu, das ihm die Sprache verschlug.

»Danke«, sagte sie. Als er nicht antwortete, fügte sie unsicher hinzu: »Wir kommen jetzt allein zurecht.«

»Natürlich. Dann …«

Auf dem Weg zur Tür verfluchte er sich bei jedem Schritt. Im ganzen Leben war er nie so um Worte verlegen gewesen.

»Wenn du etwas brauchst, ruf nach Ralston«, sagte er.

»Ja, mach ich.«

Jetzt war er an der Tür, griff nach dem Riegel. Viel Glück, dachte er. Das sollte er sagen. Gott schütze euch auf der Reise. Ich werde jeden Morgen an dich denken, wenn ich aufwache, und jeden Abend, wenn ich mich schlafen lege. Wenn ich sterbe, wird es mit deinem Namen auf den Lippen sein.

»Gute Nacht«, sagte er.

»Gute Nacht«, antwortete sie leise.

Diese Worte, so sachlich, so endgültig, hallten in seinem Kopf nach, als er den stillen Korridor wieder zurückging. Sie trafen ihn mit der Wucht einer zuschlagenden Kerkertür, die ihn auf ewig vom Leben und von jedweder Freude trennen würde.

Kapitel 40

Als Jemmy am nächsten Morgen zu Maudes Zimmer ging, hatte er das Gefühl, in der Zeit zurückzureisen. Maude saß vor dem Feuer, wie Alyson es immer getan hatte, und Maggie kämmte ihr das Haar. Wie auf Kommando sprang das Mädchen auf, als er eintrat.

»Guten Morgen, Mylady«, sagte er und die Worte kamen ihm vollkommen unwirklich vor, wie ein Echo in seinem Kopf. »Hast du gut geschlafen?«

»Nein, habe ich nicht. Was hast du dir dabei gedacht, mich in diesem … diesem Schweinestall unterzubringen? Ich bin in meinem ganzen Leben noch nicht so beleidigt worden! Die Matratze war nicht richtig gelüftet und …«

Alysons Vorstellung war wirklich brillant gewesen. Sie hatte Maude perfekt imitiert. Als Jemmy überlegte, wie verängstigt sie dabei gewesen sein musste, steigerte das noch seine Bewunderung. Oh, eine solche Frau, die unter derart schrecklichen Umständen imstande war, sie alle davon zu überzeugen, dass sie Maude wäre, könnte man unter Tausenden nicht finden.

»… und das Stroh auf dem Boden ist modrig! Ich will, dass alles sofort ausgetauscht wird! Ich weiß nicht, was daran witzig sein soll!«, endete Maude schnippisch und sah erst Jemmy, dann Maggie an, die beide in Gelächter ausbrachen.

Maggie wischte sich die Augen. »Ah, sie ist ein wackeres kleines Ding, nicht wahr?« Jemmy wusste, dass die Kammerdienerin nicht von Maude sprach.

»Ja, ist sie«, pflichtete er ihr bei. »Mach dir keine Sorgen um sie. Es wird ihr gut gehen.«

»Worüber redet ihr denn?«, fragte Maude und stampfte mit dem Fuß auf. »Ihr habt kein Wort von dem gehört, was ich gesagt habe!«

»Ganz im Gegenteil, Mylady. Aber ich fürchte, du musst dich mit den Mängeln in Ravenspur abfinden – vorläufig jedenfalls.«

»Wann wird mein Vater hier sein?«

»Heute Nachmittag. Bis dahin wird Maggie sich um dich kümmern.« Er ging zur Tür, zögerte und drehte sich wieder um. »Es muss merkwürdig für dich sein, dass du jetzt hier bist, wo du doch so viel unternommen hast, um genau das zu vermeiden.«

Maude rümpfte die Nase, setzte sich in die Fensterbank und zog ihren Stickrahmen fest.

»Fragst du dich da nicht, Mylady, ob einige Dinge vielleicht geschehen sollen, ob wir sie wollen oder nicht?«

Er war nicht sicher, warum er ihr die Frage überhaupt stellte, aber nun, da er sie ausgesprochen hatte, war ihm ihre Antwort schrecklich wichtig.

»Was?«, sagte sie ungeduldig und blickte von dem düsteren Bild auf, das in dem Stickrahmen vor ihr klemmte. »Was redest du denn da?«

»Ich rede vom Glaubenssatz des freien Willens im Gegensatz zu jenem von der Vorbestimmung«, fuhr er fort und musste schmunzeln, weil er so erleichtert war. Hatte er ernsthaft bezweifelt, dass Alysons Gedanken zu dem Thema ihre eigenen waren?

Maude reckte das Kinn in die Höhe. »Mir passiert nichts, wenn ich es nicht will.«

Jemmy blickte in das klare ovale Gesicht, sah die blinde Arroganz in Maudes Augen und empfand beinahe Mitleid. Obwohl fast gleichaltrig mit Alyson, war Maude auf eine Weise kindisch, wie es ihre Halbschwester nie gewesen war. Er fürchtete, sie hätte noch einige harte Lektionen zu lernen.

Das Problem dabei war nur, dass er nicht derjenige sein wollte, der sie ihr erteilte.

»Bis heute Nachmittag, Mylady«, sagte er höflich und war ganz und gar nicht überrascht, dass sie sich nicht bemüßigt fühlte, ihm zu antworten.

Kapitel 41

Alyson schnürte die letzten Sachen von sich und Robin zu einem Bündel und zurrte es fest zu, während Robin, der auf dem Bett hockte, fröhlich von der Reise plapperte, die sie morgen antreten sollten. Alyson versuchte, seine Vorfreude zu teilen, doch es gelang ihr nicht. Seit ihrer Rückkehr hatte sie Jemmy nicht wieder gesehen. Ich sollte auch nicht auf ihn warten, ermahnte sie sich streng. Er war nun endgültig von ihr getrennt und sollte am heutigen Tag noch Lady Maude heiraten.

Alles hatte sich bestens entwickelt. Lord Darnley würde keine andere Wahl bleiben, als die Heirat abzusegnen, da die Kirallens sowohl Maude als auch Haddon in ihrer Gewalt hatten. Dem Frieden stand also nichts mehr im Weg. Und Alyson und Robin sollten endlich zu den McLarans kommen, wie sie es sich so lange erträumt hatten.

Sie stellte das Bündel neben die Tür und blickte sich um, was sie als Nächstes tun könnte. Sie wünschte, sie könnten noch heute abreisen, aber da Lord Kirallen so freundlich war, eine Eskorte für sie bereitzustellen und ihnen zwei Bergponys für die Reise zu schenken, konnte sie sich kaum über seine Vorkehrungen beschweren. Dennoch wünschte sie, sie wäre schon weit weg von hier.

Sie stellte Brot, Käse und Bier hin und beobachtete Robin beim Essen. Er sah so wohl aus. Während der letzten

Wochen musste er gewachsen sein. Seine Wangen leuchteten rot vor Aufregung, als er ihr alles erzählte, was Sir Robert ihm beigebracht hatte.

»Ich glaube nicht, dass wir ihn wiedersehen«, sagte er schließlich traurig.

»Ach, ich weiß nicht. Vielleicht reisen wir eines Tages nach London und besuchen ihn. Aber natürlich nicht so bald. Wir werden zu beschäftigt sein, Robin. Wir werden uns erst einmal mit allen Leuten bei den McLarans bekannt machen müssen und werden sicherlich vieles Neue lernen. Oben in den Highlands ist es sehr schön.«

»Können wir wirklich den Himmel berühren?«

»Ja, fast.« Sie lachte und wuschelte ihm durchs Haar. Er zog den Kopf weg, und auf einmal wurde ihr schmerzlich klar, dass er kein Kleinkind mehr war. Die Wochen, die sie voneinander getrennt gewesen waren, hatten ihn auf eine Weise verändert, die sie nicht genau beschreiben konnte. Er war nicht nur größer geworden, sondern auch in seiner Persönlichkeit gewachsen, hatte neues Selbstvertrauen gewonnen und war reifer geworden. Das war auch gut so, dachte sie, denn Robin hatte zuvor immer jünger gewirkt, als er war, und er war vollkommen von ihr abhängig gewesen. Als er vom Tisch aufsprang, fühlte sie sich plötzlich sehr allein.

»Ich bringe dem Pony die Brotkanten«, verkündete er. »Ich glaube, ich nenne es Sam.«

»Das ist ein hübscher Name«, sagte sie. »Aber achte darauf, nicht zu nah an die Pferde heranzugehen. Einige von ihnen sind sehr groß und …«

»Oh, Ally!«, stöhnte er und verdrehte die Augen. »Ich weiß.«

Nachdem er gegangen war, saß sie da und starrte aus dem Fenster. Es klopfte an der Tür und ohne sich umzudrehen rief sie: »Es ist offen. Hast du etwas vergessen?«

»Nein, nicht dass ich wüsste.«

Sie sprang auf und sah Jemmy, der in der Tür stand. Er trug dieselben Sachen wie bei ihrer Hochzeitsfeier, eine farngrüne Tunika, die sein dunkles Haar und die dunklen Augen betonte. Sie war großzügig mit Pelz besetzt, wie es seinem Rang entsprach. Alyson wischte sich nervös die Hände am Rock ihres Trägerkleids ab. Es war ein schlichtes Kleid, ganz anders als das Gewand, das sie bei dem Fest getragen hatte.

»Ich bin gekommen, um Lebewohl zu sagen«, sagte er. »Darf ich reinkommen?«

»Selbstverständlich, Mylord«, antwortete sie und verneigte sich.

»Und ich wollte dir das hier geben.«

Er hielt ihr ein Paket hin und Alyson nahm es. Als sie es aufschnürte, fand sie darin eine Stoffbahn vom McLaran-Karo, feine Wolle, die im Rot-Gold-Muster des Clans gewebt war. Sie hielt sich den Stoff an. »Danke. Das ist sehr freundlich.«

»Es wird dir nicht so gut stehen wie unsere Farben«, sagte er und sie lächelte, wenngleich sie ihn nicht ansah.

»Oh, ich denke, es wird schon gehen.« Sie legte den Stoff sorgfältig zusammen und packte ihn auf den Tisch. Eine merkwürdige Stille trat ein und Alyson starrte hinunter auf den Tisch. Sie wartete darauf, dass er ginge, und wollte doch, dass er bliebe. Aber je länger sie schwiegen, umso mehr wünschte sie sich, er *würde* gehen, denn sie konnte nicht richtig atmen, wenn er im Zimmer war, und ihr Herz pochte zu schnell und zu unregelmäßig.

Er ging jedoch nicht. Stattdessen setzte er sich auf die Bank. »Komm und setz dich einen Moment zu mir«, sagte er und klopfte auf den Platz neben sich. Als sie sich hingesetzt hatte, trat wieder Schweigen ein, und Alyson suchte in

Gedanken nach einer Bemerkung, die nicht vollkommen idiotisch klang.

»Wusstest du«, sagte er schließlich, »dass du im Schlaf sprichst?«

»Im …? Wie bitte?«, fragte sie, weil sie sich nicht sicher war, ob sie ihn richtig verstanden hatte.

»Ja, du sprichst im Schlaf«, sagte er ernst. »Zweimal habe ich es selbst gehört. Einmal in der Nacht nach unserer … Hochzeit. Ich ging zu dir ins Zimmer und du sagtest den Namen ›Robin‹ und dann noch irgendetwas … warte mal, ich glaube, es war etwas mit verbrennendem Brot.«

Warum sprach er ausgerechnet jetzt davon? Das war alles vorbei, und ihr blieb nichts anderes übrig, als es zu vergessen. Sich zu erinnern, würde ihr das Herz nur aufs Neue brechen.

»Und das andere Mal …«

»Ich erinnere mich«, sagte sie hastig. Das war an dem Morgen gewesen, als sie von Robins Tod geträumt hatte und noch beim Aufwachen nach ihm rief. Der Morgen nach der Nacht … Ihr Gesicht wurde glühend heiß und sie kämpfte mit Tränen der Demütigung.

»Mylord, bitte …«

»Schhh«, sagte er und nahm ihre Hand. »Hör zu. Erinnerst du dich an den Morgen, als ich aus Kilghorn zurückkehrte?« Sie nickte unglücklich. »Während ich fort war, habe ich unentwegt an dich gedacht. Ich habe dich vermisst …«

»Nein«, sagte sie und wollte ihre Hand zurückziehen. »Du sagtest …«

»Ich weiß, was ich sagte.« Er hielt ihre Hand unerbittlich fest. »Lass mich ausreden. Es war derselbe Morgen, an dem du Sir Robert trafst. Aber ich glaube, du wusstest nicht, dass man dir folgte.«

Zum ersten Mal sah sie ihn an – mit weit aufgerissenen Augen.

»Es war natürlich Alistair. Er und ein paar seiner Männer. Sie fingen mich bei meiner Rückkehr ab und erzählten mir eine haarsträubende Geschichte – wie sie dich mit einem englischen Ritter gesehen hatten und dass du weintest, als er dich in seinen Armen hielt. Sie sagten mir, sein Name wäre Sir Robert, und da dachte ich … ich glaubte …«

»Du dachtest, dass ich … dass er …? Aber warum hast du nichts gesagt?«

Er seufzte. »Weil ich ein Narr bin.«

»Nein«, sagte sie langsam. »Ich denke, du hast geahnt, dass ich nicht ehrlich zu dir war. Und das tut mir Leid. Ich hätte dir alles sagen sollen, an dem Tag im Stall …«

»Ja«, stimmte er ihr zu und schenkte ihr sein seltenes, strahlendes Lächeln. »Aber überleg doch mal, was wir dann verpasst hätten!«

Unwillkürlich musste sie lachen.

»Es gab noch einen Grund, weshalb ich nichts sagte«, fuhr er fort und wurde wieder ernst. »Ich habe dir nie erzählt, dass ich schon sehr jung geheiratet habe, oder? Nein, eigentlich habe ich nie jemandem von ihr erzählt. Ihr Name war Carmela Velasquez und …«

Während er erzählte, konnte Alyson sich vorstellen, wie er damals gewesen war, so jung und tollkühn und so furchtbar unglücklich. Sie verstand, wie sehr es ihm wehgetan haben musste, als er dachte, er wäre schon wieder betrogen worden. Ja, sie begriff sogar, dass er das Verlangen hatte, sich an ihr zu rächen. Und sie empfand auch Mitleid mit Carmela, die nicht in der Lage gewesen war, ihr wundervolles Glück zu würdigen, mit einem solchen Mann verheiratet zu sein.

Nachdem er zu Ende erzählt hatte, sagte sie sanft: »Du musst sie sehr geliebt haben.«

»Nein.« Mit einer schmerzlich vertrauten Geste legte er ihr einen Finger unters Kinn und hob ihren Kopf an, so dass sie ihn ansehen musste. »Das dachte ich einmal, aber inzwischen weiß ich es besser. Ich habe nur eine einzige Frau je geliebt, und ich fürchte, ich werde nie mehr eine andere lieben.«

Ihr war gleichgültig, dass er noch heute heiraten sollte. Nichts war mehr von Bedeutung außer der Freude über seine Worte, und als er sich zu ihr beugte, um sie zu küssen, schloss sie die Augen und hielt ihn ganz fest. Er hob sie hoch und trug sie zu dem schmalen Bett. Doch gleich darauf fuhr sie auf und sagte atemlos: »Nein. Sie warten auf dich.«

»Zum Teufel mit ihnen allen«, entgegnete er heiser. »Sie sind mir gleich ...«

»Nein«, wiederholte sie, wenngleich ihre Stimme bebte, als er ihren Hals küsste. »Wir können das nicht tun.«

Er zog sie so plötzlich an sich, dass sie vor Schreck aufschrie.

»Bleib bei mir. Bitte. Ich hatte mir geschworen, dich nicht darum zu bitten, aber ich muss. Ich kann dich nicht einfach gehen lassen.«

»Wie kann ich denn bleiben?«, rief sie aus. »Als was? Ich weiß doch, dass ich nicht als deine Frau infrage komme, und ich will nicht deine Hure sein.«

Ihr energischer Ton ließ ihn zusammenzucken und er wich ein wenig zurück.

»Oh, ich weiß, was du denkst. Ich war ja schon mal mit dir im Bett. Und du hast Recht, das war ich, aber ... ja, ich wusste, dass es eine Lüge war, aber ich glaubte ... ich wollte glauben ...«

»Dass es wahr wäre«, ergänzte er leise für sie. »Und das war es auch. Darum musst du hier bleiben.«

»Nein, jetzt ist alles anders. Du wirst sie heiraten, meine Halbschwester. Und ich wäre deine Geliebte, vor aller Augen. Wie lange, glaubst du, könnten wir damit glücklich sein?«

»Für immer«, sagte er und wischte ihr die Tränen von den Wangen. »Ich schwöre, es wird nie eine andere geben …«

»Außer deiner Frau«, flüsterte sie und wandte das Gesicht ab. »Sie wäre da. Nein, Jemmy, ich kann nicht. Bitte, verlang das nicht von mir.« Als sie aufstand und ihn ansah, erschreckte sie der Ausdruck seinen Augen. Er sprang auf.

»Dann heißt das Lebewohl?«, sagte er. »Du gehst zu deinen Leuten und ich zu Maude? Ist es das, was du willst?«

»Es ist nicht das, was ich will, und das weißt du auch. Aber denk an deine Leute, Jemmy. Denk an Malcolm. Du willst doch nicht, dass er wie sein Vater endet, oder? Wie Stephen? Das ist deine Chance – die eine Chance, die du hast, um mit Darnley einig zu werden und das Morden für immer zu beenden.«

Er sah sie mit einem durchdringenden Blick an. Dann bleckte er die Zähne zu einem Lächeln, bei dem ihr eiskalt wurde. »Darum ging es die ganze Zeit, nicht wahr? Ich sollte mit Darnley einig werden. Nun, vielleicht ist es Zeit, dass Darnley überlegt, wie er mit *mir* einig wird.«

»Was willst du tun?«, fragte sie ängstlich und folgte ihm zur Tür.

Er packte ihr Handgelenk und zog sie mit sich. »Warum siehst du es dir nicht an?«

Kapitel 42

Am Nachmittag war Sir Robert so erschöpft, dass er seine Nichte hätte schütteln können, bis ihr die Knochen brächen. Wieder und wieder hatte er ihr erklärt, warum diese Heirat sein musste. Geduldig – und später nicht ganz so geduldig – hatte er die lange Liste von Toten heruntergebetet, die viele ihrer Verwandten und Familien enthielt, die seit Generationen auf Aylsford dienten. Er hatte sie im Namen der Pflicht gebeten, im Namen der Gerechtigkeit – und jedes Mal hatte sie ihm dieselbe Antwort gegeben. »Aber ich will nach London. Ich muss dahin. Ich werde nicht hier bleiben.«

»Lord Jemmy fährt vielleicht mit dir nach London – wenn du ihn nett bittest«, sagte Sir Robert und sah flehend zu Lord Kirallen.

»Das ließe sich einrichten«, sagte der Adlige mit distanzierter Höflichkeit.

»Da hörst du's. Er ist ein guter Mann, Maude, weit gereist. Er wird dich anständig behandeln, wenn du …«

»Gut? Er ist ein Monster, mich so zu verschleppen und an diesen entsetzlichen Ort zu bringen. Ich tu's nicht, nein, ich heirate ihn nicht!«

Sie weinte, sie schrie, sie stampfte mit dem Fuß auf – eben ganz das verwöhnte Kind, das sie nun mal war.

Darnley war überhaupt keine Hilfe. Er benahm sich, als

würde seine geliebte Maude begraben werden und nicht bloß dem Eid Folge leisten, den er geschworen hatte. Sein Verhalten pendelte zwischen blinder Wut und unterwürfigen Entschuldigungen seiner Tochter gegenüber. Wäre er nur streng, dachte Robert, würde ihr vielleicht klar werden, was ihre Pflicht ist. Aber wie die Dinge lagen, schämte Robert sich für sie beide.

Kirallen saß aufrecht auf seinem Stuhl, die Hände auf den Armlehnen, und blickte in die Ferne. Haddon hockte mit dem Enkel Kirallens in einer Ecke. Malcolm lachte leise hinter vorgehaltener Hand, verstummte allerdings sofort, als sein Großvater ihm einen strengen Blick zuwarf. Seine strahlend blauen Augen jedoch funkelten weiter vor Belustigung, während er zusah, wie die Darnley-Familie sich vollkommen lächerlich machte.

Und zu allem Übel stand ein hellhaariger junger Mann neben Kirallens Stuhl, der eine Hand am Griff seines Schwerts hatte und die Szene mit einer Mischung aus Wut und Ekel beobachtete.

»Zum Teufel mit ihnen!«, platzte es schließlich aus ihm heraus. »Um Gottes willen, Lord, lasst mich ihnen die Kehlen aufschlitzen, damit wir es endlich hinter uns haben!«

»Ruhe, Alistair«, sagte Lord Kirallen, wenngleich Robert fand, dass der alte Mann aussah, als schiene ihm das Angebot durchaus verlockend. Und wer konnte es ihm verübeln? Robert war ja selbst kurz davor, jemanden umzubringen. Er würde inzwischen alles tun, um diesen albernen Streit zu beenden! In seinen Schläfen hämmerte es und er war enorm erleichtert, als Jemmy eintraf. Gleich darauf wich seine Erleichterung aufrichtigem Mitleid, denn Alyson kam hinter ihm ins Zimmer und hockte sich zu Malcolm.

Armer Mann, dachte Robert, als Jemmy sich umsah und

die Stirn runzelte ob des Lärms. Was für ein Theater man ihm zumutete! Erst wurde er verheiratet, dann war er es auf einmal nicht mehr und nun sollte er wieder heiraten. Robert verstand, dass er sein Bestes gab, um Frieden zu schaffen, aber es ließ sich nicht leugnen, dass seine Position mehr als nur ein bisschen lächerlich war. Er schaute sich finster um und setzte sich auf einen Ecktisch. Von dort betrachtete er Maude, deren Wut nun zu einem grellen Kreischen anschwoll.

»Kann sie denn keiner zum Schweigen bringen?«, rief Alistair.

Darnley stand auf und stampfte mit geballten Fäusten auf den Ritter zu. Robert seufzte und betete um Kraft, doch just in diesem Moment schweiften seine Gedanken ab und er erkannte, wie lachhaft diese ganze Situation war – besser als jede Komödie, die er sich ausdenken könnte. Er verspürte das absurde Verlangen, laut loszulachen.

Als er Jemmy ansah, der ihm direkt in die Augen blickte, schaffte er es, sich zusammenzureißen. Doch der Schotte musste es gesehen haben, denn er grinste, hob eine Hand und schlug sie flach auf den Tisch.

Alle verstummten und sahen zu Jemmy, als er aufstand. Er war wirklich eine beeindruckende Erscheinung. Robert dachte, was für eine Sensation er bei Hofe wäre. Mit seiner Größe und seinem umwerfenden Aussehen würde er selbst den Herzog von Lancaster persönlich ausstechen.

»Genug«, sagte Jemmy. »Das reicht jetzt. Alistair, bleib stehen. Lord Darnley, setzt Euch. Ich sagte, *setzt Euch*«, wiederholte er, als Darnley nicht gleich gehorchte. Dann ging er zu Maude und sah auf sie hinab. »Sei still«, befahl er schlicht, und sie schloss ihren Mund.

»Nun, Mylord«, fuhr er an Darnley gewandt fort. »Ich schlage vor, Ihr denkt einmal gründlich über Eure Lage nach.

Ihr habt uns gegenüber überhaupt keine Ansprüche geltend zu machen. Ich könnte Euch auf der Stelle für den Mord an meinem Bruder töten und Eure Tochter ebenso behandeln, wie Ihr Clare McLaran behandelt habt. Denkt nicht, ich hätte nicht mit dem Gedanken gespielt. Glaubt mir, nichts täte ich lieber, als Euch einen Dolch ins Herz zu rammen.«

»Jemmy!«, rief Lord Kirallen aus.

»Lass mich ausreden«, sagte Jemmy ruhig. »Ich werde Euch nicht töten, Darnley. Ich könnte, aber ich werde es nicht tun. Weil dieses Morden irgendwo enden muss. Wärt Ihr ein vernünftiger Mann anstelle des hinterhältigen, mordenden Bastards, der Ihr seid, könnten wir die Sache zwischen uns ausmachen. Aber Euch ist nicht zu trauen.«

»Also, du junger …«, knurrte Darnley und erhob sich halb.

»Ich schätze, ich könnte Euch einfach in den Kerker werfen und dort behalten«, fuhr Jemmy fort, als hätte Darnley nichts gesagt. »Aber wäre das genug? Nein, wir müssten auch Eure Kinder behalten – und natürlich auch Sir Robert. Und das wäre, nun ja, für uns alle anstrengend.«

»Absolut«, pflichtete ihm Robert aus tiefstem Herzen bei, obwohl er ohnehin ziemlich sicher war, dass Jemmy ihn nicht in Ravenspur behalten würde. Was genau er vorhatte, wusste Robert nicht, aber er vermutete, dass Jemmy einen Plan hatte, dem er unbedingt zustimmen wollte, wenn er dieser Farce nur ein Ende setzte.

»Was dich angeht, Mylady«, sagte Jemmy zu Maude. »Du hast deine Gefühle bezüglich dieser Heirat ja hinlänglich klargemacht. Nun gut, vielleicht sagt dir ein anderer Ehemann mehr zu. Sir Alistair, mein nächster Verwandter, wäre die nahe liegende Wahl. Schließlich«, fügte er hinzu und wandte sich zu Alistair um, »hattest du ja auch stets recht klare Vorstellungen davon, wie sich Lady Maudes Ehemann zu verhalten hat.«

»Wie kannst du es wagen?«, schrie Maude wütend. Allerdings sah sie zum ersten Mal wirklich ängstlich aus, als sie den hellhaarigen Ritter anstarrte.

»Bist du wahnsinnig?«, empörte sich Alistair. »Glaubst du, ich würde je …«

»Nein, wohl nicht«, sagte Jemmy. »Obwohl die Idee einiges für sich hat.«

Robert unterdrückte sein Lachen, als Jemmy ihn ansah. Der Mann amüsiert sich offenbar prächtig, und Robert gönnte ihm seinen Spaß wirklich. Was er als Nächstes zu tun gedachte, konnte er allerdings nicht einschätzen. Vielleicht wollte er Maude nur erschrecken, damit sie die Ausweglosigkeit ihrer Situation begriff. Andererseits hatte Robert das Gefühl, dass hinter Jemmys Worten noch etwas anderes steckte.

»Nun, wenn Maude mich nicht will – und ich Lord Darnley nicht will –, wo stehen wir dann?«

Sein Blick wanderte zu Haddon und dann zu Sir Robert. Und auf einmal hatte Robert das Gefühl, er würde in einem Stück mitwirken und hätte soeben sein Stichwort bekommen.

»Es gibt eine Möglichkeit«, sagte er und alle sahen zu ihm. »Mylords«, er verbeugte sich leicht vor Lord Kirallen und drehte sich dann zu Darnley um. »Wenn Haddon für einige Zeit hier bliebe, bin ich sicher, dass Lord Kirallen ihn zu einem Ritter ausbilden würde.«

Das war eine schöne Umschreibung dafür, dass der Junge praktisch als Geisel gehalten wurde, damit sein Vater sich benahm. Aber es war immer noch besser, als hätte Jemmy selbst den Vorschlag gemacht.

»Ah, Sir Robert, ich glaube, Ihr habt soeben den perfekten Plan entdeckt!«, sagte Jemmy rasch, ehe irgendjemand anders sprechen konnte. »Wir werden erfreut sein, Haddon hier aufzuziehen. Und natürlich garantieren wir für seine Sicherheit.«

Was hat der Mann vor?, fragte Robert sich ein weiteres Mal. Warum machte er solche Umstände, wo es doch so viel einfacher wäre, wenn er Maude wie geplant heiratete?

»Niemals!«, rief Darnley, genau wie Robert erwartet hatte.

»Halt den Mund«, befahl Robert. »Willst du lieber für den Rest deines Lebens im Kerker sitzen?«

»Das würde er nicht wagen.«

Die Worte waren kaum über Darnleys Lippen, als er rückwärts stolperte und beinahe auf seinen Stuhl fiel, Jemmys Schwertspitze an seiner Kehle.

»Wollt Ihr mich auf die Probe stellen, Mylord?«

Bevor Darnley antworten konnte, trat Malcolm vor und sprach prompt seinen Text.

»Großvater?«, sagte der Junge. »Ich glaube, *alle* würden sich besser fühlen, wenn jeder von uns für Haddons Sicherheit garantiert.«

Malcolm warf Haddon, der sehr klein in einer Ecke des Raums kauerte, einen viel sagenden Blick zu.

»Du zuerst, Onkel Jemmy«, sagte Malcolm.

»Ich gebe mein Wort darauf«, versicherte Jemmy und steckte sein Schwert wieder weg, ohne die Augen von Darnley zu nehmen. »Ich schwöre vor Gott und allen Heiligen, Haddon Darnley wie meine eigene Familie zu beschützen.«

»Jetzt du, Alistair«, sagte Malcolm.

Alistair wandte sich ab. »Ich werde *nicht* schwören. Ich kämpfe nicht gegen Kinder, aber ich werde mich genauso wenig dem Schutz eines Darnleys verpflichten.«

»Aber, Alistair, du *musst*«, beharrte Malcolm. »Sonst werden es die anderen Ritter auch nicht tun. Du weißt, dass sie sich weigern werden.«

Alistair zuckte mit den Schultern und schwieg. Robert meinte schon, in den stahlgrauen Augen des Ritters zu sehen, wie Jemmys Plan in sich zusammenfiel, doch dann sprach Jemmy wieder.

»Du *tust* es, Alistair«, sagte er in einer Stimme, die umso bedrohlicher klang, weil sie so unglaublich ruhig war.

Alistair verschränkte die Arme vor der Brust. »Oder was?«, fragte er mit wohlüberlegter Unverschämtheit. »Wirst du sonst wieder dein Schwert gegen mich ziehen? Ich dachte, du wolltest nicht, dass mein Blut an deinen Händen klebt.«

»Will ich auch nicht. Aber du bist doch derjenige, der mir erzählt hat, dass ein Mann für das kämpft, was ihm wichtig ist. Das hier ist mir wichtig, Alistair. Du bist mein Stiefbruder, also warne ich dich noch ein letztes Mal: Stell dich mir nicht in den Weg oder, bei Gott, ich *werde* dich töten.«

Malcolm trat vor und legte eine Hand auf Alistairs Arm. »Mach schon, tu's für mich«, sagte der Junge. »Bitte, bitte tu's.«

Robert war verblüfft, welche Wirkung diese Worte auf den Ritter hatten. Sein Gesicht war vor Kummer verzerrt, als er zu dem Jungen hinabblickte.

»Ich kann nicht«, sagte er. »Nicht einmal für dich, Malcolm.«

»Du wirst!«, donnerte Kirallen und alle zuckten zusammen. »Knie dich hin und schwöre, Haddons Leben zu schützen.«

»Nein.«

»Zurück, Jemmy«, befahl Kirallen. »Steck dein Schwert weg. Nun, Alistair«, sagte er ruhig. »Ich berufe mich auf den Eid, den du geleistet hast, und befehle dir als dein Lord.«

»Nein, Lord«, antwortete Alistair förmlich. »Nicht einmal dafür.«

»Ist dir klar, mit *wem* du sprichst? Knie dich hin und tu deine Pflicht!«

»Ich kann nicht«, sagte Alistair, die Hände in seine Seiten gekrallt. »Ich habe einen anderen Eid geleistet, wie Ihr wisst. Gegenüber Ian. Hier ist noch eine Ehrenschuld offen«, sagte er und zeigte auf Darnley. »Er hat unser Blut vergossen und muss dafür zahlen, durch meine Hände, wenn nicht durch Eure. Ich werde das Gedenken an Ian nicht *schändlich* entehren.«

Darnley sprang auf und funkelte Alistair wütend an. Robert drückte ihn zurück auf seinen Stuhl. »Warte«, flüsterte er. »Lass den Lord sprechen.«

»Ich werde mich nicht mit dir streiten«, sagte Kirallen. »Nicht noch einmal.«

Alistair verneigte sich kurz. »Das erwarte ich nicht von Euch. Tut, was Ihr tun müsst, Lord, und ich werde tun, was *ich* tun muss.«

»Nein!«, rief Malcolm und zog an Alistairs Ärmel. »Bitte …«

»Tut mir Leid, Junge«, sagte Alistair. »Aber es muss sein. Wir werden es so gut ertragen, wie wir können.«

»Dann lass mich mit dir gehen!«

Für einen Moment glaubte Robert, Tränen in den Augen des Mannes zu sehen, aber seine Stimme klang fest, als er sprach. »Nein, Malcolm. Dein Platz ist hier bei deinem Großvater und deinem Onkel.« Er umarmte den Jungen kurz und ließ ihn wieder los. Dann drehte er sich zu seinem Lord um, die Schultern stolz nach hinten gestreckt.

»Ich kann dich nicht einfach gehen lassen«, sagte Kirallen. »Das verstehst du doch.«

»Ja.«

Der Lord atmete tief ein. »Alistair Kirallen, du bist ein Geächteter.«

Malcolm vergrub schluchzend das Gesicht in seinen Händen.

»Du hast bis Sonnenaufgang Zeit, mein Land zu verlassen. Kein Mann und keine Frau unter meiner Herrschaft darf dir helfen oder dir Unterkunft gewähren, und meine Männer werden sich gegen dich wenden. Solltest du ermordet werden, wird deinen Leuten keine Blutschuld und kein Gold zustehen.«

Alistair nickte und nahm das Urteil schweigend hin.

»Dann nimm, was dein ist, und geh.«

Der Ritter verbeugte sich, warf seinen Umhang über die Schulter und ging. Als er an der Tür war, rief Kirallen ihm hinterher: »Brauchst du noch irgendetwas, Alistair?«

Der Ritter drehte sich um und der eiserne Stolz in seinem Gesicht schien für einen Moment dahinzuschmelzen. »Nein, Mylord, ich habe alles, was ich brauche. Lebt wohl.«

Dann wanderte sein Blick zu Darnley und er lächelte. »Seid auf der Hut, Mylord«, sagte er leise. »Schaut immer, was hinter Euch geschieht. Eines Tages werde ich da sein.«

Nachdem er gegangen war, herrschte Stille im Raum. Nur Malcolms Schluchzen war zu hören. Jemmy legte dem Jungen eine Hand auf die Schulter und zog ihn zu sich. Malcolm atmete stockend ein und wischte sich die Augen mit seinem Ärmel.

»Lasst es damit gut sein«, sagte Robert. »Maude, du kommst für einige Zeit mit mir nach London. John, ich denke, du solltest mit uns reisen. Wir werden Maude angemessen verheiraten und allen die Möglichkeit geben, zur Ruhe zu kommen. Was hältst du davon?«

»Ja, Vater«, pflichtete Maude ihrem Onkel begeistert bei und zog ihren Vater am Arm. »Lass uns gehen, bitte.«

»Ich weiß nicht«, sagte Darnley.

»Ich denke, mein Sohn und Euer Bruder haben Recht«, mischte sich Kirallen ein. »Haddon wird es hier gut gehen.«

»Haddon?«, fragte Darnley. »Was sagst du dazu?«

»Ich würde gern bleiben«, antwortete Haddon. Er sah zur Tür, durch die Alistair gerade verschwunden war. »Jetzt, wo sie geschworen haben …«

Darnley seufzte. »Na gut«, sagte er abrupt. »Dann wäre alles geklärt.«

Robert atmete erleichtert auf und wollte gerade vorschlagen, dass sie auf der Stelle abreisten, als Jemmy sprach.

»Nicht ganz«, sagte er.

Kapitel 43

»Was meint Ihr damit?«, fragte Darnley, dessen Miene sich misstrauisch verfinsterte.

»Nun, Ihr seid alle in Erwartung einer Hochzeit hergekommen, und ich möchte Euch ungern enttäuschen.«

Er streckte die Hand nach Alyson aus, die sie ergriff. Das war es also, dachte Sir Robert. Deshalb hatte Jemmy diese ganze Scharade hier inszeniert, beinahe den Frieden zerstört und zugesehen, wie sein Stiefbruder verbannt wurde. Wegen Alyson. Kirallen schien es im selben Moment aufzugehen, und sein Gesicht wurde rot vor Zorn.

»Jemmy«, sagte Alyson mit bebender Stimme. »Das kannst du nicht ernsthaft tun.«

»Warum nicht?«, antwortete er unbekümmert. »Ich glaube, dass unsere Ehe echt war. Und irgendetwas hat mir den Eindruck vermittelt, du empfandest genauso. Irre ich mich da?«

Alyson errötete bis an die Haarwurzeln. »Ich … nun, ich …«

»Das kannst du nicht machen!«, rief Kirallen. »Ich verbiete es.«

»Vater, reg dich nicht auf«, sagte Jemmy. »Du hast bekommen, was du von mir wolltest, oder nicht? Ich werde hier bleiben und den Frieden wahren. Aber ich werde es nicht ohne meine Frau an meiner Seite tun.«

»Sei kein Narr! Wir haben hier heute einen Anfang gemacht, und ich bezweifle, dass ich die Sache zu Ende bringen kann. Aber das – du verlangst zu viel, wenn du erwartest, dass der Clan Mistress Bowden als Herrin akzeptiert. Du wirst alles verlieren, was du gewonnen hast.«

»Alyson ist meine Frau. Mit der Zeit wird der Clan sie akzeptieren. Ich sorge dafür. Aber damit keine Fragen aufkommen, werden wir unsere Treueschwüre ein zweites Mal sagen.«

War sie seine Frau?, fragte Robert sich. Die amtlichen Dokumente lauteten immerhin auf Maudes Namen. Alyson hatte lediglich stellvertretend für ihre Halbschwester an der Zeremonie teilgenommen. Nach englischem Recht war Maude diejenige, die Jemmy an jenem Tag in der Kapelle geheiratet hatte.

Andererseits hatte Jemmy seinen Treueschwur gegenüber Alyson geleistet, und sie hatte ihm geantwortet. Und sie beide hatten den Bund vollzogen. Nach schottischem Recht, so meinte Robert sich zu erinnern, reichte das, um eine Ehe offiziell zu machen. Wie dem auch sei, die Schwüre, die sie jetzt leisten wollten, hatten rechtlich überhaupt kein Gewicht.

Aber sie bedeuteten den beiden Menschen viel, die am meisten betroffen waren. Nein, entschied Robert, er würde nichts sagen, womit er ihnen ihren großen Augenblick ruinierte. Wenn der Clan bereit war, die Ehe als bindend zu akzeptieren, wer war er dann, sie infrage zu stellen? Vielleicht würde er die Sache später gegenüber Darnley erwähnen, nur für den Fall, dass die Frage aufkam, wenn Maude irgendwann heiraten sollte. Oder vielleicht auch nicht. Warum in ein Wespennest stechen, wenn niemand jemals erfuhr oder wissen wollte, was in einer abgelegenen Kapelle in den Grenzgebieten geschehen war?

Als Alyson und Jemmy sich vor den Priester stellten, kamen Robert dennoch Bedenken. Abgesehen von der Rechtsgültigkeit war diese Ehe noch in anderer Hinsicht eine heikle Angelegenheit. Heute hatte Jemmy die erste von vielen Schlachten geschlagen, die ihm bevorstanden, und das wusste Jemmy ganz gewiss auch. Doch um Alysons willen war er bereit, sie alle durchzustehen. Ja, sie hatte Recht gehabt, ihm zu vertrauen, dachte Robert. Er musste sie wirklich inständig lieben, dass er so viel riskierte.

»Nun«, sagte Jemmy und wandte sich an den Priester. »Würdet Ihr dann bitte …«

Robert setzte sich, weil ihm ein wenig schwindlig wurde angesichts des Tempos, in dem sich die Dinge entwickelten. »Diesmal meinst du es ernst, John, oder?«, fragte er leise.

»Ja«, antwortete Darnley. »Der da ist kein bisschen wie sein Bruder.«

Robert erkannte, dass John tatsächlich traurig war, weil Jemmys älterer Bruder nicht mehr lebte. Dabei hatte er ihn jahrelang gehasst und am Ende eigenhändig getötet. Ach, ich muss dringend nach London zurück, dachte er. Denn hier, in dieser Gegend, verstehe ich nichts von dem, was in den Leuten vorgeht.

Alyson und Jemmy standen Hand in Hand vor dem Priester, als er die Worte zu lesen begann, die sie für immer verbinden sollten. In diesem Moment nahm Robert eine Bewegung im Augenwinkel wahr und sah zum ersten Mal, dass ein Mann und eine Frau an der Tür standen. Sie mussten während der ganzen Aufregung unbemerkt hereingeschlichen sein, denn er war sicher, dass sie vorhin noch nicht da gewesen waren.

Der Mann war offensichtlich ein Kirallen, denn er trug den Überwurf des Clans und sah dem Bräutigam auffallend ähnlich, aber die Frau in dem rot-goldenen Karokleid war Robert unbekannt. Die beiden waren ein umwerfendes Paar. Sein dunkles Haar und [illegible] Augen bildeten einen perfekten Kontrast zu ihrem [illegible] Teint und ihren goldenen Locken. Als er sich zu ihr beugte und ihr etwas zuflüsterte, tadelte sie ihn streng, wenngleich die Wirkung dadurch beeinträchtigt wurde, dass sie kichern musste über das, was er gesagt hatte.

Also wirklich, dachte Robert pikiert, die beiden sollten etwas mehr Anstand zeigen. Dann wanderte sein Blick zu Braut und Bräutigam, denn der Priester machte mitten in der Zeremonie eine Pause.

Jemmy griff nach oben, um etwas aus seinem Haar zu ziehen. Einen Moment später streckte er seine Hand aus und ein kleines Stück Gold glänzte darin.

Alyson sah erst das Gold an, dann ihn und lächelte strahlend.

Nun war der Priester fertig und Jemmy wandte sich mit einem Lächeln seiner Frau zu, das sein Gesicht zum Leuchten brachte. Er nahm sie in seine Arme, hob sie hoch und küsste sie leidenschaftlich. Dann setzte er sie wieder ab, hielt aber weiter ihre Hand ganz fest.

Eine angespannte Stille trat ein, und Robert ging nach vorne.

»Erlaubt mir, der Erste zu sein, der Euch gratuliert«, sagte er und küsste Alyson auf die Wange. »Mylady«, fügte er mit einer Verbeugung hinzu. »Und auch Euch meine besten Wünsche, Mylord.«

»Ich danke Euch, Sir Robert«, hauchte Alyson errötend.

In diesem Augenblick tauchte zu Roberts Überraschung Maude an seiner Seite auf.

»Hier«, sagte sie und hielt etwas Glitzerndes in der Hand. »Ich habe sie dir schon einmal gegeben, aber du wolltest sie nicht. Nimmst du sie jetzt an?«

»Ja. Ich danke dir.«

Alyson legte die Kette um ihren Hals. Die blauen Edelsteine schimmerten leuchtend auf dem schlichten Stoff ihres Trägerkleids, und die Halbschwestern lächelten sich an. Wunder über Wunder, dachte Robert. Vielleicht bestand ja doch noch Hoffnung für Maude. Nun kam auch der Junge zu ihnen, Malcolm.

»Jetzt bist du meine Tante«, sagte er. »Ich habe ja immer gesagt, dass du es bist.«

Robert schaute sich nach dem Paar um, das er an der Tür gesehen hatte, und fragte sich, warum sie nicht kamen, dem Brautpaar zu gratulieren. Aber sie mussten wieder hinausgegangen sein, als er gerade nicht hinsah, denn sie waren nirgends zu entdecken.

Er vergaß die beiden, weil nun Kirallen aufstand und den Raum verließ, ohne zu irgendjemandem ein Wort zu sagen.

Es war Zeit zu gehen – und zwar schnell, ehe noch etwas Unvorhergesehenes geschah. Robert kniete sich hin und sagte Haddon Lebwohl. »Bist du sicher, dass du bleiben willst?«, fragte er, denn ihm fiel erst jetzt ein, dass der Junge kaum gefragt worden war.

»O ja«, sagte Haddon. »Malcolm will mir zeigen, wie ich mir einen eigenen Bogen machen kann – und es gibt ein Treffen oben in den Bergen, zu dem er mich mitnehmen will. Das hat er versprochen.«

»Hat er das?«

Robert blickte zu dem Kirallen-Jungen, der bei Alyson stand und lächelte. So vieles hing von diesem jungen Mann ab, von ihm und von Haddon. Robert lief ein Schauer über den Rücken, wenn er daran dachte, dass die Zukunft beider Häuser auf den Schultern dieser zwei Jungen lastete.

Aber vielleicht – nur vielleicht – konnte dieser Frieden tatsächlich halten.

Jemmy und Alyson begleiteten sie in den Hof hinunter und warteten, bis sie aufgestiegen waren. Robert stoppte sein Pferd am Tor, drehte sich um und winkte. Aber weder die Braut noch der Bräutigam sahen ihn. Sie hatten nur noch Augen füreinander. Mit einem Grinsen wandte sich der Ritter ab und machte sich auf den Heimweg. Er war noch keine Meile geritten, als er überlegte, ob seine Ballade eventuell doch noch zu retten war – natürlich ohne Namen.

Kapitel 44

Nun, Mylady«, sagte Jemmy, nachdem die anderen fort waren, und sah sie mit hochgezogenen Augenbrauen an.

»Ist es wahr?« Sie lachte unsicher. »Ist all das wirklich passiert oder habe ich geträumt?«

»Nein, es war kein Traum – wie du schon bald feststellen wirst, fürchte ich.«

Der morgige Tag würde hart werden, dachte er, und strengte sich an, aufmunternd zu lächeln. Sobald der Clan erfuhr, was heute passiert war, würde die Hölle losbrechen. Er seufzte und fragte sich, wie die Ritter die Nachricht von Alistairs Verbannung aufnehmen würden. Nicht gut, nahm er an. Gar nicht gut. Und das war erst der Anfang …

Alyson sah ihn mit glänzenden Augen an, und er bekam Gewissensbisse. Bei allem Jammern des Clans über Lady Maude als ihre Herrin gab es viele, die diese Ehe noch viel weniger gutheißen würden. Und sie fanden sicher tausend Wege, Alyson deshalb leiden zu lassen.

Aber es bestand kein Grund, warum sie sich ihr heutiges Glück verderben sollten. Alyson würde bald genug begreifen, wie steinig der Weg war, den sie gewählt hatten. Dann sah er ihr tief in die Augen und erkannte, dass sie sich keinerlei Illusionen machte. Sie war sich über alles im Klaren, eventuell sogar mehr als er selbst.

»Es wird alles gut«, sagte sie. »Du wirst sehen.«

»Ja, bestimmt«, antwortete er mit rauer Stimme. »Ich schwöre, dass alles gut wird.«

»Dann komm jetzt, Mann«, fügte sie in einem neckischen Ton hinzu, den er nie zuvor bei ihr gehört hatte. »Suchen wir Robin und erzählen wir ihm die Neuigkeit.«

»Ach, ich denke, Robin kann noch eine Stunde warten«, entgegnete er, legte den Finger unter ihr Kinn und lachte, als sie errötete.

»Wie du willst, Mylord«, sagte sie und senkte demütig den Blick.

»Nein, wie *du* willst, meine bezaubernde Frau«, verbesserte er, nahm sie in die Arme und küsste sie. Hitze durchflutete seinen Körper, als er sich an ihre seidige Haut erinnerte.

»Ja? Dann gehen wir erst zu Robin«, sagte sie und er wich zurück, ein wenig enttäuscht, dass sie selbst in solch einem Moment ihrem Bruder den Vorrang gab.

Sie sah ihn verstohlen an und lächelte. Dann stellte sie sich auf Zehenspitzen und flüsterte ihm ins Ohr: »Denn eine Stunde wird nicht annähernd genug sein, weißt du?«

»Wie wahr«, sagte Jemmy lächelnd. »Du bist nicht nur hübsch, sondern auch weise, Mylady.«

Ihr Lachen war das Bezauberndste, was Jemmy je gehört hatte. Sie würde häufiger lachen, schwor er sich feierlich. Ganz gleich, was geschah, dafür wollte er sorgen.

»Natürlich«, antwortete sie keck. »Deshalb hast du mich doch geheiratet, oder nicht?«

Er küsste sie auf die Nasenspitze. »Wegen deiner Weisheit, ja. Deswegen und aus tausend anderen Gründen, von denen ich dir jeden Einzelnen verraten werde … nachdem wir Robin gesprochen haben. Wo ist er?«

»Ich glaube, er ist im Stall.«

Jemmy zog die Augenbrauen hoch. »Im Stall, ja? Oh, um Himmels willen, dann lass uns sofort hingehen.«

Als sie über den Hof gingen, dachte er an sein Schiff, das immer noch in Spanien lag. Er wusste, nun könnte er es ohne Bedauern verkaufen. Weil ich zu Hause bin, erkannte er plötzlich. *Mein Zuhause.* Ich habe es endlich gefunden.

Er blickte hinab auf den leuchtend roten Schopf, der an seiner Schulter lehnte. *Reisen enden, wenn Liebende sich begegnen.* Es stimmte, zumindest für ihn. *Sie* war sein Zuhause, und wäre sie nicht, würde er auf ewig herumirren. Er wollte es ihr sagen, ihr danken, aber sein Herz ging ihm über und er konnte nicht sprechen. Dann eben später. Sie hatten Zeit. Er war für immer zu Hause. Seine Reise endete hier.

Alyson blickte zu ihm auf und lächelte. Sein Puls beschleunigte sich, wie er es immer getan hatte, wenn Jemmy sich zu neuen Fahrten aufmachte. O nein, dachte er und legte seinen Arm noch fester um sie. Die Reise ist nicht vorbei. *Dies* ist jetzt unsere Reise, unser Abenteuer.

Und das fängt gerade erst an.

Kapitel 45

Alistair stoppte sein Pferd auf dem Gipfel des Hügels. Die Hände um die Zügel geballt, sah er hinunter und beobachtete Alyson und Jemmy, die Arm in Arm über den Hof gingen. Sein Blick wanderte von ihnen zu der kleinen Reisegruppe, die sich in Richtung Grenze bewegte.

War das wirklich Darnley – der Mann, der Stephen, Ian und zahllose andere ermordet hatte, Clare McLaran verschleppt und seine eigene Tochter in den fast sicheren Tod geschickt –, der fröhlich und unter dem Schutz des Burgherrn heimwärts ritt? Ach, die Welt war vollkommen aus den Fugen geraten – oder *er* hatte den Verstand verloren. Wie sonst sollte er sich die Tatsache erklären, dass er, der geliebte Ziehsohn des Burgherrn und Anführer seiner Ritter, nun keine Heimat, keinen Namen mehr hatte, dass er keine Vergangenheit mehr besaß, an die er sich erinnern wollte, und seine Zukunft zu düster aussah, als dass er über sie nachdenken mochte?

Er saß da, während die Sonne langsam nach Westen zog, und starrte hinunter auf Ravenspur. Da, an der Ecke des Malzhauses, hatte er zum ersten Mal ein Mädchen geküsst. Und da war der Obstgarten, in dem er früher oft mit Ian gelegen, Äpfel gegessen und sich die Abenteuer ausgemalt hatte, die sie bestehen würden, wenn sie groß wären.

Er saß da, bis ihn der Schrei einer Krähe aus seinen Gedanken riss und er bemerkte, wie lang die Schatten bereits geworden waren. Er musste fort. Doch wohin? Die McLarans waren seine einzigen Verwandten, aber der Weg zu ihnen war ihm versperrt. Emma würde dem Mann, der Clares Tochter mit dem Tod gedroht hatte, niemals vergeben. Es waren wirklich alle gegen ihn, wie der Burgherr gesagt hatte.

»Was für ein Schlamassel! Tja, das Einzige, was man da tun kann, ist, sich betrinken und schlafen gehen. Morgen sieht alles anders aus.«

Alistair erschrak. Die Stimme hatte so echt geklungen, so nah. Dann erinnerte er sich, dass Ian genau diese Worte gesagt hatte – nicht einmal, sondern häufiger –, wenn einer seiner tollkühnen Pläne fehlschlug. Aber was würde Ian in dieser Situation sagen?

Die Antwort kam prompt, klar und deutlich. »Bei Gott, Alistair, hörst du denn nie auf zu grübeln? Dann ist eben alles schief gegangen! Na und? Das Leben ist zu kurz, um es mit dem Trauern um die Vergangenheit zu verbringen. Komm schon, lass uns weiterreiten und sehen, was als Nächstes passiert!«

Da er nichts anderes tun konnte, ließ Alistair sein Pferd umdrehen und ritt davon, ein einsamer Schatten, der im noch dunkleren Schatten der Bäume verschwand.